Elogios para

Fin de guardia

"El narrador no nos lleva ventaja sino que avanza con nosotros, al mismo tiempo y en caliente, emocionándose con el lector y, también con él, estremeciéndose de miedo".

—*ABC*

"La trilogía de Bill Hodges es una gran obra narrativa que está entre lo mejor de la ficción contemporánea. [...] Y *Fin de guardia* es un gran final para esta gran trilogía".

—*El País*

"La trama importa, pero también los destinos de unos buenos personajes [...]. Destila sabiduría sobre lo fácil que es ir de este lado al lado oscuro. Y mientras, el maldito, nos entretiene".

—*La Vanguardia*, Suplemento Culturas

"Una historia que se puede leer de forma individual y con la que disfrutarán los amantes de la literatura".

—*La Semana*

STEPHEN KING
Fin de guardia

Stephen King es el maestro indiscutible de la narrativa de terror contemporánea, con más de treinta libros publicados. En 2003 fue galardonado con la Medalla de la National Book Foundation por su contribución a las letras estadounidenses, y en 2007 recibió el Grand Master Award, que otorga la asociación Mystery Writers of America. Entre sus títulos más célebres cabe destacar *El misterio de Salem's Lot*, *El resplandor*, *Carrie*, *La zona muerta*, *Ojos de fuego*, *IT (Eso)*, *Maleficio*, *La milla verde* y las siete novelas que componen la serie *La Torre Oscura*. Vive en Maine, con su esposa Tabitha King, también novelista.

Fin de guardia

Fin de garde

Fin de guardia

Stephen King

Traducción de Carlos Milla Soler

VINTAGE ESPAÑOL

Penguin
Random House
Grupo Editorial

Título original: *End of Watch*
Primera edición: diciembre de 2021

© 2016, Stephen King
© 2021, Penguin Random House Grupo Editorial USA, LLC
8950 SW 74th Court, Suite 2010
Miami, FL 33156

Traducción: Carlos Milla Soler
Diseño de cubierta: Megan Wilson

Impreso en México / *Printed in Mexico*

ISBN: 978-0-593-31156-1

21 22 23 24 25 10 9 8 7 6 5 4 3 2 1

Para Thomas Harris

Me haré con un arma,
volveré a mi habitación.
Voy a hacerme con un arma,
una con un cañón o dos.
Mejor estar muerto que cantando
este blues del suicidio.

CROSS CANADIAN RAGWEED

10 DE ABRIL DE 2009
MARTINE STOVER

La hora más oscura es la que precede al alba.

A Rob Martin le vino esta máxima a la cabeza al volante de la ambulancia, mientras avanzaba lentamente por Upper Marlborough Street camino de la base, el Cuartel de Bomberos número 3. Se dijo que quienquiera que la formulara desde luego había dado en el clavo, porque estaba más oscuro que el culo de una marmota y no faltaba mucho para que amaneciera.

Aunque el día, cuando por fin despuntase, no iba a ser gran cosa; amanecería con resaca, por así decirlo. Se había levantado una niebla densa, cargada con el olor del cercano Gran Lago, en realidad no tan grande. Y para hacerlo todavía más divertido caía una llovizna tenue y fría. Rob cambió el limpiaparabrisas a lento. No mucho más adelante surgieron de la negrura dos arcos amarillos inconfundibles.

—¡Las tetas doradas de América! —exclamó Jason Rapsis en el asiento del copiloto. Rob había trabajado con muchos paramédicos durante los quince años que llevaba en Urgencias, y Jace Rapsis era el mejor: de trato fácil cuando no pasaba nada, inalterable y concienzudo cuando ocurría todo al mismo tiempo—. ¡Nos darán de comer! ¡Alabado sea el capitalismo! ¡Para, para!

—¿Seguro? —preguntó Rob—. ¿Después de la demostración práctica de lo que puede hacerte esa mierda que acabamos de ver?

Volvían de un servicio en una de las McMansiones de Sugar Heights, donde un tal Harvey Galen había telefoneado a Urgencias quejándose de unos dolores atroces en el pecho. Lo encontraron tumbado en el sofá de lo que los ricos sin duda llamaban «el gran salón», como una ballena varada con pijama de seda azul. Su mujer daba vueltas en torno a él, convencida de que estiraría la pata de un momento a otro.

—¡McDonald's, McDonald's! —entonó Jason brincando en su asiento. El profesional serio y competente que acababa de tomar los signos vitales al señor Galen (mientras Rob, justo a su lado, sostenía el maletín de primeros auxilios con el equipo para las maniobras de respiración y los fármacos para el corazón) había desaparecido. Con el flequillo rubio delante de los ojos, Jason parecía un niño de catorce años demasiado grande para su edad—. ¡Te digo que pares!

Rob paró. A él tampoco le vendría mal plantarse ante un Mc-Muffin de salchicha, acompañado quizá de una de aquellas cosas de papa y cebolla que parecían lenguas de búfalo al horno.

Había varios coches en el carril de la ventanilla de autoservicio. Rob se situó al final de la cola.

—Además, lo de ese hombre tampoco era un infarto en toda regla —dijo Jason—. Sólo ha sido una sobredosis de comida mexicana. Se negó a que lo lleváramos al hospital, ¿no?

Así era. Después de unos eructos vigorosos y un trombonazo por la retaguardia que hizo que su mujer, esquelética y mundana, saliera huyendo a la cocina, el señor Galen se incorporó, anunció que se encontraba mucho mejor y dijo que no, que no veía la necesidad de que lo trasladasen al Kiner Memorial. Una vez que hubo recitado todo lo que había engullido la noche anterior en el Tijuana Rose, Rob y Jason tampoco lo consideraron oportuno. Su pulso era fuerte, y si bien la presión arterial daba mala espina, probablemente la tenía así de alta desde hacía años, y en ese momento permanecía estable. El desfibrilador externo automático no llegó a salir de la bolsa de lona.

—Quiero dos McMuffins con huevo y dos papas hash brown —dijo Jason—. Café solo. Pensándolo mejor, que sean tres hash browns.

Rob no podía quitarse a Galen de la cabeza.

—Esta vez ha sido una indigestión, pero no tardará en sufrir uno de verdad. Infarto fulminante. ¿Cuánto dirías que pesaba? ¿Ciento treinta? ¿Ciento sesenta?

—Ciento cuarenta y cinco, mínimo —contestó Jason—, y no sigas con eso; vas a amargarme el desayuno.

Rob extendió el brazo y abarcó los Arcos Dorados que se elevaban de la niebla procedente del lago.

—La mitad de los problemas de Estados Unidos vienen de este sitio y de todos los nidos de grasa que se le parecen. Como profesional de la medicina que eres, estoy seguro de que lo sabes. Eso que vas a pedir… Vamos, amigo, novecientas calorías por lo menos. Suma la salchicha a los McMuffins con huevo y llegas a mil trescientas.

—¿Y *tú* qué piensas tomar, Doctor Salud?

—Un McMuffin de salchicha. Puede que dos.

Jason le dio una palmada en el hombro.

—¡Así se habla!

La fila avanzó. Estaban a dos coches de la ventanilla cuando, bajo la computadora integrada en el tablero, la radio sonó a todo volumen. Por lo general, los operadores de la central se mostraban flemáticos, pausados y serenos, pero esa voz en particular parecía la de una locutora a la que se le hubiera ido la mano con el Red Bull.

—¡A todas las ambulancias y todos los vehículos de bomberos! ¡Tenemos un INV! ¡Repito: INV! ¡Esto es un aviso de máxima prioridad para las ambulancias y los vehículos de bomberos!

INV: las siglas de Incidente con Numerosas Víctimas. Rob y Jason intercambiaron miradas. Accidente de avión, accidente de tren, explosión o atentado terrorista. Era una de esas cuatro posibilidades casi seguro.

—Ubicación: Centro Cívico de Marlborough Street. Repito: Centro Cívico de Marlborough. Insisto: se trata de un INV, probablemente con múltiples víctimas mortales. Extremen precauciones.

Rob Martin sintió un nudo en el estómago. Nadie advertía de la necesidad de cautela cuando el destino era la escena de un accidente o una explosión de gas. Sólo cabía, pues, un atentado terrorista, y tal vez siguiera en marcha.

La operadora había reiniciado la comunicación. Jason encendió las luces y la sirena mientras Rob giraba el volante y, rozando el parachoques del coche de delante, incorporaba la ambulancia, una Freightliner, al carril que bordeaba la hamburguesería. Se hallaban a apenas nueve manzanas del Centro Cívico, pero si Al Qaeda estaba tiroteando el recinto con Kalashnikovs, lo único con lo que podrían devolver el fuego era su fiel desfibrilador externo.

Jason levantó el comunicador.

—Recibido, central, aquí veintitrés, del Cuartel Tres. Tiempo estimado de llegada: seis minutos.

Otras sirenas se oían ya desde distintas partes de la ciudad, pero, a juzgar por el sonido, Rob dedujo que ellos eran los que más cerca se hallaban del lugar de los hechos. Empezaba a filtrarse en el aire una claridad del color del hierro fundido, y cuando abandonaban el McDonald's y accedían a Upper Marlborough, un coche gris se perfiló en la niebla gris, un sedán grande con una abolladura en el cofre y la parrilla muy oxidada. Los faros de alta intensidad, con las largas puestas, los enfocaron de frente por un momento. Rob tocó el doble claxon y viró. El coche —parecía un Mercedes, aunque no estaba seguro— volvió a su carril de un volantazo y enseguida se redujo a unas luces de posición que se perdían en la niebla.

—Dios, qué poco ha faltado —dijo Jason—. ¿Viste la matrícula?

—No —a Rob le palpitaba el corazón con tanta fuerza que se notaba el pulso a ambos lados del cuello—. Estaba ocupado intentando salvarnos la vida. Oye, ¿cómo es posible que haya múltiples víctimas en el Centro Cívico? Si a estas horas aún están poniendo las calles. Tiene que estar cerrado.

—A lo mejor ha sido un accidente de autobús.

—Prueba con otra cosa. Los autobuses no empiezan a circular hasta las seis.

Sirenas. Las sirenas convergían por todas partes como señales luminosas en la pantalla de un radar. Una patrulla los adelantó a toda velocidad, pero, que Rob viera, aún llevaban ventaja al resto de las ambulancias y los camiones de bomberos.

Lo que nos da la oportunidad de ser los primeros en caer cuando algún árabe loco dispare o detone una bomba al grito de *Allahu akbar*, pensó. Qué suerte la nuestra.

Pero el trabajo era el trabajo, así que dobló en la empinada cuesta que conducía a los edificios principales de la administración municipal y el monstruoso auditorio en el que había votado hasta que se mudó a las afueras.

—¡*Frena*! —exclamó Jason—. *¡Jesús, maldición, Robbie, FRENA!*

Decenas de personas emergían de la niebla en su dirección. Algunas se precipitaban prácticamente sin control debido a la pronunciada pendiente; había quien gritaba. Un hombre cayó, rodó por el suelo, logró levantarse y siguió adelante a toda prisa con el faldón de la camisa rasgado y ondeando por debajo de la chaqueta. Rob vio a una mujer con las medias hechas jirones, las espinillas ensangrentadas y un solo zapato. Llevado por el pánico, frenó. El frente de la ambulancia se hundió y todo lo que no estaba asegurado salió despedido. Medicamentos, botellas de suero intravenoso y paquetes de agujas hipodérmicas de una gaveta que había quedado abierta —una infracción al protocolo— se convirtieron en proyectiles. La camilla, que no habían tenido que utilizar con el señor Galen, rebotó contra un lateral. Un estetoscopio atravesó la ventanilla del panel divisorio, se estrelló contra el parabrisas y fue a caer en la consola central.

—Avanza despacio —instó Jason—. Despacio, ¿de acuerdo? No empeoremos las cosas.

Rob acarició el acelerador y continuó ascendiendo, lentamente. Seguía acercándose gente, centenares, al parecer. Algunos sangraban, y si bien la mayoría no tenían heridas visibles, todos estaban aterrorizados. Jason bajó la ventanilla y se asomó.

—¿*Qué pasa? ¿Alguien puede explicarme qué pasa?*

Se aproximó un hombre jadeante, con la cara roja.

—Ha sido un coche. Ha arremetido contra la multitud como una podadora. Ese puto energúmeno no me atropelló de milagro. No sé a cuántos se ha llevado por delante. Entre los postes que han puesto para organizar la cola, estábamos como cerdos en un chiquero. Lo ha hecho adrede, y están todos ahí tirados como… como… Dios santo, como muñecos ensangrentados. He visto al menos cuatro muertos. Tiene que haber más.

El tipo empezaba a alejarse, ya sin correr, una vez atenuado el efecto de la adrenalina, cuando Jason se desabrochó el cinturón de seguridad y se asomó de nuevo para preguntarle a voz en cuello:

—¿Ha visto de qué color era? ¿El coche?

El hombre se dio la vuelta, pálido y ojeroso.

—Gris. Era un coche muy grande y gris.

Jason volvió a acomodarse en el asiento y miró a Rob. Ninguno de los dos tuvo que decirlo en voz alta: era el que habían esquivado al salir del McDonald's. Y estaba claro que la mancha en la parrilla no era óxido.

—Sigue, Robbie. Ya nos ocuparemos luego del desastre de ahí atrás. Tú llega arriba sin atropellar a nadie, ¿estamos?

—De acuerdo.

Para cuando Rob alcanzó el estacionamiento, ya remitía el pánico. Algunas personas se marchaban despacio; otras intentaban ayudar a los que habían sido arrollados por el coche gris; unas cuantas, los cretinos presentes en toda multitud, tomaban fotos o videos con sus teléfonos. Con la esperanza de que las imágenes se hicieran virales en YouTube, supuso Rob. En el asfalto había postes cromados caídos con cinta amarilla de PROHIBIDO EL PASO.

La patrulla que los había adelantado se había detenido cerca del edificio, junto a un saco de dormir del que asomaba una mano blanca y delgada. Un hombre yacía desmadejado encima del saco, en medio de un charco de sangre que iba creciendo. El oficial hizo señas a la ambulancia para que pasara y, al resplandor azul de las luces de la patrulla, dio la impresión de que movía el brazo espasmódicamente.

Rob tomó la computadora portátil y bajó mientras Jason corría a la parte trasera de la ambulancia para salir con el maletín de primeros auxilios y el desfibrilador externo. Seguía clareando, de modo que Rob pudo leer el cartel que ondeaba sobre la entrada principal del auditorio: ¡1000 **EMPLEOS GARANTIZADOS!** *¡No abandonamos a las personas de nuestra ciudad!* **RALPH KINSLER, ALCALDE.**

Bien, eso explicaba qué hacía tanta gente allí tan temprano. Una feria de empleo. Desde el año anterior, cuando la economía había sufrido su propio infarto fulminante, corrían tiempos difíciles en todas partes, pero en especial en esa pequeña ciudad a orillas del lago, donde la sangría de puestos de trabajo ya había comenzado a finales del siglo anterior.

Rob y Jason se encaminaron hacia el saco de dormir, pero el oficial negó con la cabeza. Estaba pálido.

—Este hombre y las dos personas que hay dentro del saco están muertos. Su mujer y su hijo, supongo. Imagino que estaba intentando protegerlos —emitió un breve sonido gutural, a medio camino entre el eructo y la arcada, y se tapó la boca con la mano. Enseguida la retiró y señaló con el dedo—. Puede que esa mujer siga con vida.

La mujer en cuestión yacía de espaldas, con las piernas torcidas en un ángulo que indicaba traumatismos graves. En la entrepierna del elegante pantalón beige se evidenciaba una mancha oscura de orina. Tenía el rostro —lo que quedaba de él— embadurnado de grasa. Había perdido parte de la nariz y casi todo el labio superior. Sus bonitos dientes quedaban al descubierto en una mueca exánime. También tenía desgarrados el abrigo y la mitad de la blusa, de cuello cisne. En el cuello y el hombro comenzaban a aflorar grandes hematomas oscuros.

El puto coche le ha pasado por encima, pensó Rob. La había aplastado como a una ardilla. Jason y él se arrodillaron a su lado al tiempo que se ponían los guantes azules. El bolso de la mujer, con una huella parcial de llanta, había caído cerca. Rob lo levantó y lo arrojó a la parte trasera de la ambulancia, por si resultaba ser una prueba o algo así. Y la mujer además desearía conservarlo, claro.

Eso si sobrevivía.

—No respira, pero tiene pulso —informó Jason—. Débil e inestable. Corta la blusa.

Rob obedeció y, al hacerlo, se desprendió también medio brasier, con los tirantes hechos trizas. Empujó el resto de la ropa hacia abajo para que no estorbara e inició las compresiones a la par que Jason abría la vía.

—¿Va a salir de ésta? —preguntó el policía.

—No lo sé —contestó Rob—. De esto nos ocupamos nosotros. Usted tiene otros problemas. Si suben más vehículos de salvamento a toda velocidad, como hemos estado a punto de hacer nosotros, van a matar a alguien.

—Oiga, hay heridos por todas partes. Esto parece un campo de batalla.

—Ayude a los que pueda.

—Ya respira —informó Jason—. Atiende aquí, Robbie, salvemos una vida. Toma la computadora e informa al Kiner de que vamos con una posible fractura de cuello, traumatismos vertebrales, lesiones internas, lesiones faciales y Dios sabe qué más. Estado crítico. Te doy los signos vitales.

Rob hizo la llamada mientras Jason seguía sacando el máximo partido al maletín de la ambulancia. El servicio de Urgencias del Kiner contestó de inmediato; la voz al otro lado de la línea sonó nítida y serena. El Kiner era un centro de traumatología de Nivel I, lo que a veces llamaban Clase Presidencial, y estaba preparado para situaciones como aquélla. Organizaban simulacros cinco veces al año.

Una vez transmitido el aviso, midió el nivel de oxígeno en sangre (previsiblemente bajo) y, a continuación, sacó de la ambulancia el collarín cervical y la tabla rígida. Ya estaban llegando otros vehículos de salvamento, y la niebla empezaba a disiparse, lo que evidenciaba la magnitud del desastre.

Todo con un solo coche, pensó Rob. ¿Quién lo habría dicho?

—Listo —anunció Jason—. No está estable, pero es lo máximo que podemos hacer. Subámosla.

Con cuidado de mantener la tabla en posición totalmente horizontal, la introdujeron en la ambulancia, la depositaron en la camilla y la inmovilizaron. Con el collarín alrededor del rostro, pálido y desfigurado, semejaba una víctima ritual de una película de terror… sólo que esas mujeres siempre eran muy jóvenes, y aquélla aparentaba unos cincuenta años. Demasiado mayor para andar buscando trabajo, habría cabido pensar, y Rob sólo tenía que mirarla para saber que no volvería a buscarlo jamás. Ni a caminar, a juzgar por su aspecto. Con suerte, y mucha, tal vez no quedara tetrapléjica —en caso de que sobreviviera—, pero Rob supuso que su vida de cintura para abajo había terminado.

Jason se arrodilló, le colocó una mascarilla de plástico transparente sobre la boca y la nariz, y abrió la válvula de la botella de oxígeno situada en la cabecera de la camilla. El plástico se empañó: buena señal.

—¿Y ahora? —preguntó, con lo que quería decir: ¿Qué más puedo hacer?

—Busca algo de epi entre todas las cosas que han salido disparadas; si no, tómala de mi maletín. Por un momento, el pulso era bueno, pero ha vuelto a debilitarse. Luego pon en marcha este cacharro. Con las lesiones que ha sufrido, es un milagro que siga viva.

Rob encontró una ampolla de epinefrina debajo de una caja de vendas caída y se la entregó. A continuación cerró los portones traseros, se sentó al volante y arrancó. Ser el primero en un INV significaba ser el primero en el hospital. Eso mejoraría sólo un poco las escasas probabilidades de supervivencia de aquella mujer. Aun así, incluso con el tráfico fluido del amanecer, el trayecto era de quince minutos, y preveía que llegaría muerta al hospital John M. Kiner Memorial. Dadas las heridas, quizá fuera lo mejor.

Pero no llegó muerta.

A las tres de esa misma tarde, mucho después de que terminara su turno pero demasiado tensos para plantearse siquiera volver a casa, Rob y Jason permanecían sentados en la sala de retén del Cuartel de Bomberos número 3, viendo ESPN sin volumen. Habían realizado ocho viajes en total, pero la mujer era el caso más grave.

—Martine Stover, se llamaba —dijo Jason por fin—. Sigue en el quirófano. He telefoneado cuando fuiste al baño.

—¿Se sabe qué posibilidades tiene?

—No, pero no la han dejado caer, y eso ya es algo. Seguramente había ido allí con la esperanza de encontrar trabajo como secretaria de dirección. Mientras buscaba alguna identificación en su bolso (he averiguado el grupo sanguíneo gracias a la licencia de conducir), he visto todo un fajo de referencias. Por lo visto, era buena en lo suyo. Su último empleo fue en Bank of America. Hubo recortes de personal.

—¿Y si vive? ¿Tú qué crees? ¿Serán sólo las piernas?

Jason mantenía la mirada fija en el televisor, donde los jugadores de basquetbol corrían ágilmente por la cancha, y guardó silencio durante largo rato. Al final:

—Si vive, quedará tetrapléjica.

—¿Estás seguro?

—En un noventa y cinco por ciento.

En la televisión salió un anuncio de cerveza. Jóvenes bailando como locos en un bar. Todos se divertían. Para Martine Stover, la diversión había terminado. Rob intentó imaginar a qué tendría que enfrentarse si salía adelante. A la vida en una silla de ruedas motorizada que movería soplando por un tubo. A alimentarse a base de papilla o por vía intravenosa. A la respiración asistida. A defecar en una bolsa. A la vida en una dimensión médica desconocida.

—Christopher Reeve no la pasó tan mal —dijo Jason, como si le leyera el pensamiento—. Una actitud positiva. Un buen ejemplo. Mantuvo la cabeza bien alta. Incluso dirigió una película, me parece.

—Claro que mantuvo la cabeza bien alta —respondió Rob—. Gracias a un collarín que no se quitó jamás. Y está muerto.

—Esa mujer llevaba su mejor ropa —comentó Jason—. Un buen pantalón, una blusa costosa, un abrigo bonito. Se proponía volver a levantarse. Y viene un *cabrón* y la deja sin nada.

—¿Lo han atrapado ya?

—Por lo último que he sabido, todavía no. Cuando lo encuentren, espero que lo cuelguen de los huevos.

La noche siguiente, tras dejar a una víctima de ictus en el Kiner Memorial, comprobaron cómo seguía Martine Stover. Estaba en la unidad de cuidados intensivos y presentaba las señales de funcionamiento cerebral creciente que indican la recuperación inminente de la consciencia. Cuando volviera en sí, alguien tendría que darle la mala noticia: había quedado paralítica del pecho para abajo.

Rob Martin se alegraba de no tener que ser él.

Y el hombre al que la prensa llamaba el Asesino del Mercedes seguía en libertad.

Z

Enero de 2016

1

Un cristal se rompe en el bolsillo del pantalón de Bill Hodges. Acto seguido se oye el vocerío jubiloso de unos niños que exclaman a coro: «¡Eso es un *HOME RUN!*».

Hodges se sobresalta y hace una mueca en su asiento. El doctor Stamos forma parte de un conciliábulo de cuatro médicos, y esta mañana de lunes la sala de espera está llena. Todo el mundo se vuelve para mirarlo. Hodges siente sofoco en la cara.

—Perdonen —dice a la sala en general—. Un mensaje de texto.

—Y muy sonoro —observa una anciana de cabello blanco y ralo y papada de beagle. A su lado, Hodges se siente como un crío, y eso que va ya para la setentena. La mujer, pese a su edad, está al día sobre reglas de urbanidad en el uso del teléfono celular—. En sitios públicos como éste debería usted bajar el volumen o ponerlo en silencio.

—Tiene toda la razón, toda la razón.

La anciana se concentra de nuevo en su libro (es *Cincuenta sombras de Grey* y, a juzgar por el aspecto manoseado, no es la primera vez que lo leen). Hodges se saca el iPhone del bolsillo. El mensaje es de Pete Huntley, antiguo compañero de Hodges en sus tiempos en la policía. Aunque cueste creerlo, el propio Pete está a punto de colgar los guantes. «Fin de guardia», lo llaman, pero a Hodges en particular le ha sido imposible dejar la guardia. Está al frente de una pequeña agencia, Finders Keepers, en la que trabajan sólo dos personas. Él se presenta como rastreador por cuenta propia de personas desaparecidas, porque hace unos años se metió en un pequeño lío y no cumple los requisitos para solicitar la licencia de investigador privado. En esta ciudad se necesita autorización oficial. Pero detective es lo que es, al menos parte del tiempo.

Kermit, llámame. En cuanto puedas. Importante.

Kermit es el verdadero nombre de pila de Hodges, pero él se presenta por su segundo nombre a la mayoría de la gente; así se ahorra las alusiones jocosas a la rana. Pete, no obstante, tiene por costumbre llamarlo así. Le parece de lo más gracioso.

Hodges se plantea guardarse el teléfono en el bolsillo sin más (después de silenciarlo, en el supuesto de que descubra la función NO MOLESTAR). Pasará al consultorio del doctor Stamos de un momento a otro, y quiere poner fin a la visita cuanto antes. Como a casi todos los hombres de cierta edad que conoce, no le gustan los consultorios médicos. Siempre teme que le encuentren no algo malo sino algo *muy* malo. Además, ya sabe de qué quiere hablar su compañero: su bacanal de jubilación, prevista para el mes que viene. Se celebrará en el Raintree Inn, cerca del aeropuerto. El mismo sitio donde Hodges organizó su fiesta, sólo que en esta ocasión se propone beber mucho menos. Quizá nada. Cuando era policía en activo, tenía problemas con el alcohol, lo cual fue en parte la razón de su fracaso conyugal, pero parece haber perdido el gusto por la bebida. Es un alivio. En su día leyó una novela de ciencia ficción titulada *La luna es una cruel amante*. En cuanto a la luna, no sabría decir, pero estaba dispuesto a testificar ante un juez que el whisky sí es una cruel amante, y ocurre aquí en la Tierra.

Se lo piensa mejor, se plantea mandar un mensaje, descarta la idea y se pone en pie. Los viejos hábitos están muy arraigados.

La mujer sentada tras el mostrador de recepción se llama Marlee, según su placa de identificación. Aparenta unos diecisiete años y le dirige una radiante sonrisa de porrista.

—Lo recibirá enseguida, señor Hodges, se lo prometo. Es que vamos con un poquito de retraso. Como todos los lunes.

—Lunes, lunes, no puede uno fiarse de ese día —dice Hodges, recordando la canción de The Mamas & The Papas.

Ella lo mira con semblante inexpresivo.

—Voy a salir un momento, si no hay inconveniente. Tengo que hacer una llamada.

—No hay problema —contesta Marlee—. Pero manténgase delante de la puerta. Le haré señas con los brazos si sigue fuera cuando el doctor quede libre.

—De acuerdo —de camino a la salida, Hodges se detiene junto a la anciana—. ¿Es bueno, el libro?

Ella alza la vista.

—No, pero rebosa energía.

—Eso me han dicho. ¿Ha visto la película?

La anciana se queda mirándolo, sorprendida e interesada.

—¿Hay *película*?

—Sí. No se la pierda.

Hodges tampoco la ha visto, aunque Holly Gibney —tiempo atrás su ayudante, ahora su socia, apasionada cinéfila desde su conflictiva infancia— intentó arrastrarlo a verla. Dos veces. Fue ella quien le eligió el tono de los cristales rotos/*home run* para la notificación de mensaje de texto en el celular. Le hace gracia. A Hodges también... al principio. Ahora está hasta la coronilla de oírlo. Consultará cómo cambiarlo en internet. Ha descubierto que en internet se puede encontrar de todo. Algunas cosas son útiles. Algunas son interesantes. Algunas son entretenidas.

Y algunas son una mierda.

2

El celular de Pete suena dos veces, y a continuación Hodges oye la voz de su antiguo compañero.

—Huntley.

—Escúchame con atención —dice Hodges—, porque este tema entra en el examen. Sí, iré a la fiesta. Sí, después de la comida pronunciaré unas palabras, en tono jocoso pero sin caer en la vulgaridad, y propondré el primer brindis. Sí, soy consciente de que tu ex y tu noviecita actual estarán allí, pero, que yo sepa, no han contratado a ninguna desnudista. Si lo ha hecho alguien, fue Hal Corley, que es idiota, y deberías preguntarle a él...

—Bill, detente. No te he llamado por la fiesta.

Hodges se interrumpe en el acto, y no sólo por el barullo de voces entremezcladas que oye de fondo: voces de policías, eso lo sabe pese a que no distingue qué dicen. Corta en seco porque Pete lo ha llamado «Bill», y eso significa que la cosa va muy en serio. Primero acude a su cabeza Corinne, su propia exmujer, luego su hija, Alison, que vive en San Francisco, y por último Holly. Dios, si le ha pasado algo a Holly...

—¿Para qué me has llamado, Pete?

—Estoy en la escena de lo que parece un caso de asesinato y suicidio. Me gustaría que vinieras a echar un vistazo. Trae a tu compañera de fatigas, si la tienes a mano y se presta. No me gusta tener que decírtelo, pero sospecho que en realidad podría ser un poco más lista que tú.

El motivo de la llamada no es ninguno de sus seres cercanos. Hodges relaja los músculos abdominales, hasta ese momento contraídos como para amortiguar un golpe. El continuo dolor que lo ha llevado al consultorio del doctor Stamos, sin embargo, sigue ahí.

—Claro. Porque es más joven. A partir de los sesenta empiezas a perder neuronas a millones, fenómeno que experimentarás en tus propias carnes dentro de un par de años. ¿Para qué quieres a un vejestorio como yo en la escena de un asesinato?

—Porque es probable que sea mi último caso, porque va a salir en primera plana y porque... no vayas a desmayarte de la emoción... la verdad es que valoro tus aportaciones. Las de Gibney también. Y el asunto guarda una extraña relación con ustedes dos. Quizá sea una coincidencia, pero no estoy del todo seguro.

—Relación ¿en qué sentido?

—¿Te dice algo el nombre de Martine Stover?

Por un momento no le suena de nada, pero de pronto sí. Una brumosa mañana de 2009 un psicópata, Brady Hartsfield, al volante de un Mercedes-Benz robado, embistió a una multitud de personas que habían acudido en busca de trabajo al Centro Cívico, en el corazón de la ciudad. Mató a ocho e hirió de gravedad a quince. En el transcurso de la investigación, los inspectores K. William Hodges y Peter Huntley interrogaron a muchos de los presentes aquella brumosa mañana, incluidos todos los supervivientes que resultaron heridos. La conversación con Martine Stover fue la más difícil, y no sólo porque, a excepción de su madre, apenas nadie la entendía a causa de la desfiguración de la boca. Stover estaba paralizada del pecho para abajo. Más tarde, Hartsfield escribió un anónimo a Hodges. En él se refería a la mujer como «la proverbial cabeza empalada». Lo que hacía que el comentario resultara especialmente cruel era la escabrosa parte de verdad que contenía esa muestra de humor negro.

—No me imagino a una tetrapléjica como asesina, Pete... como no sea en un episodio de *Mentes criminales*, claro. Deduzco, pues...

—Sí, la autora ha sido la madre. Primero ha eliminado a Stover, luego se ha matado ella. ¿Vienes?

Hodges no se lo piensa dos veces.

—Voy. Recogeré a Holly de camino. Dame la dirección.

—El 1601 de Hilltop Court. En Ridgedale.

Ridgedale es una zona residencial de las afueras, al norte de la ciudad, no tan adinerada como Sugar Heights, pero bastante agradable.

—Puedo llegar en cuarenta minutos, eso si Holly está en la oficina.

Y estará. Casi siempre se sienta ante su escritorio a las ocho, a veces incluso a las siete, y es muy capaz de quedarse ahí hasta que Hodges le da un grito para que se marche a casa, se prepare algo de cenar y vea una película en la computadora. Holly Gibney es la razón principal por la que Finders Keepers mantiene sus cuentas sanas. Es una genio de la organización, además de un as de la informática, y ese trabajo es su vida. Bueno, junto con Hodges y los Robinson, en especial Jerome y Barbara. Una vez, cuando la madre de Jerome y Barbie declaró a Holly miembro honorario de la familia Robinson, su rostro se iluminó como el sol una tarde de verano. Eso es algo que Holly hace más a menudo que antes, pero no lo suficiente todavía en opinión de Hodges.

—Estupendo, Ker. Gracias.

—¿Se ha hecho ya el levantamiento de los cadáveres?

—Ahora mismo van camino al depósito, pero Izzy tiene todas las fotos en su iPad —se refiere a Isabelle Jaynes, la compañera de Pete desde que Hodges se retiró.

—Bien. Te llevaré un *éclair* de crema.

—Tenemos bollos para dar y regalar. ¿Dónde estás, por cierto?

—No te preocupes por eso. Llegaré cuanto antes.

Hodges interrumpe la comunicación y recorre apresuradamente el rellano hacia el elevador.

3

El paciente al que el doctor Stamos ha recibido al cuarto para las nueve por fin sale de la sala de reconocimiento, al fondo del consultorio. El señor Hodges tenía consulta a las nueve, y ya son las nueve y media. Seguramente el pobre esté impaciente por acabar con el asunto que lo ha traído aquí y seguir adelante con sus quehaceres del día. Marlee mira hacia el rellano y ve a Hodges hablando por el celular.

Se levanta y se asoma al despacho de Stamos, que se encuentra sentado a su escritorio con una carpeta abierta delante. **KERMIT WILLIAM HODGES**, consta en la etiqueta impresa. El médico examina el informe que contiene la carpeta y se frota las sienes, como si le doliera la cabeza.

—¿Doctor Stamos? ¿Hago pasar al señor Hodges?

El médico la mira, alarmado, y dirige un vistazo a su reloj de mesa.

—Dios mío, sí. Los lunes son una pesadilla, ¿eh?

—No puede uno fiarse del día —dice ella, y se da media vuelta para marcharse.

—Me gusta mi trabajo, pero detesto esta parte —comenta Stamos.

Ahora es Marlee quien se alarma. Voltea para mirarlo.

—No me hagas caso. Estaba hablando solo. Que pase. Acabemos con esto cuanto antes.

Marlee se asoma al rellano justo a tiempo de ver como se cierra la puerta del elevador en el extremo opuesto.

4

Hodges llama a Holly desde el estacionamiento contiguo al centro médico, y cuando llega al edificio Turner, en Lower Marlborough, donde se encuentra la oficina, ella espera ya delante con el maletín colocado entre sus cómodos zapatos. Holly Gibney: ya cerca de los cincuenta años, delgada y alta, con el cabello castaño por lo general recogido en una coleta apretada, vestida esta mañana con un voluminoso abrigo North Face cuya capucha encuadra su rostro pequeño. Uno describiría esa cara como corriente, piensa Hodges, antes de fijarse en los ojos, que son hermosos y rebosan inteligencia. Y de hecho quizá no tenga apenas tiempo para verlos, ya que Holly Gibney, por costumbre, elude las miradas directas.

Hodges acerca el Prius a la banqueta, y ella sube de un salto, se quita los guantes y extiende las manos hacia la ventila de la calefacción del asiento del acompañante.

—Has tardado mucho en llegar.

—Quince minutos. Estaba en la otra punta de la ciudad. He encontrado todos los semáforos en rojo.

—Han sido *dieciocho* minutos —informa Holly mientras Hodges se reincorpora a la circulación—. Porque ibas demasiado deprisa, lo cual es contraproducente. Si mantienes la velocidad a treinta y cinco kilómetros por hora exactamente, encontrarás casi todos los semáforos en verde. Están sincronizados. Te lo he explicado más de una vez. Ahora cuéntame qué te ha dicho el médico. ¿Has sacado calificación perfecta en los exámenes?

Hodges se plantea sus opciones, que son sólo dos: decir la verdad o andarse con evasivas. Holly había insistido hasta la saciedad en que fuera al médico, porque tiene molestias de estómago desde hace un tiempo. Al principio era sólo una presión; ahora siente también algo de dolor. Puede que Holly tenga problemas de personalidad, pero en cuanto a insistir es muy eficiente. Como un perro con un hueso, piensa Hodges a veces.

—Aún no tenían los resultados —no es del todo mentira, se dice, porque *yo* todavía no los tengo.

Ella lo mira no muy convencida mientras acceden a Crosstown, la vía transversal. A Hodges no le gusta cuando lo mira de esa manera.

—No pienso dejarlo —asegura él—. Confía en mí.

—Confío, Bill —dice ella—. Confío.

Al oírla, Hodges se siente todavía peor.

Holly se inclina, abre el maletín y saca su iPad.

—He hecho alguna que otra consulta mientras te esperaba. ¿Quieres oírlo?

—Adelante.

—Martine Stover tenía cincuenta años cuando Brady Hartsfield la dejó inválida, así que ahora tendría cincuenta y seis. Podrían ser cincuenta y siete, supongo, pero como todavía estamos en enero, lo considero muy poco probable, ¿tú no?

—Las probabilidades son mínimas, desde luego.

—En la época del suceso del Centro Cívico, vivía con su madre en Sycamore Street. No muy lejos de la casa de Brady Hartsfield y *su* madre, lo cual resulta un tanto irónico si te pones a pensarlo.

Cerca también de Tom Saubers y su familia, se dice Hodges. No hace mucho, Holly y él trabajaron en un caso en el que estaba implicada la familia Saubers, y también tenía vinculaciones con lo que la prensa local solía llamar la «Masacre del Mercedes». Bien mirado, existían las más diversas vinculaciones, y quizá la más extraña fuese que el coche que había utilizado Hartsfield como arma homicida pertenecía a la prima de Holly Gibney.

—¿Cómo dan el salto de Tree Streets a Ridgedale una anciana y su hija con discapacidad severa?

—Por el seguro. Martine Stover no tenía una o dos pólizas exorbitantes, sino tres. Digamos que era una obsesa de los seguros —sólo Holly sería capaz de decir eso en tono de aprobación, reflexiona Hodges—. Después publicaron varios artículos sobre ella, porque, entre los supervivientes, era el caso más grave. Declaró que sabía que, si no hubiese conseguido trabajo en el Centro Cívico, tendría que haber liquidado las pólizas, una tras otra. Al fin y al cabo, estaba soltera y debía mantener a una madre viuda y sin trabajo.

—Que acabó cuidando de ella.

Holly asiente con la cabeza.

—Muy raro, muy triste. Pero al menos contaban con un buen colchón, que es la finalidad de los seguros. Incluso mejoró su posición en la vida.

—Sí —dice Hodges—, aunque ahora ya no tienen vida.

A esto Holly no responde. Un poco más adelante, está la salida de Ridgedale. Hodges la toma.

5

Pete Huntley ha engordado, le cuelga la barriga por encima de la hebilla del cinturón; Isabelle Jaynes, en cambio, con sus ajustados jeans descoloridos y una chamarra azul, está tan deslumbrante como siempre. Mira con sus brumosos ojos grises primero a Hodges, luego a Holly y después a Hodges otra vez.

—Has adelgazado —comenta. Podría ser un cumplido o una acusación.

—Tiene molestias de estómago desde hace un tiempo y se ha hecho unos estudios —explica Holly—. En principio los resultados debían estar hoy, pero...

—Dejemos eso, Hols —ataja Hodges—. Esto no es una consulta médica.

—Cada día parecen más un matrimonio con muchos años de casados —dice Izzy.

—Si Bill y yo nos casáramos —contesta Holly con toda naturalidad—, se resentiría nuestra relación de trabajo.

Pete se echa a reír, y Holly lo mira con cara de perplejidad mientras entran en la casa.

Es una magnífica edificación de estilo neocolonial y, pese a hallarse en lo alto de una colina y al frío del día, dentro hace un calor sofocante. En el vestíbulo, los cuatro se calzan finos guantes y botas de goma. Cómo vuelve todo a la memoria, piensa Hodges. Es como si no me hubiera retirado.

En una pared de la sala, hay un cuadro de niños desamparados de ojos grandes, y en otra, un televisor de pantalla grande. Frente a éste, hay un sillón con una mesita al lado. En la mesita, dispuestas en cuidadoso abanico, se ven revistas del corazón como *OK!* y publicaciones sensacionalistas como *Inside View*. En el centro de la sala dos surcos profundos cruzan la alfombra. Hodges piensa: Aquí es donde se sentaban a ver la tele por las noches. O tal vez todo el día. La madre en su sillón, Martine en su silla de ruedas. Que debía de pesar una tonelada, a juzgar por las marcas.

—¿Cómo se llamaba la madre? —pregunta.

—Janice Ellerton. Su marido, James, murió hace veinte años, según... —Pete, de la vieja escuela como Hodges, lleva una libreta en lugar de iPad. La consulta—. Según Yvonne Carstairs. Ella y la otra asistenta, Georgina Ross, las han encontrado muertas al llegar esta mañana, poco antes de las seis. Cobraban un extra por venir temprano. La tal Ross no ha servido de gran ayuda...

—No hacía más que farfullar —aclara Izzy—. Pero Carstairs sí estaba en condiciones. Ha mantenido la calma todo el tiempo. Ha llamado a la policía de inmediato, y hemos llegado al lugar de los hechos a las seis cuarenta.

—¿Cuántos años tenía la madre? —pregunta Hodges.

—Todavía no lo sé con exactitud —contesta Pete—, pero no era una niña precisamente.

—Setenta y nueve —informa Holly—. En uno de los artículos que he leído mientras esperaba a Bill se decía que tenía setenta y tres cuando se produjo la Masacre del Centro Cívico.

—Ya no son años para andar cuidando de una hija tetrapléjica —comenta Hodges.

—Pero se conservaba bien —dice Isabelle—. Al menos, según Carstairs. Estaba fuerte. Y contaba con mucha ayuda. Podían pagarla gracias...

—Al seguro —concluye Hodges—. Holly me ha puesto al corriente por el camino.

Izzy lanza una mirada a Holly. Holly no se da cuenta. Está inspeccionando la sala. Haciendo inventario. Olfateando el aire. Deslizando la palma de la mano por el respaldo del sillón de la madre. Holly tiene problemas emocionales y es de una literalidad pasmosa; pero por otra parte está abierta a estímulos imperceptibles para la mayoría de la gente.

—Venían dos asistentas por la mañana, dos por la tarde y dos por la noche —continúa Pete—. Todos los días de la semana. De una empresa privada que se llama... —vuelve a consultar su libreta—. Ayuda a Domicilio. Ellas se encargaban de las tareas pesadas. También hay una mujer de la limpieza, Nancy Alderson, pero, según parece, hoy descansa. Hay una nota en el calendario de la cocina que dice: «Nancy en Chagrin Falls», y una línea que abarca hoy, el martes y el miércoles.

Se acercan por el pasillo dos hombres, también con guantes y botas. Vienen de la parte de la casa que ocupaba la difunta Martine Stover, supone Hodges. Los dos llevan maletines de evidencias.

—Todo listo en el dormitorio y el cuarto de baño —anuncia uno.

—¿Han encontrado algo? —pregunta Izzy.

—Más o menos lo que cabía esperar —responde el otro—. Unos cuantos cabellos blancos en la bañera, lo que no es raro si se tiene en cuenta que es ahí donde la anciana se quitó de en medio. En la bañera también había excrementos, pero sólo un ligero rastro. También como cabía esperar —en respuesta a la expresión interrogativa de Hodges, el técnico añade—: Llevaba calzones para la incontinencia. La mujer lo tenía todo previsto.

—Uf —dice Holly.

—Hay un taburete para la ducha —explica el primer técnico—, pero está en el rincón, con toallas de reserva apiladas encima. Parece que no se ha utilizado.

—Debían de lavarla con esponja —comenta Holly.

Aún trasluce cierto asco, ya sea por la idea de los calzones para la incontinencia o de los excrementos en la bañera, pero sigue posando la mirada aquí y allá. Puede que haga una o dos preguntas o que formule algún comentario, pero la mayor parte del tiempo guardará silencio, porque la gente la intimida, sobre todo de cerca. Hodges, sin embargo, la conoce —en la medida de lo posible, al menos— y nota que está en alerta máxima.

Después hablará, y Hodges la escuchará con atención. En el caso Saubers, el año pasado, descubrió que conviene escuchar a Holly. Tiene una manera de pensar poco convencional, a veces muy poco convencional, y sus intuiciones pueden ser sorprendentes. Y aunque es asustadiza por naturaleza —sabe Dios que no le faltan razones—, es capaz de actuar con valor. Holly es la causante de que Brady Hartsfield, alias Mr. Mercedes, esté ahora internado en la Unidad de Traumatismos Craneoencefálicos de Lakes Region, en el Kiner Memorial. Holly utilizó un calcetín lleno de esferas de metal para aplastarle el cráneo antes de que perpetrara una catástrofe mucho mayor que la del Centro Cívico. Hartsfield vive ahora en un mundo nebuloso que el jefe de neurología de la Unidad de Traumatismos Craneoencefálicos describe como «estado vegetativo persistente».

—Los tetrapléjicos pueden ducharse —aclara Holly—, pero les cuesta por los dispositivos de soporte vital que llevan conectados. Así que en general los bañan con esponja.

—Vayamos a la cocina, que allí da el sol —propone Pete, y así lo hacen.

Lo primero que llama la atención a Hodges es el escurridor, donde se ha dejado a secar el plato que contuvo la última comida de la señora Ellerton. Las repisas están relucientes, y el suelo se ve tan limpio que podría comerse en él. Hodges imagina que, arriba, las camas están tendidas con esmero. Incluso es posible que la mujer haya pasado la aspiradora por las alfombras. Y están los calzones de incontinencia. Se cuidaba de todo aquello de lo que podía cuidarse. Hodges, que en su día se planteó seriamente el suicidio, lo comprende bien.

6

Pete, Izzy y Hodges se sientan a la mesa de la cocina. Holly se limita a rondar cerca, a ratos de pie detrás de Isabelle para mirar en el iPad de ésta la colección de fotos de la carpeta titulada ELLERTON/STOVER, a ratos husmeando en las múltiples gavetas, con los dedos enguantados tan livianos como mariposas nocturnas.

Izzy va deslizando las imágenes por la pantalla a medida que los pone al corriente.

La primera foto muestra a dos mujeres de mediana edad, vestidas con los uniformes de nailon rojo de Ayuda a Domicilio. Ambas son robustas y anchas de espaldas, pero una —Georgina Ross, supone Hodges— llora y se sujeta los hombros con las manos de modo que sus pechos quedan presionados bajo los antebrazos. La otra, Yvonne Carstairs, parece de otro temple.

—Han llegado al cuarto para las seis —explica Izzy—. Entran con su propia llave para no tener que llamar a la puerta. A veces Martine dormía hasta las seis y media, según Carstairs. La señora Ellerton siempre estaba en pie; se levantaba a eso de las cinco, les decía, y necesitaba tomarse su café antes que nada. Sólo que esta mañana no estaba levantada ni olía a café. Piensan, pues, que por una vez a la anciana se le han pegado las sábanas, y mejor para ella. Entran de puntillas en la habitación de Stover, ahí, en el pasillo, para ver si *ella* sí se ha despertado ya. Y se encuentran con esto.

Izzy pasa a la siguiente fotografía. Hodges espera otro *uf* de Holly, pero ésta guarda silencio y examina la imagen con atención. Stover yace en la cama, tapada sólo hasta las rodillas. Los daños faciales no llegaron a repararse, pero en lo que queda del rostro se advierte una expresión relativamente plácida. Tiene los ojos cerrados, y las manos, contrahechas, entrelazadas. Del abdomen, descarnado, sobresale una sonda gástrica. Cerca está la silla de ruedas, que a Hodges más le parece la cápsula espacial de un astronauta.

—En la habitación de Stover *sí* se percibía un olor. Pero no a café. A alcohol.

Izzy desliza el dedo. Aparece un primer plano de la mesita de noche de Stover. Muestra hileras ordenadas de comprimidos, además de un triturador de pastillas para que Stover, una vez pulverizados, pueda ingerirlos. En medio de todo, absurdamente fuera de lugar, hay una botella de tres cuartos de litro de vodka Smirnoff de triple destilación y una jeringa de plástico. La botella de vodka está vacía.

—La mujer no quería correr riesgos —dice Pete—. El Smirnoff de triple destilación tiene setenta y cinco grados.

—Su intención sería acelerar al máximo el final de su hija, imagino —aventura Holly.

—Bien observado —añade Izzy, aunque con perceptible displicencia.

No siente la menor simpatía por Holly, ni Holly por ella. Hodges lo sabe, pero ignora la razón. Y como ven a Isabelle en contadas ocasiones, nunca se ha molestado en interrogar a Holly al respecto.

—¿Tienes un acercamiento del triturador? —pregunta Holly.

—Claro —Izzy desliza el dedo, y en la foto siguiente el triturador de pastillas parece del tamaño de un platillo volador. Una película de polvo blanco cubre el receptáculo—. No lo sabremos con seguridad hasta entrada la semana, pero pensamos que es oxicodona. Le despacharon la receta hace sólo tres semanas, según la etiqueta, pero el frasco está tan vacío como la botella de vodka.

Vuelve a mostrar la imagen de Martine Stover, con los ojos cerrados, las huesudas manos entrelazadas como si rezara.

—La madre molió las pastillas, echó el polvo en la botella y vertió el vodka en la sonda gástrica de Martine. Probablemente es más eficaz que la inyección letal.

Izzy vuelve a deslizar el dedo. Esta vez Holly *sí* deja escapar un «uf», aunque no aparta la mirada.

La primera foto del cuarto de baño de Martine, acondicionado para personas con movilidad reducida, es un plano amplio, que muestra la repisa anormalmente baja con su pila, los toalleros y armarios también bajos, el enorme conjunto de ducha y bañera. La cortina corrediza de la ducha está plegada, con lo que la bañera queda completamente a la vista. Janice Ellerton, con un camisón rosa, yace sumergida en el agua hasta los hombros. Hodges deduce que la tela debía de haberse ahuecado en torno a ella cuando se metió en el agua, pero en esa foto del lugar de los hechos el camisón aparece adherido a su cuerpo delgado. Tiene la cabeza envuelta en una bolsa de plástico, ajustada al cuello mediante uno de esos cinturones de tela de rizo con los que se ciñen los albornoces. De debajo sale un tubo que serpentea hasta un pequeño tanque colocado en el suelo de baldosas. El tanque lleva a un lado una calcomanía en la que aparecen representados unos niños riendo.

—Un kit de suicidio —comenta Pete—. Es probable que aprendiera a hacerlo en internet. Hay muchas páginas en internet donde lo explican, con imágenes y todo. El agua estaba fría cuando hemos llegado, pero seguramente caliente cuando se ha metido en la bañera.

—Se supone que así resulta tranquilizadora —apunta Izzy, y aunque ella no exclama *uf* cuando pasa a la foto siguiente, un primer plano de Janice Ellerton, por un momento se le tensa el rostro en una mueca de disgusto.

La bolsa se ha empañado por efecto de la condensación de los últimos alientos, pero Hodges advierte que tiene los ojos cerrados. También ha muerto con aparente placidez.

—El tanque contenía helio —informa Pete—. Puede comprarse en cualquier lugar. En principio se utiliza para inflar globos en una fiesta de cumpleaños, pero igual funciona para matarse después de meter la cabeza en una bolsa. Al mareo inicial sigue la desorientación, y supongo que en ese punto ya no puedes quitarte la bolsa aunque cambies de idea. Después vienen la pérdida del conocimiento y por último la muerte.

—Déjame ver la anterior —pide Holly—. Ésa en la que sale todo el cuarto de baño.

—Ah —dice Pete—. Puede que el doctor Watson haya visto algo.

Izzy vuelve atrás. Hodges se inclina y escruta la imagen con los ojos entornados: de cerca, su vista ya no es lo que era. De pronto ve lo que Holly ha advertido. Hay una marca al lado de un fino cable gris enchufado a una de las tomas de corriente. Alguien —Ellerton, imagina, porque para su hija la posibilidad de escribir quedó atrás hace mucho tiempo— ha trazado en la repisa una única letra grande: **Z**.

—¿Cómo lo interpretan? —pregunta Pete.

Hodges reflexiona.

—Es su nota de suicidio —contesta por fin—. La Z es la última letra del abecedario. Si hubiese sabido griego, quizá habría escrito omega.

—Eso mismo pienso yo —dice Izzy—. Tiene algo de elegante, si te paras a pensarlo.

—La Z también es la marca del Zorro —informa Holly—. Era un jinete mexicano enmascarado. Se han hecho muchísimas películas, una con Anthony Hopkins en el papel de Don Diego, aunque ésa no era muy buena.

—¿Y eso te parece relevante? —pregunta Izzy. Su rostro refleja educado interés, pero su voz trasluce cierta burla.

—También hubo una serie de televisión —prosigue Holly. Contempla la foto como hipnotizada—. Una producción de Walt Disney, en los tiempos del blanco y negro. Quizá la señora Ellerton la viera de niña.

—¿Estás diciendo que esa mujer tal vez se refugió en sus recuerdos de infancia cuando se disponía a quitarse la vida? —Pete tiene sus dudas, y Hodges coincide con él—. Es una posibilidad, supongo.

—Una tontería, más probablemente —añade Izzy, alzando la vista al techo.

Holly ni siquiera se da cuenta.

—¿Puedo echar un vistazo al cuarto de baño? No tocaré nada, ni siquiera con esto puesto —levanta sus pequeñas manos enguantadas.

—Faltaría más —responde Izzy al instante.

En otras palabras, lárgate y deja hablar a los mayores, piensa Hodges. No le gusta la actitud de Izzy hacia Holly, pero como a ésta, por lo visto, le resbala, no ve razón para enzarzarse en discusiones. Además, la verdad es que esta mañana Holly está un poco ida, como dispersa. Hodges imagina que se debe a las fotos. Los muertos nunca parecen tan muertos como en las fotos policiales.

Holly se marcha a inspeccionar el cuarto de baño. Hodges se acomoda en la silla con las manos entrelazadas detrás de la nuca y los codos muy separados. Esta mañana las molestias de estómago no le resultan tan molestas, quizá porque ha sustituido el café por el té. Si es así, tendrá que proveerse de PG Tips. ¿Proveerse? Tendrá que hacer *acopio*. La verdad es que está harto de ese dolor permanente.

—¿Quieres explicarme qué estamos haciendo aquí, Pete?

Pete enarca las cejas fingiendo inocencia.

—¿A qué te refieres, Kermit?

—Tenías razón al decir que esto llegará a la prensa. Es uno de esos dramas que encantan a la gente; en comparación, su vida les parece mejor...

—Cínico, pero probablemente cierto —comenta Izzy con un suspiro.

—... pero cualquier relación con la Masacre del Mercedes es más causal que casual —Hodges no está muy seguro de que eso signifique lo que él cree que significa, aunque suena bien—. Se trata del clásico homicidio por compasión, obra de una anciana que ya no soportaba ver sufrir a su hija. Seguramente el último pensamiento de Ellerton al abrir la válvula del helio ha sido: Pronto estaré contigo, cariño, y cuando camine por las calles del cielo, tú caminarás a mi lado.

Izzy suelta un resoplido; Pete, en cambio, se queda pálido y pensativo. Hodges recuerda de pronto que hace mucho tiempo, tal vez treinta años, Pete y su mujer perdieron a su primera hija debido al síndrome de muerte súbita del lactante.

—Es triste, y la prensa se frotará las manos con esto durante un par de días, pero ocurre en algún lugar del mundo a diario. Cada hora, quizá. Así que aclárame por qué estamos aquí.

—Probablemente no sea nada. Izzy insiste en que no es nada.

—Izzy insiste —confirma ella.

—Probablemente Izzy opina que estoy empezando a delirar ahora que me acerco a la línea de meta.

—Izzy no opina eso. Izzy sólo opina que estás obsesionado con Brady Hartsfield y ya va siendo hora de que te lo quites de la cabeza —dirige sus brumosos ojos grises hacia Hodges—. Puede que la señorita Gibney sea un manojo de tics nerviosos y asociaciones extrañas, pero paró el reloj de Hartsfield como Dios manda, y ese mérito se lo reconozco plenamente. Está tendido en la Unidad de Traumatismos Craneoencefálicos del Kiner, donde, imagino, seguirá hasta que lo ataque una pulmonía y muera, ahorrándole así mucho dinero al Estado. Nunca lo procesarán por lo que hizo, eso lo sabemos todos. No lo atraparon por el caso del Centro Cívico, pero Gibney le impidió volar por los aires a dos mil niños en el auditorio Mingo un año después. Eso tienen que aceptarlo. Considérenlo una victoria y pasen la página.

—Vaya —dice Pete—. ¿Cuánto hacía que te guardabas eso?

Izzy procura no sonreír, pero no puede contenerse. Pete sonríe a su vez, y Hodges piensa: Trabajan tan bien juntos como en su día trabajamos Pete y yo. Es una lástima deshacer esa combinación, sin duda.

—Hace ya su tiempo —contesta Izzy—. Vamos, díselo —gira hacia Hodges—. Al menos no se trata de los hombrecillos grises de *Los expedientes secretos X*.

—¿Y bien? —pregunta Hodges.

—Keith Frias y Krista Countryman —dice Pete—. Los dos estaban en el Centro Cívico la mañana del 10 de abril cuando Hartsfield hizo lo que hizo. Frias, de diecinueve años, sufrió la pérdida de la mayor parte de un brazo, además de la fractura de cuatro costillas y lesiones internas. Perdió también el setenta por ciento de la visión en el ojo derecho. Countryman, de veintiún años, presentaba fracturas en las costillas y un brazo, así como lesiones en la columna vertebral que superó después de toda clase de terapias dolorosas en las que no quiero ni pensar.

Hodges tampoco quiere, pero son muchas las veces que se ha acordado de las víctimas de Brady Hartsfield, asombrado sobre todo por el hecho de que un acto perpetrado en setenta horrendos segundos pueda alterar las vidas de tantas personas durante años… o, en el caso de Martine Stover, para siempre.

—Se conocieron en un sitio llamado La Recuperación Eres Tú, donde los dos asistían a unas sesiones de terapia semanales, y se enamoraron. Estaban mejorando… poco a poco… y tenían previsto casarse. De pronto, en febrero del año pasado, se suicidaron juntos. Como dice una antigua canción punk, no recuerdo cuál, se tomaron un montón de pastillas y murieron.

Esto lleva a Hodges a pensar en el triturador que ha visto en la mesa de noche junto a la cama de hospital de Stover. El triturador con residuos de oxicodona. La madre disolvió toda la oxi en el vodka, pero debía de haber muchos narcóticos más en esa mesita. ¿Por qué se había tomado la molestia de recurrir a la bolsa de plástico y el helio cuando podía haber ingerido un puñado de Vicodina seguido de otro de Valium y sanseacabó?

—El caso de Frias y Countryman también es uno de esos suicidios de jóvenes que ocurren todos los días —afirma Izzy—. Los padres tenían sus dudas sobre aquel matrimonio. Querían que esperaran. Y difícilmente habrían podido fugarse juntos, ¿no? Frias andaba a duras penas, y ninguno de los dos tenía trabajo. Las indemnizaciones de los seguros daban para las sesiones de terapia semanales y ayudaban a pagar la despensa en sus respectivas casas, pero no tenían nada que ver con la cobertura a lo grande de Martine Stover. En resumidas cuentas, estas cosas pasan. Ni siquiera podemos llamarlo coincidencia. Las personas con lesiones graves se deprimen, y a veces las personas deprimidas se quitan la vida.

—¿Dónde se suicidaron?

—En la habitación del chico, Frias —responde Pete—. Cuando sus padres se fueron con su hermano pequeño a pasar el día en el parque de diversiones, el Six Flags. Tomaron las pastillas, se metieron bajo las sábanas y murieron el uno en los brazos del otro, como Romeo y Julieta.

—Romeo y Julieta murieron en una cripta —aclara Holly, que acaba de volver a la cocina—. En la película de Franco Zeffirelli, que de hecho es la mejor...

—Sí, tomamos nota —dice Pete—. Para el caso, da igual.

Holly tiene en las manos el *Inside View* que estaba en la mesita auxiliar, plegado de modo que muestra una foto de Johnny Depp en la que parece borracho, drogado o muerto. ¿Ha pasado todo este rato leyendo prensa amarilla en la sala? Si es así, está claro que ha decidido tomarse el día libre.

—¿Todavía tienes el Mercedes, Holly? —pregunta Pete—. ¿El que robó Hartsfield a tu prima Olivia?

—No —Holly se sienta con el periódico plegado en el regazo y las rodillas juntas, en una pose remilgada—. Lo cambié por un Prius como el de Bill en noviembre. Consumía mucho y era poco ecológico. Además, me lo recomendó mi psicóloga. Según ella, al cabo de un año y medio sin duda había conjurado su influencia sobre mí, y ya no tenía valor terapéutico. ¿A qué se debe ese interés?

Pete se inclina hacia delante en su silla y cruza las manos entre las rodillas separadas.

—Hartsfield entró en ese Mercedes utilizando un aparato electrónico para abrir las puertas. La llave de repuesto estaba en la guantera. Tal vez sabía que estaba allí, o quizá la Masacre del Centro Cívico fuera un delito de oportunidad. Nunca lo sabremos con certeza.

Y Olivia Trelawney, piensa Hodges, se parecía mucho a su prima Holly: nerviosa, siempre a la defensiva, no un animal social precisamente. No era tonta ni mucho menos, pero no inspiraba simpatía. Estábamos convencidos de que no había cerrado bien el Mercedes y había dejado la llave puesta, porque era la explicación más sencilla. Y porque, a un nivel primitivo en el que el pensamiento lógico queda anulado, *queríamos* que fuera la explicación. Aquella mujer era inaguantable. Vimos sus reiteradas negativas como un rechazo a asumir la responsabilidad de su negligencia por pura soberbia. En cuanto a la llave que tenía en el bolso, la que nos enseñó… dimos por sentado que era la de repuesto. La acosamos, y cuando la prensa consiguió su nombre, la acosó también. Al final, empezó a creer que en efecto había hecho lo que nosotros creíamos que había hecho: poner las cosas en bandeja a un monstruo que tenía entre ceja y ceja la idea de cometer un asesinato en masa. Ninguno de nosotros concibió la posibilidad de que un informático pudiera haber improvisado

45

aquel artilugio para abrir puertas de coche. Incluida la propia Olivia Trelawney.

—Pero no sólo la acosamos nosotros.

Hodges no se da cuenta de que está hablando en voz alta hasta que todos se vuelven para mirarlo. Holly le dirige un parco gesto de asentimiento, como si su propio pensamiento hubiese seguido los mismos derroteros. Lo cual no habría sido de extrañar ni mucho menos.

Hodges continúa.

—Es verdad que nunca nos creímos su versión, por más que insistió en que había tomado la llave y cerrado el coche, y por tanto somos en parte responsables de lo que hizo, pero Hartsfield fue por ella con alevosía. Es a eso a lo que quieres llegar, ¿no?

—Sí —dice Pete—. No se conformó con robarle el Mercedes y utilizarlo como arma homicida. Penetró en su cabeza, incluso le instaló en la computadora un programa de sonido con gritos y acusaciones grabados. Y también estabas tú, Kermit.

Sí. También estaba él.

Hodges había recibido un anónimo de Hartsfield en un momento en que andaba con la moral por los suelos, viviendo en una casa vacía, durmiendo mal, sin ver a casi nadie, excepto a Jerome Robinson, el chico que le cortaba el césped y se ocupaba de alguna que otra reparación. Sufría de un mal común entre los oficiales de policía: la depresión del fin de guardia.

«¡Los policías retirados tienen un índice de suicidios extremadamente alto!», había escrito Brady Hartsfield. Eso fue antes de que empezaran a comunicarse por el método preferido del siglo XXI: internet. «No me gustaría que empezara a pensar en su arma. Pero sí piensa en ella, ¿verdad?» Era como si Hartsfield hubiese olisqueado las divagaciones suicidas de Hodges y hubiese intentado empujarlo al abismo. A fin de cuentas, con Olivia Trelawney había surtido efecto y le tomó el gusto.

—Cuando empecé a trabajar contigo —comenta Pete—, me dijiste que los reincidentes se parecen en cierto modo a las alfombras turcas. ¿Te acuerdas?

—Sí —Hodges había expuesto aquella teoría ante muchísimos policías. Pocos le prestaban atención, e Isabelle Jaynes, a juzgar por la cara de aburrimiento, no se habría contado entre ellos. Pete sí había atendido.

—Reproducen el mismo patrón, una y otra vez. Prescinde de las pequeñas variaciones, dijiste, y fíjate en las semejanzas subyacentes. Porque incluso los malhechores más listos, como Joe el de la Autopista, que mató a todas aquellas mujeres en áreas de descanso, parecen tener en el cerebro un interruptor atascado en Reincidencia. Brady Hartsfield era un experto en suicidio…

—Era un *arquitecto* del suicidio —corrige Holly.

Ceñuda, más pálida que de costumbre, no levanta la vista del periódico. A Hodges le cuesta revivir el asunto de Hartsfield (al menos, por fin ha conseguido dejar de ir a ver a ese hijo de puta a su habitación en la Unidad de Traumatismos Craneoencefálicos), pero para Holly es aún más difícil. Hodges espera que no sufra una regresión y vuelva a fumar, aunque, de ser así, no le sorprendería.

—Llámalo como quieras, el caso es que había un patrón. Dios santo, hasta indujo al suicidio a su propia madre.

Hodges permanece en silencio, pese a que, a diferencia de Pete, siempre ha dudado que Deborah Hartsfield se quitara la vida al descubrir —quizá por azar— que su hijo era el Asesino del Mercedes. En primer lugar, no existía prueba alguna de que la señora Hartsfield lo hubiera averiguado. En segundo lugar, lo que ingirió fue raticida, y debió de ser una mala manera de abandonar este mundo. Cabe la posibilidad de que Brady asesinara a su madre, pero Hodges tampoco lo ha creído nunca. Si quería a alguien, era a su madre. Hodges piensa que el raticida tal vez fuera dirigido a otra persona… quizá ni siquiera a una persona. Según la autopsia, estaba mezclado con carne molida, y si había algo que disfrutara un perro, era una porción de carne molida cruda.

Los Robinson tienen un perro, un can entrañable de orejas caídas. Brady debía de haberlo visto muchas veces, porque vigilaba la casa de Hodges y porque Jerome, cuando le cortaba el césped, solía llevar el perro. Quizá el objetivo del raticida fuera Odell. Es una hipótesis que Hodges no ha mencionado a ningún miembro de la familia Robinson. Ni a Holly, a decir verdad. Además, es muy posible que sean imaginaciones suyas, aunque, en su opinión, tan probable es eso como la teoría de Pete, a saber, que la madre de Brady se quitó la vida.

Izzy abre la boca, pero la cierra cuando Pete levanta la mano para hacerla callar; a fin de cuentas, él sigue siendo el miembro más veterano de la pareja, y por no pocos años.

—Izzy iba a decir que lo de Martine Stover ha sido un asesinato, no un suicidio, pero yo creo que es muy posible que la idea surgiera de la propia Martine o que su madre y ella hablaran del asunto y llegaran a un acuerdo. Lo que, a mi modo de ver, lo convierte en dos suicidios, aunque al final no conste en el informe oficial.

—Doy por supuesto que has hecho comprobaciones acerca de los demás supervivientes del Centro Cívico —dice Hodges en tono interrogativo.

—Siguen todos vivos excepto Gerald Stansbury, que murió el año pasado, poco después de Acción de Gracias —contesta Pete—. Sufrió un infarto. Según me contó su mujer, la enfermedad coronaria es congénita en la familia, y él vivió más que su padre y su hermano. Izzy tiene razón: esto seguramente no es nada, pero he pensado que Holly y tú debían saberlo —mira primero a una y luego al otro—. A *ustedes* no se les habrá pasado por la cabeza la mala idea de tirar la toalla, ¿verdad?

—No —contesta Hodges—. Últimamente no.

Holly se limita a negar con la cabeza, sin apartar la vista del periódico.

—Imagino que nadie encontró una misteriosa Z en la habitación del joven señor Frias después de que se suicidara en compañía de la señorita Countryman.

—Claro que no —responde Izzy.

48

—Que tú sepas —corrige Hodges—. ¿No es eso lo que querías decir? ¿Teniendo en cuenta que acabas de encontrar esta hoy?

—Dios nos asista —suelta Izzy—. Esto es una tontería —consulta su reloj con ademán elocuente y se pone en pie.

Pete la imita. Holly, todavía sentada, mira el ejemplar hurtado de *Inside View*. Hodges también permanece inmóvil, al menos de momento.

—Repasarás las fotos del caso Frias-Countryman, ¿verdad, Pete? ¿Te fijarás en ese detalle, sólo para asegurarnos?

—Sí —accede Pete—. Y puede que Izzy tenga razón: ha sido una tontería por mi parte hacerlos venir.

—Me alegro de que nos hayas llamado.

—Y… aún me siento culpable por cómo tratamos a la señora Trelawney, ¿de acuerdo? —Pete mira a Hodges, pero éste tiene la impresión de que sus palabras en realidad van dirigidas a la mujer pálida y delgada que continúa con el periódico sensacionalista en el regazo—. No dudé ni por un momento que había dejado la llave en el auto. Me cerré a cualquier otra posibilidad. Me prometí que nunca volvería a comportarme así.

—Lo entiendo —responde Hodges.

—En lo que creo que estaremos todos de acuerdo —interviene Izzy— es en que Hartsfield ya no volverá a atropellar a nadie, ni a poner ninguna bomba ni a ser el arquitecto de ningún suicidio. De modo que propongo que, a menos que nos hayamos metido todos sin darnos cuenta en una película titulada *El hijo de Brady*, salgamos de la casa de la difunta señora Ellerton y sigamos con nuestras vidas. ¿Alguna objeción?

Ninguna.

7

Hodges y Holly se detienen un momento en el camino de acceso antes de subir al coche y se dejan envolver por el viento gélido e impetuoso de enero. Sopla del norte, directo desde Canadá, muy tonificante, así que se lleva a su paso el olor del lago amplio y contaminado que se extiende al este de la ciudad, casi siempre presente en el aire. En ese extremo de Hilltop Court, hay pocas casas, y la más cercana exhibe un cartel EN VENTA. Hodges advierte que el oficial es Tom Saubers y sonríe. Tom también resultó gravemente herido en la Masacre, pero se ha recuperado casi por completo. A Hodges siempre lo ha asombrado la capacidad de superación de algunos hombres y mujeres. No es que le dé grandes esperanzas con respecto a la especie humana precisamente, pero...

En realidad, sí.

Holly deja el ejemplar plegado de *Inside View* en el suelo del coche el tiempo justo para abrocharse el cinturón de seguridad. Ni Pete ni Isabelle han puesto ningún reparo a que se lo lleve. Aunque Hodges tampoco está muy seguro de que se hayan dado cuenta. ¿Por qué iban a prestar atención a un detalle así? Para ellos, la casa de la señora Ellerton no es en realidad la escena de un crimen, si bien en rigor, según la ley, es posible que lo sea. Pete estaba intranquilo, desde luego, pero, a juicio de Hodges, su nerviosismo tenía poco que ver con la intuición policial; era más una reacción casi supersticiosa.

Hartsfield debería haber muerto cuando Holly lo golpeó con mi garrote, piensa Hodges. *Habría sido lo mejor para todos nosotros.*

—Pete volverá a mirar las fotos de los suicidios de Frias y Countryman, lo *hará* —dice—. Por lo de la debida diligencia, y esas cosas. Pero si encuentra una Z en algún sitio... pintada en un borde, en un espejo... seré un ser humano sorprendido.

Holly no contesta. Tiene la mirada perdida.

—¿Holly? ¿Estás ahí?

Ella se sobresalta un poco.

—Sí. Estaba pensando en cómo localizar a Nancy Alderson en Chagrin Falls. No debería llevarme mucho tiempo, con todos los programas de búsqueda que tengo, pero ya hablarás tú con ella. Ahora puedo hacer llamadas si no me queda más remedio, ya lo sabes...

—Sí. Ahora se te da bien —lo cual es verdad, aunque siempre hace esas llamadas con su fiel caja de Nicorette a mano. Amén del respaldo de un montón de Twinkies en el escritorio.

—Pero no me veo capaz de comunicarle que han muerto sus jefas... sus *amigas*, seguramente... Eso tendrás que hacerlo tú. A ti se te dan bien esas cosas.

Hodges sospecha que esas cosas no se le dan demasiado bien a nadie, pero no se molesta en decirlo.

—¿Por qué? Esa mujer, Alderson, no habrá estado en la casa desde el viernes pasado.

—Merece saberlo —dice Holly—. La policía se pondrá en contacto con la familia, ése es su trabajo, pero no van a llamar a la mujer de la limpieza. O no lo creo.

Hodges tampoco lo cree, y Holly tiene razón: la tal Alderson merece saberlo, aunque sólo sea para no presentarse allí y encontrar una X de cinta policial en la puerta. Por algún motivo, sin embargo, duda que el interés de Holly en Nancy Alderson se reduzca a eso.

—Tu amigo Pete y la señorita Bonitos Ojos Grises apenas han hecho *nada* —añade Holly—. Había polvo dactiloscópico en el dormitorio de Martine Stover, claro, y en la silla de ruedas y en el cuarto de baño en el que la señora Ellerton se ha matado, pero no arriba, donde dormía. Sospecho que sólo han subido para asegurarse de que no había algún cadáver escondido debajo de la cama o en el armario y lo han dejado correr.

—A ver, un momento. ¿Has subido?

—Claro. *Alguien* tenía que investigar a conciencia, y esos dos desde luego no pensaban hacerlo. Por lo que a ellos se refiere, está muy claro qué ha ocurrido. Pete te ha llamado por puro nerviosismo.

«Nerviosismo.» Sí, eso era. He ahí exactamente la palabra que había estado buscando en vano.

—También yo me he puesto nerviosa —reconoce Holly con toda naturalidad—, pero no por eso he perdido los papeles. No cuadraba nada. Nada de nada, y es necesario que hables con la mujer de la limpieza. Si no se te ocurre qué preguntarle, ya te lo diré yo.

—¿Te refieres a la Z de la repisa del cuarto de baño? Si sabes algo que yo no sé, te agradecería que me pusieras al corriente.

—No es lo que sé; es lo que he visto. ¿No te has fijado en lo que había *al lado* de la Z?

—Un marcador.

Holly le lanza una mirada como diciendo: «Puedes hacerlo mejor».

Hodges recurre a una vieja técnica policial que resulta especialmente útil cuando se presta testimonio en un juicio: observar la escena de nuevo, esta vez mentalmente.

—Había un cable enchufado a la toma de la pared junto al retrete.

—¡Sí! Al principio he pensado que debía de ser de un lector electrónico y que la señora Ellerton lo dejaba enchufado allí porque pasaba casi todo el tiempo en esa parte de la casa. La toma sería accesible para recargar la batería, porque seguramente en el dormitorio de Martine estaban todas ocupadas por los dispositivos de soporte vital. ¿No te parece?

—Sí, podría ser.

—Sólo que yo tengo un Nook y un Kindle…

Cómo no, piensa él.

—… y los cargadores no son como ése. Los cables son negros. Ése era gris.

—A lo mejor perdió el cable original y compró otro en Tech Village —prácticamente es el único establecimiento donde adquirir suministros electrónicos en la ciudad ahora que ha quebrado Discount Electronix, donde trabajaba Brady Hartsfield.

—No. Los lectores electrónicos tienen un conector estrecho. Ése era más ancho, como el de una tableta. Sólo que mi iPad también tiene uno de ese tipo, y el del cuarto de baño era mucho más pequeño. Ese cable era para algún dispositivo de mano. Así que he subido a buscarlo.

—¿Y allí has encontrado…?

—Sólo una vieja computadora en un escritorio junto a la ventana del cuarto de la señora Ellerton. Antigua pero en serio. Conectada a un módem.

—¡Oh, no! ¡Dios mío! —exclama Hodges—. ¡Un módem no!

—*No* tiene gracia, Bill. Esas mujeres están *muertas*.

Hodges retira una mano del volante y la levanta en son de paz.

—Perdona. Sigue. Estamos en que me cuentas que has encendido esa computadora.

Holly parece turbarse un poco.

—Bueno, sí. Pero sólo en aras de una investigación que, a todas luces, la policía va a desatender. No por *fisgonear*.

Hodges podría discutírselo, pero se abstiene.

—No lo tenía protegido con contraseña, así que he consultado el historial de búsqueda de la señora Ellerton. Visitaba bastantes tiendas y muchas páginas web relacionadas con la parálisis. Parecía muy interesada en las células madre, lo que no es de extrañar teniendo en cuenta el estado de su hi…

—¿Has hecho todo eso en diez minutos?

—Leo rápido. Pero ¿sabes qué *no* he encontrado?

—Nada relacionado con el suicidio, imagino.

—Exacto. Entonces ¿cómo sabía lo del helio? Y ya puestos, ¿cómo se le ocurrió disolver esas pastillas en vodka y ponerlas en la sonda gástrica de su hija?

—Bueno —dice Hodges—, hay un antiguo y arcano ritual conocido como «leer libros». Quizá hayas oído hablar de él.

—¿Viste algún libro?

Hodges visualiza la sala igual que ha hecho antes con la foto del cuarto de baño de Martine Stover, y Holly tiene razón. Había cosas en las estanterías, y estaban aquel cuadro de los niños desamparados de ojos grandes y el televisor de pantalla plana. Unas revistas cubrían la mesita auxiliar, pero dispuestas de una manera que denotaba más una intención decorativa que un hábito de lectura voraz. Además, ninguna era precisamente *The Atlantic Monthly*.

—No —contesta él—, no había libros en la sala, aunque he visto un par en la foto del cuarto de baño de Stover. Uno parecía una Biblia —echa un vistazo al *Inside View* doblado en el regazo de Holly—. ¿Qué tienes ahí, Holly? ¿Qué escondes?

Cuando Holly se ruboriza, entra en estado de máxima alerta, y la sangre inunda su rostro de un modo alarmante. Eso es lo que ocurre ahora.

—No lo he robado —asegura—. Lo he tomado *prestado*. Yo nunca robo, Bill. ¡Nunca!

—Tranquila. ¿Qué es?

—Lo que conecta con el cable del cuarto de baño —despliega el periódico y muestra un aparato de color rosa vivo con una pantalla gris oscuro. Es más grande que un lector electrónico y más pequeño que una tableta—. Cuando he bajado, me he sentado en el sillón de la señora Ellerton un momento para pensar. He pasado las manos entre los brazos y el cojín. No buscaba nada, lo he hecho así, sin más.

Una de las numerosas técnicas a las que Holly recurre para reconfortarse, supone Hodges. Ha visto muchas a lo largo de los años, desde que la conoció en compañía de una madre sobreprotectora y un tío enérgicamente sociable. ¿En compañía? No, no exactamente. Esa expresión induce a pensar en igualdad. Charlotte Gibney y Henry Sirois la trataban más como si fuera una deficiente mental a la que hubieran dado permiso para salir del psiquiátrico un día. Ahora es una mujer distinta, pero todavía quedan vestigios de la antigua Holly. Y a Hodges no le parece mal. Al fin y al cabo, todo el mundo tiene su lado oscuro.

—Allí estaba, en el lado derecho. Es un Zappit.

A Hodges le suena el nombre, pero en lo que se refiere a artilugios electrónicos con chips está muy desfasado. En casa casi no utiliza su computadora, y ahora que no tiene a mano a Jerome Robinson, es Holly quien suele acercarse a Harper Road para auxiliarlo.

—¿Un qué?

—Un Zappit Commander. Lo he visto anunciado en internet, aunque hace tiempo. Vienen precargados con más de cien juegos electrónicos sencillos como Tetris, Simon y SpellTower. Nada complicado del estilo de Grand Theft Auto. A ver, Bill, dime qué hacía esto allí. Dime qué hacía esto en una casa donde una de las mujeres tenía casi ochenta años y la otra no podía ni pulsar un interruptor, menos aún entretenerse con videojuegos.

—Parece raro, desde luego. No inconcebible, pero tirando a raro, eso seguro.

—Y el cable estaba enchufado justo al lado de esa Z —añade ella—. No Z en el sentido de «final», como una nota de suicidio, sino Z de «Zappit». Al menos eso creo.

Hodges contempla la idea.

—Es posible —vuelve a preguntarse si se ha topado alguna vez con ese nombre, Zappit, o si es sólo lo que los franceses llaman un *faux souvenir*, un falso recuerdo. Juraría que guarda relación con Brady Hartsfield, pero no puede dar crédito a esa sospecha, porque hoy Brady le ronda la cabeza todo el tiempo.

¿Cuánto hace que lo visité por última vez? ¿Seis meses? ¿Ocho? No, más. Bastante más.

La última vez fue poco después del asunto relacionado con Pete Saubers y el fajo de dinero y libretas robadas que Pete descubrió, prácticamente enterrado en su jardín trasero. En aquella ocasión Hodges encontró a Brady más o menos como siempre: un joven en estado vegetativo con una camisa de cuadros y unos pantalones que nunca se ensuciaban. Sentado en la silla que ocupaba siempre que Hodges visitaba la habitación 217 de la Unidad de Traumatismos Craneoencefálicos, mantenía la mirada fija en el estacionamiento de enfrente.

Ese día la única diferencia real se produjo fuera de la habitación 217. Habían trasladado a Becky Helmington, la jefa de enfermeras, a la sección de cirugía del Kiner Memorial, con lo que se había cortado el canal por el que Hodges accedía a los rumores sobre Brady. La nueva jefa de enfermeras era una mujer de conciencia inquebrantable y rostro semejante a un puño cerrado. Ruth Scapelli rechazó el ofrecimiento de Hodges —cincuenta dólares a cambio de cualquier habladuría que corriese sobre Brady— y lo amenazó con denunciarlo si volvía a intentar sobornarla para obtener información acerca de un paciente.

—Usted ni siquiera está en su lista de visitantes —dijo la mujer.

—No quiero información sobre él —contestó Hodges—. Tengo información más que suficiente sobre Brady Hartsfield. Sólo me interesa saber qué dice el personal de él. Porque han corrido rumores, ¿sabe? Algunos muy disparatados.

Scapelli se dignó lanzarle una mirada de desdén.

—En todos los hospitales hay indiscreciones, señor Hodges, y siempre sobre pacientes famosos. O infames, como es el caso del señor Hartsfield. Poco después de que la enfermera Helmington pasara de Traumatismos Craneoencefálicos a su puesto actual, reuní al personal a mi cargo e informé de que todo chismorreo sobre el señor Hartsfield debía terminarse inmediatamente, y de que si me llegaba algún otro rumor buscaría la fuente y me encargaría de que se despidiera a la persona o las personas que lo hubieran difundido. En cuanto a usted... —mirándolo con actitud altiva, el puño que tenía por rostro se cerró aún más—. Me cuesta creer que un expolicía, y para colmo condecorado, recurra al soborno.

No mucho después de aquel encontronazo bastante humillante, Holly y Jerome Robinson lo acorralaron y escenificaron una miniintervención para convencer a Hodges de que debía acabar con esas visitas a Brady. Aquel día Jerome se puso muy serio, abandonando por completo su actitud dicharachera de costumbre.

—En esa habitación no harás más que atormentarte —dijo Jerome—. Cuando vas a verlo, siempre nos damos cuenta, porque después te pasas un par de días de acá para allá con una nube gris por encima de la cabeza.

—Será una semana —corrigió Holly. Eludía su mirada y se retorcía los dedos de tal forma que Hodges de buena gana le habría agarrado las manos y se lo habría impedido para evitar que se rompiera algo. Aun así, hablaba con voz firme y aplomada—. No queda nada dentro de él, Bill. Tienes que aceptarlo. Y si quedara algo, se alegraría cada vez que te presentas allí. Notaría el efecto que obra en ti y se alegraría.

Ése fue el argumento que lo disuadió, porque Hodges sabía que era verdad. Así que se mantiene a distancia. Ha sido más o menos como dejar de fumar: difícil al principio, más fácil con el tiempo. Ahora a veces se pasa semanas enteras sin pensar en Brady y sus horrendos crímenes.

«No queda nada dentro de él.»

Hodges se lo recuerda mientras regresa en coche al centro de la ciudad, donde Holly, delante de su computadora, iniciará la búsqueda de Nancy Alderson. Lo que haya ocurrido en esa casa al final de Hilltop Court —la concatenación de pensamientos y conversaciones, de lágrimas y promesas, que ha terminado con las pastillas disueltas en la sonda gástrica y el tanque de helio con la calcomanía de unos niños que ríen— no puede guardar relación alguna con Brady Hartsfield, porque Holly le reventó los sesos literalmente. Si a veces Hodges alberga aún alguna duda, es porque no soporta la idea de que Brady, en cierto modo, haya eludido el castigo. De que a la postre se le haya escapado ese monstruo. Hodges ni siquiera llegó a blandir el calcetín lleno de balines que llama su «garrote», porque en ese momento estaba ocupado sufriendo un infarto.

Aun así, una reminiscencia: Zappit.

Sabe que ha oído esa palabra antes.

El estómago le da una punzada de aviso, y recuerda la cita con el médico que se ha saltado. Tendrá que atender ese asunto, pero puede dejarlo para mañana. Intuye que el doctor Stamos va a anunciarle que le han detectado una úlcera, y oír eso puede esperar.

8

Holly tiene una caja nueva de Nicorette junto al teléfono, pero no necesita recurrir ni a un solo chicle. La primera Alderson a la que llama es casualmente la cuñada de la mujer de la limpieza, quien, como es natural, desea saber por qué alguien de una agencia llamada Finders Keepers quiere ponerse en contacto con Nan.

—¿Es por una herencia o algo así? —pregunta, esperanzada.

—No cuelgue —dice Holly—. Tengo que ponerla en espera mientras la comunico con mi jefe.

Hodges no es su jefe —la nombró socia de pleno derecho el año pasado después de lo de Pete Saubers—, pero a menudo, en momentos de estrés, echa mano de esa invención.

Hodges, que ha estado leyendo sobre Zappit Game Systems en su propia computadora, descuelga la bocina mientras Holly, que merodea alrededor del escritorio, se mordisquea el cuello del suéter. Antes de dar paso a la llamada, Hodges mantiene el dedo suspendido sobre el botón de su teléfono el tiempo suficiente para decir a Holly que comer lana probablemente no sea bueno para ella y desde luego no lo es para el suéter de Fair Isle que viste. Acto seguido conecta con la cuñada.

—Lamentablemente tengo una mala noticia para Nancy —anuncia, y procede a informarla sin pérdida de tiempo.

—Dios mío —dice Linda Alderson (Holly ha anotado el nombre en el bloc de Hodges)—. Se llevará un disgusto cuando lo sepa, y no sólo porque va a quedarse sin empleo. Trabajaba para esas señoras desde 2012 y las apreciaba mucho. En noviembre celebró la cena de Acción de Gracias con ellas. ¿Es usted policía?

—Retirado —contesta él—, pero colaboro con el equipo asignado al caso. Me han pedido que me ponga en contacto con la señora Alderson —no cree que esta mentira le traiga consecuencias en el futuro, ya que ha sido Pete quien le ha abierto la puerta invitándolo al caso—. ¿Puede decirme cómo contactar con ella?

—Le daré su número personal. El sábado se marchó a Chagrin Falls para la fiesta de cumpleaños de su hermano. Cumple cuarenta, y la mujer de Harry ha tirado la casa por la ventana. Se quedará allí hasta el miércoles o el jueves... Al menos ése era el plan. Seguro que regresa en cuanto se entere de esto. Vive sola, sin más compañía que su gato, desde la muerte de Bill... Bill era hermano de mi marido. La señora Ellerton y la señora Stover eran como una familia sustituta para Nan. Esto será un duro golpe para ella.

Hodges apunta el número y llama de inmediato. Nancy Alderson atiende en cuanto suena el timbre. Hodges se identifica y comunica la noticia.

Al cabo de un breve silencio, fruto de la conmoción, la mujer habla:

—No puede ser, inspector Hodges. Se confunde.

Él no se molesta en corregirla, porque la respuesta le resulta interesante.

—¿Por qué lo dice?

—Porque son *felices*. Se llevan muy bien; ven la televisión juntas... les encanta poner películas en el DVD, y los programas de cocina, o ésos en los que varias mujeres se sientan a charlar de cosas entretenidas e invitan a famosos. Aunque parezca mentira, en esa casa la risa está siempre presente —Nancy Alderson titubea y añade—: ¿*Seguro* que se refiere a las mismas personas? ¿A Jan Ellerton y a Marty Stover?

—Sintiéndolo mucho, sí.

—Pero... ¡había aceptado su situación! Marty, quiero decir. Martine. Decía que en realidad acostumbrarse a la parálisis era más fácil que acostumbrarse a la idea de quedarse para vestir santos. Ella y yo hablábamos de eso continuamente... de la soledad. Porque yo perdí a mi marido, ¿sabe?

—Entonces nunca hubo un señor Stover.

—Sí lo hubo. Janice estuvo casada de joven. Muy poco tiempo, creo, pero decía que nunca lo lamentó, porque de ese matrimonio había nacido Martine. Marty tuvo un novio no mucho antes del accidente, pero murió de un infarto. Fulminante. Marty contaba que él estaba muy en forma, que hacía ejercicio tres días a la semana en un gimnasio del centro. Según ella, por eso murió: por estar tan en forma. Tenía el corazón fuerte y, cuando le falló, reventó sin más.

Hodges, superviviente de una enfermedad coronaria, piensa: Recordatorio, nada de gimnasio.

—Marty siempre decía que quedarse sola después de que falleciera la persona a quien una amaba era la peor forma de parálisis. Yo no sentía exactamente lo mismo con respecto a mi Bill, pero la entendía. La visitaba a menudo el reverendo Henreid, Marty lo llama su consejero espiritual, y Jan y ella rezaban a diario incluso cuando él no iba. A mediodía sin falta. Y Marty estaba planteándose hacer un curso de contabilidad por internet… Hay cursos especiales para personas con discapacidades como la suya, ¿sabe?

—No —contesta Hodges. En su bloc anota en mayúsculas: STOVER PLANEABA HACER UN CURSO DE CONTABILIDAD EN LÍNEA, y lo gira para que Holly lo lea.

Ella enarca las cejas.

—De vez en cuando había lágrimas y tristeza, claro que sí, pero en general eran *felices*. Al menos… No sé…

—¿En qué está pensando, Nancy? —pasa a utilizar el nombre de pila con naturalidad, otro viejo truco policial.

—Ah, no creo que tenga importancia. *Marty* parecía igual de feliz que siempre… esa mujer rebosa, no se imagina lo espiritual que es, siempre ve el lado bueno de las cosas… pero a Jan la notaba un poco retraída desde hacía un tiempo, como si la abrumara alguna carga. Pensé que a lo mejor andaba preocupada por el dinero, o simplemente era el bajón de después de Navidad. Nunca habría *imaginado*… —sorbe la nariz—. Perdone, tengo que sonarme.

—Claro.

Holly toma el bloc. Tiene la letra muy pequeña; estreñida, piensa a menudo Hodges, quien ha de acercarse el bloc casi hasta rozarse con él la nariz para leer: ¡Pregúntale por el Zappit!

Oye un bocinazo cuando Alderson se limpia la nariz.

—Perdone.

—No se preocupe. Nancy, ¿no sabrá usted si la señora Ellerton tenía por casualidad una pequeña videoconsola de mano? De color rosa, sería.

—Válgame Dios, ¿cómo lo sabe?

—En realidad no sé nada —responde Hodges con sinceridad—. Soy sólo un inspector retirado con una lista de preguntas que hacer.

—Me contó que se lo había dado un hombre, ese aparato de juegos, que le dijo que era gratis siempre y cuando se comprometiera a rellenar un cuestionario y enviárselo al fabricante. Era poco más grande que un libro de bolsillo. Rondó por la casa durante un tiempo...

—¿Y eso cuándo fue?

—No lo recuerdo exactamente, pero desde luego antes de Navidad. La primera vez que lo vi fue en la mesita de la sala. Ahí estuvo, junto al cuestionario plegado, hasta después de Navidad... Lo sé porque el arbolito ya no estaba... Y más adelante lo vi un día en la mesa de la cocina. Jan dijo que lo había encendido sólo para ver qué hacía y descubrió que incluía solitarios, diez o doce distintos, puede, como Klondike, Galería y Pirámide. Así que, como estaba usándolo, rellenó el cuestionario y lo envió.

—¿Lo cargaba en el cuarto de baño de Marty?

—Sí, porque era el enchufe que tenía más a mano. Pasaba mucho tiempo en esa parte de la casa, como imaginará.

—Ajá. Me ha dicho que empezó a notar a la señora Ellerton retraída...

—Un *poco* retraída —rectifica la señora Alderson al instante—. En general, era la de siempre. Rebosaba amor, igual que Marty.

—Pero algo le rondaba la cabeza.

—Sí, eso creo.

—Una *carga* que la abrumaba.

—Bueno...

—¿Coincidió eso con la época en que recibió el aparato de juegos?

—Ahora que lo dice, sí, me parece que sí, pero ¿por qué demonios iba a deprimirse por jugar al solitario con una tableta rosa?

—No lo sé —responde Hodges, y escribe en el bloc: DE-PRIMIDA, en mayúsculas. Piensa que hay un abismo entre «ensimismado» y «deprimido».

—¿Se lo han contado a la familia? —pregunta Alderson—. En la ciudad no vive ningún pariente, pero sí tenían unos primos en Ohio, eso me consta, y creo que otros en Kansas. O quizá sea Indiana. Los nombres deben de estar en su agenda.

—La policía estará ocupándose de eso mientras hablamos —contesta Hodges, aunque más tarde llamará a Pete para cerciorarse. Es posible que su antiguo compañero lo tome a mal, pero a Hodges le trae sin cuidado. La voz de Nancy Alderson refleja pesadumbre con cada palabra que pronuncia, y Hodges quiere ofrecerle consuelo en la medida de sus posibilidades—. ¿Puedo hacerle una pregunta más?

—Por supuesto.

—¿No se fijaría quizá en si alguien merodeaba cerca de la casa? ¿Alguien sin una razón obvia para estar allí?

Holly asiente vigorosamente con la cabeza.

—¿Por qué me pregunta eso? —Alderson parece desconcertada—. ¿No pensará que algún *intruso*...?

—Yo no pienso nada —responde Hodges con suavidad—. Me limito a ayudar a la policía debido a la drástica reducción de personal que sufre desde hace unos años. Recortes presupuestarios en toda la ciudad.

—Lo sé, es un horror.

—Así que me han dado esta lista de preguntas, y ésa es la última.

—Pues no, no merodeaba nadie por allí. Me habría dado cuenta, por el pasadizo que hay entre la casa y el garage. El garage tiene calefacción, por eso están en él la despensa y la lavadorasecadora. Recorro ese pasadizo a todas horas, y desde él veo la calle. Casi nadie sube hasta lo alto de Hilltop Court, porque la casa de Jan y Marty es la última. Después está ya la rotonda del final de la calle, donde se cambia de sentido. Vienen el cartero y los mensajeros de UPS, y a veces los de FedEx, eso sí, pero por lo demás, a menos que alguien se pierda, tenemos ese extremo de la calle para nosotras solas.

—No vio, pues, a nadie.

—No, eso seguro.

—¿Ni al hombre que dio a la señora Ellerton la consola?

—No, ese hombre se le acercó en Ridgeline Foods, el supermercado que hay al pie de la calle, en el cruce de Hilltop Court con City Avenue. Tenemos un Kroger a unos dos kilómetros, en City Avenue Plaza, pero, a pesar de que está todo un poco más barato, Janice no va allí porque dice que hay que acudir siempre al comercio del barrio si… si… —de repente deja escapar un sonoro sollozo—. Pero ahora ya no comprará en *ningún sitio*, ¿no? ¡No puedo creerlo! Jan nunca habría hecho daño a Marty, por nada del mundo.

—Es triste —comenta Hodges.

—Tendré que volver hoy —ahora Alderson habla para sí más que para Hodges—. Puede que sus parientes tarden un tiempo en ir, y alguien tendrá que organizarlo todo como es debido.

El último deber de una empleada doméstica, piensa Hodges, y la idea se le antoja a un tiempo conmovedora y vagamente siniestra.

—Quiero darle las gracias por su tiempo, Nancy. La dejo ya…

—Aunque estaba aquel anciano, eso sí —comenta Alderson.

—¿Qué anciano?

—Lo vi varias veces delante del 1588. Se estacionaba junto a la banqueta y se quedaba allí de pie en la banqueta, mirándola. Me refiero a la casa del otro lado de la calle, un poco más abajo. Quizá no se hayan fijado, pero está en venta.

Hodges sí se ha fijado, aunque no lo dice. No quiere interrumpirla.

—Una vez cruzó el césped para echar un vistazo al interior por la puerta balconera… Eso fue antes de la última gran nevada. Para mí que miraba por mirar —deja escapar una risa tímida—. En fin, de ilusión también se vive, como diría mi madre, porque desde luego ese hombre no tenía apariencia de poder permitirse una casa así.

—¿No?

—Qué va. Llevaba ropa de trabajador… ya me entiende, pantalón verde, tipo Dickies… y un abrigo remendado con cinta adhesiva. Además, el coche parecía viejísimo y tenía retoques en la pintura. Mi difunto marido llamaba a eso «pintura de pobre».

—¿No sabrá por casualidad de qué marca era el coche?

Pasa la hoja del bloc y, en una en blanco, escribe: AVERIGUA LA FECHA DE LA ÚLTIMA GRAN NEVADA. Holly lo lee y asiente.

—Sintiéndolo mucho, no. No sé nada de coches. Ni siquiera me acuerdo del color, sólo de esos retoques en la pintura. Señor Hodges, ¿seguro que no ha habido alguna confusión? —Casi parece suplicar.

—Ojalá pudiera decirle que sí, Nancy, pero no puedo. Me ha sido de gran ayuda.

—¿Sí? —pregunta ella, no muy convencida.

Hodges le da su número de teléfono, el de Holly y el de la oficina. Le pide que llame si recuerda alguna otra cosa. Le recuerda que la prensa podría mostrar interés, dado que Martine quedó tetrapléjica en el Centro Cívico en 2009, y añade que no está obligada a hablar con los reporteros de los periódicos o la televisión.

Nancy Alderson está llorando otra vez cuando corta la comunicación.

9

Lleva a Holly a comer al Panda Garden, a una manzana de allí. Aún es temprano, así que tienen el comedor prácticamente para ellos solos. Holly, que ya no come carne, pide chow mein de verduras. A Hodges le encanta la ternera deshebrada picante, pero ahora mismo su estómago no la aceptaría bien, así que se conforma con el cordero Ma La. Los dos utilizan palillos, Holly porque los maneja hábilmente, y Hodges porque así come más despacio y es menos probable que después le arda una hoguera en la barriga.

—La última gran nevada fue el 19 de diciembre —informa Holly—. Según el servicio de meteorología, la nieve alcanzó los veintiocho centímetros en Government Square; treinta y tres en Branson Park. Nada extraordinario, pero la otra única hasta la fecha dejó sólo diez centímetros de nieve.

—Seis días antes de Navidad. Más o menos cuando Janice Ellerton recibió el Zappit, que Alderson recuerde.

—¿Crees que el hombre que se lo dio fue el mismo que miraba la otra casa?

Hodges atrapa un trozo de brócoli. Se supone que es bueno para la salud, como todas las verduras que saben mal.

—Dudo que Ellerton hubiese aceptado *nada* de un hombre con un remiendo de cinta adhesiva en el abrigo. No descarto la posibilidad, pero parece poco probable.

—Come, Bill. Si te saco más ventaja, me tomarán por una tragona.

Hodges come, aunque hace un tiempo que tiene muy poco apetito, incluso cuando el estómago no lo martiriza. Se le atraganta un bocado y lo ayuda a bajar con té. Quizá sea buena idea, ya que el té parece sentarle bien. Se acuerda de esos estudios cuyos resultados todavía no ha visto. Se le pasa por la cabeza la posibilidad de que su problema sea más grave que una simple úlcera, y piensa que tal vez una úlcera sea la mejor opción. Para las úlceras hay medicamentos. Para otras cosas no sirven tanto.

Cuando ya ve el centro del plato (pero, santo Dios, cuánta comida queda junto a los bordes), deja los palillos y dice:

—He descubierto una cosa mientras tú localizabas a Nancy Alderson.

—Cuenta.

—He estado leyendo sobre los Zappit. Esas empresas tecnológicas surgen de pronto y un buen día desaparecen, es increíble. Son como los dientes de león en junio. El Commander no acaparó el mercado precisamente. Demasiado sencillo, demasiado caro, demasiada competencia sofisticada. Las acciones de Zappit S. A. cayeron y las compró otra compañía, Sunrise Solutions. Hace dos años *esa* empresa declaró la suspensión de pagos y se perdió de vista. Lo que significa que Zappit dejó de existir hace mucho y que el individuo que repartía las consolas Commander debía de llevarse algo entre manos.

Holly capta enseguida adónde quiere ir a parar.

—Así que el cuestionario era una fachada sólo para darle un poco de… ¿cómo se dice…? Ah, un poco de verosimilitud. Pero ese individuo no intentó sacarle dinero, ¿no?

—No. Al menos que sepamos.

—Aquí está pasando algo raro, Bill. ¿Vas a contárselo al inspector Huntley y a la señorita Bonitos Ojos Grises?

Hodges ha levantado el trozo de cordero más pequeño que queda en el plato y la pregunta le ofrece una excusa para dejarlo.

—¿Por qué no la llamas tú, Holly?

—Bueno, cree que estoy loca —contesta Holly con toda naturalidad—. Está ese detalle.

—Dudo mucho que Izzy…

—Sí. Lo cree. Probablemente cree también que soy peligrosa por el modo en que golpeé a Brady Hartsfield en el concierto de 'Round Here. Pero me trae sin cuidado. Volvería a hacerlo. ¡Mil veces!

Hodges apoya una mano en la de Holly. Los palillos que ella sujeta en el puño cerrado vibran como un diapasón.

—Lo sé, y sería lo correcto todas las veces. Salvaste mil vidas, por lo menos.

Holly retira la mano y empieza a pizcar granos de arroz con los palillos.

—Bah, puedo aceptar que me tome por loca. Toda la vida me las he visto con personas que tenían esa idea de mí, empezando por mis padres. Pero hay una cosa más: Isabelle sólo ve lo que ve y no le gusta la gente que ve más o, como mínimo, busca más. Opina lo mismo de ti, Bill. Está celosa. Por Pete.

Hodges guarda silencio. Nunca se ha planteado esa posibilidad.

Holly deja los palillos.

—No has contestado a mi pregunta. ¿Vas a contarles lo que hemos averiguado hasta el momento?

—Todavía no. Antes quiero hacer una cosa, si te quedas esta tarde al pie del cañón en la oficina.

Holly sonríe a los restos de chow mein.

—Como siempre.

10

Bill Hodges no es el único que sintió una antipatía inmediata hacia la sustituta de Becky Helmington. Las enfermeras y los camilleros que trabajan en la Unidad de Traumatismos Craneoencefálicos llaman a esa sección del hospital «Casco», en el sentido de aquello destinado a proteger la cabeza, y al cabo de poco tiempo Ruth Scapelli ha pasado a ser conocida como Enfermera Ratched. A finales de su tercer mes, ya ha solicitado el traslado de tres enfermeras por diversas infracciones menores y el despido de un camillero por fumar en un cuarto de material. Ha prohibido determinados uniformes de colores vistosos, convencida de que «distraen» o son «demasiado insinuantes».

Con todo, los médicos la aprecian. La consideran rápida y competente. Con los pacientes también es rápida y competente, pero fría, y además se advierte un tonillo de desprecio en su voz. No tolera expresiones como «vegetal», «plomos fundidos» o «encefalograma plano», ni siquiera en referencia a los casos con las peores lesiones, al menos en su presencia, pero trasluce cierta *actitud*.

«Sabe lo que se hace —comentó una enfermera a otra en la sala de descanso no mucho después de que Scapelli asumiera el cargo—. Eso no lo niego, pero le falta algo.»

La otra enfermera era una veterana con treinta años de experiencia que había visto de todo. Se paró a pensarlo y finalmente pronunció una sola palabra... pero era *le mot juste*: «Compasión».

Scapelli nunca exhibe frialdad ni desprecio cuando acompaña a Felix Babineau, el jefe de neurología, en sus rondas, y él posiblemente tampoco se daría cuenta si lo hiciese. Otros médicos sí lo han notado, pero la mayoría no le concede mayor importancia; los actos de seres tan inferiores como las enfermeras —incluso las jefas— están muy por debajo de su mirada soberbia.

Es como si Scapelli considerara que, al margen del mal que aqueje a los pacientes de la Unidad de Traumatismos Craneoencefálicos, estos deben asumir parte de la responsabilidad por su estado actual y, con un poco de esfuerzo, sin duda recuperarían, al menos en cierta medida, sus facultades. Pero hace su trabajo, y en general lo hace bien, quizá mejor que Becky Helmington, que caía mucho mejor. Si a Scapelli le dijeran eso, contestaría que ella no estaba allí para caer bien. Su cometido era cuidar de los pacientes, y se acabó, punto.

Aun así, en el Casco se encuentra internado un paciente en tratamiento de larga duración al que detesta. Ese paciente es Brady Hartsfield. Su animadversión no se debe a que algún amigo o pariente suyo resultara herido o muerto en el Centro Cívico; se debe a que, según sospecha, es un farsante. Elude así el castigo que tanto merece. Por lo general, Scapelli procura guardar las distancias y deja a Hartsfield en manos de otros miembros del personal, porque a menudo sólo de verlo se sume durante horas en un estado de ira al pensar que ese miserable haya podido manipular tan fácilmente el sistema. Procura mantenerse a distancia también por otra razón: cuando está en su habitación, no confía en sí misma. En dos ocasiones ha obrado indebidamente. Ha incurrido en ciertos comportamientos que, de descubrirse, podrían costarle el despido. Pero a primera hora de esa tarde de enero, justo cuando Hodges y Holly están acabando de comer, se siente atraída hacia la habitación 217 como si se viera arrastrada por un cable invisible. Esa mañana ya se había visto obligada a entrar porque el doctor Babineau insistió en que lo acompañara en sus rondas, y Brady es su paciente estelar. Babineau se maravilla de lo mucho que ha evolucionado.

«No debería haber salido del coma —dijo a Scapelli un día, poco después de que ésta se incorporase al personal del Casco. Babineau es un hombre frío, pero cuando habla de Brady está casi exultante—. ¡Y ahora mírelo! Es capaz de recorrer distancias cortas a pie... con ayuda, sí, lo reconozco; come solo y responde verbalmente o por señas a preguntas sencillas.»

También tiende a pincharse el ojo con el tenedor, podría haber añadido Ruth Scapelli (pero se abstiene), y a ella sus respuestas verbales le suenan a «ua-ua» y «gab-gab». Por otro lado, está el asunto de las evacuaciones. Con el Depend puesto, se aguanta. Sin él, se orina en la cama, no falla. Si puede, también defeca en la cama. Es como si lo supiera. Scapelli cree que *en realidad* lo sabe.

Otra cosa que sabe —de eso no cabe duda— es que Scapelli lo aborrece. Esa mañana, mientras el doctor Babineau se lavaba las manos en el cuarto de baño de la habitación una vez concluido el reconocimiento, Brady ha levantado la cabeza para mirarla y se ha llevado una mano al pecho. La ha cerrado en un puño laxo y trémulo. Luego, poco a poco, ha extendido el dedo medio.

Al principio Scapelli apenas entendía lo que estaba viendo: Brady Hartsfield le dedicaba un gesto obsceno. De pronto, justo cuando ha oído que se cerraba la llave del lavabo, han saltado dos botones de la pechera de su uniforme, dejando a la vista la parte central de su resistente brasier Playtex Confort modelo 18 Horas sin costuras. No cree los rumores que ha oído sobre ese desecho humano, *se niega* a creerlos, pero...

Brady le ha dirigido una sonrisa. *Burlona.*

En este momento Scapelli va hacia la habitación 217 acompañada de la música relajante del sistema de sonido. Lleva el uniforme de repuesto, el de color rosa que guarda en el casillero y no le gusta mucho. Mira a ambos lados para asegurarse de que nadie le presta atención, finge consultar el historial de Brady por si ha pasado por alto algún par de ojos curiosos puestos en ella y entra discretamente. Brady está sentado en su silla delante de la ventana, donde siempre. Viste una de sus cuatro camisas de cuadros y unos jeans. Lo han peinado y tiene las mejillas suaves como un bebé. Lleva un pin en el bolsillo del pecho que anuncia: ¡ME HA AFEITADO LA ENFERMERA BARBARA!

Vive como Donald Trump, piensa Ruth Scapelli. Mató a ocho personas e hirió a Dios sabe cuántas, planeó matar a miles de chicas en un concierto de rock & roll, y ahí está, con asistentes personales para servirle las comidas, lavarle la ropa, afeitarlo. Recibe un *masaje* tres veces por semana. Visita el spa cuatro veces por semana y pasa algún que otro rato en el jacuzzi.

¿Como Donald Trump? Vive como un jefe tribal del desierto de uno de esos países de Oriente Medio ricos en petróleo.

¿Y si le contara a Babineau que la ha insultado?

«Nada de eso —diría—. Nada de eso, enfermera Scapelli. Lo que ha visto no era más que la contracción involuntaria de algún músculo. Todavía es incapaz de realizar los procesos mentales que permitirían un gesto así. Aunque no fuera ese el caso, ¿por qué iba a dirigirle a usted un gesto así?»

—Porque no le caigo bien —dice al tiempo que se inclina hacia delante con las manos apoyadas en la falda rosa, a la altura de las rodillas—. ¿Verdad, señor Hartsfield? Y en eso estamos igual, porque a mí tampoco me cae bien usted.

Él no la mira, ni da señal alguna de haberla oído. Se limita a mirar fijamente el estacionamiento de enfrente. Pero *sí* la oye, de eso está segura, y el hecho de que no reconozca su presencia de ninguna manera la enfurece aún más. Cuando ella habla, los demás *escuchan*.

—¿He de creer que esta mañana me ha arrancado los botones del uniforme mediante control mental o algo así?

Nada.

—Eso no. Tenía previsto sustituir ese uniforme. Me quedaba un poco ajustado en el pecho. Quizá engañe a algunos miembros más crédulos del personal, pero no a mí, señor Hartsfield. Lo único que usted puede hacer es estar ahí sentado. Y ensuciar la cama cada vez que tiene ocasión.

Nada.

Scapelli lanza una mirada a la puerta para cerciorarse de que está cerrada y a continuación retira la mano izquierda de la rodilla y alarga el brazo.

—Todas esas personas a las que hizo daño, y algunas todavía sufren… ¿Eso lo hace feliz? Sí, ¿eh? ¿Y a *usted* le gustaría sufrir? ¿Lo comprobamos?

Primero le toca el delicado saliente de un pezón a través de la camisa; luego se lo agarra con el pulgar y el índice. Tiene las uñas cortas, pero se las hinca todo lo que puede. Se lo retuerce a un lado y al otro.

—Eso es dolor, señor Hartsfield. ¿Le gusta?

Él permanece tan inexpresivo como siempre, lo cual la encoleriza más todavía. Se inclina hacia él hasta que casi se rozan con la nariz. Su rostro parece un puño más que nunca. Detrás de las lentes de las gafas, los ojos azules se le saltan en las cuencas. Se le acumula un poco de saliva en las comisuras de los labios.

—Podría hacerle lo mismo en los testículos —susurra—. A lo mejor lo hago.

Sí. Quizá lo haga. Al fin y al cabo, tampoco es que Hartsfield pueda contárselo a Babineau. Es capaz de articular cincuenta palabras a lo sumo, y casi nadie lo entiende. «Quiero más maíz» lo pronuncia «Keo ma maí», que parece el estereotipado modo de hablar de un indio en una película antigua del Oeste. Lo único que dice con toda claridad es: «Quiero ver a mi madre», y en varias ocasiones Scapelli ha tenido el gran placer de volver a informarle de que su madre ha muerto.

Le retuerce el pezón a un lado y al otro. Primero en el sentido de las agujas del reloj y después en el contrario. Lo pellizca con ganas, y tiene manos de enfermera, lo que significa que son fuertes.

—Piensa usted que el doctor Babineau es su mascota, pero lo ha entendido al revés. La mascota es *usted*. El conejillo de Indias. Él cree que no me he enterado de que le administra fármacos experimentales, pero lo sé. «Vitaminas», dice. ¿Vitaminas? ¡Ya lo creo! Me entero de *todo* lo que pasa aquí. Él cree que va a rehabilitarlo por completo, pero eso es imposible. Usted es un caso perdido. Y si lo consiguiera, ¿qué? Iría a juicio y se pasaría el resto de la vida en la cárcel. Y en la prisión estatal de Waynesville no tienen jacuzzi.

Le pellizca el pezón con tal fuerza que se le marcan los tendones de la muñeca, y Hartsfield, mirando aún el estacionamiento con rostro inexpresivo, sigue sin dar la menor señal de sentir. Si continúa, alguna enfermera podría ver el hematoma, la hinchazón, y dejar constancia en su historial.

Lo suelta y, con la respiración acelerada, retrocede. De repente la persiana veneciana, recogida en lo alto de la ventana, se agita con un traqueteo como de huesos. Scapelli se sobresalta al oírlo y se voltea. Cuando da la espalda a Hartsfield, éste ya no mira el estacionamiento. La mira a *ella*. Tiene una mirada despejada y alerta. Scapelli siente una intensa punzada de miedo y da un paso atrás.

—Podría denunciar a Babineau —dice—, pero los médicos siempre se las arreglan para librarse, y más cuando se trata de su palabra contra la de una enfermera, aunque sea una jefa de enfermeras. ¿Y por qué iba a denunciarlo? Por mí que experimente con usted todo lo que quiera. Para usted, señor Hartsfield, incluso Waynesville es demasiado bueno. A ver si en una de estas le da algo que lo mata. Eso es lo que se merece.

En el pasillo resuena el avance de un carrito de comida; alguien va a almorzar tarde. Ruth Scapelli se sacude como si despertara de un sueño y recula hacia la puerta, mirando primero a

Hartsfield, luego la persiana veneciana, ya en silencio, y otra vez a Hartsfield.

—Lo dejo solo para que reflexione, pero antes de irme le diré otra cosa: si vuelve a enseñarme el dedo, *serán* los testículos lo que le retuerza.

Brady levanta la mano del regazo y se la lleva al pecho. Le tiembla, pero es un problema de control motor; gracias a las diez sesiones semanales en el piso de abajo, en fisioterapia, ha recuperado un tono muscular mínimo.

Scapelli lo mira, incrédula, mientras el dedo medio se extiende e inclina hacia ella.

Brady acompaña el gesto con esa sonrisa obscena suya.

—Es usted un bicho raro —dice ella en voz baja—. Una aberración.

Pero no vuelve a acercarse a él. De pronto siente un miedo irracional por lo que podría ocurrir si lo hiciera.

11

Tom Saubers se presta gustosamente a hacer a Hodges el favor que le ha pedido, a pesar de que implica cambiar de hora un par de visitas esa tarde. Por enseñar una casa vacía en Ridgedale a Bill Hodges no va a saldar ni mucho menos la deuda que tiene contraída con él; a fin de cuentas, el expolicía —con la ayuda de sus amigos Holly y Jerome— salvó la vida de sus hijos. Posiblemente también de su mujer.

En el vestíbulo, desactiva la alarma leyendo los números de un papel sujeto con un clip a la carpeta que lleva. Mientras guía a Hodges por las habitaciones de la planta baja, entre el eco de sus pisadas, no puede evitar la retórica habitual del agente inmobiliario: «Sí, está bastante lejos del centro de la ciudad, no lo niego, pero gracias a eso uno disfruta de todos los servicios urbanos, como agua corriente, quitanieves, recogida de basura, autobús escolar, transporte público y demás, sin sufrir el ruido urbano».

—La casa ya tiene preinstalada la televisión por cable y cumple *sobradamente* todas las normativas de habitabilidad —añade.

—Estupendo, pero no quiero comprarla.

Tom lo mira con curiosidad.

—¿Y qué quieres, pues?

Hodges no ve razón para no contárselo.

—Saber si han estado usándola para vigilar la casa de enfrente. El fin de semana pasado se produjeron allí un asesinato y un suicidio.

—¿En el 1601? Dios mío, Bill, qué *horror*.

Pues sí, piensa Hodges, y creo que ya estás preguntándote con quién debes hablar para asegurarte la venta de ese otro inmueble como agente.

Tampoco es que se lo tenga en cuenta al hombre, que pasó por su propio infierno como consecuencia de la Masacre del Centro Cívico.

—Veo que ya no llevas el bastón —comenta Hodges mientras van a la planta superior.

—Lo uso a veces por la noche, sobre todo los días de lluvia —contesta Tom—. Según los científicos, eso de que las articulaciones duelen más con el mal tiempo son tonterías, pero puedes poner la mano en el fuego por ese cuento, si lo sabré yo. Veamos, éste es el dormitorio principal y, como puedes comprobar, está orientado hacia el sol de la mañana. El cuarto de baño está bien y es amplio… la ducha tiene hidromasaje… y aquí mismo, en el pasillo…

Sí, es una buena casa, como cabía esperar en Ridgedale, piensa Hodges, pero no hay indicios de que haya entrado alguien últimamente.

—¿Ya has visto suficiente? —pregunta Tom.

—Sí, creo que sí. ¿Has notado algo fuera de lugar?

—Nada. Y la alarma es fiable. Si *hubieran* entrado por la fuerza…

—Ya —dice Hodges—. Perdona que te haya hecho salir un día tan frío.

—Descuida. Habría tenido que andar de acá para allá de todos modos. Y me alegro de verte —salen por la puerta de la cocina, y Tom vuelve a echar la llave—. Aunque te veo muy delgado.

—Bueno, como suele decirse, nunca se es demasiado delgado o demasiado rico.

Tom, quien a causa de las lesiones sufridas en el Centro Cívico fue en su día demasiado delgado y demasiado pobre, recibe el chiste viejo con una sonrisa forzada y se dispone a rodear la casa hacia la parte delantera. Hodges lo sigue unos cuantos pasos y de pronto se detiene.

—¿Podríamos mirar en el garage?

—Por supuesto, pero ahí no hay nada.

—Sólo un vistazo.

—No hay que dejar piedra sin mover, ¿eh? Entiendo, pero a ver cuál es la llave.

Sólo que no hay necesidad de llave, porque la puerta del garage está entreabierta, unos cinco centímetros. Los dos observan en silencio el marco, astillado alrededor de la cerradura. Al final Tom dice:

—Vaya.

—Deduzco que el sistema de alarma no alcanza hasta el garage.

—Deduces bien. No hay qué proteger.

Hodges entra en un habitáculo rectangular con paredes de madera desnudas y suelo de hormigón. Hodges ve su propio vaho, y ve también otra cosa. Enfrente de la puerta basculante del lado izquierdo, hay una silla. Ahí se ha sentado alguien, para mirar hacia fuera.

Hodges viene sintiendo un malestar creciente en el lado izquierdo del vientre, una molestia que extiende sus tentáculos por la zona lumbar, pero a estas alturas el dolor ya es casi un viejo amigo y se ve eclipsado momentáneamente por la excitación.

Alguien ha estado aquí sentado vigilando el 1601, piensa. Me jugaría el mundo, si el mundo fuera mío.

Se acerca a la parte delantera del garage y se sienta donde se sentó el vigilante. En la puerta, a media altura, se suceden tres ventanas en horizontal, y la de la derecha está libre de polvo. Ofrece una visión directa del ventanal de la sala del 1601.

—Eh, Bill —dice Tom—. Hay algo debajo de la silla.

Hodges se agacha para mirar, aunque al doblarse le aumenta la sensación de calor en las entrañas. Lo que ve es un disco negro, de unos ocho centímetros de diámetro, quizá. Lo levanta por los bordes. Lleva una sola palabra repujada en oro: STEINER.

—¿Es de una cámara? —pregunta Tom.

—De unos binoculares. Los departamentos de policía con buenos presupuestos utilizan binoculares Steiner.

Con unos buenos Steiner —y que Hodges sepa, no los hay malos—, el vigilante podría haberse metido directamente en la sala de Ellerton y Stover, en el supuesto de que las persianas estuviesen levantadas, y cuando Holly y él han entrado esa mañana lo estaban. Demonios, si esas mujeres hubiesen estado viendo CNN, quienquiera que las vigilara habría podido leer los encabezados de la pantalla.

Hodges no lleva encima una bolsa para evidencias, pero tiene un paquete de Kleenex en el bolsillo del abrigo. Saca dos pañuelos, envuelve con cuidado en ellos la tapa de la lente y se la guarda en el bolsillo interior del abrigo. Se levanta de la silla (lo que le provoca una nueva punzada; esta tarde el dolor es severo) y advierte otra cosa. Alguien, valiéndose tal vez de una navaja, ha grabado una sola letra en el espacio de madera que separa las dos puertas basculantes.

Es la letra Z.

12

Cuando están prácticamente en el camino de acceso, Hodges experimenta un pinchazo nuevo: un violento latigazo en la corva de la pierna izquierda. Tiene la sensación de que le han clavado un cuchillo. Deja escapar un grito tanto de sorpresa como de dolor y se inclina para masajearse ese nudo pulsátil en un intento de eliminarlo. O cuando menos mitigarlo un poco.

Tom se agacha junto a él, y por eso ninguno de los dos ve el vetusto Chevrolet que circula lentamente por Hilltop Court. Manchas rojas salpican la desvaída carrocería azul. El anciano que va sentado al volante aminora aún más para observar a los dos hombres. A continuación el Chevrolet acelera, despidiendo una nube azul de gases de escape, y deja atrás la casa de Ellerton y Stover camino de la rotonda situada al final de la calle para cambiar de sentido.

—¿Qué te pasa? —pregunta Tom—. ¿Qué tienes?

—Un calambre —responde Hodges con los dientes apretados.

—Sóbate.

Hodges lo mira con una expresión entre jocosa y dolorida a través de los mechones de cabello que le caen ante los ojos.

—¿Y qué crees que estoy haciendo?

—Déjame a mí.

Tom Saubers, experto en fisioterapia gracias a su asistencia a cierta feria de empleo hace seis años, aparta la mano a Hodges. Se quita un guante y le hinca los dedos. Con fuerza.

—¡Ay! ¡La Virgen! ¡Eso duele, maldición!

—Ya lo sé —responde Tom—. Es inevitable. Desplaza el peso del cuerpo todo lo que puedas sobre la pierna buena.

Hodges obedece. El Malibu con retoques color rojo mate pasa lentamente una vez más, ahora cuesta abajo. El conductor se permite otra larga mirada y vuelve a acelerar.

—Ya se me está pasando —dice Hodges—. Menos mal.

Así es, pero le arde el estómago y se siente como si le hubieran dado un tirón en la parte baja de la espalda.

Tom lo mira con cara de preocupación.

—¿Seguro que estás bien?

—Sí. Es sólo un calambre.

—O una trombosis venosa profunda. Ya no eres un muchacho, Bill. Tienes que ir a que te revisen. Si te pasara algo estando conmigo, Pete no me lo perdonaría nunca. Su hermana tampoco. Te debemos mucho.

—Está bajo control. Tengo cita con el médico mañana —asegura Hodges—. Vamos, salgamos de aquí. Hace un frío tremendo.

Renquea los primeros dos o tres pasos, pero el dolor en la corva finalmente desaparece por completo y vuelve a caminar con normalidad. Con más normalidad que Tom. Gracias a su encuentro con Brady Hartsfield en abril de 2009, Tom Saubers cojeará el resto de su vida.

13

Cuando llega a casa, Hodges se siente mejor del estómago, pero está rendido. Ahora se cansa con facilidad. Se dice que es porque ha perdido el apetito, pero se pregunta si de verdad es eso. En el viaje de regreso desde Ridgedale, ha oído dos veces el ruido de cristales rotos y los vítores de los niños para celebrar el *home run*, pero nunca mira el teléfono mientras conduce, en parte porque es peligroso (amén de ilegal en ese estado), pero sobre todo porque se niega a dejarse esclavizar por él.

Además, no necesita ser adivino para saber de quién es al menos uno de esos mensajes de texto. Espera hasta haber colgado el abrigo en el armario del recibidor, tras tocar brevemente el bolsillo interior para asegurarse de que la tapa de la lente sigue a buen recaudo.

El primer mensaje es de Holly.

> **Convendría hablar con Pete e Isabelle, pero llámame antes. Tengo una P.**

El otro no es de ella. Reza:

> **El doctor Stamos tiene que hablar con usted urgentemente. Podrá atenderlo mañana a las 9. ¡No falte a la cita, por favor!**

Hodges mira el reloj y ve que, pese a su sensación de que el día de hoy se ha prolongado un mes entero como mínimo, no son más que la cuatro y cuarto. Telefonea al consultorio de Stamos, y le atiende Marlee. La reconoce por la voz cantarina de porrista, que adopta un tono serio en cuanto él se identifica. Hodges no sabe cuáles son los resultados de los estudios, pero no puede ser algo bueno. Como dijo Bob Dylan: «No necesitas un meteorólogo para saber en qué dirección sopla el viento».

Pide que le retrasen la cita hasta las nueve y media, porque antes quiere reunirse con Holly, Pete e Isabelle. Se niega a creer que su visita al consultorio del doctor Stamos acaso preceda al ingreso en el hospital, pero es realista, y ese dolor repentino en la pierna le ha dado un susto de muerte.

Marlee lo deja en espera. Hodges escucha a los Young Rascals un momento (esos «Jóvenes Granujas» a esas alturas ya serán unos ancianos, piensa) hasta que ella vuelve a la línea.

—Podemos darle hora a las nueve y media, señor Hodges, pero el doctor Stamos me pide que insista en que es imprescindible que no falte.

Sin poder contenerse, Hodges pregunta:

—¿Es muy grave?

—No dispongo de información sobre su caso —responde Marlee—, pero diría que le conviene atender el problema lo antes posible. ¿No le parece?

—Sí —contesta Hodges, apesadumbrado—. Acudiré a la cita, por supuesto. Y gracias.

Corta la comunicación y se queda mirando el teléfono. El fondo de pantalla es una fotografía de su hija a los siete años, radiante y risueña, balanceándose a gran altura en el columpio que le instaló en el jardín trasero cuando vivían en Freeborn Avenue. Cuando todavía eran una familia. Ahora Allie tiene treinta y seis años, se ha divorciado, va a psicoterapia e intenta superar una relación dolorosa con un hombre que le contó una historia tan antigua como el Génesis: «No tardaré en separarme de ella, pero ahora no es buen momento».

Hodges deja el teléfono y se levanta la camisa. El dolor en el lado izquierdo del abdomen ha remitido hasta reducirse otra vez a un leve murmullo, y eso es bueno, pero no le gusta la hinchazón que ve por debajo del esternón. Es como si acabara de atiborrarse de comida, cuando en realidad sólo ha podido con la mitad del almuerzo y el desayuno ha consistido en un bagel.

—¿A ti qué te pasa? —pregunta a su estómago inflamado—. No me vendría mal alguna pista antes de la cita de mañana.

Supone que encontraría tantas pistas como quisiera encendiendo la computadora y visitando Web MD, pero ha llegado a la conclusión de que el autodiagnóstico con ayuda de internet es cosa de idiotas. Opta por llamar a Holly. Ella quiere saber si ha averiguado algo interesante en el 1588.

—*Muy* interesante, como decía aquel humorista en *Laugh-In*, pero, antes de entrar en materia, dime cuál es tu pregunta.

—¿Crees que Pete podría averiguar si Martine Stover tenía encargada una computadora? ¿Comprobar los movimientos de sus tarjetas de crédito o algo así? Porque su madre ya era muy *mayor*. De ser así, significaría que lo de ese curso por internet iba en serio. Y si iba en serio...

—Disminuirían drásticamente las probabilidades de que estuviera planeando un pacto suicida con su madre.

—Sí.

—Pero no descartaría que la madre decidiera hacerlo por iniciativa propia. Podría haber echado las pastillas y el vodka a la sonda gástrica de Stover mientras ella dormía y haberse metido en la bañera después para rematar el acto.

—Pero Nancy Alderson ha dicho...

—Que eran felices, sí, ya lo sé. Sólo lo comento. En realidad no creo que ocurriera así.

—Se te nota cansado.

—Mi habitual bajón del final del día. Me reanimaré después de un bocado —en la vida ha tenido menos hambre.

—Come mucho. Estás muy delgado. Pero primero cuéntame qué has visto en esa casa vacía.

—En la casa, no. En el garage.

La pone al corriente. Holly no lo interrumpe. Ni hace comentario alguno cuando él termina. A veces se olvida de que está al teléfono, así que Hodges ha de darle un ligero empujón.

—¿Tú qué opinas?

—No sé. En serio, no sé. La verdad... se me hace todo muy raro. ¿No te parece? ¿Sí o no? Porque podría ser que estuviera sacando las cosas de quicio. A veces me pasa.

A mí me lo vas a contar, piensa Hodges, pero no cree que sea el caso esta vez, y se lo dice.

—Antes has comentado que dudabas que Janice Ellerton aceptara algo de un hombre vestido con un abrigo remendado y ropa de obrero —recuerda Holly.

—Eso he dicho, sí.

—Lo que implica...

Ahora es Hodges quien guarda silencio, para que ella extraiga sus propias conclusiones.

—Implica que dos hombres tramaban algo. *Dos.* Uno entregó a Janice Ellerton el Zappit y el cuestionario falso cuando ella fue por la despensa, y el otro vigiló la casa desde la banqueta de enfrente. ¡Y con binoculares! ¡Unos *caros*! Podría ser que esos dos hombres no actuaran juntos, supongo, pero...

Hodges espera. Con una leve sonrisa. Cuando Holly acelera sus procesos mentales al máximo, casi oye girar los engranajes detrás de su frente.

—Bill, ¿sigues ahí?

—Sí. Sólo esperaba a que lo dijeras tú.

—Bueno, parece que sí trabajaban juntos. O al menos me lo parece a mí. Y que tuvieron algo que ver con la muerte de esas dos mujeres. Ya, ¿contento?

—Sí, Holly. Contento. Tengo cita con el médico mañana a las nueve y media...

—¿Han llegado los resultados de los estudios?

—Sí. Quiero ver primero a Pete e Isabelle. ¿Te parece bien a las ocho y media?

—Claro.

—No nos guardaremos nada. Les hablaremos de Alderson y de la videoconsola que has encontrado y de la casa del 1588. A ver qué piensan. ¿De acuerdo?

—Sí, pero *ella* no pensará nada.

—Puede que te equivoques.

—Sí. Y mañana el cielo podría ser verde con rojo. Ahora ve a prepararte algo de cenar.

Hodges le asegura que lo hará y se calienta una lata de caldo de pollo con fideos mientras ve el primer noticiario de la noche. Se lo come casi todo, espaciando las cucharadas, animándose a seguir: Tú puedes, tú puedes.

Mientras enjuaga el tazón, lo asalta de nuevo el dolor en el lado izquierdo del abdomen, junto con esos tentáculos que se extienden por la zona lumbar. Parece intensificarse y disminuir al ritmo de los latidos del corazón. Se le contrae el estómago. Piensa en correr al cuarto de baño, pero ya es demasiado tarde. Opta por inclinarse sobre el fregadero y vomita con los ojos cerrados. Así los mantiene mientras busca a tientas la llave del lavabo y la abre al máximo para enjuagar la tarja. No quiere ver qué acaba de salir de él, porque nota un sabor residual a sangre en la boca y la garganta.

Ayayay, piensa, ahora sí estoy frito.

Vaya que lo estoy.

14

Ocho de la noche.

Cuando suena el timbre, Ruth Scapelli está viendo un absurdo reality show que no es más que un pretexto para exhibir a hombres y mujeres jóvenes correteando de acá para allá en paños menores. En lugar de ir directamente a la puerta, entra en pantuflas en la cocina y enciende el monitor de la cámara de seguridad instalada en el porche. Vive en un barrio seguro, pero no conviene correr riesgos; una de las frases preferidas de su difunta madre era: «La escoria se propaga».

Con sorpresa e inquietud, reconoce al hombre que se encuentra plantado a su puerta. Viste un abrigo de lana, a todas luces caro, y un chambergo con una pluma en la cinta. Bajo el sombrero, el cabello canoso cae vistosamente tras las sienes, moldeado en un corte perfecto. Lleva un maletín de poco grosor en la mano. Es el doctor Felix Babineau, jefe del Departamento de Neurología y mandamás de la Unidad de Traumatismos Craneoencefálicos de Lakes Region.

El timbre repica otra vez, y ella corre a abrir, pensando: Es imposible que sepa lo que he hecho esta tarde, porque la puerta estaba cerrada y nadie me ha visto entrar. Relájate. Será otra cosa. Quizá un asunto sindical.

Pero el doctor Babineau nunca ha hablado de asuntos sindicales con ella, pese a que Scapelli es enlace de National Nurses United desde hace cinco años. Puede que ni siquiera la reconociese si se cruzara con ella por la calle a menos que vistiera el uniforme de enfermera. Ante esta idea, cae en la cuenta de su indumentaria, una vieja bata y unas pantuflas aún más viejas (¡con caras de conejo!), pero ya es tarde para remediarlo. Al menos no lleva tubos en la cabeza.

Debería haberme avisado antes por teléfono, piensa. Sin embargo, la posibilidad que concibe acto seguido le causa desazón: A lo mejor quería tomarme por sorpresa.

—Buenas noches, doctor Babineau. Pase, fuera hace frío. Perdone que le reciba en bata, pero no esperaba visitas.

Él entra y se queda en el recibidor. Scapelli se ve obligada a rodearlo para cerrar la puerta. Viéndolo de cerca, en persona, piensa que no se aleja mucho de su propio desaliño. Ella va en bata y pantuflas, cierto, pero él tiene las mejillas cubiertas de vello gris. El doctor Babineau (a nadie se le ocurriría llamarlo doctor Felix) puede ser muy formal —he ahí, si no, la bufanda de cachemir, ahuecada alrededor del cuello—, pero esta noche necesita una afeitada, y urgente. Además, tiene ojeras.

—Deme el abrigo —dice.

Él se coloca el maletín entre los zapatos, se desabotona el abrigo y se lo entrega, junto con la elegante bufanda. Todavía no ha despegado los labios. Scapelli tiene la sensación de que la lasaña de la cena, deliciosa en su momento, se precipita de golpe al fondo de su estómago.

—¿Le apetece...?

—Entremos en la sala —dice el doctor Babineau, y pasa por delante de ella como si estuviera en su propia casa. Ruth Scapelli corretea detrás de él.

Babineau levanta el control del brazo del sillón, apunta al televisor y silencia el sonido. Los hombres y mujeres jóvenes siguen corriendo de aquí para allá, pero ya no los acompaña el parloteo mecánico del locutor. Scapelli ha dejado de sentir sólo inquietud; ahora tiene, además, miedo. Por su empleo, sí, el puesto por el que ha trabajado con tanto ahínco, pero también por sí misma. La expresión que observa en los ojos de Babineau no es en realidad una expresión, sino una especie de vacío.

—¿Puedo servirle algo? Un refresco o una taza de...

—Escúcheme, enfermera Scapelli. Y con mucha atención si quiere conservar su puesto.

—Yo... yo...

—Y no sólo perdería el empleo —Babineau deposita el maletín en el sillón y desabrocha los exquisitos broches de oro. Producen un leve chasquido sordo al levantarse—. Hoy ha cometido una agresión contra un paciente con deficiencia mental, lo que podría interpretarse como agresión *sexual*, y a eso ha seguido lo que la ley tipifica como delito de amenazas.

—Yo... yo no...

Apenas oye su propia voz. Teme desmayarse si no se sienta, pero el maletín de Babineau está en su sillón preferido. Cruza la sala en dirección al sofá y por el camino tropieza con la mesa de centro, que casi vuelca, y se lastima la espinilla. Nota que le resbala un hilillo de sangre por el tobillo pero no baja la vista para mirarlo. Si lo hace, *sin duda* perderá el conocimiento.

—Le ha retorcido el pezón al señor Hartsfield. Luego lo ha amenazado con hacer lo mismo con sus testículos.

—¡Me ha hecho un gesto obsceno! —prorrumpe Scapelli—. ¡Me ha levantado el dedo medio!

—Me encargaré de que no vuelva a ejercer como enfermera —afirma él, sin apartar la mirada de las profundidades del maletín mientras ella medio se desvanece en el sofá.

El maletín lleva las iniciales de Babineau en el costado. En oro, por supuesto. Tiene un BMW y ese corte de cabello probablemente cueste cincuenta dólares. Quizá más. Es un jefe autoritario y dominante, y ahora amenaza con arruinarle la vida por un error insignificante. Un desliz sin importancia.

Desearía que el suelo se abriera y se la tragara, y sin embargo su visión es de una nitidez cruel. Le parece advertir cada filamento de la pluma que sobresale de la cinta del sombrero, cada capilar escarlata en sus ojos inyectados en sangre, cada antiestético asomo gris de barba en sus mejillas y mentón. Tendría el cabello de ese mismo color rata, piensa ella, si no se lo tiñera.

—Yo… —se le saltan las lágrimas: lágrimas calientes que resbalan por sus mejillas frías—. Yo… por favor, doctor Babineau —no sabe cómo se ha enterado ni le importa. El caso es que se ha enterado—. No volveré a hacerlo. Por favor. *Por favor.*

El doctor Babineau no se molesta en contestar.

15

Selma Valdez, una de las cuatro enfermeras que trabajan en el turno de tres a once en el Casco, llama a la puerta de la 217 con un golpeteo apático —apático porque el ocupante nunca contesta— y entra. Brady, sentado en su silla ante la ventana, contempla la oscuridad. Tiene la lámpara de la mesilla de noche encendida, y la luz emite destellos dorados en su cabello. Todavía lleva el pin donde se lee: ¡ME HA AFEITADO LA ENFERMERA BARBARA!

Selma se dispone a preguntarle si desea ayuda para acostarse (aunque es incapaz de desabrocharse la camisa y el pantalón, una vez resuelto ese paso, sí puede quitárselos), pero de pronto se lo piensa mejor. El doctor Babineau ha añadido una nota al historial de Hartsfield, escrita con imperiosa tinta roja: «No debe molestarse al paciente en estado semiinconsciente. Durante esos períodos es posible que su cerebro esté de hecho "reiniciándose" de manera muy gradual pero apreciable. Vuelvan y comprueben su estado a intervalos de media hora. No desatiendan esta instrucción».

Selma opina que Hartsfield no está reiniciándose ni por asomo, que sencillamente sigue flotando en el reino de los vegetales. Pero, como todas las enfermeras que trabajan en el Casco, le tiene un poco de miedo a Babineau y sabe que acostumbra presentarse cuando menos se le espera, incluso a altas horas de la madrugada, y ahora apenas pasa de las ocho de la noche.

En algún momento desde su comprobación anterior, Hartsfield ha conseguido levantarse y dar los tres pasos que lo separan de la mesita de noche donde está guardada la videoconsola. Carece de la destreza manual necesaria para jugar a ninguno de los juegos precargados, pero sí es capaz de encenderla. Le divierte tenerla en el regazo y mirar los videos demostrativos. A veces se pasa así una hora o más, encorvado como quien estudia para un examen importante. Su preferida es la de Pesca en el Hielo, y es la que mira en ese momento. Suena una sencilla melodía que le recuerda a su infancia: «Bajo el mar, bajo el mar, bajo el precioso mar...»

Se acerca, y piensa en decir: «Ése te encanta, ¿eh?» Pero recuerda el «No desatiendan esta instrucción», subrayado, y opta por mirar la pequeña pantalla de cinco por tres pulgadas. Entiende por qué a él le gusta tanto; hay algo hermoso y fascinante en la forma en que los exóticos peces aparecen, se detienen y de pronto se esfuman, de un solo coletazo. Unos son rojos... otros azules... otros amarillos... Ah, y hay uno rosa muy bonito...

—Deja de mirar.

La voz de Brady chirría como los goznes de una puerta desengrasada y deja amplio espacio entre las palabras, por lo que éstas son de una nitidez absoluta. No se parecen en nada a su balbuceo confuso. Selma se sobresalta, como si en lugar de hablarle le hubiera tocado el trasero. En la pantalla del Zappit, los peces se ven eclipsados por un destello de luz azul, pero reaparecen enseguida. Selma echa un vistazo al reloj que lleva prendido del revés en el uniforme y ve que son ya las ocho y veinte. Dios santo, ¿de verdad lleva casi veinte minutos ahí de pie?

—Vete.

Brady sigue mirando la pantalla; los peces nadan de un lado a otro, de un lado a otro. Selma aparta la vista, aunque no sin esfuerzo.

—Vuelve más tarde —silencio—. Cuando haya acabado. —Silencio—. De mirar.

Selma obedece y, en cuanto sale al pasillo, vuelve a sentirse la de siempre. Hartsfield le ha dirigido la palabra, un gran hurra por él. ¿Y si disfruta viendo el juego de Pesca en el Hielo tal como otros hombres disfrutan viendo jugar voleibol a chicas en biquini? Otro gran hurra. La verdadera pregunta es por qué dejan esas consolas en manos de los *niños*. No pueden ser buenas para esos cerebros inmaduros, ¿no? Por otro lado, los niños se pasan la vida delante de la computadora con los videojuegos, así que tal vez estén inmunizados. Entretanto, ella tiene mucho que hacer. Que Hartsfield siga en su silla y mire su aparato.

Al fin y al cabo, no hace daño a nadie.

16

Felix Babineau se inclina hacia delante por la cintura con rigidez, como un androide en una película de ciencia ficción antigua. Introduce las manos en su maletín y saca un aparato plano de color rosa que parece un lector electrónico. La pantalla, gris, no muestra nada.

—Aquí aparecerá un número que quiero que encuentre —explica—. Un número de nueve cifras. Si lo encuentra, enfermera Scapelli, el incidente de hoy quedará entre nosotros.

Debe de estar usted loco, es lo primero que acude a la mente de Scapelli, pero eso no puede decírselo, no cuando tiene su vida entre manos.

—¿Cómo voy a encontrarlo? ¡No entiendo esos aparatos electrónicos! ¡Apenas sé cómo funciona mi teléfono!

—Tonterías. Como enfermera quirúrgica, estaba usted muy solicitada. Por su destreza.

Eso es cierto, pero han pasado casi diez años desde que trabajaba en los quirófanos del Kiner entregando tijeras, retractores y esponjas. Le propusieron hacer un curso de microcirugía de seis semanas —el hospital habría pagado el setenta por ciento del coste—, pero no le interesó. O eso dijo; en realidad, temía reprobarlo. Con todo, él tiene razón: en su apogeo, era rápida.

Babineau pulsa un botón en lo alto del aparato. Scapelli alarga el cuello para ver. La pantalla se enciende y aparecen las palabras ¡BIENVENIDO A ZAPPIT! A esto sigue todo un despliegue de iconos. Juegos, supone ella. Él desliza la pantalla una vez, dos veces, y a continuación le pide que se coloque a su lado. Sonríe al notar que la enfermera vacila. Quizá su intención sea mostrarse cordial, animarla, pero la aterroriza. Porque en sus ojos no hay nada, ninguna expresión humana.

—Vamos, enfermera. No *muerdo*.

Claro que no. Pero ¿y si muerde?

A pesar de todo, se acerca para ver la pantalla, donde peces exóticos nadan de un lado a otro. Cuando colean, brotan burbujas. Suena una sencilla melodía vagamente familiar.

—¿Ve? Éste se llama Pesca en el Hielo.

—S-sí —pensando: Está loco de atar. Ha sufrido una crisis nerviosa por exceso de trabajo o algo similar.

—Si tocara usted la parte inferior de la pantalla, comenzaría el juego y cambiaría la música, pero no es eso lo que quiero que haga. Sólo necesita ver el video demostrativo. Busque los peces de color rosa. Salen muy pocos, y son rápidos, así que tiene que prestar atención. No puede apartar los ojos de la pantalla.

—Doctor Babineau, ¿está usted bien?

Scapelli reconoce su propia voz, pero parece provenir de un lugar lejano. Él, sin contestar, mantiene la vista en la pantalla. Ella mira también. Esos peces son interesantes. Y la sencilla melodía... resulta casi hipnótica. Surge un destello azul de la pantalla. Scapelli parpadea, y reaparecen los peces. Nadando de un lado a otro. Agitando sus ondulantes colas y produciendo burbujas a borbotones.

—Cada vez que vea un pez rosa, tóquelo y saldrá un número. Nueve peces rosa, nueve números. Entonces habrá terminado, y todo esto quedará atrás. ¿Entendido?

Se plantea preguntarle si tiene que anotar los números o sólo recordarlos, pero se le antoja demasiado difícil y se limita a asentir con la cabeza.

—Bien —Babineau le entrega el aparato—. Nueve peces, nueve números. Pero, ojo, sólo los de color rosa.

Scapelli fija la mirada en la pantalla, donde nadan los peces: rojos y verdes, verdes y azules, azules y amarillos. Salen por la izquierda de la pequeña pantalla rectangular y luego vuelven desde la derecha. Salen por la derecha de la pantalla y luego vuelven desde la izquierda.

Izquierda, derecha.

Derecha, izquierda.

Algunos por la parte de arriba, algunos por la de abajo.

Pero ¿dónde están los de color rosa? Necesita tocar los de color rosa, y cuando haya tocado nueve, todo eso quedará atrás.

Con el rabillo del ojo, ve que Babineau abrocha el maletín. Lo levanta y abandona la habitación. Se marcha. Da igual. Ella tiene que tocar los peces rosa, después todo quedará atrás. Un destello de luz azul, y reaparecen los peces. Nadan de izquierda a derecha y de derecha a izquierda. Suena la melodía: «Bajo el mar, bajo el mar, bajo el precioso mar que felices seremos tú y yo, tú y yo».

¡Uno rosa! ¡Lo toca! ¡Aparece el número 11! ¡Faltan ocho!

Toca un segundo pez rosa en el momento en que la puerta de la calle se cierra silenciosamente, y un tercero cuando fuera arranca el coche del doctor Babineau. Scapelli permanece en el centro de su sala, con los labios un poco abiertos como si fuera a dar un beso, sin apartar la vista de la pantalla. Los colores, cambiantes, se deslizan por sus mejillas y su frente. Tiene los ojos como platos, no parpadea. Asoma un cuarto pez rosa, éste muy lento, como si la invitara a tocarlo con el dedo, pero ella se queda inmóvil.

—Hola, enfermera Scapelli.

Alza la vista y se encuentra a Brady Hartsfield sentado en su sillón. Sus contornos, espectrales, tiemblan un poco, pero sin duda es él. Viste la misma ropa que cuando ha ido a verlo a su habitación esa tarde: jeans y una camisa de cuadros. Prendido en la camisa lleva el pin que reza: ¡ME HA AFEITADO LA ENFERMERA BARBARA! En sus ojos, sin embargo, no se advierte la expresión vacía a la que se ha acostumbrado todo el mundo en el Casco. La observa con vivo interés. Ella recuerda que su hermano miraba así su hormiguero artificial cuando eran niños, allá en Hershey, Pennsylvania.

Debe de ser un fantasma, porque nadan peces en sus ojos.

—Babineau lo contará —dice Hartsfield—. Y no será sólo la palabra de uno contra la del otro, no vaya a creérselo. Tiene una cámara oculta para vigilarme. Para estudiarme. Es un gran angular, abarca toda la habitación. De esos que llaman «ojo de pez».

Sonríe para indicar que ha hecho un juego de palabras. Un pez rojo se desliza por su ojo derecho, desaparece y reaparece en el izquierdo. Scapelli se dice: Tiene el cerebro lleno de peces. Estoy viendo sus pensamientos.

—La cámara está conectada a una grabadora. Enseñará al consejo de dirección las imágenes en las que me tortura. No me ha dolido mucho, ya no siento el dolor como antes, pero él lo describirá como tortura. Además, ahí no acabará la cosa. Lo pondrá en YouTube. Y en Facebook. Y en Mala Medicina punto com. Se hará viral. Será usted famosa. La Enfermera Torturadora. ¿Y quién saldrá en su defensa? ¿Quién se pondrá de su parte? Nadie. Porque no le cae bien a nadie. La consideran una persona detestable. ¿*Usted* qué opina? ¿Se considera detestable?

Ahora que le preguntan directamente, Scapelli supone que sí. Cualquiera que amenace con retorcerle los testículos a un hombre que padece una lesión cerebral *debe* de ser detestable. ¿En qué estaba pensando?

—Dígalo —Hartsfield se inclina hacia delante, sonriente.

Los peces nadan. La luz azul destella. La melodía suena.

—Dígalo, bruja infame.

—Soy detestable —dice Ruth Scapelli en su sala, vacía excepto por ella. Mira la pantalla del Zappit Commander.

—Ahora dígalo como si lo pensara.

—Soy detestable. Soy una bruja infame y detestable.

—¿Y qué va a hacer el doctor Babineau?

—Ponerlo en YouTube. Ponerlo en Facebook. Ponerlo en Mala Medicina punto com. Contárselo a todo el mundo.

—La detendrán.

—Me detendrán.

—Su foto saldrá en el periódico.

—No lo dudo.

—Irá a la cárcel.

—Iré a la cárcel.

—¿Quién se pondrá de su lado?

—Nadie.

17

Sentado en la habitación 217 del Casco, Brady está concentrado en Pesca en el Hielo. Tiene una expresión plenamente alerta y consciente. Es la expresión que oculta a todos salvo a Felix Babineau, y el doctor Babineau ya no importa. El doctor Babineau apenas existe. Ahora es, en esencia, el Doctor Z.

—Enfermera Scapelli —dice Brady—, pasemos a la cocina.
Ella se resiste, pero no por mucho tiempo.

18

Hodges intenta sumergirse por debajo del dolor y seguir dormido, pero tira de él sin tregua hasta que lo obliga a salir a la superficie y a abrir los ojos. Busca a tientas el reloj de la mesita y ve que son las dos de la madrugada. Mala hora para despertar, quizá la peor. Después de retirarse, cuando padecía insomnio pensaba en las dos como en la hora del suicidio, y ahora se dice: Probablemente a esa hora lo hizo la señora Ellerton. Las dos de la madrugada. La hora a la que uno tiene la impresión de que nunca llegará la luz del día.

Se levanta, va lentamente al baño y, evitando mirarse en el espejo, saca del armario el frasco enorme, de tamaño familiar, de Gelusil, un antiácido. Da cuatro grandes tragos; a continuación se inclina, esperando a comprobar si su estómago lo acepta o pulsa el botón de eyección, como ha ocurrido con el caldo de pollo.

Lo retiene, y de hecho el dolor empieza a remitir. A veces el Gelusil tiene ese efecto. No siempre.

Se plantea volver a la cama, pero teme que esa palpitación sorda regrese en cuanto esté en posición horizontal. Se decide por entrar en su oficina, donde enciende la computadora. Es consciente de que no hay peor momento para consultar las causas posibles de sus síntomas, pero no puede resistirse más. Aparece el fondo de pantalla de su escritorio (otra foto de Allie de niña). Desplaza el cursor hasta la parte inferior con la intención de abrir Firefox y de pronto queda inmóvil. Hay algo nuevo en la barra de tareas. Entre el globo de los mensajes de texto y el icono de la cámara de FaceTime, ve un paraguas azul con un *1* rojo encima.

—Vaya —dice—, un mensaje en Bajo el Paraguas Azul de Debbie.

Jerome Robinson, mucho más joven que ahora, le descargó la aplicación del Paraguas Azul en la computadora hace casi seis años. Brady Hartsfield, alias Mr. Mercedes, quería chatear con el policía que no había conseguido atraparlo, y Hodges, aunque ya se había retirado, estaba más que dispuesto a darle conversación. Porque cuando consigues que empiece a hablar un canalla como Mr. Mercedes (no había muchos como él, gracias a Dios), estás a apenas uno o dos pasos de atraparlo. Eso se cumplía sobre todo con los arrogantes, y Hartsfield era la arrogancia en persona.

Los dos tenían sus razones para comunicarse a través de un chat seguro y supuestamente imposible de rastrear cuyos servidores se hallaban en lo más recóndito e impenetrable de Europa del Este. Hodges se proponía empujar al perpetrador de la Masacre del Centro Cívico a cometer un error que permitiera identificarlo. Mr. Mercedes quería empujar a Hodges a quitarse la vida. Al fin y al cabo, lo había conseguido con Olivia Trelawney.

«¿Qué vida lleva ahora que ha dejado atrás la "emoción de la cacería"?», había escrito en su primera comunicación con Hodges, una carta enviada por correo postal. Y después: «¿Quiere ponerse en contacto conmigo? [...] Pruebe Bajo el Paraguas Azul de Debbie. Incluso tengo un nombre de usuario para usted: "ranakermit19"».

Con mucha ayuda de Jerome Robinson y Holly Gibney, Hodges localizó a Brady, y Holly le rompió la cabeza. Jerome y Holly obtuvieron de aquello acceso gratuito a todos los servicios municipales durante un período de diez años; Hodges obtuvo un marcapasos. El dolor y la pérdida formaron parte del proceso, y aun ahora, tantos años después, Hodges prefiere no pensar en ello, pero debe decirse que para la ciudad, y en especial para los que asistieron aquella noche al concierto organizado en el Mingo, todo terminó bien.

En algún momento entre 2010 y la actualidad el icono del paraguas azul desapareció de la barra al pie de la pantalla. Si Hodges alguna vez se preguntó qué había sido de él (de ser así, no lo recuerda), debió de dar por sentado que Jerome o Holly lo habían mandado a la papelera de reciclaje en una de sus visitas para enmendar la última barbaridad que había perpetrado contra su indefensa Macintosh. En cambio, uno de ellos debía de haberlo guardado en la carpeta de aplicaciones, donde el paraguas azul había permanecido, invisible, todos esos años. Demonios, quizá él mismo había arrastrado el icono y lo había olvidado. A partir de los sesenta y cinco, cuando la gente supera la última curva y enfila el tramo final, la memoria tiende a palidecer.

Hodges desplaza el cursor hacia el paraguas azul, vacila y por fin hace clic. El fondo de pantalla se ve sustituido por la imagen de una pareja joven montada en una alfombra mágica que flota sobre un mar infinito. Cae una lluvia plateada, pero la pareja está seca y a salvo bajo un paraguas azul protector.

Ay, qué recuerdos le trae.

Introduce **ranakermit19** como nombre de usuario y contraseña… ¿no lo hacía así en su día, conforme a las instrucciones de Hartsfield? No está seguro, pero sólo hay una manera de averiguarlo. Pulsa enter.

La computadora piensa uno o dos segundos (a Hodges le parece más tiempo), y de pronto, listo, está dentro. Frunce el ceño ante lo que ve. Brady Hartsfield utilizaba el seudónimo **asemerc**, abreviatura de Asesino del Mercedes —eso Hodges lo recuerda sin problemas—, pero ahora se trata de otra persona. No debería sorprenderle, ya que Holly hizo papilla el desquiciado cerebro de Hartsfield; sin embargo, por alguna razón, sí le sorprende.

> **¡Chico Z quiere chatear contigo!**
> **¿Quieres chatear con Chico Z?**
> **S N**

Hodges marca **S**, y al cabo de un momento aparece un mensaje. Una sola frase, algo más de media docena de palabras, pero Hodges las lee una y otra vez; no siente temor, sino excitación. Ha dado con algo. No sabe de qué se trata, pero intuye que es importante.

Chico Z: Él todavía no ha acabado contigo.

Hodges se queda mirando la pantalla con expresión ceñuda. Al final se inclina hacia delante en su silla y teclea:

ranakermit19: ¿Quién no ha acabado conmigo? ¿Quién eres?

No hay respuesta.

19

Hodges y Holly se reúnen con Pete e Isabelle en el Dave's Diner, un bar de mala muerte a una manzana del manicomio matutino conocido como Starbucks. Ya ha pasado la hora cumbre del desayuno, así que pueden elegir mesa y optan por sentarse a una del fondo. En la cocina suena una canción de Badfinger por la radio y las camareras ríen.

—Sólo tengo media hora —anuncia Hodges—. Luego me voy corriendo al médico.

Pete se inclina hacia delante con cara de preocupación.

—Nada grave, espero.

—No. Me encuentro bien —esta mañana en realidad así es, como si volviera a tener cuarenta y cinco años. Ese mensaje en la computadora, pese a ser enigmático y siniestro, parece haber surtido más efecto que el Gelusil—. Empecemos por lo que hemos averiguado. Holly, querrán ver la prueba A y la prueba B. Dáselas.

Holly ha traído su pequeño bolso de tartán a la reunión. De él (y no sin cierta renuencia) extrae el Zappit Commander y la tapa de la lente de los binoculares hallada en el garaje del 1588. Ambos objetos se encuentran en bolsas de plástico, aunque la tapa de la lente sigue envuelta en pañuelos de papel.

—¿En qué se han metido? —pregunta Pete. Se esfuerza en adoptar un tono jocoso, pero Hodges advierte también un leve dejo de acusación.

—Hemos estado investigando —responde Holly, y si bien por costumbre no le gusta establecer contacto visual, lanza una breve mirada a Izzy Jaynes, como si dijera: «¿Ves por dónde voy?»

—Adelante —dice Izzy.

Hodges procede a ello mientras Holly, con la vista baja, permanece inmóvil junto a él con el descafeinado —lo único que bebe— todavía intacto. No obstante, mueve la mandíbula, y Hodges sabe que ha vuelto al Nicorette.

—Increíble —comenta Izzy cuando Hodges termina. Hinca el dedo en la bolsa que contiene el Zappit—. *Tomaste* esto. Lo envolviste en papel de periódico como si fuera un trozo de salmón de la pescadería y lo sacaste de la casa.

Holly parece encogerse en la silla. Tiene las manos entrelazadas en el regazo, tan tensas que se le blanquean los nudillos.

En general, a Hodges Isabelle le cae bastante bien, pese a que en una ocasión, mientras lo interrogaba, casi lo atrapó en falta (durante el asunto de Mr. Mercedes, cuando él estaba metido hasta el cuello en una investigación no autorizada), pero en este momento no siente una gran simpatía por ella. No puede sentir simpatía por nadie que haga que Holly se encoja de esa manera.

—Sé razonable, Iz. Piénsalo. Si Holly no hubiese encontrado eso, por pura casualidad, allí seguiría. Ustedes no tenían intención de registrar la casa.

—Seguramente tampoco habrían llamado a la mujer de la limpieza —interviene Holly, y aunque sigue sin levantar la vista, su voz adquiere una dureza metálica.

Hodges se alegra de oírla.

—Habríamos llegado a la tal Alderson a su debido tiempo —contesta Izzy, pero al decirlo desvía arriba y a la izquierda esos brumosos ojos grises suyos. Es un gesto característico de quien miente, y Hodges sabe nada más verlo que Pete y ella ni siquiera han hablado aún de la mujer de la limpieza, por más que es probable que *hubieran* llegado a ella tarde o temprano. Pete Huntley quizá sea un poco lento en su trabajo, pero los lentos suelen ser concienzudos, hay que reconocérselo—. Si había huellas en ese aparato —dice Izzy—, ya han desaparecido. Despídanse de ellas.

Holly musita algo entre dientes, y Hodges recuerda que cuando la conoció (y la infravaloró en grado sumo), pensaba en ella como Holly la Masculladora.

Izzy se inclina hacia delante, y de pronto sus ojos grises no son brumosos en absoluto.

—¿*Qué* ha dicho?

—Ha dicho que eso es una tontería —aclara Hodges, quien sabe con toda certeza que la palabra en realidad era «estupidez»—. Tiene razón. Estaba encajado entre el brazo y el cojín del sillón de Ellerton. Cualquier huella posible estaría borrosa, y lo sabes. Además, ¿acaso pensaban registrar toda la casa?

—Cabía la posibilidad —responde Isabelle en tono adusto—. En función del informe forense.

No *existía* informe forense más que del dormitorio y el cuarto de baño de Martine Stover. Eso lo saben todos, Izzy incluida; no hay necesidad de que Hodges haga hincapié.

—Tranquila —dice Pete a Isabelle—. Yo invité a Kermit y a Holly, y tú accediste.

—Entonces no sabía que iban a llevarse…

Su voz se apaga gradualmente. Hodges espera con interés para ver cómo termina la frase. ¿Va a decir «una prueba»? Prueba ¿de qué? ¿De una adicción al solitario, Angry Birds y Frogger?

—A llevarse un objeto propiedad de la señora Ellerton —concluye Izzy falta de convicción.

—Bueno, ahora ya lo tienen —dice Hodges—. ¿Podemos pasar a otra cosa? ¿A hablar, por ejemplo, del hombre que se lo dio en el supermercado, aduciendo que la empresa deseaba recibir opiniones de los usuarios sobre un aparato que ya no se fabrica?

—Y del hombre que las vigilaba —añade Holly, sin levantar la vista todavía—. El hombre que las vigilaba con unos binoculares desde la banqueta de enfrente.

El antiguo compañero de Hodges apoya el dedo en la bolsa que contiene la tapa de la lente.

—Enviaré esto a dactiloscopia, pero no me hago muchas ilusiones, Ker. Ya sabes cómo quita y pone la gente estas tapas.

—Sí —responde Hodges—. Sujetándolas por el borde. Y en ese garage hacía frío. Tanto frío que se me empañaba el aliento. Así que ese tipo seguramente llevaba guantes.

—El individuo del supermercado debía ser un timador —aventura Izzy—. Huele a eso. Quizá telefoneó al cabo de una semana para convencerla de que, por aceptar ese aparato de juegos obsoleto, estaba obligada a comprar otro actual más caro, y ella lo mandó al diablo. O tal vez utilizara la información del cuestionario para hackear su computadora.

—No *esa* computadora —ataja Holly—. Era más vieja que mi abuela.

—Echaste un buen vistazo, ¿eh? —dice Izzy—. ¿Miraste en las gavetas del baño mientras investigabas?

Eso agota la paciencia de Hodges.

—Holly estaba haciendo lo que ustedes deberían haber hecho, Isabelle. Y lo sabes.

Las mejillas de Izzy se encienden.

—Les llamamos por cortesía, y ahora me arrepiento. Ustedes dos siempre se meten en problemas.

—Ya basta —interviene Pete.

Pero Izzy, inclinada hacia delante, desplaza la mirada alternativamente del rostro de Hodges a la coronilla de Holly, que mantiene la cabeza gacha.

—Esos dos hombres misteriosos, en el supuesto de que existan, no tienen nada que ver con lo que pasó en la casa. Seguramente uno era un timador y el otro un vulgar mirón.

Hodges sabe que en esta situación debería cultivar un clima de concordia —poner paz—, pero sencillamente le resulta imposible.

—¿Un degenerado babeando ante la perspectiva de ver a una octogenaria desnudarse o a una tetrapléjica mientras la lavaban con una esponja? Sí, tiene lógica.

—Oye lo que te digo —replica Izzy—. La madre mató a la hija y luego se suicidó. Incluso dejó algo parecido a una nota de suicidio: Z, el final. No podría estar más claro.

Chico Z, piensa Hodges. Quienquiera que esté bajo el Paraguas Azul de Debbie esta vez firma como Chico Z.

Holly levanta la cabeza.

—También había una Z en el garage. Grabada en la madera entre las puertas. La vio Bill. Zappit empieza por Z, ¿sabes?

—Sí —responde Izzy—. Y Kennedy y Lincoln tienen el mismo número de letras, lo cual demuestra que los mató el mismo hombre.

Hodges echa un vistazo furtivo a su reloj y ve que tendrá que marcharse en breve, y mejor así. Esta reunión, aparte de alterar a Holly y sulfurar a Izzy, no ha servido de nada. Ni puede servir, porque no tiene la menor intención de comunicar a Pete y a Isabelle lo que ha descubierto de madrugada en su propia computadora. Esa información podría imprimir otro ritmo a la investigación, pero va a guardársela hasta que indague un poco más por su cuenta. No quiere pensar que Pete lo arruinaría, pero…

Pero podría ocurrir. Porque «concienzudo» es un mal sucedáneo de «reflexivo». ¿E Izzy? No quiere tirar de la manta y encontrarse debajo letras enigmáticas y hombres misteriosos propios de una novelucha barata. Y menos cuando las muertes en la casa de Ellerton aparecen ya hoy en primera plana, junto con un amplio resumen de la causa de la parálisis de Martine Stover. Y menos aun cuando Izzy espera ascender el siguiente peldaño en el escalafón del Departamento de Policía en cuanto su compañero actual se retire.

—Conclusión —dice Pete—: archivarán esto como «asesinato y suicidio», y pasaremos página. *Tenemos* que pasar página, Kermit. Yo voy a jubilarme. Iz va a tener que cargar con una carretada de casos, y sin compañero nuevo por un tiempo, gracias a los malditos recortes presupuestarios. Este material —añade mientras señala las dos bolsas de plástico— tiene su interés, pero no altera la claridad de los hechos. A menos que pienses que es obra de un criminal consumado. Uno que tiene un coche viejo y un abrigo remendado con cinta adhesiva.

—No, no es eso lo que pienso —Hodges recuerda un comentario que Holly hizo ayer sobre Brady Hartsfield. Empleó la palabra «arquitecto»—. Pienso que tienes razón: asesinato y suicidio.

Holly, dolida, le lanza una mirada de sorpresa y baja de nuevo la vista.

—Aun así, ¿me harías un favor?

—Si está en mis manos… —contesta Pete.

—Intenté encender la videoconsola, pero la pantalla seguía en blanco. Probablemente se ha quedado sin baterías. He preferido no abrir el compartimento de atrás, porque ese pequeño panel corredizo *sería* uno de los sitios donde comprobar si hay huellas digitales.

—Lo enviaré a dactiloscopia, pero dudo…

—Sí, yo también. Lo que quiero, en realidad, es que uno de tus muchachos la ponga en marcha y revise las aplicaciones. Para ver si hay algo fuera de lo normal.

—De acuerdo —dice Pete, y se desliza un poco en el asiento cuando Izzy alza la vista al techo.

Hodges no podría asegurarlo, pero le parece que Pete acaba de darle una patada en la espinilla por debajo de la mesa.

—Tengo que irme —anuncia Hodges, y hace ademán de sacar la cartera—. Ayer falté a la cita. No puedo faltar otra vez.

—Ya pagamos nosotros —se ofrece Izzy—. Después de traernos estas valiosas pruebas, es lo mínimo que podemos hacer.

Holly vuelve a musitar entre dientes. Hodges no está seguro en esta ocasión, pese a tener el oído acostumbrado a los murmullos de Holly, pero cree que es posible que haya dicho «bruja».

20

En la banqueta, Holly se cala hasta las orejas un gorro de caza de cuadros, pasado de moda pero, a su manera, coqueto, y hunde las manos en los bolsillos del abrigo. Sin mirar a Hodges, enfila hacia la oficina, a una manzana de allí. Él tiene el coche estacionado frente a Dave's, pero corre tras ella.

—Holly.

—Ya conoces a esa mujer —aprieta el paso. Aún sin mirarlo.

Poco a poco el dolor de estómago invade otra vez a Hodges, que se queda sin aliento.

—Holly, espera. No puedo seguirte.

Ella voltea, y Hodges ve, alarmado, que tiene lágrimas en los ojos.

—¡Aquí hay algo más! ¡Más, más, más! Pero van a bajar la cortina porque sí y ni siquiera dicen la verdadera razón, que es que Pete disfrute de una buena fiesta de despedida por su jubilación sin que esto penda sobre su cabeza como pendió sobre la tuya el Asesino del Mercedes cuando tú te retiraste y así la prensa no armará mucho revuelo y tú sabes que aquí hay algo más y yo sé que lo sabes y sé que tienes que ir a buscar los resultados de tus estudios y *quiero* que vayas a buscarlos porque estoy *preocupadísima*, pero esas pobres mujeres... la verdad es que creo que no... no se merecen... que les den *carpetazo* sin más.

Por fin se interrumpe, temblorosa. Las lágrimas resbalan ya por sus mejillas. Hodges la obliga a inclinar la cara hacia arriba para mirarlo, consciente de que si cualquier otra persona intentara tocarla así ella se apartaría con un respingo... Sí, incluso Jerome Robinson, y eso que adora a Jerome, probablemente desde el día que descubrieron juntos el programa con sonidos fantasmales que Brady había instalado en la computadora de Olivia Trelawney, el programa que a la postre la empujó al abismo y la indujo a una sobredosis.

—Holly, aún no hemos acabado con esto. De hecho, creo que es posible que sólo estemos empezando.

Ella lo mira directamente a la cara, otra cosa que no hace con nadie más.

—¿Qué quieres decir?

—Hay una novedad, algo de lo que no quería hablar a Pete y a Izzy. No sé qué demonios pensar. Ahora no tengo tiempo, pero cuando vuelva del médico, te lo contaré todo.

—De acuerdo, me parece bien. Ve. Y aunque no creo en Dios, rezaré por que los resultados de tus estudios sean buenos. Al fin y al cabo, una simple oración no puede hacer ningún mal, ¿no?

Hodges le da un breve abrazo —con Holly los abrazos largos no funcionan— y desanda el camino hacia su coche, pensando de nuevo en lo que ella dijo ayer: que Brady Hartsfield era un arquitecto del suicidio. Un giro ocurrente de una mujer que escribe poesía en su tiempo libre (aunque Hodges no ha visto ninguno de sus poemas, ni lo verá nunca, sospecha), pero casi con toda seguridad Brady mostraría desdén, consideraría que no daba en el blanco ni de lejos. Brady se consideraría un *príncipe* del suicidio.

Hodges sube al Prius que Holly lo empujó a comprar y se pone en marcha hacia el consultorio del doctor Stamos. Él mismo va rezando un poco: Que sea una úlcera. Aunque se trate de una de esas sangrantes que hay que suturar mediante cirugía.

Sólo una úlcera.

Por favor, nada peor que eso.

21

Hoy no tiene que aguardar su turno en la sala de espera. A pesar de que llega cinco minutos antes de la hora y la sala está igual de llena que el lunes, Marlee, la recepcionista con maneras de porrista, lo hace pasar sin darle tiempo de sentarse siquiera.

Belinda Jensen, la enfermera de Stamos, suele recibirlo en sus chequeos anuales risueña y de buen humor, pero esta mañana no sonríe, y cuando Hodges sube a la báscula, le recuerda que este año se somete al reconocimiento con algo de retraso. Cuatro meses. En realidad casi cinco.

El brazo de la báscula antigua se equilibra en setenta y cinco kilos. En 2009, cuando se retiró de la policía, dio un peso de ciento cinco en la revisión médica preceptiva anterior a la jubilación. Belinda le toma la presión, le introduce algo en la oreja para medir su temperatura y luego lo guía directamente al consultorio del doctor Stamos, dejando atrás las salas de reconocimiento. Llama a la puerta con un nudillo y, cuando Stamos dice «Adelante», abandona a Hodges de inmediato. Mujer por lo regular locuaz, siempre dispuesta a contar anécdotas de unos hijos revoltosos y un marido avasallador, hoy apenas ha despegado los labios.

No puede ser bueno, piensa Hodges, pero quizá no sea del todo malo. Dios mío, te lo ruego, que no sea del todo malo. Otros diez años no sería mucho pedir, ¿no? O si no es posible, ¿qué tal cinco?

Wendell Stamos, en la cincuentena, tiene unas amplias entradas que avanzan con rapidez, y la espalda ancha y la cintura estrecha de un deportista profesional que se ha mantenido en forma después de retirarse. Mira a Hodges con expresión seria y lo invita a sentarse. Hodges lo hace.

—¿Es muy grave?

—Grave —confirma el doctor Stamos, y se apresura a añadir—: pero no incurable.

—No se ande por las ramas, dígamelo.

—Es cáncer pancreático, y me temo que lo hemos descubierto… en fin… bastante avanzado. Ya afecta al hígado.

Hodges, para su sorpresa, tiene que contener un intenso y bochornoso impulso de reír. No, más que reír; echar atrás la cabeza y echarse a cantar como el puto abuelo de Heidi. Imagina que su reacción se debe a la respuesta de Stamos: «Grave pero no incurable». Le recuerda un chiste viejo. El médico dice al paciente que tiene una noticia buena y otra mala, ¿cuál quiere oír primero? Suelte la mala, contesta el paciente. Verá, dice el médico, tiene usted un tumor cerebral inoperable. El paciente, balbuceando, pregunta cuál puede ser la buena noticia después de anunciarle una cosa así. El médico se inclina hacia delante y, sonriéndole en confianza, dice: Estoy acostándome con la recepcionista, y está *buenísima*.

—Quiero que visite a un gastroenterólogo inmediatamente. Es decir, hoy mismo. El mejor en esta parte del país es Henry Yip, del Kiner. Él lo remitirá a un buen oncólogo. Imagino que el especialista querrá que empiece un tratamiento de quimio y radio. Eso puede ser difícil para el paciente, debilitador, pero mucho menos severo que hace tan sólo cinco años...

—Aguarde —lo interrumpe Hodges. Afortunadamente el impulso de reír ha pasado.

Stamos calla y lo observa bajo un resplandeciente haz de sol de enero. Hodges piensa: A menos que ocurra un milagro, éste es el último enero que veré. Vaya, vaya.

—¿Cuáles son las probabilidades de supervivencia? No mienta. Ahora mismo tengo algo entre manos, puede que importante, así que necesito saberlo.

Stamos deja escapar un suspiro.

—Muy escasas, me temo. El cáncer de páncreas es de lo más *sigiloso*, el condenado.

—¿Cuánto tiempo?

—¿Con tratamiento? Tal vez un año. Incluso dos. Y la remisión no puede descartarse por com...

—Necesito pensarlo —dice Hodges.

—He oído lo mismo muchas veces cuando me he visto en la desagradable obligación de dar un diagnóstico como éste, y siempre digo a mis pacientes lo que voy a decirle a usted ahora, Bill. Si estuviera en lo alto de un edificio en llamas y apareciera un helicóptero y le arrojara una escalerilla de cuerda, ¿diría que necesita pensarlo antes de subir por ella?

Hodges se detiene a reflexionar, y vuelven a entrarle ganas de reír. Logra contenerlas, pero se permite una sonrisa. Amplia y encantadora.

—Quizá sí —responde—, si el helicóptero en cuestión sólo llevara diez litros de combustible en el tanque.

22

Cuando Ruth Scapelli tenía veintitrés años, antes de que empezara a desarrollar el duro caparazón de que se revestiría en décadas posteriores, tuvo una relación corta y llena de altibajos con un hombre no precisamente honrado, propietario de un boliche. Se quedó embarazada y dio a luz una hija a la que puso por nombre Cynthia. Eso ocurrió en Davenport, Iowa, su ciudad natal, donde cursaba estudios de Enfermería en la Universidad Kaplan. Con asombro, tomó conciencia de que era madre, y con más asombro aún se dio cuenta de que el padre de Cynthia era un cuarentón barrigudo con un tatuaje en el brazo velloso que rezaba: AMAR PARA VIVIR Y VIVIR PARA AMAR. Si le hubiera propuesto matrimonio (no lo hizo), lo habría rechazado con un escalofrío. Su tía Wanda la ayudó a cuidar de la niña.

Cynthia Scapelli Robinson vive ahora en San Francisco, donde tiene un buen marido (sin tatuajes) y dos hijos, el mayor de los cuales figura en el cuadro de honor de su escuela. En su hogar reina el afecto. Cynthia pone todo su empeño en que así sea, porque el ambiente en casa de su tía, donde prácticamente se crio (y donde su madre empezó a desarrollar ese formidable caparazón), era frío, dominado por los reproches y las reprimendas que a menudo empezaban por: «Has olvidado que…» El clima emocional solía estar por encima de cero, pero rara vez superaba los cinco grados. Para cuando Cynthia llegó al bachillerato, llamaba a su madre por su nombre de pila. Ruth Scapelli nunca puso el menor reparo al respecto; de hecho, en cierto modo le supuso un alivio. No asistió a la boda de su hija por sus compromisos profesionales, pero le envió un regalo. Era un radiodespertador. Hoy día Cynthia y su madre hablan por teléfono una o dos veces al mes e intercambian algún que otro e-mail. La noticia «A Josh le va bien en la escuela, ha entrado en el equipo de futbol» recibe en respuesta un lacónico: «Bravo por él». La verdad es que Cynthia nunca ha echado de menos a su madre, porque nunca ha habido gran cosa que echar de menos.

Esta mañana se levanta a las siete, prepara el desayuno para su marido y sus dos hijos, despide a Hank cuando éste se va al trabajo, despide a los niños cuando se van a la escuela, y después enjuaga los platos y enciende el lavavajillas. A eso sigue una visita al cuarto de lavado, donde llena la lavadora. Se ocupa de las tareas de la mañana sin pensar ni una sola vez: *No debes olvidar que*, sólo que en algún lugar muy dentro de ella *sí* lo piensa, y siempre lo pensará. Las semillas que se plantan en la infancia echan raíces profundas.

A las nueve y media se prepara una segunda taza de café, enciende el televisor (rara vez lo mira, pero le hace compañía) y prende la computadora para ver si ha recibido algún mensaje de correo electrónico aparte de las sugerencias habituales de Amazon y Urban Outfitters. Esta mañana tiene uno de su madre, enviado anoche a las 22:44 horas, que se traduce en las 20:44 en el huso horario de la Costa Oeste. Frunce el ceño al ver el asunto, que contiene una sola palabra:

Perdona.

Lo abre. El corazón se le acelera mientras lee.

Soy detestable. Una bruja infame y detestable. Nadie se pondrá de mi lado. Esto es lo que tengo que hacer. Te quiero.

«Te quiero.» ¿Cuándo fue la última vez que su madre le dijo eso? La verdad es que Cynthia —que se lo dice a sus hijos al menos cuatro veces al día— no se acuerda. Levanta el teléfono de la repisa, donde lo tenía cargándose, y llama a su madre primero al celular y después al fijo. En los dos salta la grabación escueta y sobria de Ruth Scapelli: «Deje un mensaje. Le devolveré la llamada si lo considero oportuno». Cynthia pide a su madre que la llame de inmediato, pero la asalta el profundo temor de que quizá su madre no pueda hacerlo. No ahora, tal vez tampoco después, acaso ya nunca.

Recorre la circunferencia de su soleada cocina dos veces, mordiéndose los labios, luego vuelve a tomar el teléfono y consigue el número del hospital Kiner Memorial. Vuelve a deambular mientras espera que transfieran la llamada a la Unidad de Traumatismos Craneoencefálicos. Finalmente la ponen en contacto con un enfermero que se identifica como Steve Halpern. No, informa Halpern, la enfermera Scapelli no ha ido a trabajar, lo cual es sorprendente. Su turno empieza a las ocho, y en el Medio Oeste son ya veinte para la una de la tarde.

—Pruebe a localizarla en casa —aconseja el enfermero—. Seguramente estará enferma, aunque es impropio de ella no avisar.

No sabe usted ni la mitad, piensa Cynthia. A menos que, claro está, Halpern se criara en una casa donde el mantra fuera: «Has olvidado que...»

Le da las gracias (no puede olvidarse de eso, por preocupada que esté) y consigue el número de un departamento de policía a más de tres mil kilómetros de distancia de su casa. Se presenta y expone el problema con toda la calma posible.

—Mi madre vive en el 298 de Tannenbaum Street. Se llama Ruth Scapelli. Es la jefa de enfermeras de la Unidad de Traumatismos Craneoencefálicos del hospital Kiner. Esta mañana he recibido un mensaje de correo electrónico suyo que me hace pensar...

¿Que sufre una depresión grave? No. Quizá con eso no baste para que la policía vaya a la casa. Además, no es lo que piensa en realidad. Respira hondo.

—Que me hace pensar que quizá se propone suicidarse.

23

La patrulla número 54 se detiene en el camino de acceso del 298 de Tannenbaum Street. Los oficiales Amarilis Rosario y Jason Laverty —conocidos como Toody y Muldoon, porque el número de su coche coincide con el de una antigua telecomedia de policías— descienden y se acercan a la puerta. Rosario toca el timbre. Como no hay respuesta, Laverty llama con los nudillos de forma sonora y enérgica. Tampoco hay respuesta. Acciona el picaporte de la puerta por si acaso, y se abre. Intercambian miradas. Es un buen barrio; aun así, forma parte de la ciudad, y en la ciudad casi todo el mundo asegura la puerta.

Rosario asoma la cabeza.

—¿Señora Scapelli? Soy la oficial de policía Rosario. ¿Puede respondernos?

Nadie lo hace.

Interviene su compañero:

—Habla el oficial Laverty, señora. Su hija está preocupada por usted. ¿Se encuentra bien?

Nada. Laverty se encoge de hombros y señala la puerta abierta.

—Las damas primero.

Rosario entra al tiempo que desabrocha la funda de su arma reglamentaria sin pensarlo siquiera. Laverty la sigue. No hay nadie en la sala, pero el televisor está encendido, sin volumen.

—Toody, Toody, esto no me gusta —dice Rosario—. ¿Hueles eso?

Laverty lo huele. Es el olor de la sangre. Procede de la cocina, en cuyo suelo yace Ruth Scapelli, junto a una silla volcada. Tiene los brazos extendidos, como si hubiera intentado parar la caída. Ven los profundos cortes que se ha infligido: largos en los antebrazos, prácticamente hasta el codo; cortos en las muñecas, perpendiculares. Hay sangre en las baldosas de limpieza fácil, y mucha más en la mesa, donde estaba sentada al cometer el acto. En la tabla de madera situada junto a la tostadora falta un cuchillo de trinchar, que está ahora en una bandeja giratoria, colocado con grotesca precisión entre el juego de salero y pimentero y el servilletero de cerámica. La sangre, ya medio coagulada, presenta un color oscuro. Laverty calcula que lleva muerta unas doce horas, por lo menos.

—A lo mejor no había algo bueno en la tele —comenta.

Rosario le dirige una mirada hosca y apoya una rodilla cerca del cadáver, pero no muy cerca, para no mancharse de sangre el uniforme, que recogió ayer mismo de la tintorería.

—Dibujó algo antes de perder el conocimiento —dice—. ¿Lo ves? ¿Ahí en la baldosa, junto a la mano derecha? Lo dibujó con su propia sangre. ¿Qué crees que es? ¿Un 2?

Laverty, apoyándose las manos en las rodillas, se inclina para examinar el signo de cerca.

—No sabría decirte —contesta—. Un 2 o una Z.

BRADY

«Mi hijo es un genio —decía Deborah Hartsfield a sus amigos. A lo que, con una sonrisa encantadora, añadía—: Si es verdad, no es fanfarronear.»

Eso era antes de que se arrojara a la bebida, cuando todavía le quedaban amigos. Había tenido otro hijo, Frankie, pero Frankie no era ningún genio. Frankie había sufrido daños cerebrales. Una tarde, cuando tenía cuatro años, se cayó por la escalera del sótano y se partió el cuello, lo cual le causó la muerte. Al menos ésa era la versión que Deborah y Brady contaban. La verdad era algo distinta. Algo más compleja.

A Brady le encantaba inventar cosas, y algún día inventaría algo con lo que los dos se enriquecerían y nadarían en la abundancia. Deborah estaba convencida, y se lo decía a Brady todo el tiempo. Él lo creía.

En la mayoría de las asignaturas, no sobrepasaba el aprobado y el bien, pero en Tecnología de la Información I y II obtuvo una nota perfecta tras otra. Para cuando se graduó en la escuela del Lado Norte, la casa de los Hartsfield estaba equipada con toda clase de artilugios, algunos de ellos —como las cajas azules con las que Brady robaba la televisión por cable de Midwest Vision— en extremo ilegales. Disponía de un taller en el sótano, adonde Deborah rara vez se aventuraba a entrar, y era allí donde se dedicaba a sus inventos.

Poco a poco fueron aflorando las dudas. Y el resentimiento, primo hermano de la duda. Por inspiradas que fueran sus creaciones, ninguna daba dinero. En California había tipos que amasaban fortunas extraordinarias y cambiaban el mundo con sólo trastear en sus garages —Steve Jobs, sin ir más lejos—, pero los inventos de Brady nunca acababan de dar la talla.

El Rolla, por ejemplo, uno de sus proyectos. Era una aspiradora robótica de movimiento autónomo provista de giroscopios, que cambiaba de dirección cada vez que topaba con un obstáculo. Tenía visos de éxito seguro, hasta que Brady vio una aspiradora Roomba en una selecta tienda de electrodomésticos de Lacemaker Lane. Se le habían adelantado. Recordó la expresión «Un día tarde, un dólar menos» y, aunque procuró quitársela de la cabeza, a veces por las noches, cuando no podía dormir, o cuando lo aquejaba una de sus migrañas, la idea lo asaltaba de nuevo.

No obstante, dos de sus inventos —y menores, si a eso vamos— hicieron posible la Masacre del Centro Cívico. Eran unos controles remotos de televisor modificados que bautizó como Cosa Uno y Cosa Dos. La Cosa Uno cambiaba los semáforos de rojo a verde y viceversa. La Cosa Dos era más sofisticada. Podía capturar y almacenar las señales emitidas por la llave electrónica de un automóvil, lo que permitía a Brady abrir el vehículo en cuestión cuando su incauto dueño se marchaba. Al principio utilizó la Cosa Dos como herramienta para el robo: abría coches en busca de dinero u objetos de valor. Más adelante, cuando la idea de embestir a una multitud con un coche grande empezó a tomar forma en su cabeza (junto con las fantasías de asesinar al presidente o a una superestrella de cine quizá) utilizó la Cosa Dos para acceder al Mercedes de la señora Olivia Trelawney y descubrió que guardaba una llave de repuesto en la guantera.

Ese coche lo dejó tal cual, tras tomar nota de la existencia de la llave de repuesto para usarla en el futuro. No mucho después, como si fuera un mensaje de las fuerzas oscuras que regían el Universo, leyó en el periódico que iba a organizarse una feria de empleo en el Centro Cívico el 10 de abril.

Se esperaba que acudieran miles de personas.

Una vez que empezó a trabajar en la Ciberpatrulla de Discount Electronix y pudo comprar material a buen precio, Brady interconectó siete computadoras sin marca en el taller de su sótano. Casi nunca utilizaba más de una, pero le gustaba el ambiente que creaban en aquel espacio: parecía sacado de una película de ciencia ficción o de un episodio de *Star Trek*. Instaló también un sistema de activación por voz, y eso años antes de que Apple llevara a la fama un asistente virtual por voz llamado Siri.

De nuevo un día tarde, un dólar menos.

O, en ese caso, unos cuantos miles de millones.

En tales circunstancias, ¿quién no querría matar a un montón de gente?

En el Centro Cívico no consiguió más que ocho víctimas (sin contar a los heridos, algunos mutilados de lo lindo), pero en aquel concierto de rock podrían haber sido *miles*. Brady habría pasado a la historia. Sin embargo, antes de que pudiera accionar la palanca del interruptor que habría arrojado discos a propulsión en un abanico expansivo y letal decapitando a centenares de chicas prepúberes (y, de paso, a sus madres, obesas y condescendientes), alguien le apagó las luces.

Esa parte de su memoria se sumió en la oscuridad para siempre, por lo visto, pero tampoco *necesitaba* recordar. Sólo podía haber un responsable: Kermit William Hodges. En principio Hodges debería haberse suicidado como la señora Trelawney, ése era el plan; pero se las había arreglado para evitar no sólo eso, sino también los explosivos que Brady había colocado en su coche. El viejo inspector retirado se presentó en el concierto y se interpuso en el camino de Brady segundos antes de que éste alcanzara la inmortalidad.

Bum, bum, apaga la luz, como dice el viejo blues.

Ángel, ángel, abajo vamos, como canta Morrissey.

La casualidad puede hacer de las suyas, y quiso que Brady fuera trasladado al Kiner Memorial por la Unidad 23, una ambulancia del Cuartel de Bomberos número 3. Rob Martin no se encontraba presente —por aquel entonces estaba de viaje en Afganistán, con todos los gastos pagados por el gobierno de Estados Unidos—, pero el paramédico a bordo, Jason Rapsis, intentó mantener a Brady con vida mientras la 23 avanzaba a toda velocidad camino al hospital. Si hubiese tenido que apostar por sus probabilidades de supervivencia, Rapsis habría apostado en contra. El joven sufría convulsiones violentas. Su pulso era de 175, y la presión arterial, inestable, con grandes picos y descensos bruscos. Con todo, seguía entre los vivos cuando la 23 llegó al Kiner.

Una vez allí lo examinó el doctor Emory Winston, un experimentado médico de la sección de zurcidos y remiendos del hospital, lo que algunos veteranos llamaban el Club de la Navaja y la Pistola del Sábado por la Noche. Winston acorraló a un estudiante de Medicina que casualmente rondaba por el servicio de Urgencias, donde charlaba con las enfermeras. Winston lo invitó a hacer un reconocimiento apresurado del nuevo paciente. El estudiante detectó hiporreflexia, la pupila izquierda fija y dilatada, y reflejo de Babinski positivo en el lado derecho.

—¿Lo cual significa…? —preguntó Winston.

—Lo cual significa que este hombre padece una lesión cerebral irreversible —dictaminó el estudiante—. Está vegetal.

—Muy bien, aún conseguiremos hacer de ti un médico. ¿Pronóstico?

—Muerto antes de mañana —contestó el estudiante.

—Es probable que estés en lo cierto —convino Winston—. Eso espero, porque no va a salir de ese estado. Le haremos un TAC igualmente.

—¿Por qué?

—Porque es el protocolo, hijo. Y porque tengo curiosidad por saber cuál es el alcance real de los daños mientras sigue vivo.

Seguía vivo siete horas más tarde, cuando el doctor Annu Singh, con la diestra colaboración del doctor Felix Babineau, le practicó una craneotomía para retirar el enorme coágulo que oprimía el cerebro de Brady y aumentaba los daños con cada minuto que pasaba, asfixiando millones de células sublimemente especializadas. Cuando concluyó la intervención, Babineau se volvió hacia Singh y le tendió la mano, enfundada todavía en el guante ensangrentado.

—Impresionante —elogió.

Singh estrechó la mano a Babineau, aunque esbozó una sonrisa de superioridad.

—Simple *rutina* —respondió—. Lo he hecho miles de veces. Bueno… unas doscientas. Lo que es impresionante es la constitución del paciente. Me cuesta creer que haya sobrevivido a la operación. Los daños sufridos por este pobre desgraciado… —Singh negó con la cabeza—. Ay, ay, ay.

—Ya sabe lo que se proponía, supongo.

—Sí, me han informado. Terrorismo a gran escala. Puede que viva un tiempo, pero no llegarán a procesarlo por su delito, y tampoco será una gran pérdida para el mundo cuando se vaya.

Con esta idea en la cabeza el doctor Babineau, a escondidas, empezó a administrar a Brady —no del todo muerto cerebralmente pero casi— un fármaco experimental que denominaba Cerebellin (aunque sólo para sí; en rigor, no era más que un número de seis cifras), junto con los protocolos establecidos de aumento de la oxigenación, diuresis, fármacos antiepilépticos y esteroides. El fármaco experimental 649558 había mostrado resultados prometedores en los ensayos con animales, pero, debido a un embrollo de normas y trámites burocráticos, faltaban años para que pudiera probarse en humanos. Lo habían elaborado en un laboratorio neurológico boliviano, lo cual complicaba las cosas todavía más. Para cuando se iniciaran las pruebas en humanos (en el caso hipotético de que llegara ese día), Babineau estaría viviendo en una urbanización privada en Florida, si su mujer se salía con la suya. Y muerto de aburrimiento.

Ésa era para él una oportunidad de ver resultados mientras aún participaba de forma activa en la investigación neurológica.

Si los conseguía, no era descabellado imaginar un Nobel de Medicina en el futuro. Y no había inconveniente alguno siempre y cuando mantuviera dichos resultados ocultos hasta que autorizaran las pruebas en humanos. De todos modos, ese hombre era un asesino, un degenerado, que no despertaría nunca. Si por algún milagro lo conseguía, en el mejor de los casos su consciencia no pasaría de ese estado nebuloso que experimentaban los pacientes de Alzheimer en fase avanzada. Hasta ese resultado sería asombroso.

—Puede que esté usted ayudando a generaciones futuras, señor Hartsfield —decía a su paciente comatoso—. Haciendo el bien a cucharadas en lugar de hacer el mal a paladas. ¿Y si sufriera una reacción adversa? ¿Si diera, por ejemplo, un encefalograma plano (tampoco es que ande muy lejos), o muriera incluso, en lugar de presentar un leve incremento de la función cerebral?

»No sería una gran pérdida. No para usted, y desde luego no para su familia, porque no tiene.

»Ni para el mundo; el mundo estaría encantado de verlo desaparecer.»

Abrió una carpeta en su computadora titulada PRUEBAS DE CEREBELLIN EN HARTSFIELD. Eran nueve pruebas en total, distribuidas a lo largo de un período de catorce meses entre 2010 y 2011. Babineau no percibió cambio alguno. Lo mismo le habría dado administrar agua destilada a su conejillo de Indias.

Desistió.

El conejillo de Indias en cuestión estuvo quince meses en el limbo, un espíritu embrionario que, en algún momento del decimosexto mes, recordó su nombre. Era Brady Wilson Hartsfield. Al principio no había nada más. Ni pasado ni presente ni él, más allá de las seis sílabas que formaban su nombre. Un día, cuando ya le faltaba poco para rendirse y dejarse llevar a la deriva, acudió a su mente otra palabra. La palabra era: «Control». Tiempo atrás había significado algo importante, pero no recordaba qué.

En la habitación del hospital, tendido en la cama, movió los labios, humedecidos con glicerina, y pronunció la palabra en voz alta. Estaba solo; ocurrió tres semanas antes de que una enfermera lo viera abrir los ojos y preguntar por su madre.

—Con… trol.

Y se encendieron las luces. Del mismo modo que en su taller informático al estilo de *Star Trek*, cuando las activaba mediante la voz desde lo alto de la escalera que bajaba de la cocina.

Era donde se hallaba: en su sótano de Elm Street, que conservaba el mismo aspecto que el día que había salido por última vez de allí. Había otra palabra que ponía en marcha otra función, y una vez allí, también la recordó. Porque era una buena palabra.

—¡Caos!

En su cabeza la lanzó como Moisés en el monte Sinaí. En la cama de hospital, fue un susurro ronco. Pero cumplió su cometido, porque las computadoras, dispuestas en una hilera, cobraron vida. En todas las pantallas apareció el número 20… luego el 19… luego el 18…

¿Qué es esto? ¿Qué es, por Dios?

Durante un momento de pánico no lo recordó. Sólo sabía que si la cuenta atrás que veía en las siete pantallas llegaba a cero, se apagarían las computadoras. Perdería las computadoras, esa sala y el minúsculo rayo de consciencia que había recuperado de algún modo. Quedaría enterrado vivo en la oscuridad de su propia cabe…

¡Y ésa era la palabra! ¡Ésa precisamente!

—¡Oscuridad!

La gritó a pleno pulmón… al menos para sus adentros. Fuera no pasó de ser otro susurro ronco procedente de unas cuerdas vocales en desuso desde hacía mucho tiempo. Habían empezado a aumentarle el pulso, el ritmo respiratorio y la presión arterial. La jefa de enfermeras, Becky Helmington, no tardaría en darse cuenta y acudiría para comprobar cómo estaba, deprisa pero sin llegar a correr.

En el taller del sótano de Brady, la cuenta atrás de las computadoras se detuvo en el 14, y apareció una imagen en cada pantalla. En otros tiempos esas computadoras (guardadas ahora en un lóbrego almacén de la policía y etiquetadas como elementos materiales probatorios de la A a la G) se inicializaban con fotogramas de una película titulada *La pandilla salvaje*. En ese momento, en cambio, mostraban fotografías de la vida de Brady.

En la pantalla 1 aparecía su hermano Frankie, que se había atragantado con un trozo de manzana, había sufrido sus propios daños cerebrales y después había caído por la escalera del sótano (ayudado por el pie de su hermano mayor).

En la pantalla 2 aparecía Deborah. Vestía una bata blanca ajustada que Brady recordó al instante. Me llamaba «cariño», pensó, y cuando me besaba siempre tenía los labios un poco húmedos y se me paraba. Cuando era pequeño, ella lo llamaba «ponerse dura». A veces, cuando estaba en la bañera, me la frotaba con un paño húmedo y caliente, y me preguntaba si me gustaba.

En la pantalla 3 aparecían la Cosa Uno y la Cosa Dos, inventos que sí que habían funcionado.

En la pantalla 4 aparecía el Mercedes gris de la señora Trelawney, con el cofre abollado y un reguero de sangre en la parrilla.

En la pantalla 5 aparecía una silla de ruedas. Por un momento no vio la conexión, pero luego cayó en la cuenta. Fue el medio por el que accedió al auditorio Mingo la noche del concierto de 'Round Here. Un pobre minusválido no levantaba sospechas.

En la pantalla 6 aparecía un joven apuesto y risueño. Brady no recordaba su nombre, al menos no todavía, pero sabía quién era: el puto jardinero negro del viejo Ins. Ret.

Y en la pantalla 7 aparecía el propio Hodges, sonriente, con un sombrero de fieltro ladeado sobre un ojo. «Te atrapé, Brady —decía esa sonrisa—. Te golpeé con mi garrote, y ahí estás, en una cama de hospital, ¿y cuándo te levantarás y andarás? Apostaría a que nunca.»

Ese puto Hodges, que lo estropeó todo.

Las siete imágenes fueron el armazón en torno al cual Brady Hartsfield empezó a reconstruir su identidad. A medida que lo hacía, las paredes de su taller del sótano —siempre su escondite, su reducto contra un mundo estúpido e insensible— fueron menguando. Oyó voces al otro lado y comprendió que algunas correspondían a enfermeras, otras a médicos, y otras —quizá— a miembros de las fuerzas del orden, que acudían para cerciorarse de que no fingía. Fingía y no fingía a un tiempo. La verdad, como en lo concerniente a la muerte de Frankie, era compleja.

Al principio abría los ojos sólo cuando estaba seguro de que no había nadie, y no los abría con frecuencia. En esa habitación no había mucho que ver. Tarde o temprano no le quedaría más remedio que despertar del todo, pero aun entonces debían seguir convencidos de que apenas pensaba, cuando de hecho pensaba cada día con mayor claridad. Si se enteraban, lo procesarían.

Brady no quería que lo llevaran a juicio.

No cuando tal vez aún tuviera cosas que hacer.

Una semana antes de que se dirigiera a la enfermera Norma Wilmer, abrió los ojos en plena noche y miró la botella de suero que colgaba del gotero junto a su cama. Aburrido, levantó la mano para empujarla, quizá incluso tirarla al suelo. Eso no lo consiguió, pero la botella se mecía colgada en su gancho antes de que él se diera cuenta de que aún tenía las dos manos encima de la colcha, con los dedos ligeramente contraídos a causa de la atrofia muscular que la fisioterapia podía ralentizar pero no impedir... no, al menos, mientras el paciente durmiera el largo sueño de las ondas cerebrales de baja frecuencia.

¿Eso lo he hecho yo?

Volvió a intentarlo, y sus manos tampoco se movieron apenas (aunque la izquierda, su mano dominante, le tembló un poco), pero tuvo la sensación de que su palma tocaba la botella de suero y esta oscilaba de nuevo.

Pensó: Qué interesante, y se quedó dormido. Fue la primera vez que dormía como un bendito desde que Hodges (o acaso fuera su puto jardinero negro) lo mandara a esa condenada cama de hospital.

Las noches siguientes —tarde, cuando tenía la certeza de que nadie entraría y lo sorprendería—, experimentó con la mano fantasma. A menudo, mientras lo hacía, se acordaba de un compañero de la escuela, un tal Henry Crosby, alias Garfio, que había perdido la mano derecha en un accidente de coche. Llevaba una prótesis —a todas luces un miembro postizo, razón por la cual siempre se lo cubría con un guante—, pero a veces iba a clase con un garfio de acero inoxidable en su lugar. Henry aseguraba que era más fácil sostener las cosas con el garfio y, como ventaja añadida, daba calosfrío a las chicas cuando se les acercaba por detrás furtivamente y les acariciaba la pantorrilla o el brazo desnudo. Una vez contó a Brady que, a pesar de que había perdido la mano hacía siete años, a veces notaba un cosquilleo, como si sólo se le hubiera dormido y empezara a despertar. Enseñó a Brady el muñón, liso y rosado. «Cuando siento ese cosquilleo, juraría que puedo rascarme la cabeza con la mano», decía.

Brady sabía ahora cuáles eran exactamente las sensaciones de Crosby alias Garfio... sólo que él, Brady, podía rascarse la cabeza con la mano fantasma. Lo había hecho. También había descubierto que era capaz de sacudir las persianas, que las enfermeras bajaban cada noche. La ventana estaba demasiado lejos de la cama para tocarla; aun así, con la mano fantasma la alcanzaba. Habían colocado un jarrón con flores artificiales en la mesilla (más tarde descubrió que había sido la jefa de enfermeras Becky Helmington, el único miembro del personal que lo trataba con cierta amabilidad), y podía deslizarlo de acá para allá: era pan comido.

No sin esfuerzo —tenía la memoria plagada de lagunas—, recordó el nombre de ese fenómeno: telequinesis, la capacidad de desplazar los objetos concentrándose en ellos. Sólo que toda concentración real le provocaba fuertes dolores de cabeza, y su mente no parecía tener mucho que ver con aquello. Era obra de su *mano*, su mano izquierda dominante, pese a que en realidad permanecía siempre inmóvil encima de la colcha, con los dedos separados.

Ciertamente asombroso. Sin duda Babineau, el médico que lo visitaba con mayor frecuencia (al menos antes; ahora parecía estar perdiendo interés), daría brincos de entusiasmo, pero Brady se proponía mantener en secreto esa aptitud.

Podía servirle en algún momento, aunque lo dudaba. Mover las orejas también era una aptitud, pero sin ninguna utilidad. Sí, podía mover las botellas del gotero y sacudir las persianas y volcar un marco; podía producir una ondulación en la sábana, como si un gran pez nadara por debajo. A veces lo hacía cuando entraba alguna enfermera en la habitación, porque se sobresaltaba y a él le divertían sus reacciones. Sin embargo, al parecer, esa nueva facultad no pasaba de ahí. Había intentado en vano encender el televisor colocado en alto sobre la cama; había intentado en vano cerrar la puerta del cuarto de baño. Conseguía sujetar el picaporte cromado —notaba su fría dureza al cerrar los dedos alrededor—, pero la puerta era muy pesada, y su mano fantasma, muy débil. Al menos de momento. Suponía que si continuaba ejercitándola tal vez se fortalecería.

Necesito despertar, pensó, aunque sólo sea porque así podré tomarme una aspirina para este puto dolor de cabeza interminable y comida de verdad. Hasta un poco de pudín de hospital sería un banquete. Pronto lo haré. Tal vez mañana.

Pero no lo hizo. Porque al día siguiente descubrió que la telequinesis no era la única nueva facultad que había adquirido en el lugar del que venía, dondequiera que fuese.

Sadie MacDonald, la enfermera que entraba casi todas las tardes a comprobar sus signos vitales y casi todas las noches para los preparativos del final del día (no podía decirse «para acostarlo», ya que siempre estaba en la cama), era una joven de cabello castaño, agraciada a su manera, pálida y sin maquillaje. Brady la había observado con los ojos entornados, como observaba a todos los que visitaban su habitación desde que había traspasado la pared de su taller en el sótano, donde había recobrado la consciencia inicialmente.

Daba la impresión de que la enfermera MacDonald le tenía miedo, pero Brady acabó advirtiendo que eso no lo hacía especial, porque la joven tenía miedo a todo el mundo. Era una de esas mujeres que, más que caminar, corretean. Si alguien entraba en la 217 mientras ella llevaba a cabo sus tareas —la jefa de enfermeras Becky Helmington, por ejemplo—, Sadie tendía a empequeñecerse y hacerse invisible. Y el doctor Babineau la aterraba. Cuando tenía que estar en la habitación con el médico, Brady casi palpaba su miedo.

Acabó dándose cuenta de que quizá no fuera una exageración.

El día después de que Brady se quedara dormido pensando en pudín, Sadie MacDonald entró en la habitación 217 a las tres y cuarto, echó un vistazo al monitor situado sobre la cabecera de la cama y anotó unos números en la tablilla que colgaba a los pies. Luego comprobaría las botellas del gotero y se dirigiría al armario en busca de almohadas limpias. Levantaría a Brady con una mano —era delgada pero de brazos fuertes— y sustituiría las almohadas sucias por las limpias. Tal vez fuera en realidad tarea de un camillero, pero Brady sospechaba que MacDonald ocupaba el escalón inferior en el orden jerárquico del hospital. Era el último mono, por así decirlo.

Había decidido abrir los ojos y hablarle justo en el momento en que acabara de cambiar las almohadas, cuando sus rostros estuvieran más cerca. Eso la asustaría, y a Brady le gustaba asustar a la gente. En su vida habían cambiado muchas cosas, pero no eso. Quizá MacDonald gritara incluso, como hizo una enfermera tras el truco de la ondulación en la colcha.

Sólo que MacDonald se desvió hacia la ventana cuando iba de camino al armario. Fuera no había nada que ver, excepto el estacionamiento, y aun así se quedó allí durante un minuto... luego dos... luego tres. ¿Por qué? ¿Qué tenía de fascinante aquella puta pared de ladrillo?

Aunque la superficie no era *toda* de ladrillo, advirtió Brady al mirar con ella. En cada piso se abrían espacios alargados, y cuando subían los coches por la rampa, el sol destellaba brevemente en los parabrisas.

Destello. Y destello. Y destello.

Dios santo, pensó Brady. Se supone que soy *yo* quien está en coma, ¿no? Es como si a esta mujer estuviera dándole un ata...

Pero alto ahí. Alto ahí, maldita sea.

¿Mirando *con* ella? ¿Cómo puedo estar mirando con ella cuando estoy aquí tendido en la cama?

Pasó una camioneta oxidada. La siguió un Jaguar sedán, el coche de algún médico rico, probablemente, y Brady cayó en la cuenta de que no miraba *con* ella, miraba *desde* ella. Era como observar el paisaje desde el asiento del acompañante mientras otro conducía.

Y sí, Sadie MacDonald *estaba sufriendo* un ataque de epilepsia, tan leve que tal vez ella no fuese consciente siquiera. Lo habían provocado las luces. Las luces que se reflejaban en los parabrisas de los coches que pasaban. En cuanto se produjese un paréntesis en el tráfico de esa rampa, o en cuanto el ángulo del sol cambiara un poco, saldría de ese estado y reanudaría sus tareas. Saldría de ese estado sin tener conocimiento siquiera de que se había sumido en él.

Brady lo sabía.

Lo sabía porque estaba dentro de ella.

Ahondó un poco más y descubrió que veía sus pensamientos. Era asombroso. Los veía de verdad: se deslizaban como exhalaciones de aquí para allá, hacia atrás y hacia delante, arriba y abajo; a veces se entrecruzaban en un medio de color verde oscuro que era —quizá, tendría que reflexionar al respecto, y con mucho detenimiento, para asegurarse— el núcleo de su consciencia. Aquel elemento esencial por el que Sadie era Sadie. Trató de sumergirse aún más, para identificar algunos de esos peces-pensamiento, pero, Dios, ¡qué rápidos eran! Aun así...

Algo sobre unos panquecitos que tenía en su departamento.

Algo sobre un gato que había visto en el escaparate de una tienda de animales: negro con una preciosa mancha blanca en el cuello.

Algo sobre... ¿rocas? ¿Eran rocas?

Algo sobre su padre, y ese pez era rojo, el color de la ira. O de la vergüenza. O las dos cosas.

Cuando se apartó de la ventana y se encaminó hacia el armario, Brady sintió un instante de vértigo y aturdimiento. La sensación pasó, y volvió a estar dentro de sí mismo, mirando a través de sus propios ojos. Sadie lo había expulsado sin saber siquiera que había estado allí.

Cuando lo levantó para colocarle debajo de la cabeza dos almohadas de espuma con las fundas recién lavadas, Brady mantuvo los ojos entornados y fijos. Al final no habló.

Sin duda necesitaba meditar al respecto.

Durante los cuatro días siguientes, Brady intentó varias veces penetrar en la mente de los que visitaban su habitación. Lo logró, hasta cierto punto, en una sola ocasión, con un joven camillero que entró a fregar el suelo. El chico no era «mongoloide» (así llamaba su madre a las personas con síndrome de Down), pero tampoco candidato a entrar en Mensa. Absorto en las franjas de humedad que dejaba el trapeador en el linóleo, observaba cómo se desvanecía el resplandor de cada una, y eso lo abrió lo suficiente. La visita de Brady fue breve y carente de interés. El chico se preguntaba si esa noche servirían tacos en el comedor... Vaya cosa.

A continuación el vértigo, la sensación de que caía en picada. El chico lo había escupido como si fuera una semilla de sandía, sin interrumpir ni un instante el vaivén del trapeador.

Con los otros que se dejaban caer por su habitación de vez en cuando, no consiguió nada, y ese fracaso resultaba mucho más frustrante que no ser capaz de rascarse la cara cuando le picaba. Brady había hecho inventario de sí mismo y lo que había descubierto era desalentador. Su cabeza, continuamente dolorida, coronaba un cuerpo esquelético. Podía moverse, no estaba paralítico, pero se le habían atrofiado los músculos, y el mero hecho de deslizar una pierna siete u ocho centímetros a un lado o al otro requería un esfuerzo hercúleo. Por el contrario, estar dentro de la enfermera MacDonald había sido como volar en una alfombra mágica.

Pero sólo había logrado acceder a su mente porque Mac-Donald padecía alguna forma de epilepsia. No mucho, lo justo para abrir una puerta brevemente. Otros, por lo visto, poseían defensas naturales. Dentro del camillero no había conseguido quedarse más que unos segundos, y si ese zoquete hubiese sido un enano, se habría llamado Tontín.

Recordó entonces un chiste. En Nueva York, un forastero pregunta a un beatnik: «¿Cómo llego al Carnegie Hall?». El beatnik contesta: «Ensaya, amigo, ensaya mucho».

Eso es lo que necesito yo, pensó Brady. Ensayar y cobrar fuerzas. Porque Kermit William Hodges anda por ahí en algún sitio, y el viejo Ins. Ret. cree que ha ganado. Eso no puedo tolerarlo. *No pienso* tolerarlo.

Así pues, aquella noche lluviosa de mediados de noviembre de 2011, Brady abrió los ojos, dijo que le dolía la cabeza y preguntó por su madre. No hubo chillidos. Era la noche libre de Sadie MacDonald, y Norma Wilmer, la enfermera de guardia, estaba hecha de otra masa. No obstante, dejó escapar una ligera exclamación de sorpresa y corrió a ver si el doctor Babineau seguía en la sala de médicos.

Brady pensó: Aquí empieza el resto de mi vida.

Brady pensó: Ensaya, amigo, ensaya mucho.

CASI NEGRA

1

A pesar de que Hodges ha hecho oficialmente a Holly socia de
pleno derecho de Finders Keepers, y de que hay un despacho
libre (pequeño pero con vista a la calle), ella ha preferido quedarse en la recepción. Ahí la encuentra Hodges, con la mirada
en la pantalla de la computadora, cuando entra al cuarto para las
once. Y aunque ella se apresura a arrastrar algo por el escritorio
y esconderlo en el amplio cajón vacío que hay en el hueco central, Hodges conserva sus facultades olfativas en buen funcionamiento (a diferencia de su otra maquinaria averiada más al sur)
y percibe el tufillo inconfundible de un Twinkie a medio comer.

—¿Qué cuentas, Hollyberry?

—Eso se lo has copiado a Jerome, y sabes que no me gusta.
Vuelve a llamarme Hollyberry, y me voy una semana a casa de
mi madre. No para de pedirme que vaya de visita.

Sí, claro, piensa Hodges. No la aguantas, y además, querida,
andas en pos de un rastro. Tan enganchada como un adicto a la
heroína.

—Perdona, perdona —Hodges mira por encima del hombro
de Holly y ve un artículo de *Bloomberg Business* con fecha de
abril de 2014. El titular es ZAPPIT ZOZOBRA—. Sí, la empresa lo arruinó de lo lindo y bajó la persiana. Creí que te lo había
contado ayer.

—Sí, me lo dijiste. Pero lo interesante, al menos para mí, es
el inventario.

—¿A qué te refieres?

—Miles de Zappit sin vender, quizá decenas de miles. Quería saber qué fue de todo ese material.

—¿Y lo has averiguado?

—Todavía no.

—A lo mejor los enviaron a los niños pobres de China, junto con todas esas verduras que me negué a comer de pequeño.

—No tiene ninguna gracia que haya niños que pasan hambre —responde ella con expresión severa.

—No, claro que no.

Hodges se yergue. En el camino, después de salir del consultorio de Stamos, ha pasado por la farmacia para comprar analgésicos —potentes, pero no tanto como los que posiblemente tendrá que tomar pronto— y se encuentra casi bien. Percibe incluso un ligero amago de apetito en el estómago, lo cual supone un cambio agradable.

—Probablemente los destruyeron. Eso es lo que hacen con los libros que no se venden, creo.

—Son muchas existencias que destruir —aduce ella— teniendo en cuenta que los dispositivos contienen juegos y todavía funcionan. La gama alta, los Commander, incluso venía equipada con wifi. Ahora háblame de tus estudios.

Hodges forja una sonrisa con la que espera transmitir compostura y satisfacción.

—Buenas noticias, de hecho. Es una úlcera, pero pequeña. Tendré que tomar un montón de pastillas y cuidar la dieta. Según el doctor Stamos, si lo hago, se curará con el tiempo.

Holly despliega una sonrisa radiante ante la cual Hodges siente justificada esa mentira clamorosa. Naturalmente, también se siente como excremento de perro en un zapato viejo.

—¡Gracias a Dios! Harás lo que te diga el médico, ¿verdad?

—Claro —más heces de perro; ni toda la comida blanda del mundo curará el mal que lo aqueja. Hodges no es de los que se rinden, y en otras circunstancias estaría en el consultorio del gastroenterólogo Henry Yip en ese preciso momento, por pocas que fueran sus probabilidades de superar el cáncer de páncreas. Sin embargo, el mensaje que recibió en la página web del Paraguas Azul ha cambiado las cosas.

—Muy bien, porque no sé qué haría sin ti, Bill. Sencillamente no lo sé.

—Holly...

—En realidad sí lo sé. Volvería a casa. Y eso sería malo para mí.

Vaya si lo sería, piensa Hodges. Cuando te conocí, habías venido a la ciudad por el funeral de tu tía Elizabeth, y tu madre prácticamente te llevaba de un lado para otro como a un perro con correa. Haz esto, Holly, haz aquello, Holly, y, por lo que más quieras, no hagas nada que nos ponga en evidencia.

—Bueno, cuéntame —dice ella—. Cuéntame las novedades. ¡Cuéntame, cuéntame, cuéntame!

—Dame quince minutos, y te pondré al corriente de todo. Mientras tanto, a ver si averiguas qué pasó con esas consolas Commander. Lo más probable es que no tenga importancia, pero a saber.

—Bien. Una noticia excelente, lo de los estudios, Bill.

—Sí.

Hodges entra en su despacho. Holly hace girar la silla para observarlo un momento, porque rara vez cierra la puerta cuando está ahí dentro. Aun así, tampoco es algo inaudito. Vuelve a concentrarse en la pantalla de la computadora.

2

—«Él todavía no ha acabado contigo.»

Holly lo repite en voz baja. Deja la hamburguesa vegetariana a medio comer en el plato de papel. Hodges ya ha devorado la suya, hablando entre bocado y bocado. No menciona que se ha despertado a causa del dolor; en esta versión, ha descubierto el mensaje porque, como no podía dormir, se ha puesto a navegar por internet.

—Eso decía, sí.

—De Chico Z.

—Sí. Parece el nombre del ayudante de algún superhéroe, ¿no? «¡Siga las aventuras de Hombre Z y Chico Z mientras mantienen las calles de Ciudad Gótica a salvo del crimen!»

—Ésos son Batman y Robin. Son ellos quienes protegen Gótica.

—Ya lo sé, leía cómics de Batman antes de que tú nacieras. Era por decir algo.

Holly levanta su hamburguesa, extrae un trozo de lechuga y vuelve a dejarla.

—¿Cuándo fue la última vez que visitaste a Brady Hartsfield?

Directa al grano, piensa Hodges con admiración. Ésa es mi Holly.

—Fui a verlo poco después de lo de la familia Saubers, y una vez más al cabo de un tiempo. A mediados del verano, debió de ser. Luego Jerome y tú me acorralaron y me dijeron que debía parar. Y lo hice.

—Fue por tu bien.

—Lo sé, Holly. Ahora sigue comiendo.

Da un bocado, se limpia la mayonesa de la comisura de los labios y le pregunta qué tal vio a Hartsfield en su última visita.

—Igual… básicamente. Se limita a mirar el estacionamiento, allí sentado. Yo le hablo, le hago preguntas, él no dice nada. Se lleva el Oscar a los daños cerebrales, de eso no hay duda. Pero corren rumores sobre él. Dicen que posee poderes mentales de algún tipo. Que es capaz de abrir y cerrar las llaves de su lavabo, y lo hace a veces para asustar al personal. Lo consideraría invenciones, pero Becky Helmington, la antigua jefa de enfermeras, dijo que había visto cosas en un par de ocasiones: las persianas vibraban, el televisor se encendía solo, las botellas del gotero se balanceaban. Y es lo que yo llamaría «testigo fiable». Sé que cuesta creerlo…

—No tanto. La telequinesis, a veces llamada «psicoquinesis», es un fenómeno documentado. ¿Tú no viste algo parecido durante alguna de tus visitas?

—Bueno… —se interrumpe para hacer memoria—. Pasó algo en la penúltima. Había una foto en la mesita: su madre y él abrazados, con las mejillas juntas. De vacaciones en algún sitio. En la casa de Elm Street tenían una versión ampliada. Puede que la recuerdes.

—Claro que sí. Recuerdo todo lo que vimos en aquella casa, incluidas algunas de las fotos subidas de tono de ella que Brady guardaba en su computadora —cruza los brazos ante su exiguo busto y hace una mueca de asco—. Esa relación era *muy* antinatural.

—Y que lo digas. No sé si llegó a mantener relaciones sexuales con ella…

—¡Uf!

—… pero seguramente lo deseaba, y su madre, como mínimo, alimentaba sus fantasías. El caso es que cogí la foto e hice algunas insinuaciones sobre ella con intención de provocarlo, de hacerlo reaccionar. Porque él está ahí *dentro*, Holly; del todo presente, quiero decir. Lo tenía claro entonces y lo sigo teniendo ahora. Se queda ahí sentado, pero por dentro es la misma avispa humana que mató a aquellas personas en el Centro Cívico e intentó matar a muchas más en el auditorio Mingo.

—Y utilizó el Paraguas Azul de Debbie para ponerse en contacto contigo, no olvides eso.

—Después de anoche es poco probable que lo olvide.

—Cuéntame qué más pasó en esa visita.

—Durante un segundo desvió la vista del estacionamiento que se ve por la ventana. Sus ojos… se movieron en las órbitas, y me miró. Se me erizó el vello de la nuca, y el aire parecía… no sé… *eléctrico* —se obliga a contar el resto. Es como empujar una roca enorme por una pendiente escarpada—. Cuando estaba en la policía, detuve a muchas personas que habían hecho cosas malas, en algunos casos *muy* malas… Hubo una madre que mató a su hijo de tres años para cobrar el seguro, que era una miseria... Pero, una vez atrapadas, nunca percibí la presencia de la maldad en ellas. Es como si la maldad fuera una especie de buitre que sale volando en cuanto esos impresentables están entre rejas. Pero ese día la percibí, Holly. Te lo aseguro. La percibí en Brady Hartsfield.

—Te creo —dice ella con voz muy débil, apenas un susurro.

—Y tenía un Zappit. Ésa era la conexión que estaba buscando. Si es que se trata de una conexión, y no mera coincidencia. Había allí un tipo... no sé cuál era su apellido, todos lo conocían como Al el Bibliotecario... que repartía Zappit junto con Kindles y libros en las rondas. Desconozco si Al era un camillero o un voluntario. Qué sé yo, podría haber sido incluso un conserje que hacía buenas obras en sus ratos libres. Me parece que si no caí en la cuenta enseguida fue sólo porque el Zappit que encontraste en casa de Ellerton era rosa. El que vi en la habitación de Brady era azul.

—¿Qué relación podría tener lo de Janice Ellerton y su hija con Brady Hartsfield? A no ser que... ¿alguien ha mencionado alguna actividad telequinésica fuera de su habitación? ¿Te ha llegado algún rumor sobre eso?

—No, pero más o menos en las fechas en que quedó zanjado lo de los Saubers, se suicidó una enfermera en la Unidad de Traumatismos Craneoencefálicos. Se cortó las venas en un cuarto de baño cerca de la habitación de Hartsfield, en el mismo pasillo. Se llamaba Sadie MacDonald.

—¿Estás pensando...?

Holly, toqueteando de nuevo el bocadillo, desprende otro trozo de lechuga y lo deja en el plato. En espera de que Hodges hable.

—Adelante, Holly. No voy a decirlo por ti.

—¿Estás pensando que Brady la indujo de alguna manera? No veo cómo.

—Yo tampoco, pero sabemos que a Brady le fascina el suicidio.

—Esa Sadie MacDonald... ¿no tendría por casualidad un Zappit?

—Sabe Dios.

—¿Cómo...? ¿Cómo se...?

Esta vez Hodges contribuye.

—Con un bisturí que tomó de un quirófano. Me enteré por la ayudante del forense. Le di un bono regalo del DeMasio's, el restaurante italiano.

Holly arranca otro trozo de lechuga. El contenido de su plato empieza a parecerse al confeti de una fiesta de cumpleaños irlandesa. A Hodges lo saca de quicio, pero no la interrumpe. Holly está armándose de valor para decirlo. Y por fin lo hace.

—Piensas ir a ver a Hartsfield.

—Sí.

—¿De verdad crees que vas a sacarle algo? Hasta la fecha no lo has conseguido.

—Ahora sé un poco más —sin embargo, ¿qué *sabe* en realidad? Ni siquiera tiene muy claro qué sospecha. Pero quizá Hartsfield no sea una avispa humana. Quizá sea una araña, y la habitación 217 del Casco, el centro de la tela que teje.

O quizá sea todo pura casualidad. Quizá el cáncer ya esté royéndome el cerebro, activando un sinfín de delirios paranoides.

Eso pensaría Pete, y su compañera —le cuesta dejar de verla como la Señorita Bonitos Ojos Grises, ahora que se le ha metido en la cabeza— lo diría de viva voz.

Se levanta.

—No dejes para mañana lo que puedas hacer hoy.

Holly suelta la hamburguesa, que cae sobre la lechuga hecha trizas, para poder sujetar a Hodges del brazo.

—Ten cuidado.

—Lo tendré.

—Vigila tus pensamientos. Ya sé que parece una locura, pero *estoy* loca, al menos parte del tiempo, así que puedo decirlo. Si se te pasa por la cabeza la idea de... bueno, hacerte daño... llámame. Llámame *inmediatamente*.

—De acuerdo.

Holly cruza los brazos y se lleva las manos a los hombros: un antiguo gesto de desasosiego que ahora Hodges ya no suele ver tanto.

—Ojalá estuviera aquí Jerome.

Jerome Robinson está en Arizona. Ha decidido tomarse un semestre de descanso en la universidad e incorporarse a un equipo de Hábitat para la Humanidad que se dedica a construir casas. Una vez, Hodges utilizó la expresión «adornar el currículum» en relación con esa actividad, y Holly lo reprendió, afirmando que Jerome lo hacía porque era buena persona. En eso Hodges tiene que darle la razón: Jerome es en verdad buena persona.

—No va a pasarme nada. Y lo más seguro es que no tenga la menor importancia. Somos como niños preocupados porque la casa deshabitada de la esquina esté encantada. Si le dijéramos algo de esto a Pete, nos mandaría a los dos al manicomio.

Holly, quien de hecho ha estado internada (dos veces), cree que algunas casas deshabitadas sí podrían estar encantadas. Se retira del hombro una mano pequeña, sin anillos, el tiempo suficiente para volver a agarrarlo por el brazo, esta vez de la manga del abrigo.

—Llámame cuando llegues allí, y llámame otra vez cuando salgas. No lo olvides, porque estaré preocupada, y yo no podré llamarte porque…

—En el Casco no se permite el uso de celulares, sí, ya lo sé. Te llamaré, Holly. Mientras tanto tengo un par de encargos para ti —ve que ella al instante hace ademán de tomar una libreta, y niega con la cabeza—. No, no hace falta que lo apuntes. Es muy sencillo. Primero, entra en eBay o dondequiera que se compren cosas que ya no se encuentran en las tiendas y pide uno de esos Zappit Commander. ¿Puedes hacerlo?

—Muy fácil. ¿Qué es lo otro?

—Sunrise Solutions compró Zappit y luego entró en bancarrota. Habrá algún administrador que opere el concurso de acreedores. El administrador contrata abogados, contadores y liquidadores para ayudar a sacarle a la empresa hasta el último centavo. Tú averigua quién es, y haré una llamada más tarde o mañana. Quiero saber qué ha pasado con todas esas consolas Zappit que no se vendieron, porque a Janice Ellerton le regalaron una mucho después de que las dos empresas se hundieran.

A Holly se le ilumina el rostro.

—¡Jodidamente genial!

Genial no, simple trabajo policial, piensa él. Puede que tenga un cáncer terminal, pero todavía recuerdo el oficio, y ya es algo.

Algo bueno.

3

Cuando Hodges sale del edificio Turner y se dirige hacia la parada de autobús (el número 5 resulta más rápido y cómodo para cruzar la ciudad que ir en su Prius), se encuentra completamente absorto en sus pensamientos. Está planteándose cómo abordar a Brady... cómo hacer que se sincere. Cuando era policía, no tenía rival en la sala de interrogatorios, así que por fuerza ha de haber algún modo. Antes sólo visitaba a Brady para provocarlo y confirmar su convicción visceral de que su estado de semicatatonia es una farsa. Ahora lo llevan allí unas cuantas preguntas de verdad, y debe de haber *alguna* manera de lograr que Brady las conteste.

Tengo que azuzar a la araña, piensa.

Con el esfuerzo de planear la inminente confrontación, se mezclan tanto las cavilaciones sobre el diagnóstico que acaba de recibir como los inevitables temores que lo acompañan. Por su propia vida, sí. Pero también se pregunta qué sufrimientos le deparará el futuro cercano y cómo informará a los que necesitan saberlo. Para Corinne y Allie, la noticia supondrá una conmoción, aunque en esencia lo sobrellevarán. Lo mismo puede decirse de la familia Robinson, aunque le consta que Jerome y su hermana pequeña (ya no tan pequeña; cumplirá dieciséis años dentro de unos meses), Barbara, no lo aceptarán fácilmente. Sin embargo, quien más le preocupa es Holly. Pese a lo que ha dicho en la oficina, no está loca, pero es frágil. Mucho. Ha padecido dos crisis nerviosas en su vida, una en la preparatoria y otra poco después de cumplir los veinte años. Si bien ahora es más fuerte, sus puntos de apoyo principales en estos últimos años han sido él y la pequeña agencia que dirigen juntos. Si éstos desaparecen, Holly correrá peligro. Hodges no puede engañarse a ese respecto.

No permitiré que se venga abajo, piensa. Camina con la cabeza gacha y las manos hundidas en los bolsillos, exhalando vaho blanco. No puedo permitirlo.

Abstraído como está, pasa por alto el Chevrolet Malibu con pintura de retoque por tercera vez en dos días. El coche se encuentra estacionado calle arriba, delante del edificio donde Holly trata ahora de localizar al administrador concursal de Sunrise Solutions. Junto al vehículo, de pie en la banqueta, hay un hombre de edad avanzada que viste un abrigo viejo, excedente del ejército, remendado con cinta aislante. Observa a Hodges mientras éste sube al autobús; a continuación saca un teléfono del bolsillo del abrigo y hace una llamada.

4

Holly observa a su jefe —que, casualmente, es la persona a quien más quiere en el mundo— mientras se dirige a la parada de autobús de la esquina. Ahora está *en los huesos*, es casi una sombra del hombre robusto que conoció hace seis años. Y se aprieta el costado con la mano al caminar. Últimamente lo hace mucho, y Holly no cree que sea consciente siquiera del gesto.

«Sólo una úlcera pequeña» ha dicho. Le gustaría creerlo —le gustaría creerle—, pero tiene sus dudas.

Llega el autobús, y Bill sube. Holly, mordiéndose las uñas, ansiando un cigarrillo, se queda junto a la ventana y lo ve alejarse.

Tiene Nicorette en abundancia, pero a veces sólo le sirve un cigarrillo.

No pierdas más el tiempo, se dice. Si de verdad te propones ser una asquerosa y vil espía, no hay tiempo que perder.

Así que entra en el despacho de Hodges.

El monitor está en negro, pero él nunca apaga la computadora hasta que se marcha a casa por la noche; Holly sólo necesita restaurar la pantalla. Cuando se dispone a hacerlo, le llama la atención una libreta de papel pautado junto al teclado. Hodges siempre tiene uno a mano, normalmente lleno de anotaciones y garabatos. Es su manera de pensar.

Encabeza la hoja una frase que Holly conoce bien, que ha resonado en su cabeza desde que la oyó por primera vez en la radio: *All the lonely people.* «Toda esa gente solitaria.» Hodges la ha subrayado. Debajo aparecen nombres que ella conoce.

Oliva Trelawney (viuda)
Martine Stover (soltera, la mujer de la limpieza describió su situación como «quedarse para vestir santos»)
Janice Ellerton (viuda)
Nancy Alderson (viuda)

Y otros. El de Holly, por supuesto; también se ha quedado para vestir santos. Pete Huntley, que está divorciado. Y el propio Hodges, también divorciado.

Los solteros tienen el doble de probabilidades de suicidarse. Los divorciados, el cuádruple.

—Brady Hartsfield disfrutaba con el suicidio —musita—. Era su pasatiempo.

Debajo de los nombres, dentro de un círculo, ve una nota que no entiende: «¿Lista de visitantes? ¿Qué visitantes?».

Pulsa una tecla al azar; la computadora de Bill se reactiva, y aparecen todas sus carpetas en el escritorio, manga por hombro. Holly se lo ha recriminado una y otra vez, le ha dicho que es como dejar la puerta de casa abierta y los objetos de valor desparramados en la mesa del comedor con un letrero encima que indique POR FAVOR, RÓBAME, y él siempre contesta que ya se enmendará, cosa que nunca hace. Holly habría podido acceder de todos modos, porque tiene su contraseña. Se la dio él mismo. Por si le pasaba algo, dijo. Ahora Holly teme que en efecto le pase algo.

Le basta echar un vistazo a la pantalla para saber que ese algo no es una úlcera. Hay una carpeta nueva, y el título da miedo. Holly cliquea en ella. La letra gótica de la cabecera, espeluznante, confirma que el documento es el testamento y certificado de actos de última voluntad de un tal Kermit William Hodges. Lo cierra de inmediato. No tiene el menor deseo de hurgar en sus disposiciones. Saber que el documento existe y que Hodges lo ha revisado hoy mismo es más que suficiente. Es demasiado, en realidad. Holly se queda ahí de pie sujetándose los hombros y mordisqueándose los labios. El paso siguiente sería peor que husmear. Sería una intromisión. Sería acceso ilícito.

Has llegado hasta aquí, así que adelante.

—Sí, tengo que hacerlo —susurra, y, diciéndose que lo más probable es que no haya nada, cliquea en el icono de la estampilla, que abre su correo electrónico.

Pero sí hay algo. El mensaje más reciente ha entrado seguramente mientras hablaban de lo que Hodges ha encontrado de madrugada Bajo el Paraguas Azul de Debbie. Es del médico que ha consultado. Stamos, se llama. Lo abre y lo lee: «Aquí tiene una copia de los resultados de sus últimos estudios, para su archivo».

Holly utiliza la contraseña del correo para abrir el archivo adjunto, se sienta en la silla de Bill y se inclina hacia delante con las manos entrelazadas con fuerza en el regazo. Para cuando desplaza el documento a la segunda de las ocho páginas, está llorando.

5

Hodges acaba apenas de acomodarse en su asiento al fondo del autobús número 5 cuando en el bolsillo de su abrigo se oye un ruido de cristales rotos y los vítores de los niños por el *home run* con el que acaba de romperse la ventana de la sala de estar de la señora O'Leary. Un hombre trajeado baja su *Wall Street Journal* y mira a Hodges por encima del periódico con cara de desaprobación.

—Perdone, perdone —se disculpa Hodges—. Hace tiempo que quiero cambiarlo.

—Debería darle prioridad —contesta el ejecutivo, y vuelve a levantar el periódico.

El mensaje de texto es de su antiguo compañero. Otra vez. Con una intensa sensación de *déjà vu*, Hodges le llama.

—Pete —dice—, ¿a qué vienen tantos mensajes? Como si no tuvieras mi número en marcación rápida.

—Imaginé que Holly te programó el teléfono y que ha elegido algún tono absurdo —responde Pete—. Es lo que ella consideraría una broma excelente. También he imaginado que lo tendrías al máximo volumen, anciano sordo.

—Es el timbre de mensajes lo que tengo al máximo —dice Hodges—. Cuando recibo una llamada, el teléfono sólo tiene un miniorgasmo contra mi pierna.

—Pues cambia el tono.

Hace unas horas ha averiguado que no le quedan más que unos meses de vida. Ahora está hablando del volumen de su teléfono.

—Ten por seguro que lo haré. Y dime, ¿de qué querías hablarme?

—En el laboratorio de informática forense hay un sujeto que se ha abalanzado sobre ese aparato de juegos como una mosca sobre la mierda. Le ha encantado. Según él, es «retro». ¿Puedes creerlo? No hará más de cinco años que se fabricó, y ya es retro.

—El mundo se está acelerando.

—Algo le pasa, eso desde luego. En todo caso, el Zappit está *kaputt*. Cuando nuestro hombre ha cambiado las pilas, el aparato ha lanzado media docena de destellos azules muy intensos y adiós.

—¿Cuál es el problema?

—Desde el punto de vista técnico, podría tratarse de un virus o algo así. Al parecer, el artefacto tiene wifi, y es así como se descargan esos virus en general. Pero él dice que probablemente sea cosa de algún chip defectuoso o de algún circuito quemado. El caso es que ese aparato no pinta en esto. Ellerton no podría haberlo utilizado.

—Entonces ¿por qué dejaba el cargador conectado allí mismo, en el baño de su hija?

Pete se sume en el silencio. Finalmente responde:

—Bueno, quizá funcionó durante un tiempo y después el chip se fundió. O lo que sea que le pase a un chip.

Sin duda funcionó, piensa Hodges. Jugaba solitario con ese Zappit en la mesa de la cocina. A muchos solitarios distintos, como Klondike, Pirámide y Galería. Cosa que sabrías, mi querido Peter, si hubieras hablado con Nancy Alderson. Eso debe de estar aún en tu lista de tareas pendientes para antes de morir.

—De acuerdo —contesta Hodges—. Gracias por ponerme al corriente.

—Es la *última* vez que te pongo al corriente, Kermit. Tengo una compañera con la que he trabajado de forma muy satisfactoria desde que tú colgaste los guantes y me gustaría que estuviera presente en mi fiesta de jubilación en lugar de quedarse enfurruñada delante de su mesa porque te he preferido a ti hasta el final.

Hodges podría proseguir con la conversación, pero el hospital ya está a sólo dos paradas. Además, descubre, quiere distanciarse de Pete y de Izzy, y actuar por su cuenta en este asunto. Pete es lento, e Izzy en realidad va a rastras. Hodges quiere apretar el paso, con páncreas enfermo y todo.

—Entiendo —dice—. Gracias de nuevo.

—¿Caso cerrado?

—*Finito.*

Alza la vista hacia la izquierda.

6

A diecinueve manzanas del sitio donde Hodges está guardándose el iPhone en el bolsillo del abrigo, existe otro mundo. No precisamente idílico. Ahí está la hermana de Jerome Robinson, y está en apuros.

Bonita y recatada con su uniforme del colegio Chapel Ridge (abrigo gris de lana, falda gris, calcetines blancos hasta la rodilla, bufanda roja en torno al cuello), Barbara avanza por Martine Luther King Avenue con un Zappit Commander amarillo entre las manos enguantadas. En él, los peces de Pesca en el Hielo nadan como exhalaciones, aunque resultan casi invisibles bajo la luz fría e intensa del mediodía.

MLK es una de las dos arterias principales de la parte de la ciudad conocida como Lowtown, y si bien la población es predominantemente negra y la propia Barbara es negra (o café con leche, por así decirlo), no ha estado nunca ahí, y ese simple hecho hace que se sienta estúpida y despreciable. Ésa es su gente, no sería raro que en otros tiempos sus ancestros colectivos hubiesen trabajado en la misma plantación, arrastrando barcazas por un camino de sirga y acarreando fardos, y sin embargo ella no ha estado ahí *ni una sola vez*. No sólo sus padres le han advertido que no visite esa zona, sino también su hermano.

«Lowtown es un barrio donde luego de beberse la cerveza se comen la botella en la que venía —le dijo él en una ocasión—. No es sitio para una chica como tú.»

Una chica como yo, piensa. Una buena chica de clase media alta como yo, que va a un buen colegio privado y tiene por amigas a buenas chicas blancas y montones de buena ropa de marca y una buena cantidad de dinero que le da a su familia por el simple hecho de existir. ¡Pero si tengo hasta tarjeta de crédito! ¡Puedo sacar sesenta dólares de un cajero siempre que quiera! ¡Qué genial!

Camina como en un sueño, y la situación desde luego es un poco *como* un sueño, porque todo le resulta de lo más extraño y, sin embargo, se encuentra a menos de tres kilómetros de su casa, que casualmente es una acogedora vivienda unifamiliar de estilo neocolonial, con espacio para dos coches, libre ya de hipoteca. Pasa por delante de agencias de cambio de cheques y casas de empeños atestadas de guitarras, radios y relucientes navajas de afeitar con empuñadura de nácar. Pasa por delante de bares que huelen a cerveza incluso con la puerta cerrada para resguardarse del frío de enero. Pasa por delante de tugurios que huelen a grasa. Algunos venden pizza en porciones; algunos venden comida china. En uno hay un cartel apoyado en la cristalera que anuncia BUÑUELOS DE MAÍZ Y KALE COMO LOS QUE TE HACÍA TU MADRE.

La *mía* no, piensa Barbara. Ni siquiera sé lo que es el kale. ¿Espinacas? ¿Col?

En las esquinas —en *todas* las esquinas, según parece— rondan chicos con pantalones pirata y jeans holgados, a veces al calor de fogatas encendidas dentro de barriles oxidados, a veces jugando al hacky, a veces bailoteando sin más con sus tenis gigantescos, las chamarras abiertas a pesar del frío. Gritan «tronco» a sus colegas del barrio y hacen señas a los coches que pasan, y cuando uno para, le entregan bolsitas de cristal por la ventanilla abierta. Recorre manzana tras manzana por MLK (nueve, diez, quizá doce, ha perdido la cuenta), y cada esquina es como un autoservicio de droga en lugar de hamburguesas o tacos.

Pasa junto a mujeres temblorosas que visten shorts insinuantes, chamarras cortas de piel sintética y botas lustrosas; en la cabeza lucen pelucas inverosímiles de colores muy diversos. Pasa por delante de edificios con las ventanas tapiadas. Pasa junto a un coche despojado de llantas y pintado de arriba abajo con símbolos pandilleros. Pasa junto a una mujer con un ojo tapado por un vendaje sucio. La mujer lleva a rastras a un niño de dos años, agarrado por el brazo, y el crío berrea a pleno pulmón. Pasa junto a un hombre sentado en una manta que echa un trago de una botella de vino y acto seguido, mirando a Barbara, saca la lengua, grisácea, y la mueve rápidamente entre los labios. Es un barrio pobre y desesperado, que *siempre ha estado ahí,* y ella nunca ha hecho nada al respecto. ¿Que nunca ha *hecho* nada? Vamos, ni siquiera ha *pensado* en el tema. Se ha dedicado a hacer sus tareas. Se ha dedicado a hablar por teléfono e intercambiar mensajes con sus amigas del alma por la noche. Se ha dedicado a actualizar su estado en Facebook y preocuparse por su cutis. Es un vulgar parásito adolescente, que cena en restaurantes finos con sus padres mientras sus hermanos, *que siempre han estado ahí, a menos de tres kilómetros de su buena casa de barrio residencial,* beben vino y se drogan para olvidar la atroz vida que les ha tocado. Se avergüenza de su cabello, que le cae lacio hasta los hombros. Se avergüenza de sus calcetines, blancos y limpios. Se avergüenza del color de su piel, porque es como la de ellos.

—¡Eh, casi negra! —la exclamación procede de la otra banqueta—. ¿Qué haces tú aquí? ¡Aquí no se te ha perdido nada!

Casi negra: *Black-ish.*

Es el título de una serie de televisión; en casa la ven y les da risa. Pero también describe lo que es ella: no negra, sino casi negra. Una chica que lleva vida de blanca en un barrio de blancos. Es posible porque sus padres ganan mucho dinero y tienen una casa en una manzana donde la gente es tan exageradamente poco prejuiciosa que se horroriza si oye a un hijo suyo llamar «lelo» a otro. Puede vivir esa fantástica vida de blanca porque ella no representa una amenaza para nadie, no siembra discordia. Sencillamente va a lo suyo. Charla con sus amigas de chicos y música, y de chicos y ropa, y de chicos y programas de televisión que gustan a todas y de a qué chica han visto pasear con qué chico en el centro comercial de Birch Hill.

Es casi negra, lo que equivale a decir «despreciable», y no merece vivir.

«Quizá deberías ponerle fin. Que ésa sea tu declaración.»

La idea es una voz, que acude a su cabeza con la lógica de una revelación. Emily Dickinson dijo que su poesía era su carta a ese mundo que nunca le había escrito a ella; eso lo leyeron en el colegio, pero Barbara, por su parte, nunca ha escrito una carta. Sí muchos trabajos e informes de libros y e-mails absurdos, pero nada de verdad importante.

«Quizá es hora de que lo hagas.»

No es su propia voz, si no la voz de un amigo.

Para delante de un local donde adivinan el futuro y echan las cartas del tarot. En el escaparate sucio le parece ver el reflejo de alguien de pie junto a ella, un hombre blanco de rostro juvenil y risueño con un flequillo rubio sobre la frente. Echa un vistazo alrededor, pero no hay nadie. Ha sido fruto de su imaginación. Vuelve a mirar la pantalla de su videoconsola. A la sombra del toldo del local de la adivina, los peces en movimiento aparecen de nuevo nítidos y vistosos. Van de aquí para allá, eclipsados de vez en cuando por un vivo destello azul. Barbara mira hacia atrás, por donde ha venido, y ve una reluciente camioneta negra que avanza en dirección a ella por la avenida, zigzagueando entre carriles a gran velocidad. Es de esas con unas ruedas descomunales que los chicos llaman Pie Grande o Tamaño Gángster.

«Si vas a hacerlo, cuanto antes mejor.»

Es como si de verdad hubiera alguien a su lado. Alguien que la entiende. Y la voz tiene razón. Barbara nunca se ha planteado el suicidio, pero en ese momento la idea se le antoja perfectamente racional.

«Ni siquiera tienes que dejar una nota —dice su amigo. Vuelve a ver su reflejo en el escaparate. Espectral—. El simple hecho de hacerlo aquí será tu carta al mundo.»

Es verdad.

«Ahora sabes demasiado sobre ti misma para seguir viva —señala su amigo cuando ella vuelve a posar la mirada en los peces en movimiento—. Sabes demasiado, y es todo malo —a continuación se apresura a añadir—: Lo que no quiere decir que seas una persona espantosa.»

Ella piensa: No, espantosa no, sólo despreciable.

Casi negra.

La camioneta se acerca. La Tamaño Gángster. Cuando la hermana de Jerome Robinson avanza hacia la banqueta, dispuesta a encontrarla, se le ilumina el rostro en una sonrisa de impaciencia.

7

El doctor Felix Babineau viste un traje de mil dólares debajo de la bata blanca que se agita a su espalda mientras avanza a zancadas por el pasillo del Casco, pero necesita una afeitada más que nunca y tiene alborotado el cabello blanco, casi siempre impecable. No presta la menor atención al grupo de enfermeras que, congregadas en torno al mostrador de guardia, susurran con nerviosismo.

La enfermera Wilmer se acerca a él.

—Doctor Babineau, ¿se ha enterado...?

Él ni la mira, y Norma tiene que apartarse rápidamente para que no la arrolle. Se queda mirándolo sorprendida.

Babineau saca la cartulina roja con el aviso NO MOLESTAR que lleva siempre en el bolsillo de la bata, la cuelga de la perilla de la puerta de la habitación 217 y entra. Brady Hartsfield no alza la vista. Permanece absorto en la videoconsola que tiene en el regazo, donde los peces nadan de aquí para allá. No se oye música; ha quitado el sonido.

Cuando entra en esa habitación, a menudo Felix Babineau desaparece y cede su lugar al Doctor Z. Hoy no. Al fin y al cabo, el Doctor Z no es más que otra versión de Brady —una proyección—, y hoy Brady está demasiado ocupado para proyectarse.

Sus recuerdos de cuando intentó volar el auditorio Mingo durante el concierto de 'Round Here aún resultan confusos, pero tiene un detalle claro desde que despertó, el rostro de la última persona que vio antes de que se apagaran las luces: era Barbara Robinson, la hermana del puto jardinero negro de Hodges. Ocupaba un asiento al otro lado del pasillo, casi a la misma altura que Brady. Ahora está aquí, flotando entre los peces que comparten en sendas pantallas. Brady ha despachado a Scapelli, esa puta sádica que le retorció el pezón. Ahora se encargará de esa otra zorra, la Robinson. Su muerte causará dolor a su hermano mayor, pero eso no es lo más importante. Hundirá un puñal en el corazón del viejo inspector. Eso es lo más importante.

Lo más delicioso.

La reconforta, le dice que no es una persona horrible. Eso la ayuda a ponerse en movimiento. Viene algo por MLK. Brady no está seguro de qué es, porque ella, en algún rincón profundo de su mente, todavía se resiste, pero se trata de un vehículo grande. Lo bastante grande para cumplir su cometido.

—Brady, atiéndeme. Ha llamado Chico Z —el verdadero nombre de Chico Z es Brooks, pero Brady se niega a seguir llamándolo así—. Ha estado vigilando, como le ordenaste. Ese policía... expolicía, lo que sea...

—Cállate —la cabeza gacha, el cabello caído sobre la frente. Bajo la intensa luz del sol, aparenta una edad más cercana a los veinte que a los treinta.

Babineau, que está acostumbrado a que lo escuchen y todavía no ha acabado de asimilar su nueva posición de subordinado, hace caso omiso.

—Hodges estuvo ayer en Hilltop Court, primero en la casa de Ellerton y después husmeando en la de enfrente, donde...

—*¡Te he dicho que te calles!*

—¡Brooks lo ha visto subirse al autobús número 5, lo que significa que probablemente viene hacia aquí! ¡Y si viene hacia aquí, lo *sabe*!

Brady lo fulmina con la mirada, y vuelve a concentrarse en la pantalla. Si falla ahora, si desvía la atención por culpa de ese idiota ilustrado...

Pero no lo consentirá. Quiere hacer daño a Hodges, quiere hacer daño al jardinero negro, se lo debe a ambos, y ésa es la mejor manera. No es sólo una cuestión de venganza. Ella es el primer sujeto experimental que estuvo presente en el concierto en su día, y no es como los otros, que han sido más fáciles de controlar. Con todo, la *está* controlando, sólo necesita diez segundos, y ahora ve lo que se dirige hacia ella. Es una camioneta. Grande y negra.

Eh, cariño, piensa Brady Hartsfield. Llegaron por ti.

8

Desde la orilla de la banqueta, Barbara ve como se acerca la camioneta y calcula el momento, pero justo cuando flexiona las rodillas, unas manos la agarran desde atrás.

—Eh, chica, ¿qué te pasa?

Barbara forcejea, pero la tienen firmemente sujeta por los hombros, y la camioneta pasa en medio de una andanada de Ghostface Killah. Zafándose, gira en redondo y queda cara a cara con un chico delgado, más o menos de su edad, que lleva una chamarra con la inicial de la escuela Todhunter. Es alto, mide unos dos metros, así que Barbara ha de levantar la mirada. Tiene una buena mata de apretados rizos castaños y barba de perilla. Le rodea el cuello una fina cadena de oro. Sonríe. Tiene los ojos verdes y risueños.

—Eres guapa, es un hecho además de un cumplido, pero no de por aquí, ¿correcto? Con esa ropa, imposible. Por cierto, ¿tu madre no te ha enseñado a mirar antes de cruzar?

—¡Déjame en paz! —no está asustada; está furiosa.

Él se ríe.

—¡Y ruda, como a mí me gustan! ¿Quieres una porción de pizza y una Coca-Cola?

—¡No quiero nada de ti!

Su amigo se ha ido, probablemente enfadado con ella. No ha sido culpa mía, piensa. Ha sido culpa de este chico. Este *cretino*.

«¡Cretino!», una palabra propia de un casi negro. Nota que se le encienden las mejillas y baja la vista para contemplar los peces de la pantalla del Zappit. La reconfortarán, como siempre.

¡Y pensar que estuvo a punto de tirar la videoconsola cuando se la dio aquel hombre! ¡Antes de encontrar los peces! Los peces siempre la transportan a otro lugar, y a veces los acompaña su amigo. Pero sólo alcanza a verlos un momento, y la videoconsola desaparece. ¡Puf! ¡Se fue! El cretino la tiene entre sus largos dedos y mira fijamente la pantalla, fascinado.

—¡Uau! ¡Es de las de antes!

—¡Es mía! —exclama Barbara—. ¡Devuélvemela!

En la otra banqueta una mujer se ríe y, con voz aguardentosa, grita:

—¡Déjaselo claro, hermana! ¡Hazle agachar la cabeza!

Barbara trata de recuperar el Zappit. El chico alto, sonriente, lo sostiene por encima de la cabeza.

—¡Te he dicho que me lo devuelvas! ¡Ya basta!

Ahora los observa más gente, y el chico alto actúa para el público. Sin abandonar su expresión de condescendencia, dribla a la izquierda, finta a la derecha, movimientos que seguramente utiliza sin cesar en la cancha de basquetbol. Sus ojos verdes danzan y centellean. En el Todhunter todas las chichas deben de estar locas por esos ojos, y Barbara no piensa ya en el suicidio, ni en su condición de casi negra, ni en que es un despojo sin conciencia social. Ahora mismo sólo está enfadada, y el que él sea un bombón la enfada aún más. Ella juega en la liga de futbol con el equipo de Chapel Ridge, de modo que asesta de pronto al chico alto una buena patada en la espinilla, como si lanzara un penal.

Él prorrumpe en un grito de dolor (pero es un dolor en el que se entrevé cierto *humor*, lo cual la enfurece todavía más, porque lo ha pateado con todas sus fuerzas) y se agacha para llevarse las manos a la zona lastimada. Con eso queda a la misma altura que ella, y Barbara le arranca de las manos el preciado rectángulo de plástico amarillo. Gira en redondo con un vuelo de la falda y echa a correr hacia la carretera.

—*¡Cuidado, cielo!* —exclama la mujer de voz aguardentosa.

Barbara oye un chirrido de frenos y le llega un olor a caucho caliente. Mira a su izquierda y ve una camioneta que se precipita hacia ella, con el frente desviado hacia la izquierda por efecto del enfreno. Detrás del parabrisas sucio, la cara del conductor es todo boca abierta y ojos de consternación. Ella alza los brazos y deja caer el Zappit. Repentinamente no hay nada en el mundo que Barbara Robinson desee menos que morir, pero ahí está, en la calle a pesar de todo, y ya es demasiado tarde.

Piensa: Llegaron por mí.

9

Brady apaga el Zappit y mira a Babineau con una amplia sonrisa.

—Despachada —dice. Habla con voz clara, sin arrastrar las palabras en absoluto—. A ver qué les parece a Hodges y al morenito de Harvard.

Babineau sospecha a quién se refiere y supone que debería preocuparle, pero le da igual. Lo que le preocupa es su propio pellejo. ¿Cómo ha permitido que Brady lo meta en eso? ¿Desde cuándo no tiene alternativa?

—Yo he venido por Hodges. Casi seguro que ahora mismo está en camino. Para verte.

—Hodges ha estado aquí muchas veces —dice Brady, aunque es cierto que el viejo Ins. Ret. no se deja ver por el hospital desde hace un tiempo—. Nunca ve más allá del numerito de la catatonia.

—Ha empezado a atar cabos. No es tonto, tú mismo lo dijiste. ¿Conoció a Chico Z cuando era sólo Brooks? Debió de verlo por aquí cuando venía a visitarte.

—Ni idea —Brady está exhausto, saciado. Lo que de verdad desea ahora es saborear la muerte de esa chica, Robinson, y luego echarse una siesta. Queda mucho que hacer, hay grandes cosas en marcha, pero de momento necesita descansar.

—No puede verte así —insiste Babineau—. Estás colorado y sudoroso. Cualquiera diría que acabas de correr un maratón.

—Pues no dejes que entre. Estás en tu derecho. Eres el médico, y él no es más que otro buitre medio calvo que vive a costa de la seguridad social. Hoy por hoy, no tiene autoridad legal ni para ponerle una multa a un coche por sobrepasar el tiempo que indica el parquímetro —Brady se pregunta cómo se tomará la noticia el jardinero negro. *Jerome*. ¿Llorará? ¿Se postrará de rodillas? ¿Se rasgará las vestiduras y se golpeará el pecho?

¿Echará la culpa a Hodges? Resulta poco probable, pero sería estupendo. Sería maravilloso.

—De acuerdo —contesta Babineau—. Sí, tienes razón: estoy en mi derecho —habla tanto para sí como para el hombre que supuestamente era su conejillo de Indias. Eso ha acabado siendo el lado gracioso, ¿o no?—. Al menos de momento. Pero aún debe de tener amigos en la policía, como bien sabes. Seguramente muchos.

—No les tengo miedo ni a ellos ni a él. Sencillamente no quiero verlo. O no ahora —Brady sonríe—. Cuando se entere de lo de la chica. *Entonces* querré verlo. Ahora sal de aquí.

Babineau, que por fin empieza a entender quién manda, abandona la habitación de Brady. Como siempre, es un alivio marcharse de ahí con su propia identidad. Porque cada vez que regresa a Babineau después de ser el Doctor Z, queda un poco menos de Babineau al que regresar.

10

Tanya Robinson llama a su hija por cuarta vez en los últimos veinte minutos y por cuarta vez lo único que consigue es oír la grabación cantarina de Barbara en el mensaje automático.

—No tengas en cuenta los otros mensajes —dice después de la señal—. Sigo enfadada, pero ahora mismo sobre todo estoy muerta de preocupación. Llámame. Necesito saber que estás bien.

Deja caer el teléfono en el escritorio y empieza a pasearse por el reducido espacio de su oficina. Se plantea telefonear a su marido, pero lo descarta. Todavía no. Es muy capaz de ponerse como una fiera ante la sospecha de que Barbara haya faltado a clases y sin duda dará por sentado que es lo que ha ocurrido. Al principio, cuando la señora Rossi, la responsable de asistencia del Chapel Ridge, ha llamado para preguntar si Barbara ha faltado al colegio porque está enferma, la propia Tanya ha llegado a la misma conclusión. Hasta la fecha Barbara nunca había faltado a clases, pero siempre hay una primera vez en cuestiones de mal comportamiento, sobre todo entre los adolescentes. Sólo que Barbara no lo habría hecho sin compañía, y Tanya, después de consultar a la señora Rossi, ha confirmado que todas las amigas íntimas de Barb están hoy en clase.

Desde ese momento han anidado en su cabeza posibilidades más sombrías, y la asalta una y otra vez la misma imagen: el letrero luminoso de Crosstown que utiliza la policía en casos de Alerta AMBER. Ve una y otra vez el nombre BARBARA ROBINSON en el letrero, palpitando como la marquesina de un cine infernal. Su teléfono emite las primeras notas del *Himno a la alegría*, y corre hacia él, pensando: Gracias a Dios, gracias a Dios, se quedará castigada en casa el resto del inv…

Sólo que no es el rostro sonriente de su hija lo que aparece en la pantalla. Es un identificador: POLICÍA MUNICIPAL. SECCIÓN CENTRAL. Una onda de terror le recorre el estómago. Por un momento ni siquiera es capaz de atender la llamada, porque el pulgar no le responde. Finalmente logra pulsar el botón verde, aceptar, y deja de sonar la música. Un resplandor excesivo lo envuelve todo en el despacho, en especial la foto de la familia que tiene en el escritorio. El teléfono parece flotar hasta su oído.

—¿Sí?

Escucha.

—Sí, lo es.

Mientras atiende, se lleva la mano libre a la boca para ahogar el sonido, sea cual sea, que pugna por escapar de ella. Se oye preguntar:

—¿Está seguro de que es mi hija? ¿Barbara Rosellen Robinson?

El policía que ha llamado para notificárselo contesta que sí. No hay duda. Han encontrado su identificación en la calle. Lo que no le dice es que han tenido que limpiar la sangre para ver el nombre.

11

Hodges sabe que algo anda mal en cuanto deja atrás el paso elevado que comunica el Kiner Memorial propiamente dicho con la Unidad de Traumatismos Craneoencefálicos de Lakes Region, cuyas paredes están pintadas de un rosa tranquilizador y donde suena una música suave día y noche. Da la impresión de que se han alterado las rutinas y de que prácticamente se ha interrumpido la actividad. Los carritos del almuerzo, abandonados, contienen platos con una sustancia a medio cuajar en forma de fideos que quizá hace un rato era lo que en la cocina consideraban comida china. Las enfermeras, amontonadas, hablan en susurros. Una de ellas llora, según parece. Dos internos permanecen al lado del surtidor de agua con las cabezas juntas. Un camillero habla por teléfono, lo cual podría ser causa de suspensión, pero en este momento, opina Hodges, no corre ningún riesgo; nadie le presta atención.

Al menos Ruth Scapelli no está a la vista, cosa que tal vez mejore sus opciones de acceder a Hartsfield. Atiende el mostrador de guardia Norma Wilmer, quien, junto con Becky Helmington, era su fuente de información en todo lo referente a Brady antes de que dejara de visitar la habitación 217. Lo malo es que tras el mostrador se encuentra también el médico de Hartsfield. Hodges nunca se ha entendido con él, y eso que lo ha intentado.

Se acerca parsimoniosamente al surtidor, con la esperanza de que Babineau no lo haya visto y se marche pronto a examinar un PET o algo así, dejando a Wilmer sola y accesible. Bebe un trago y, tras enderezarse (con una mueca y la mano en el costado), se dirige a los internos.

—¿Ha pasado algo? Se nota cierta bruma en el ambiente.

Vacilan e intercambian miradas.

—No podemos hablar del tema —contesta el Interno Uno. Presenta vestigios de acné juvenil y no aparenta más de diecisiete años.

Hodges se estremece sólo de imaginarlo como ayudante en cualquier intervención quirúrgica más complicada que extraer una astilla de un pulgar.

—¿Algo relacionado con algún paciente? ¿Con Hartsfield, quizá? Lo pregunto sólo porque yo antes era policía, y soy en parte responsable de su presencia aquí.

—Hodges —dice el Interno Dos—. ¿Es usted?

—El mismo.

—Lo atrapó, ¿verdad?

Hodges asiente inmediatamente, aunque de haber dependido sólo de él, Brady habría liquidado en el auditorio Mingo a mucha más gente que en el Centro Cívico. No, fueron Holly y Jerome Robinson quienes detuvieron a Brady antes de que pudiera detonar su diabólica carga de explosivo plástico de fabricación casera.

Los internos intercambian otra mirada y después Uno dice:

—Hartsfield sigue como siempre, vegetal. Esto es por la Enfermera Ratched.

El Interno Dos le propina un codazo.

—No hables mal de los muertos, imbécil. Y menos cuando quien nos escucha podría contarlo.

Hodges se pasa de inmediato la uña del pulgar por los labios como para cerrárselos herméticamente e impedir cualquier desliz a su peligrosa lengua.

El Interno Uno se desdice.

—La jefa de enfermeras Scapelli, quería decir. Se suicidó anoche.

En la cabeza de Hodges se encienden todas las luces y, por primera vez desde ayer, olvida que es muy posible que se acerque la hora de su muerte.

—¿Está seguro?

—Se abrió las venas de los brazos y las muñecas, y se desangró —explica Dos—. O al menos eso he oído.

—¿Dejó alguna nota?

No tienen la menor idea.

Hodges se encamina hacia el mostrador de guardia. A pesar de que Babineau sigue ahí, revisando unas carpetas con Wilmer (que parece alterada ante su ascenso manifiesto en el campo de batalla), impera la impaciencia. Esto es obra de Hartsfield. No se explica cómo es posible, pero lleva el sello de Brady por todas partes. El puto príncipe del suicidio.

Está a nada de llamar a la enfermera Wilmer por su nombre de pila, pero de forma instintiva se contiene en el último momento.

—Enfermera Wilmer, soy Bill Hodges —cosa que ella sabe de sobra—. Trabajé tanto en el caso del Centro Cívico como en el del auditorio Mingo. Necesito ver al señor Hartsfield.

Ella abre la boca, pero Babineau se le adelanta.

—Imposible. Incluso si el señor Hartsfield tuviera las visitas autorizadas, que no es el caso por orden de la fiscalía, a usted no se le permitiría verlo. Necesita paz y tranquilidad, lo cual no ocurrió en todas sus visitas previas sin autorización.

—Noticia nueva —dice Hodges con actitud cordial—. Siempre que venía a verlo, se quedaba ahí inmóvil. Más soso que un tazón de cereal.

Norma Wilmer vuelve la cabeza de uno a otro repetidamente. Parece que esté viendo un partido de tenis.

—Usted no ve lo que vemos nosotros cuando se va —el color tiñe las mejillas de Babineau, a las que asoma una barba incipiente. Y está ojeroso.

Hodges se acuerda de una ilustración de su catecismo, *Vivir con Jesús*, allá en la época prehistórica en la que los coches tenían aletas de cola y las chicas vestían calcetines blancos cortos. El médico de Brady tiene el mismo aspecto que el hombre de aquella ilustración, pero Hodges duda que sea un onanista crónico. No obstante, recuerda que Becky le dijo que los neurólogos a menudo están más locos que los pacientes.

—¿Y qué ven? —pregunta Hodges—. ¿Rabietas parapsicológicas? Cuando me marcho, ¿tienden a caerse cosas? ¿La caja de su retrete se desagua sola, tal vez?

—Eso es ridículo. Lo que usted deja es un *desaguisado* psicológico, señor Hodges. Los daños cerebrales del señor Hartsfield no son tan extremos para que no perciba que está usted obsesionado con él. De una manera malévola. Quiero que se vaya. Hemos vivido una tragedia, y muchos de los pacientes están alterados.

Hodges advierte que Wilmer abre un poco más los ojos al oír eso y deduce que los pacientes con capacidad cognitiva —en el Casco muchos no la tienen— no se han enterado del suicidio de la jefa de enfermeras.

—Sólo quiero hacerle unas preguntas a su paciente; luego no les daré más la lata.

Babineau se inclina hacia delante. Detrás de las gafas de montura de oro, unos hilillos encarnados surcan sus ojos.

—Escúcheme bien, señor Hodges. Primero, el señor Hartsfield no es capaz de contestar a sus preguntas. De ser así, a estas alturas ya lo habrían procesado por sus delitos. Segundo, carece usted de competencia oficial. Tercero, si no se va ahora mismo, avisaré a seguridad y pediré que lo acompañen a la salida.

—Perdone que se lo pregunte —dice Hodges—, pero ¿se encuentra usted bien?

Babineau da un paso atrás, como si Hodges hubiese blandido el puño ante su rostro.

—¡*Fuera de aquí!*

Los grupillos de personal médico interrumpen sus conversaciones y voltean para mirarlos.

—Entiendo —responde Hodges—. Ya me voy. Tranquilo.

Cerca del acceso al paso elevado hay un nicho, y en él, una máquina expendedora de golosinas. Ahí está el Interno Dos, apoyado en la pared con las manos en los bolsillos.

—Uf, lo han reprendido de lo lindo —comenta.

—Eso parece.

Hodges observa el contenido de la máquina. No ve nada que no vaya a provocar un incendio en sus entrañas, pero da igual, tampoco tiene apetito.

—Joven —dice, sin volverse—, si le interesa ganarse cincuenta dólares por un sencillo favor que no le causará ningún problema, escúcheme.

El Interno Dos, un individuo que en realidad podría llegar a la edad adulta en algún momento del futuro no muy lejano, se acerca a él delante de la máquina.

—¿Qué favor?

Hodges lleva su libreta en el bolsillo trasero, tal como hacía cuando era inspector de primera clase. Anota tres palabras: «Llámeme por teléfono», y añade su número de celular.

—Dele esto a Norma Wilmer cuando Smaug despliegue las alas y alce el vuelo.

El Interno Dos toma la nota, la dobla y se la guarda en el bolsillo del pecho de la bata. Acto seguido adopta cierto aire de impaciencia. Hodges saca la cartera. Cincuenta dólares es mucho por entregar una nota, pero ha descubierto un lado bueno del cáncer terminal: uno puede tirar la casa por la ventana.

12

Jerome Robinson acarrea unos tablones en equilibrio sobre el hombro bajo el abrasador sol de Arizona cuando suena el teléfono. Las casas que están construyendo —la estructura de las dos primeras ya se encuentra terminada— se hallan en un barrio respetable pero de renta baja al sur de Phoenix, en las afueras. Deja los tablones en una carretilla cercana y desprende el celular del cinturón pensando que debe de ser Hector Alonzo, el capataz. Esta mañana uno de los albañiles (una *mujer*, de hecho) ha tropezado y ha caído sobre una pila de varillas de encofrado. Se ha roto la clavícula y ha sufrido una seria laceración facial. Alonzo, antes de llevarla al servicio de Urgencias del Saint Luke, ha designado a Jerome capataz provisional en su ausencia.

No es el nombre de Alonzo lo que ve en la pequeña pantalla, sino la cara de Holly Gibney. Es una foto que tomó él mismo, capturando una de sus infrecuentes sonrisas.

—Eh, Holly, ¿qué tal? Tendré que devolverte la llamada dentro de un rato, hemos tenido una mañana de locos, pero…

—Necesito que vengas —lo interrumpe Holly. Parece tranquila, pero Jerome hace mucho que la conoce y en esas tres palabras percibe hondas emociones contenidas. Entre ellas destaca el miedo. Holly sigue siendo muy timorata. La madre de Jerome, que la quiere con toda su alma, una vez dijo que, en el caso de Holly, el miedo era la configuración por defecto.

—¿Que vaya? ¿Por qué? ¿Ha pasado algo? —de pronto lo atenaza su propio miedo—. ¿A mi padre? ¿A mi madre? ¿Le ha pasado algo a Barbie?

—A Bill —contesta ella—. Tiene cáncer. Un cáncer muy malo. De páncreas. Si no recibe tratamiento, morirá; posiblemente morirá *de todos modos*, pero podría ganar un poco de tiempo, y me ha dicho que era sólo una úlcera pequeña por… por… —inspira hondo, de forma temblorosa, ante lo cual Jerome reacciona con una mueca—. *¡Por el maldito Brady Hartsfield!*

Jerome ignora qué relación puede haber entre Brady Hartsfield y el fatídico diagnóstico de Bill, pero sí sabe qué tiene ante sus ojos en ese preciso momento: problemas. En el extremo opuesto de la obra, dos jóvenes con casco —estudiantes voluntarios de Hábitat para la Humanidad, como el propio Jerome— dan indicaciones contradictorias a un camión mezcladora que retrocede con su pitido característico. Se avecina un desastre.

—Holly, te llamo dentro de cinco minutos.

—Pero vendrás, ¿verdad? Dime que vendrás. Porque no creo que pueda hablar de esto con él yo sola. *¡Y tiene que someterse a tratamiento inmediatamente!*

—Cinco minutos —repite Jerome, y corta la comunicación.

Sus pensamientos giran a tal velocidad que teme que, con la fricción, se le incendie el cerebro, y ese sol de justicia no ayuda. ¿Bill? ¿Con cáncer? Por un lado parece imposible, aunque por otro parece *totalmente* posible. Durante el asunto de Pete Saubers, en el que Jerome y Holly colaboraron con Bill, estaba en plena forma, pero pronto cumplirá setenta años, y la última vez que Jerome lo vio, antes de marcharse a Arizona en octubre, no tenía muy buen aspecto. Estaba muy delgado. Muy pálido. Sin embargo, Jerome no puede irse hasta que Hector regrese. Sería como dejar un manicomio en manos de los pacientes. Y conociendo los hospitales de Phoenix, donde los servicios de Urgencias están desbordados las veinticuatro horas, puede quedarse aquí inmovilizado hasta el final de la jornada.

Corre hacia la mezcladora gritando a pleno pulmón:

—*¡Alto! ¡Alto, por Dios!*

Consigue que los ineptos voluntarios detengan el camión al que estaban dando instrucciones incorrectas a menos de un metro de una zanja de drenaje recién excavada, y cuando se dobla por la cintura para recobrar el aliento, vuelve a sonar el teléfono.

Holly, te quiero mucho, piensa Jerome, sacando el teléfono nuevamente del cinturón, pero a veces lo haces muy difícil.

Sólo que esta vez no es la foto de Holly la que ve. Es la de su madre.

Tanya está llorando.

—Tienes que venir —dice, y Jerome apenas dispone de tiempo para acordarse de una frase que solía decir su abuelo: «Siempre llueve sobre mojado».

Al final sí es por Barbie.

13

Hodges está en el vestíbulo, camino a la puerta, cuando vibra el teléfono. Es Norma Wilmer.

—¿Se ha ido? —pregunta Hodges.

Norma no necesita preguntar a quién se refiere.

—Sí. Ahora que ha visto a su apreciado paciente, puede relajarse y seguir con la ronda de visitas.

—Lamento lo de la enfermera Scapelli —es verdad. No sentía la menor simpatía por ella, pero lo dice sinceramente.

—Y yo. Dirigía al personal de enfermería como el capitán Bligh comandaba la *Bounty*, pero odio pensar que alguien haga… eso. Cuando te enteras, la primera reacción es: No, ella no, jamás. Es por la conmoción. La segunda reacción es: Sí, tiene toda la lógica. No se había casado, no tenía amigos… al menos que yo sepa… ni nada aparte del trabajo. Donde digamos que la detestaba todo el mundo.

—Toda esa gente solitaria —dice Hodges al tiempo que sale al frío de la calle y dobla hacia la parada de autobús. Se abrocha el abrigo con una sola mano y empieza a masajearse el costado.

—Sí. Hay mucha gente así. ¿En qué puedo ayudarlo, señor Hodges?

—Tengo unas cuantas preguntas que hacerle. ¿Podríamos quedar para tomar algo?

Sigue un largo silencio. Hodges piensa que va a negarse; sin embargo, de pronto contesta:

—Imagino que sus preguntas no me traerán problemas con el doctor Babineau, ¿no?

—Todo es posible, Norma.

—Ojalá fuera así. En cualquier caso, supongo que le debo una. Por no revelar que nos conocemos desde los tiempos de Becky Helmington. Hay un sitio en Revere Avenue. Tiene un nombre curioso, Bar Bar Black Sheep, y el personal del hospital no se aleja tanto cuando sale a tomar algo. ¿Lo encontrará?

—Sí.

—Salgo a las cinco. Nos vemos allí a las cinco y media. Me apetece un martini con vodka bien frío.

—Estaré esperando.

—Pero no cuente con que lo ayude a entrar para ver a Hartsfield. Me costaría el puesto. Babineau siempre ha sido un hombre visceral, pero de un tiempo a esta parte está raro. Cuando he intentado contarle lo de Ruth, ha pasado de largo. Tampoco es que le haya dado mucha importancia al enterarse.

—Veo que lo tiene en gran estima.

Ella se echa a reír.

—Por eso me debe dos copas.

—Pues que sean dos.

Cuando se dispone a guardarse el teléfono en el bolsillo del abrigo, vuelve a vibrar. Ve que la llamada es de Tanya Robinson y de inmediato acude a su mente Jerome, que anda construyendo casas en Arizona. En una obra pueden ocurrir muchas desgracias. Atiende la llamada. Tanya está llorando, al principio con tal fuerza que Hodges apenas entiende lo que dice, salvo que Jim se ha ido de viaje a Pittsburgh y no quiere llamarlo antes de saber algo más. Hodges se detiene en la orilla de la banqueta y se cubre la otra oreja con la palma de la mano para ahogar el ruido del tráfico.

—Más despacio, Tanya. Más despacio. ¿Es Jerome? ¿Le ha pasado algo a Jerome?

—No, Jerome está bien. A él *sí* que lo he llamado. Es *Barbara*. Estaba en Lowtown…

—¿Qué demonios hacía en Lowtown, y en un día de clase?

—¡No lo sé! Lo único que sé es que un chico la ha empujado y una camioneta la ha atropellado. La llevan al Kiner Memorial. ¡Estoy yendo hacia allá!

—¿Vas en coche?

—Sí. ¿Qué tiene eso que ver con…?

—Cuelga el teléfono, Tanya. Y reduce la velocidad. Yo estoy en el Kiner. Me reuniré contigo en Urgencias.

Cuelga y, trotando con torpeza, deshace el camino al hospital. Piensa: Este condenado sitio es como la mafia. Cada vez que creo que he salido, me arrastra de nuevo hacia dentro.

14

Una ambulancia con las luces de emergencia encendidas entra de reversa en una de las áreas de estacionamiento del servicio de Urgencias. Hodges se acerca a la vez que extrae la identificación de policía que aún lleva en la cartera. Cuando el auxiliar y el paramédico sacan la camilla de la parte de atrás, lo enseña ocultando con el pulgar el sello rojo en el que se lee RETIRADO. En rigor, eso es un delito —suplantación de un oficial del orden—, y por lo tanto casi nunca recurre a esa treta, pero esta vez lo cree del todo apropiado.

Barbara está medicada pero consciente. Cuando ve a Hodges, le aprieta la mano con fuerza.

—¿Bill? ¿Cómo has llegado tan pronto? ¿Te ha llamado mi madre?

—Sí. ¿Cómo estás?

—Bien. Me han dado algo para el dolor. Tengo… dicen que tengo una pierna rota. Voy a perderme la temporada de futbol, y supongo que da igual, porque mi madre va a tenerme castigada hasta… no sé, los veinticinco —enconces comienza a llorar.

Hodges no dispone de mucho tiempo con ella, así que las preguntas sobre qué estaba haciendo en la avenida MLK, donde a veces se producen hasta cuatro tiroteos desde coches en marcha por semana, tendrán que esperar. Hay otra cosa más importante.

—Barb, ¿sabes cómo se llama el chico que te ha empujado delante de la camioneta?

Ella abre mucho los ojos.

—¿O has podido verlo bien? ¿Podrías describirlo?

—¿Empujado…? ¡No, Bill! ¡No es lo que ha pasado!

—Inspector, tenemos que llevárnosla —dice el auxiliar—. Ya la interrogará más tarde.

—¡Espere! —grita Barbara, e intenta incorporarse.

El paramédico la obliga con delicadeza a recostarse, y ella hace una mueca de dolor, pero Hodges encuentra el grito alentador. Ha sido claro y potente.

—¿Qué, Barb?

—¡Me ha empujado *cuando* yo había echado a correr hacia la avenida! ¡Me ha empujado para apartarme! Es posible que me haya salvado la vida, y me alegro —ahora llora a lágrima suelta, pero Hodges no cree ni por un momento que se deba a la pierna rota—. Después de todo, no quiero morir. ¡No sé qué me *pasaba*!

—En serio, jefe, tenemos que llevarla a la sala de reconocimiento —insiste el auxiliar—. Hay que hacerle una radiografía.

—¡No permitas que le hagan nada a ese chico! —ruega Barbara a voz en cuello cuando los de la ambulancia empujan la camilla por la puerta de doble hoja—. ¡Es alto! ¡Tiene los ojos verdes y barba de perilla! Estudia en el Todhunter…

Desaparece, y las puertas baten tras ella.

Hodges sale a la calle, donde puede utilizar el celular sin que lo reprendan, y llama a Tanya.

—No sé dónde estás, pero reduce la velocidad y no ignores los semáforos en rojo. Acaban de llevarla adentro, y está totalmente despierta. Tiene una pierna rota.

—¿Sólo eso? ¡Gracias a Dios! ¿Y lesiones internas?

—Eso tendrán que decirlo los médicos, pero yo la he visto muy animada. Es posible que la camioneta sólo la haya rozado.

—Tengo que llamar a Jerome. Seguro que le he dado un susto de muerte. Y hay que contárselo a Jim.

—Llámalos cuando llegues. Ahora deja el teléfono.

—Puedes llamarlos *tú*, Bill.

—No, Tanya, yo no puedo. Tengo que llamar a otra persona. Se queda ahí inmóvil exhalando vaharadas blancas, con las puntas de las orejas entumecidas por el frío. No quiere que esa otra persona sea Pete, porque ahora mismo Pete está un poco molesto con él, e Izzy Jaynes, el doble. Se plantea sus otras opciones, pero sólo tiene una: Cassandra Sheen. Fueron compañeros en más de una ocasión, cuando Pete estaba de vacaciones, y también cuando solicitó seis semanas de baja voluntaria por razones personales que no explicó. Ocurrió poco después del divorcio de Pete, y Hodges supuso que estaba en un centro de rehabilitación, pero nunca preguntó, y Pete tampoco lo informó voluntariamente.

Como no tiene el número de Cassie, telefonea a la brigada de investigación y pide que lo comuniquen, esperando que no esté fuera. Tiene suerte. Al cabo de menos de diez segundos escuchando los consejos de McGruff el Perro Policía, oye su voz.

—¿Hablo con Cassie Sheen, la Reina del Botox?

—¡Billy Hodges, viejo sinvergüenza! ¡Pensaba que habías muerto!

No tardaré, Cassie, piensa.

—Me encantaría hablar de tonterías contigo, encanto, pero necesito un favor. Aún no han cerrado la comisaria de Strike Avenue, ¿verdad?

—No. Pero está en la lista para el año que viene. Lo cual tiene toda la lógica del mundo. ¿Delincuencia en Lowtown?

¿Qué delincuencia?

—Sí, es la zona más segura de la ciudad. Puede que hayan detenido a un chico para fificharlo y, si mi información es correcta, en realidad merece una medalla.

—¿Sabes cómo se llama?

—No, pero sé cómo es. Alto, ojos verdes, barba de perilla. —reproduce lo que Barbara ha dicho y añade—: Podría llevar una sudadera del Todhunter. Es muy posible que los oficiales responsables del caso lo hayan detenido por empujar a una chica en la calle cuando pasaba una camioneta. En realidad la ha empujado para apartarla, y gracias a eso la chica se ha llevado sólo un golpe en lugar de acabar aplastada.

—¿Eso te consta?

—Sí —no es del todo cierto, pero le cree a Barbara—. Averigua cómo se llama y pide a los policías que lo retengan, ¿de acuerdo? Quiero hablar con él.

—Creo que puedo ayudarte.

—Gracias, Cassie. Te debo una.

Pone fin a la llamada. Si quiere hablar con el chico del Todhunter y llegar a su cita con Norma, no puede perder el tiempo con el servicio municipal de autobuses.

En su cabeza sigue repitiéndose algo que Barbara ha dicho: «Después de todo, no quiero morir. ¡No sé qué me *pasaba*!»

Llama a Holly.

15

Holly se encuentra delante del 7-Eleven que hay cerca de la oficina. Sostiene un paquete de Winston en una mano y toquetea el plástico con la otra. Lleva casi cinco meses sin fumar, un nuevo récord, y no quiere volver a empezar ahora, pero lo que ha visto en la computadora de Bill ha abierto una brecha en medio de una vida que intenta recomponer desde hace cinco años. Bill Hodges es su piedra de toque, la escala en la que mide su capacidad para interactuar con el mundo. Lo cual no es más que otra manera de decir que es la escala en la que mide su cordura. Tratar de imaginar su vida sin él es como subir a lo alto de un rascacielos y mirar la banqueta, sesenta pisos más abajo.

En el preciso momento en que se dispone a arrancar la envoltura de plástico, suena el teléfono. Deja caer el paquete de Winston en el bolso y atiende. Es él.

Ni lo saluda. Ha dicho a Jerome que no se ve capaz de hablarle ella sola sobre lo que ha descubierto, pero ahora —inmóvil en esa ventosa banqueta, temblando bajo su mejor abrigo de invierno— no tiene alternativa. Le sale a borbotones, sin más.

—He mirado en tu computadora, y sé que es feo husmear, pero no me arrepiento. No me ha quedado más remedio, porque he pensado que eso de que es sólo una úlcera era mentira, y puedes despedirme si quieres, me da igual, siempre y cuando dejes que te curen.

Silencio al otro lado de la línea. Holly desea preguntarle si sigue ahí, pero se nota la boca paralizada, y el corazón le palpita tan fuerte que lo siente por todo el cuerpo.

Por fin Hodges contesta:

—Hols, no creo que *pueda* curarse.

—¡Al menos deja que lo *intenten*!

—Te quiero —dice él. Ella percibe la pesadumbre en su voz. La resignación—. Lo sabes, ¿verdad?

—No seas tonto, claro que lo sé —se echa a llorar.

—Probaré los tratamientos, desde luego. Pero necesito un par de días antes de ingresar en el hospital. Y ahora mismo *te necesito*. ¿Puedes venir a recogerme?

—Sí —ha comenzado a llorar a lágrima suelta, porque sabe que es verdad que la necesita. Y que te necesiten es importante. Quizá *lo* importante—. ¿Dónde estás?

Hodges se lo indica, y añade:

—Otra cosa.

—¿Qué?

—No puedo despedirte, Holly. No eres una empleada; eres mi socia. Procura recordarlo.

—¿Bill?

—¿Sí?

—No estoy fumando.

—Eso está bien, Holly. Ahora ven. Te espero en el vestíbulo. Afuera hace mucho frío.

—Llegaré lo antes posible sin sobrepasar el límite de velocidad.

Corre hacia el estacionamiento de la esquina, donde suele dejar el coche. En el camino, arroja el paquete de tabaco sin abrir a un cesto de basura.

16

Hodges resume a Holly su visita al Casco durante el trayecto a la comisaría de Strike Avenue, empezando por la noticia del suicidio de Ruth Scapelli y terminando por el extraño comentario de Barbara antes de que se la llevasen en camilla.

—Sé lo que estás pensando —dice Holly—, porque yo estoy pensando lo mismo. Que todo apunta a Brady Hartsfield.

—El príncipe del suicidio —Hodges se ha tomado otro par de analgésicos mientras esperaba a Holly y se encuentra mejor—. Así lo llamo. Suena bien, ¿no te parece?

—Supongo. Pero una vez me dijiste una cosa —va muy erguida en el asiento de su Prius, mirando en todas direcciones a medida que se adentran en Lowtown. Da un volantazo para esquivar un carrito de supermercado que han abandonado en medio de la calle—. Dijiste que coincidencia no equivale a conspiración. ¿Te acuerdas?

—Sí —es una de sus frases preferidas. Tiene unas cuantas.

—Dijiste que puedes investigar una conspiración eternamente y no encontrar nada si en realidad no es más que una serie de coincidencias. Si no encuentras algo concreto en los próximos dos días… si no lo *encontramos*… tienes que dejarlo y empezar esos tratamientos. Prométemelo.

—Podría llevar algo más… Holly lo interrumpe.

—Jerome va a volver, y ayudará. Será como en los viejos tiempos.

Hodges recuerda de pronto el título de una antigua novela de misterio, *El último caso de Philip Trent*, y esboza una sonrisa. Ella alcanza a verla de reojo, la interpreta como una señal de conformidad y, ya más tranquila, se la devuelve.

—Cuatro días —dice él.

—Tres. Ni uno más. Porque cada día que pasa sin hacer nada con lo que está ocurriendo dentro de ti, las probabilidades disminuyen. Y ya son escasas. Así que ni se te ocurra empezar a regatear, Bill. Se te da demasiado bien.

—De acuerdo —responde—. Tres días. Si Jerome nos ayuda.

—Nos ayudará —asegura Holly—. Y procuremos que sean dos.

17

La comisaría de Strike Avenue parece un castillo medieval en un país cuyo rey ha sido destronado y donde impera la anarquía. Las ventanas disponen de rejas gruesas, y las patrullas están protegidas mediante una alambrada y barreras de hormigón. Las cámaras, que apuntan en todas direcciones, no dejan ni un solo ángulo de aproximación sin cubrir, y aun así el edificio de piedra gris presenta pintas con los característicos símbolos de las bandas, y el foco de uno de los faroles que cuelgan sobre la puerta principal está hecho añicos.

Hodges y Holly vacían el contenido de sus bolsillos y del bolso de ella en unas cestas de plástico y cruzan un arco detector de metales que emite un pitido de reproche por la cadena del reloj de Hodges. Holly se sienta en un banco del vestíbulo principal (también bajo la vigilancia de varias cámaras) y enciende su iPad. Hodges va al mostrador, expone la razón de su visita y al cabo de unos momentos lo atiende un inspector esbelto y canoso que le da un aire a Lester Freamon en *The Wire*, la única serie de policías que Hodges puede ver sin que le entren náuseas.

—Jack Higgins —dice el inspector, y le tiende la mano—. Como el escritor, sólo que no soy blanco.

Hodges se la estrecha y le presenta a Holly, quien le dirige un gesto parco y su habitual saludo entre dientes antes de volver a concentrarse en el iPad.

—Diría que me acuerdo de ti —comenta Hodges—. Antes estabas en la comisaría de Marlborough Street, ¿no? ¿Cuando ibas de uniforme?

—Hace mucho, cuando era joven y fogoso. Yo también me acuerdo de ti. Atrapaste al individuo que mató a aquellas dos mujeres en McCarron Park.

—Eso fue un esfuerzo colectivo, inspector Higgins.

—Llámame Jack. Ha telefoneado Cassie Sheen. Tenemos a tu hombre en una sala de interrogatorios. Se llama Dereece Neville —Higgings deletrea el nombre—. En todo caso íbamos a soltarlo. Varios testigos del incidente corroboran su versión: estaba coqueteando con la chica, ella se lo ha tomado a mal y ha salido corriendo hacia la otra banqueta. Neville ha visto que se acercaba la camioneta, ha echado a correr detrás de ella, ha intentado apartarla de un empujón y prácticamente lo ha conseguido. Además, aquí casi todo el mundo conoce al chico. Es una estrella del equipo de basquetbol del Todhunter, y es muy posible que consiga una beca para un centro de ligas mayores. Excelentes notas, alumno de cuadro de honor.

—¿Y qué hacía en la calle el hombre de las excelentes notas en horas de clase?

—Ah, estaban todos fuera. La calefacción de la escuela ha vuelto a averiarse. Este invierno ya van tres veces, y aún estamos en enero. Según el alcalde, en Lowtown todo está de maravilla: mucho trabajo, mucha prosperidad, gente feliz y radiante. Lo veremos cuando se presente a la reelección. En ese cuatro por cuatro blindado suyo.

—¿El chico, ese Neville, ha resultado herido?

—Tiene unos arañazos en las palmas de las manos, nada más. Según una mujer que estaba en la otra banqueta, la testigo más cercana, ha empujado a la chica y luego, palabras textuales, «ha volado por encima de ella como un pájaro grande que ni lo imaginas».

—¿Entiende él que es libre de marcharse?

—Sí, y ha accedido a quedarse. Quiere saber si la chica está bien. Vamos. Charla con él y luego lo soltaremos. A no ser que encuentres alguna razón para retenerlo.

Hodges sonríe.

—Sólo me interesa investigar un poco el asunto por la señorita Robinson. Deja que le haga un par de preguntas y no te molestaremos más.

18

La sala de interrogatorios es exigua y hace un calor sofocante; cerca del techo, los tubos de la calefacción emiten un ruido metálico. Con todo, probablemente sea la más agradable que tienen, porque incluye un pequeño sofá y no hay mesa de la que sobresale, como un nudillo de acero, el anclaje para las esposas. El sofá tiene un par de parches de cinta adhesiva, lo que lleva a Hodges a pensar en el hombre que, según Nancy Alderson, rondaba por Hilltop Court, el del abrigo remendado.

Dereece Neville está sentado en el sofá. Con sus chinos y su camisa blanca abotonada, se le ve pulcro y tranquilo. La barba de perilla y la cadena de oro que lleva al cuello son los únicos verdaderos toques de estilo. La chamarra de la escuela cuelga plegada del brazo del sofá. Se pone en pie cuando entran Hodges y Higgins, y tiende una mano de largos dedos que parece creada expresamente para sostener un balón de basquetbol. Tiene la base de la palma teñida de antiséptico naranja.

Hodges se la estrecha con cuidado, atento a los rasguños, y se presenta.

—No estás metido en ningún lío ni mucho menos, señor Neville. De hecho, me envía Barbara Robinson para darte las gracias y asegurarse de que estás bien. Soy amigo de la familia desde hace mucho.

—¿Y *ella* está bien?

—Tiene una pierna rota —contesta Hodges al tiempo que acerca una silla. Se lleva una mano al costado y ejerce presión—. Podría haber sido mucho peor. Seguro que el año que viene vuelve al campo de futbol. Siéntate, siéntate.

Neville toma asiento y da la impresión de que las rodillas le llegan prácticamente a la mandíbula.

—De alguna manera, ha sido culpa mía. No debería haber *tonteado* con ella —se interrumpe y se corrige—. Coqueteado con ella. Pero es tan guapa… y no estoy ciego. ¿Qué se había tomado? ¿Lo sabe?

Hodges frunce el ceño. Ni se le ha pasado por la cabeza que Barbara estuviera drogada, aunque debería haberlo considerado; al fin y al cabo, es una adolescente, y esos años son la Edad de la Experimentación. Sin embargo, cena con los Robinson tres o cuatro veces al mes, y nunca ha advertido nada en ella que pueda adjudicar al consumo de drogas. Quizá sea demasiado cercano para notarlo. O demasiado viejo.

—¿Qué te hace pensar que se había tomado algo?

—Pues que estuviera aquí, para empezar. El uniforme que llevaba era de Chapel Ridge. Lo sé porque jugamos contra ellos dos veces al año. Y los hacemos puré. Además, estaba como ida. De pie en la orilla de la banqueta, cerca de Mamma Stars, el local de la adivina, como si fuera a cruzar la calle —se encoge de hombros—. Así que me acerqué, le dije en broma que si no le habían enseñado a mirar antes de cruzar. Se puso como loca, en plan Kitty Pryde. Me ha hecho gracia, y entonces… —mira a Higgins y después otra vez a Hodges—. Ahora viene de lo que me arrepiento, y voy a serle sincero, ¿de acuerdo?

—Bien —dice Hodges.

—En fin, verá… tomé de sus manos la consola. Sólo estaba jugando, usted entiende. La he sostenido en alto. No tenía ninguna intención de quedármela. Y entonces me pateó… una buena patada para ser una chica… y me la quitó. En ese momento no parecía drogada.

—¿*Qué* parecía, Dereece? —lo llama por su nombre de pila de manera automática.

—¡Uy, *muy molesta*! Pero también asustada. Como si acabara de darse cuenta de dónde estaba, en una calle a la que las chicas como ella… las chicas con uniforme de colegio privado… no van, y menos solas. ¿La avenida MLK? Vamos, ni en un millón de años —se inclina hacia delante con las manos entre las rodillas, los largos dedos entrelazados y expresión seria—. No sabía que yo sólo estaba jugando, ¿entiende lo que quiero decir? Es como si hubiera entrado en pánico, ¿ve por dónde voy?

—Sí —confirma Hodges, y aunque por su tono de voz aparenta participar en la conversación (o al menos eso espera), ha activado el piloto automático, absorto en lo que acaba de decir Neville: «Tomé de sus manos la consola». Una parte de él piensa que no puede existir ninguna relación con el caso de Ellerton y Stover. Casi todo él piensa que tiene que haberla: cuadra a la perfección—. Te habrá hecho sentir mal.

Neville levanta las manos lastimadas hacia el techo en un gesto de resignación, como diciendo: «¿Qué se le va a hacer?».

—Es este barrio. El Low. La chica ha… bajado de las nubes y ha visto dónde estaba, así de simple. Yo pienso largarme en cuanto pueda. *Mientras* pueda. Jugaré en las mayores, sacaré buenas notas para buscarme un buen trabajo después por si no valgo para el basquetbol profesional. Luego me llevaré a mi familia. Somos sólo mi madre, mis dos hermanos y yo. Mi madre es la única razón por la que he llegado tan lejos. Nunca nos dejó jugar en la mugre —reproduce mentalmente lo que acaba de decir y se ríe—. Si me oyera hablar así, me daría una tunda.

Hodges piensa: Este chico es demasiado bueno para ser verdad. Sólo que lo es. Hodges está seguro y no quiere ni pensar en lo que podría haberle pasado a la hermana menor de Jerome si Dereece Neville hubiese estado hoy en la escuela.

Higgins dice:

—No ha estado bien que provocaras a esa chica, pero debo decir que luego lo has arreglado. ¿Pensarás en lo que ha estado a punto de ocurrir si vuelves a sentir el impulso de hacer algo así?

—Sí, señor, puede estar seguro.

Higgins levanta una mano. Neville, en lugar de chocársela, se la toca con delicadeza, acompañando el gesto de una sonrisa un tanto sarcástica. Es buen chico, pero siguen estando en Lowtown, y Higgins sigue siendo la ley.

Higgins se pone en pie.

—¿Podemos irnos ya, inspector Hodges?

Hodges agradece con un gesto que utilice su antiguo título, pero aún no ha terminado.

—Casi. ¿Qué clase de consola era, Dereece?

—De las de antes —no vacila—. Como un Game Boy, pero mi hermano pequeño tenía una… mi madre la compró en un mercado de pulgas o como lo llamen a eso… y la de la chica no era la misma. Era de color amarillo chillón, eso lo sé. No de uno de esos colores que se espera que les gusten a las chicas. Al menos a las que yo conozco.

—¿Has llegado a ver la pantalla?

—Sólo de reojo. Tenía unos peces nadando.

—Gracias, Dereece. ¿Hasta qué punto estás seguro de que estaba drogada? En una escala del uno al diez, siendo el diez sin ninguna duda.

—Bueno, digamos que cinco. Habría dicho diez cuando me he acercado a ella, porque daba la impresión de que fuera a cruzar la calle sin más, y una enorme camioneta se acercaba, mucho más grande que la camioneta que ha pasado después y la ha embestido. Estaba pensando que no era coca ni meta ni cristal, sino algo más suave, como éxtasis o hierba.

—Pero ¿cuando has empezado a coquetear con ella? ¿Cuando le has quitado la consola?

Dereece alza la vista al techo.

—Regresó muy *rápido*.

—Bien —dice Hodges—. Todo aclarado. Y gracias.

Higgins le da las gracias a su vez, y a continuación Hodges y él se dirigen hacia la puerta.

—Inspector Hodges… —Neville vuelve a ponerse en pie, y Hodges prácticamente tiene que alargar el cuello para mirarlo—. Si le apunto mi número de teléfono, ¿podría dárselo?

Hodges se detiene a pensarlo. Finalmente saca el bolígrafo del bolsillo del pecho y se lo ofrece al chico alto que probablemente ha salvado la vida a Barbara Robinson.

19

Con Holly al volante, vuelven a Lower Marlborough Street. De camino, Hodges le cuenta su conversación con Dereece Neville.

—Si fuese una película, se enamorarían —dice Holly una vez que ha terminado. Suena melancólica.

—La vida no es una película, Hol... Holly —evita llamarla *Hollyberry* en el último segundo. No es día para frivolidades.

—Ya lo sé —contesta ella—. Por eso voy al cine.

—Supongo que no sabrás si fabricaban las consolas Zappit en amarillo, ¿verdad?

Como suele ocurrir, Holly estaba bien informada.

—Se fabricaban en diez colores distintos, y sí, el amarillo era uno de ellos.

—¿Estás pensando lo mismo que yo? ¿Que lo que le ha pasado a Barbara está relacionado con lo de esas mujeres de Hilltop Court?

—No sé *qué* pensar. Ojalá pudiéramos sentarnos a charlar con Jerome igual que cuando Pete Saubers se metió en aquel lío. Así de simple: sentarnos y aclararlo todo hablando.

—Si Jerome llega aquí esta noche, y Barbara de verdad está bien, quizá podamos hacerlo mañana.

—Mañana es tu segundo día —recuerda ella al tiempo que se acerca al lugar de estacionamiento que utilizan—. El segundo de tres.

—Holly...

—¡No! —ataja ella con vehemencia—. ¡Ni se te ocurra empezar! ¡Me lo has prometido! —pone la palanca de velocidades en punto muerto y gira hacia él—. Crees que Hartsfield ha estado fingiendo, ¿verdad que sí?

—Sí. Quizá no la primera vez que abrió los ojos y preguntó por su querida mamá, pero me parece que desde entonces ha recorrido un largo camino en su recuperación. Puede que todo el camino. Finge ese estado de semicatatonia para no ir a juicio.

Aunque lo normal sería que Babineau se diese cuenta. Debe de haber estudios, encefalogramas y demás…

—Eso da igual. Si puede pensar, y llega a enterarse de que has aplazado el tratamiento y te has muerto por su culpa, ¿cómo crees que se sentirá?

Hodges no contesta, de modo que es Holly quien responde por él.

—¡Contento, contento, contento! ¡Daría *brincos de alegría*!

—Bien —dice Hodges—. Ya veo por dónde vas. Lo que queda de día y dos más. Pero olvídate de mi situación por un momento. Si Hartsfield se las arregla para actuar más allá de esa habitación del hospital… asusta.

—Lo sé. Y nadie nos creería. Eso también asusta. Pero no tanto como la idea de que mueras.

Hodges desea abrazarla por eso, pero Holly hace gala de una de sus numerosas expresiones repelentes de abrazos, así que él opta por consultar el reloj.

—Tengo una cita y no quiero hacer esperar a la dama.

—Yo iré al hospital. Aunque no me dejen ver a Barbara, estará Tanya, y seguramente agradecerá ver una cara amiga.

—Buena idea. Pero antes de irte me gustaría que intentaras localizar al encargado de lo de Sunrise Solutions.

—Se llama Todd Schneider. Forma parte de un bufete con un nombre muy largo, con seis apellidos. Las oficinas están en Nueva York. Lo he encontrado mientras hablabas con el señor Dereece Neville.

—¿Lo has hecho con el iPad?

—Sí.

—Eres una genio, Holly.

—No, es sólo investigación de escritorio. El listo eres tú, que se te ha ocurrido la idea. Si quieres lo llamo —su rostro revela el horror que le produce la perspectiva.

—No hace falta. Basta con que llames al bufete y veas si es posible concertarme una cita para hablar por teléfono con él mañana. Lo más temprano posible.

Holly sonríe.

—De acuerdo —su sonrisa se desvanece. Señala el vientre de Hodges—. ¿Te duele?

—Sólo un poco —ahora es verdad—. El infarto fue peor —eso también es verdad, pero tal vez no por mucho tiempo—. Si entras a ver a Barbara, salúdala de mi parte.

—Cuenta con ello.

Holly lo ve dirigirse hacia su coche y repara en cómo se lleva la mano izquierda al costado después de subirse el cuello del abrigo. Siente ganas de llorar. O de gritar de rabia quizá. La vida puede ser muy injusta. Lo sabe desde que estaba en secundaria, cuando era el blanco de todas las burlas, pero aún la sorprende. No debería, pero lo hace.

20

Hodges vuelve a cruzar la ciudad en coche, sintonizando la radio, en busca de buen rock duro. En BAM-100, encuentra a The Knack, cantando *My Sharona*, y sube el volumen. Cuando termina el tema, el locutor anuncia una tormenta que se desplaza al este desde las Rocosas.

Hodges no presta atención. Está pensando en Brady y en la primera vez que vio una de esas videoconsolas Zappit. Las repartía Al el Bibliotecario. ¿Cuál era el apellido de Al? No lo recuerda. Eso si es que lo supo alguna vez.

Cuando llega al bar de nombre gracioso, encuentra a Norma Wilmer sentada a una mesa del fondo, lejos del ruido enloquecedor de los ejecutivos de la barra, que vociferan y se dan palmadas en la espalda mientras compiten por las bebidas. Norma se ha deshecho del uniforme de enfermera, que ha sustituido por un traje pantalón de color verde oscuro y unos zapatos de tacón bajo. Ya tiene una copa delante.

—Se suponía que eso lo pagaba yo —dice Hodges al tiempo que se sienta frente a ella.

—No te preocupes —contesta Norma—. He pedido que vayan apuntando.

—Por supuesto.

—Babineau no podría despedirme, ni siquiera trasladarme, si me vieran hablando contigo y lo informaran, pero podría hacerme la vida difícil. Yo también podría hacérsela un poco difícil a él, claro.

—¿Sí?

—Sí. Me parece que ha estado experimentando con tu viejo amigo Brady Hartsfield. Administrándole pastillas que contienen sabe Dios qué. E inyecciones. Vitaminas, según él.

Hodges la mira con cara de sorpresa.

—¿Y eso desde cuándo?

—Desde hace años. Es una de las razones por las que Becky Helmington pidió el traslado. No quería ser la enfermera responsable si Babineau se equivocaba de vitamina y lo mataba.

Viene la camarera. Hodges pide una Coca-Cola con una cereza.

Norma deja escapar un resoplido.

—¿Una Coca-Cola? ¿En serio? Pórtate como un hombre, ¿quieres?

—En lo que se refiere a alcohol, derramé más del que podrías beberte, encanto —dice Hodges—. ¿Qué demonios se trae Babineau entre manos?

Ella se encoge de hombros.

—Ni idea. Pero no sería el primer médico que experimenta con alguien que no importa un carajo a nadie. ¿Has oído hablar del estudio Tuskegee sobre la sífilis? El gobierno de Estados Unidos utilizó a cuatrocientos hombres negros como ratas de laboratorio. Duró cuarenta años, y que yo sepa ninguno de *ellos* arrolló con un coche a un montón de personas indefensas —dirige una sonrisa sesgada a Hodges—. Investiga a Babineau. Mételo en apuros. Échale valor.

—Es Hartsfield quien me interesa, pero, por lo que me cuentas, no me extrañaría que Babineau acabara siendo un daño colateral.

—Pues, salud por los daños colaterales —lo pronuncia «*dañosh clateralesh*», y Hodges deduce que no es su primera copa. Al fin y al cabo, es un investigador experto.

Cuando la camarera le sirve la Coca-Cola, Norma apura su vaso y lo levanta.

—Tomaré otra y, como paga el caballero, que sea doble —la camarera toma el vaso y se aleja. Norma vuelve a centrar la atención en Hodges—. Has dicho que tenías preguntas. Adelante, hazlas ahora, que todavía puedo contestarlas. Tengo la boca un poco dormida, y pronto estará mucho peor.

—¿Quién figura en la lista de visitantes de Brady Hartsfield?

Norma lo mira con expresión ceñuda.

—¿Lista de visitantes? ¿Bromeas? ¿Quién te ha dicho que recibe visitas?

—La difunta Ruth Scapelli. Poco después de que sustituyera a Becky jefa de enfermeras. Le ofrecí cincuenta billetes por mantenerme al corriente de cualquier rumor que oyera sobre él... era la tarifa vigente con Becky... y reaccionó como si acabara de orinar en sus zapatos. Luego dijo: «Usted ni siquiera está en su lista de visitantes».

—Ya.

—Y hoy mismo Babineau ha dicho...

—Eso de la fiscalía, sí. Lo he oído, Bill, estaba presente.

La camarera coloca la nueva copa delante de Norma, y Hodges sabe que le conviene acabar rápido, antes de que Norma empiece a comerle la oreja con sus penas, desde lo infravalorada que está en el trabajo hasta su triste vida amorosa. Cuando beben, las enfermeras suelen darlo todo. En ese sentido, son como los policías.

—Trabajas en el Casco desde que voy por allí...

—Mucho más. Doce años —«*añosh.*» Levanta el vaso en un brindis y se echa media copa al cuerpo—. Y ahora me han ascendido a jefa de enfermeras, al menos provisionalmente. El doble de responsabilidad y, sin duda, el salario de siempre.

—¿Has visto a alguien de la fiscalía últimamente?

—No. Al principio apareció un regimiento de hombres con maletín, acompañados de sus médicos de confianza, deseando declarar capacitado a ese hijo de puta, pero se marcharon muy desanimados después de verlo babear e intentar levantar una cuchara. Volvieron varias veces para asegurarse, cada vez eran menos los hombres con maletín, pero últimamente nada. En lo que a ellos se refiere, es un vegetal. Colorín, colorado, este cuento se ha acabado.

—Entonces les da igual —¿y por qué no habría de ser así? Salvo por alguna que otra retrospectiva en días de pocas noticias, el interés en Brady Hartsfield ha disminuido. Siempre hay carroña nueva en la que hurgar.

—Por supuesto, como ya sabes —le ha caído un mechón delante de los ojos. Lo aparta de un soplido—. ¿Intentaron impedirte el paso alguna vez en tus visitas al hospital?

No, piensa Hodges, pero ha pasado un año y medio desde que dejé de ir.

—Si *existe* una lista de visitantes…

—Sería de Babineau, no de la fiscalía. Por lo que respecta al Asesino del Mercedes, al fiscal no le interesa, Bill. Vamos, le importa un carajo.

—¿Eh?

—Da igual.

—¿Podrías comprobar si existe esa lista? ¿Ahora que te han ascendido?

Ella se detiene a pensar y finalmente dice:

—No estaría en la computadora, sería demasiado accesible; pero Scapelli guardaba un par de carpetas en un cajón cerrado con llave en el mostrador de guardia. Era muy aficionada a llevar el registro de quién se portaba mal y quién se portaba bien. Si encontrara algo, ¿valdría veinte para ti?

—Cincuenta, si tienes mañana —Hodges no está muy seguro de que ella vaya a recordar esa conversación mañana—. El tiempo es vital.

—Si existe, seguramente no será más que una lista de sandeces de un megalómano, ya lo sabes. Babineau prefiere guardarse a Hartsfield para él solito.

—Pero ¿lo comprobarás?

—Sí, ¿por qué no? Sé dónde escondía Scapelli la llave de ese cajón. Diblos, lo saben casi todas las enfermeras de planta. Cuesta creer que la buena de la Enfermera Ratched esté muerta.

Hodges asiente.

—Ese hombre puede mover cosas, ¿sabes? Sin tocarlas —Norma no está mirándolo; traza círculos en la mesa con el vaso. Da la impresión de que intenta reproducir los aros olímpicos.

—¿Hartsfield?

—¿De quién estamos hablando? Claro. Lo hace para asustar a las enfermeras —levanta la cabeza—. Como estoy borracha, te diré una cosa que jamás diría sobria. *Ojalá* Babineau lo matara. Ojalá le inyectara algo tóxico de verdad y lo mandara al otro mundo. Porque me asusta —se interrumpe. Tras un breve silencio añade —: Nos aterra a todos.

21

Holly encuentra al ayudante personal de Todd Schneider justo cuando se dispone a dar por terminado el día y marcharse. El ayudante le indica que el señor Schneider estará disponible entre las ocho y media y las nueve de la mañana. Después tiene reuniones todo el día.

Holly cuelga, se enjuaga la cara en el pequeño lavabo, vuelve a ponerse desodorante, cierra la oficina con llave y conduce hacia el Kiner Memorial justo a tiempo para atascarse en el peor embotellamiento de la tarde. Cuando llega, son las seis y ya ha oscurecido. La mujer que atiende el mostrador de información consulta su computadora y le dice que Barbara Robinson ocupa la habitación 528 del ala B.

—¿Eso es Cuidados Intensivos? —pregunta Holly.

—No, señora.

—Bien —dice Holly, y se encamina hacia allí, acompañada del repiqueteo de sus tacones bajos.

Las puertas del elevador se abren en el quinto piso, donde, esperando para subir, están los padres de Barbara. Tanya tiene el celular en la mano y mira a Holly como si fuese una aparición.

—Vaya —exclama Jim Robinson.

Holly se encoge un poco.

—¿Qué? ¿Por qué me miras así? ¿Pasa algo?

—Nada —contesta Tanya—. Sólo que pensaba llamarte…

Las puertas del elevador empiezan a cerrarse. Jim estira el brazo y las detiene. Se abren de nuevo, y Holly sale.

—… en cuanto bajáramos al vestíbulo —concluye Tanya, y señala un cartel de la pared: un teléfono celular tachado con una línea roja.

—¿A mí? ¿Por qué? Pensaba que era sólo una pierna rota. O sea, ya sé que una pierna rota es grave, claro que lo es, pero…

—Está despierta y se encuentra bien —informa Jim, pero Tanya y él intercambian una mirada que indica que no es del todo cierto—. Es una fractura bastante limpia, de hecho, pero le han encontrado un chichón feo en la parte posterior de la cabeza y han decidido que pase la noche aquí para mayor seguridad. Según el médico que la ha atendido la fractura, hay casi un noventa y nueve por ciento de probabilidades de que por la mañana esté bien y la den el alta.

—Le han hecho un análisis toxicológico —explica Tanya—. No han detectado drogas en su organismo. No me ha sorprendido, pero, con todo, ha sido un alivio.

—¿Cuál es el problema, entonces?

—Todo —se limita a decir Tanya. Aparenta diez años más que la última vez que Holly la vio—. La madre de Hilda Carver ha llevado a Barb y a su hija a clase en coche. Esta semana le toca a ella. Me ha contado que en el camino Barbara estaba bien, algo más callada que de costumbre, pero por lo demás bien. Barbara ha dicho a Hilda que tenía que ir al baño, y Hilda ya no ha vuelto a verla. Según ella, Barb debió haber salido por una de las puertas laterales del gimnasio. De hecho, las chicas las llaman «puertas de escape».

—¿Y qué dice Barbara?

—A nosotros se niega a contarnos *nada* —le tiembla la voz, y Jim la rodea con el brazo—. Pero dice que te lo contará a ti. Por eso iba a llamarte. Dice que eres la única que puede entenderlo.

22

Holly recorre lentamente el pasillo hacia la habitación 528, que está al final de todo. Absorta en sus pensamientos, con la cabeza gacha, casi tropieza con el hombre que empuja el carrito cargado de maltrechos libros de bolsillo y Kindles con la etiqueta de PROPIEDAD DEL HOSPITAL KINER pegada bajo la pantalla.

—Perdone —se disculpa Holly—. No estaba mirando por dónde iba.

—No pasa nada —contesta Al el Bibliotecario, y sigue su camino.

Holly no lo ve detenerse y volverse para mirarla, pues está haciendo acopio de valor para la conversación que se avecina. Seguramente será muy emotiva, y siempre la han aterrado las escenas emotivas. Querer a Barbara ayuda.

Además, le pica la curiosidad.

Llama a la puerta, que está entornada. Como no recibe respuesta, se asoma.

—¿Barbara? Soy Holly. ¿Puedo pasar?

Barbara le dirige una sonrisa lánguida y deja el ajado ejemplar de *Sinsajo* que está leyendo. Se lo habrá dado el hombre del carrito, piensa Holly. Recostada en la cama, lleva un pijama rosa en lugar del camisón de hospital. Holly supone que se lo ha traído su madre, junto con el ThinkPad que ve en la mesita. La camiseta rosa confiere a Barbara un aire alegre, pero aún se ve aturdida. No lleva la cabeza vendada, así que el chichón no debe ser *tan* grave. Holly se pregunta si han decidido que pase la noche allí por alguna otra razón. Sólo se le ocurre una, y le gustaría creer que es absurda, pero no acaba de convencerse.

—¡Holly! ¿Cómo has llegado tan pronto?

—Ya venía hacia aquí para verte —Holly entra y cierra la puerta—. Cuando ingresan a alguien, si es tu amigo, vas a verlo, y nosotras somos amigas. Me he cruzado con tus padres en el elevador, y me han dicho que querías hablar conmigo.

—Sí.

—¿En qué puedo ayudarte, Barbara?

—Bueno… ¿me dejas hacerte una pregunta? Es bastante personal.

—Claro —Holly se sienta en la silla junto a la cama. Con cuidado, como si temiera recibir una descarga eléctrica al entrar en contacto con el asiento.

—Sé que has pasado alguna mala época. O sea, cuando eras más joven. Antes de trabajar para Bill.

—Sí —responde Holly. La luz del techo está apagada, y no hay más iluminación que la lámpara de la mesita. El resplandor las abarca y crea un espacio íntimo entre las dos—. Muy mala.

—¿Intentaste suicidarte alguna vez? —Barbara deja escapar una risita nerviosa—. Recuerda, dije que sería personal.

—Dos veces —Holly responde sin vacilar. Para su propia sorpresa, está muy tranquila—. La primera tenía más o menos tu edad. Lo hice porque mis compañeros me maltrataban y me insultaban. Un día no pude aguantarlo más. Pero no lo intenté con demasiadas ganas. No tomé más que un puñado de aspirinas y anticongestivos.

—¿La segunda vez lo intentaste con más ganas?

Es una pregunta delicada, y Holly se detiene a pensar la respuesta.

—Sí y no. Fue después de tener algunos problemas con mi jefe, lo que ahora llaman «acoso sexual». Por aquel entonces en realidad no lo llamaban de ninguna manera. Yo tenía poco más de veinte años. Tomé unas pastillas más potentes, pero no lo bastante para conseguirlo de verdad, y en parte lo sabía. En aquellos tiempos era una persona muy inestable, pero no tonta, y esa parte que no era tonta quería vivir. Entre otras razones porque sabía que Martin Scorsese haría unas cuantas películas más, y deseaba verlas. Martin Scorsese es el mejor director con vida. Hace películas largas como novelas. En general, las películas se parecen más a los cuentos.

—¿Tu jefe... te *atacó*?

—No quiero hablar de eso, y no tiene importancia —Holly tampoco quiere levantar la vista, pero se recuerda que está hablando con Barbara y se obliga a hacerlo. Porque Barbara ha sido su amiga pese a todas sus rarezas, pese a todas sus manías. Y ahora es ella quien está en problemas—. Los motivos nunca tienen importancia, porque el suicidio va contra todo instinto humano, y eso lo convierte en una locura.

Excepto quizá en ciertos casos, piensa. Ciertos casos *terminales*. Pero Bill no es un caso terminal.

No permitiré que sea un caso terminal.

—Sé lo que quieres decir —responde Barbara. Vuelve la cabeza de un lado a otro sobre la almohada. A la luz de la lámpara, las lágrimas brillan en sus mejillas—. Lo sé.

—¿Por eso has ido a Lowtown? ¿Para suicidarte?

Barbara cierra los ojos, pero se le escurren unas lágrimas entre las pestañas.

—No lo creo. Al menos no en un principio. He ido porque me lo ha dicho una voz. Mi amigo —se interrumpe, piensa—. Aunque al final ha resultado que no era mi amigo. Un amigo no querría que me suicidara, ¿no?

Holly toma a Barbara de la mano. Por lo general, le cuesta entrar en contacto físico con otra persona, pero no esa noche. Quizá sea porque le da la sensación de que están a resguardo en su propio lugar secreto. Quizá sea porque se trata de Barbara. Quizá sea por ambas cosas.

—¿Qué amigo es ese?

—El de los peces —contesta Barbara—. El que está dentro del juego.

23

Es Al Brooks quien empuja el carrito de los libros por el vestíbulo principal del hospital (pasando por delante de los señores Robinson, que esperan a Holly), y es Al quien toma otro elevador hasta el paso a desnivel que comunica el núcleo del hospital con la Unidad de Traumatismos Craneoencefálicos. Es Al quien saluda a la enfermera Rainier en el mostrador de guardia, una veterana que le devuelve el saludo sin apartar la vista del monitor. Sigue siendo Al quien desplaza el carrito por el pasillo, pero cuando lo deja fuera de la habitación 217 y entra, Al Brooks desaparece y Chico Z ocupa su lugar.

Brady está en su silla con el Zappit en el regazo. No levanta la vista de la pantalla. Chico Z saca su propio Zappit del bolsillo izquierdo del amplio traje gris y lo enciende. Pulsa el icono de Pesca en el Hielo y en la pantalla inicial empiezan a nadar los peces: rojos, amarillos, dorados, de vez en cuando uno rosa muy rápido. Suena la melodía. Y cada tanto la consola emite un vivo destello que le tiñe las mejillas y transforma sus ojos en vacíos azules.

Continúan así durante casi cinco minutos, uno sentado y el otro de pie, los dos atentos al vaivén de los peces y la melodía tintineante. En la ventana de Brady, las persianas inician un traqueteo inquieto. La colcha de la cama se desplaza de golpe hacia abajo y luego otra vez hacia arriba. En una o dos ocasiones, Chico Z asiente con la cabeza para indicar que entiende. De repente Brady relaja las manos y suelta la videoconsola. Ésta se desliza por sus piernas, consumidas, resbala entre ellas y cae al suelo de forma ruidosa. Se queda boquiabierto. Entorna los párpados. El movimiento de su pecho bajo la camisa de cuadros se vuelve imperceptible.

Chico Z endereza los hombros. Da un respingo, apaga el Zappit y vuelve a guardárselo en el bolsillo del que ha salido. Del bolsillo derecho extrae un iPhone. Una persona con amplios conocimientos informáticos lo ha modificado con varios dispositivos de seguridad de última generación y ha desactivado el GPS. La carpeta de Contactos no contiene nombres, sólo unas cuantas iniciales. Chico Z toca *FL*.

El teléfono suena dos veces, y FL contesta con un falso acento ruso.

—Aquí el oficial Zippity-Du-Da, *camarrrada. Esperrro órrr-denes.*

—No se te ha pagado para hacer chistes malos.

Silencio. A continuación:

—De acuerdo. Nada de chistes.

—Seguimos adelante.

—Seguiremos adelante cuando reciba el resto del dinero.

—Lo tendrás está noche, y te pondrás manos a la obra de inmediato.

—Recibido —dice FL—. La próxima vez, encárgame algo difícil.

No habrá próxima vez, piensa Chico Z.

—No lo arruines.

—Descuida. Pero no me pondré a trabajar hasta que vea los billetes.

—La verás.

Chico Z corta la comunicación, se mete el teléfono en el bolsillo y sale de la habitación de Brady. Se encamina de nuevo hacia el mostrador de guardia y la enfermera Rainier, que sigue absorta en su computadora. Deja el carrito en el rincón de la máquina expendedora y cruza el paso elevado. Tiene un andar brioso, como el de alguien mucho más joven.

Dentro de un par de horas, Rainier o alguna otra enfermera encontrará a Brady Hartsfield desmadejado en su silla o desplomado en el suelo encima de su Zappit. Nadie se preocupará demasiado; ya se ha sumido en la inconsciencia total muchas veces, y siempre sale de ese estado.

Según el doctor Babineau, eso forma parte del proceso de reinicio, y cada vez que Hartsfield vuelve en sí, ha mejorado un poco. «Nuestro chico se está recuperando —dice Babineau—.

Quizá no lo parezca al verlo, pero nuestro chico se está recuperando de verdad.»

No tienes ni idea, piensa la mente que ahora ocupa el cuerpo de Al el Bibliotecario. No tienes ni puta idea. Pero algo empiezas a entrever, ¿eh, doctor B?

Más vale tarde que nunca.

24

—Ese hombre que me ha gritado en la calle se equivocaba —dice Barbara—. Le he creído porque la voz me lo ha dicho, pero se equivocaba.

Holly quiere saber más sobre la voz del juego, pero tal vez Barbara todavía no esté preparada. De modo que le pregunta quién era ese hombre y qué gritaba.

—Me ha llamado «casi negra», como en esa serie de televisión, *Black-ish*. La serie es divertida, pero en la calle esa expresión es despectiva. Es…

—Conozco la serie, y sé cómo utilizan esa expresión algunas personas.

—Pero yo *no* soy casi negra. En realidad, nadie que tenga la piel oscura lo es. Ni siquiera si vive en una casa bonita de una calle bonita como Teaberry Lane. Somos todos negros, a todas horas. ¿Crees que no sé cómo me miran en la escuela, cómo hablan de mí?

—Claro que lo sabes —dice Holly, quien en su día también fue blanco de miradas y cuchicheos; su apodo en la escuela era Mongo Mongo.

—Los profesores hablan de igualdad de género y de igualdad racial. Tienen una política de tolerancia cero y hablan en serio… al menos la mayoría, supongo… pero cualquiera que recorra los pasillos durante los cambios de clase distingue fácilmente a las chicas negras y a las estudiantes chinas de intercambio y a la chica musulmana, porque somos poco más de veinte y parecemos granos de pimienta que, a saber cómo, han acabado en el salero.

Va animándose, y su tono de voz trasluce ira e indignación, pero también hastío.

—Me invitan a alguna que otra fiesta, pero hay muchas a las que no me invitan, y sólo me han invitado a salir dos veces. Uno de los chicos que me lo pidió era blanco, y cuando fuimos al cine todos nos miraban, y alguien nos arrojó palomitas de maíz a la cabeza. Supongo que en el AMC 12 la igualdad racial termina cuando se apagan las luces en la sala. ¿Y aquella vez, cuando estaba jugando futbol? Allá voy yo, con el balón controlado por la línea de banda, driblo, consigo una posición de disparo clara, y un padre blanco que llevaba una camiseta de marca dice a su hija: «¡Cubre a esa negra!». Yo hice como si no lo hubiera oído, y la otra chica sonrió con sorna. De buena gana la habría tumbado allí mismo, delante de su padre, para que lo viera, pero me controlé. Me lo tragué. Y una vez, cuando estaba en primero, olvidé el libro de Lengua en las gradas a la hora del almuerzo y, cuando volví a buscarlo, alguien había metido una nota que decía LA NOVIA DE BUCKWHEAT. Eso también me lo tragué. Las cosas pueden ir bien durante días, durante semanas, incluso, y de pronto tienes que tragarte algo. A mis padres les pasa lo mismo, lo sé. Quizá sea distinto para Jerome en Harvard, pero seguro que a veces hasta él tiene que tragárselo.

Holly le aprieta la mano, aunque guarda silencio.

—Yo no soy *casi negra*, pero eso decía la voz, sólo porque no me crie en un edificio de departamentos con un padre maltratador y una madre drogadicta. Porque nunca he comido kale, y ni siquiera sé qué es exactamente. Porque digo *bacalao* en lugar de *bacalado*. Porque en el Low son pobres, y a nosotros nos va bastante bien en Teaberry Lane. Yo tengo mi tarjeta de crédito y voy a una buena escuela, y Jere estudia en Harvard, pero... pero ¿no te das cuenta...? Holly, ¿no te das *cuenta* de que nunca...?

—Nunca has elegido ninguna de esas cosas —dice Holly—. Naciste donde naciste y como naciste, igual que yo. Igual que todo el mundo, de hecho. Y a los dieciséis años no te han pedido que cambies nada más que de ropa.

—¡*Sí!* Y sé que no debería avergonzarme, pero esa voz *hacía* que me avergonzara, que me sintiera como un parásito despreciable, *y todavía no ha desaparecido del todo*. Es como si hubiera dejado un rastro de baba en mi cabeza. Porque yo nunca *había* estado en Lowtown, y aquello es *horrible*, y en comparación con ellos es verdad que soy casi negra, y me da miedo que esa voz no desaparezca nunca y eche a *perder* mi vida.

—Tienes que ahogarla —Holly habla con una certidumbre seca y objetiva.

Barbara la mira con expresión de sorpresa.

Holly asiente.

—Sí. Tienes que ahogar esa voz hasta que muera. Ésa es tu primera misión. Si no cuidas de ti misma, no puedes mejorar. Y si no puedes mejorarte, no mejorarás ninguna otra cosa.

—No puedo volver a la escuela y hacer como si Lowtown no existiera —dice Barbara—. Si quiero vivir, tengo que hacer algo. Por joven que sea, tengo que hacer algo.

—¿Estás pensando en trabajo voluntario de algún tipo?

—No sé en *qué* estoy pensando. No sé qué hay para una chica como yo. Pero pienso averiguarlo. Si implica volver a ese barrio, a mis padres no va a gustarles. Tienes que ayudarme con ellos, Holly. Sé que para ti es difícil, pero *hazme ese favor*. Explícales que necesito que esa voz enmudezca. Incluso si no consigo ahogarla por completo enseguida, quizá al menos pueda obligarla a bajar el volumen.

—De acuerdo —accede Holly, aunque lo teme—. Cuenta con ello —se le ocurre una idea y se anima—. Tendrías que hablar con el chico que te ha apartado de la camioneta de un empujón.

—No sé cómo encontrarlo.

—Bill te ayudará —asegura Holly—. Ahora háblame del juego.

—La consola se ha roto. La camioneta le pasó encima, he visto los restos, y me alegro. Cada vez que cierro los ojos, veo esos peces, especialmente los peces-número de color rosa, y oigo la cancioncilla —la tararea, pero a Holly no le suena.

Entra una enfermera con un carrito de medicamentos. Pregunta a Barbara por su nivel de dolor. Holly se avergüenza de no habérselo preguntado ella misma. En algunos sentidos es una persona muy mala y desconsiderada.

—No lo sé —dice Barbara—. ¿Un cinco, quizá?

La enfermera abre una bandeja de plástico con pastillas y entrega a Barbara un vasito de papel. Contiene dos píldoras blancas.

—Estas pastillas están hechas a medida para el Cinco. Dormirás como un bebé. Al menos hasta que entre a examinarte las pupilas.

Barbara toma las pastillas con un sorbo de agua. La enfermera dice a Holly que debería marcharse pronto para dejar descansar a «nuestra chica».

—Enseguida —responde Holly y, en cuanto se marcha la enfermera, se inclina hacia delante con expresión intensa y un brillo en los ojos—. El juego. ¿Cómo llegó a tus manos, Barb?

—Me lo dio un hombre. Yo estaba en el centro comercial de Birch Street con Hilda Carver.

—¿Y cuándo fue eso?

—Antes de Navidad, pero no mucho antes. Me acuerdo porque aún no había encontrado nada para Jerome y estaba empezando a preocuparme. Vi un saco casual en Banana Republic, pero era carísimo, y él además estará trabajando en la construcción hasta mayo. Cuando uno se dedica a eso, no tiene muchos motivos para ponerse algo así, ¿no?

—Imagino que no.

—El caso es que ese hombre se acercó a nosotras, a Hilda y a mí, mientras comíamos. Se supone que no debemos hablar con desconocidos, pero tampoco es que seamos unas niñas, y además estábamos en la zona de restaurantes, rodeadas de gente por todas partes. Y parecía simpático.

Los peores suelen parecerlo, se dice Holly.

—Llevaba un traje increíble, debía de haberle costado un dinaral, y un maletín. Dijo que se llamaba Myron Zakim y que trabajaba para la empresa Sunrise Solutions. Nos dio su tarjeta. Nos enseñó un par de Zappit... llevaba el maletín lleno... y dijo que podíamos quedarnos uno cada una gratis si rellenábamos un cuestionario y se lo enviábamos. La dirección estaba en el cuestionario. Y en la tarjeta también.

—Por casualidad, ¿no recordarás la dirección?

—No, y tiré la tarjeta. Además, era sólo un apartado postal.

—¿De Nueva York?

Barbara intenta recordar.

—No. De aquí de la ciudad.

—Tomaron los Zappit, pues.

—Sí. No se lo conté a mi madre, porque me habría reñido por hablar con aquel hombre. Rellené el cuestionario y lo mandé. Hilda no, porque su Zappit no funcionaba. Lanzó un solo destello azul y se fundió, así que lo tiró. Dijo, lo recuerdo, que no podías esperar otra cosa cuando alguien te daba algo gratis —Barbara soltó una risita—. Habló como su madre.

—Pero el tuyo sí funcionaba.

—Sí. Era antiguo, pero, o sea... ya sabes, divertido, de una manera tonta. Al principio. Ojalá hubiese estado averiado el mío, así no habría oído la *voz* —se le cierran los ojos, y vuelve a abrirlos lentamente. Sonríe—. ¡Uau! Tengo la sensación de estar flotando.

—No te alejes flotando todavía. ¿Puedes describirme a ese hombre?

—Era blanco y tenía el cabello blanco. Viejo.

—¿Viejo anciano o sólo un poco mayor?

A Barbara se le van vidriando los ojos.

—Más que papá, no tanto como el abuelo.

—¿Unos sesenta? ¿Sesenta y cinco?

—Sí, supongo. De la edad de Bill, más o menos —de repente abre los ojos de par en par—. Ah, ¿sabes qué? Me acuerdo de una cosa. Me pareció un poco raro, y a Hilda, también.

—¿Qué?

—Dijo que se llamaba Myron Zakim, y en la tarjeta ponía Myron Zakim, pero el maletín tenía otras iniciales.

—¿Las recuerdas?

—No... Lo siento... —sin duda se está alejando.

—¿Lo pensarás en cuanto te despiertes, Barb? Entonces tendrás la mente despejada, y podría ser importante.

—Claro...

—Ojalá Hilda no hubiese tirado el suyo —comenta Holly.

No obtiene respuesta, y tampoco la espera; habla sola a menudo. La respiración de Barbara se ha vuelto profunda y lenta. Holly empieza a abrocharse el abrigo.

—Dinah tiene uno —dice Barbara con voz distraída, como si estuviera soñando—. El *suyo* funciona. Juega a Crossy Road... y a Plantas contra Zombies. Se descargó también la trilogía *Divergente* completa, pero dijo que le llegó hecha un desastre.

Holly deja de abotonarse. Conoce a Dinah Scott, la ha visto muchas veces en casa de los Robinson, jugando a juegos de mesa o viendo la tele. Se queda a cenar a menudo. Y babea por Jerome, como todas las amigas de Barbara.

—¿Se lo dio el mismo hombre?

Barbara no contesta. Holly se muerde el labio, no quiere presionarla pero necesita hacerlo, de modo que sacude a Barbara por el hombro y repite la pregunta.

—No —contesta Barbara con la misma voz distraída—. Lo consiguió en internet.

—¿En qué página, Barbara?

Su única respuesta es un ronquido. Barbara ya se ha ido.

25

Holly sabe que los Robinson estarán esperándola en el vestíbulo, así que se apresura a entrar en la tienda de regalos, se oculta tras un expositor de osos de peluche (Holly es una escapista consumada) y telefonea a Bill. Le pregunta si conoce a Dinah Scott, la amiga de Barbara.

—Claro —responde él—. Conozco a casi todas sus amigas. Al menos a las que vienen a casa. Tú también.

—Creo que deberías ir a verla.

—¿Quieres decir esta noche?

—Quiero decir ahora mismo. Tiene un Zappit —Holly respira hondo—. Son peligrosos —no consigue pronunciar lo que está empezando a pensar: que son máquinas del suicidio.

26

En la habitación 217, los camilleros Norm Richard y Kelly Pelham levantan a Brady y lo acuestan en la cama mientras Mavis Rainier supervisa la operación. Norm recoge la consola Zappit del suelo y se queda mirando los peces que nadan en la pantalla.

—¿Por qué no atrapa una pulmonía y se muere, como los demás vegetales? —pregunta Kelly.

—Éste es demasiado terco para morirse —dice Mavis, y entonces ve a Norm con la mirada clavada en los peces en movimiento. Tiene los ojos como platos y la boca completamente abierta.

—Despierta, querubín —dice, y le quita el aparato de un tirón. Pulsa el botón de apagado y lo lanza al cajón superior de la mesita de Brady—. Aún tenemos kilómetros que recorrer antes de ir a la cama.

—¿Eh? —Norm se mira las manos como si esperase seguir viendo el Zappit.

Kelly pregunta a la enfermera Rainier si quiere tomarle la presión a Hartsfield.

—Parece un poco bajo de oxígeno —observa.

Mavis se detiene a pensar y finalmente dice:

—Que se joda.

Se marchan.

27

En Sugar Heights, el barrio más fino de la ciudad, un viejo Chevrolet Malibu con retoques de pintura asciende lentamente hacia una reja cerrada en Lilac Drive. Adornan la cerca metálica, en artísticas letras acaracoladas, las iniciales que Barbara Robinson no ha sido capaz de recordar: *FB*. Chico Z sale de detrás del volante, agitándose en torno a él el viejo abrigo (un agujero en la espalda y otro en la manga izquierda, pobremente remendados con cinta adhesiva). Introduce el código correcto en el panel, y empiezan a abrirse las puertas. Vuelve a subir al coche, busca a tientas bajo el asiento y saca dos objetos. Uno es una botella de plástico, de refresco, cortada por el cuello. La ha rellenado con fibra metálica muy apretada. El otro es un revólver calibre 32. Chico Z introduce el cañón del 32 en el rudimentario silenciador casero —otro invento de Hartsfield— y lo sostiene sobre el regazo. Con la mano libre, conduce el Malibu por el camino de acceso, llano y curvo.

Más adelante se encienden las luces del sensor de movimiento instaladas en el porche.

A su espalda, la cerca se cierra silenciosamente.

AL, EL BIBLIOTECARIO

Brady no tardó en tomar conciencia de que estaba prácticamente acabado en el plano físico. Nació tonto pero luego cambió, como dice el dicho.

Sí, se sometía a fisioterapia —la prescribió el doctor Babineau, y Brady no estaba precisamente en situación de protestar—, pero ésta tenía sus limitaciones. Con el tiempo, logró renquear unos diez metros por el pasillo que algunos pacientes llamaban el Camino de la Tortura, aunque siempre con ayuda de la coordinadora de la Unidad de Rehabilitación, Ursula Haber, la nazi marimacho que la supervisaba.

«Un paso más, señor Hartsfield», exhortaba Haber, y cuando conseguía dar el paso, la muy bruja le pedía otro, y después uno más. Cuando por fin daba permiso a Brady para que se desplomara en su silla de ruedas, temblando y sudoroso, él disfrutaba imaginando que le metía trapos empapados en gasolina por la vagina y les prendía fuego.

«¡Buen trabajo! —exclamaba ella—. ¡*Buen* trabajo!»

Y si Brady alcanzaba a balbucir algo que sonara a «gracias», ella miraba a quienquiera que rondase cerca y sonreía orgullosa.

¡Miren todos! ¡Mi mono adiestrado es capaz de hablar!

Era *capaz* de hablar (más y mejor de lo que ellos sabían) y capaz de renquear a lo largo de diez metros por el Camino de la Tortura. En sus mejores días conseguía comer pudín sin apenas ensuciarse el barbero. Pero no podía vestirse, no podía atarse los zapatos, no podía limpiarse después de cagar, no podía usar siquiera el control remoto (que tan gratos recuerdos le traía de la Cosa Uno y la Cosa Dos de los viejos tiempos) para ver la televisión. Podía sostenerlo, pero su control motor no le permitía ni por asomo accionar los diminutos botones. Si se las arreglaba para pulsar el de encendido, por lo general acababa viendo sólo la pantalla en blanco y el mensaje BUSCANDO SEÑAL. Eso lo sacaba de quicio —en los primeros días de 2012, *todo* lo sacaba de quicio—, pero se cuidaba mucho de exteriorizarlo. La gente se enfadaba por alguna razón, y en principio los vegetales no tenían razones.

A veces lo visitaban los abogados de la fiscalía. Babineau se oponía a esas visitas, aduciendo que entorpecían la evolución del paciente y, por tanto, a largo plazo actuaban contra los intereses de la propia fiscalía; pero no servía de nada.

A veces los abogados llegaban acompañados de algún policía, y en una ocasión un oficial se presentó por su cuenta. Era un gordo estúpido con el cabello muy corto y aire jovial. Como Brady estaba en su silla, el gordo se sentó en la cama. El imbécil contó a Brady que su sobrina había ido al concierto de 'Round Here. «Tenía sólo trece años y ese grupo la volvía loca», explicó, risueño. Todavía risueño, se inclinó sobre su enorme barriga y asestó un puñetazo a Brady en los huevos.

«Un saludito de parte de mi sobrina —dijo el gordo—. ¿Lo has sentido? Espero que sí, amigo.»

Brady lo sintió, pero no tanto como el gordo probablemente esperaba, porque entre la cintura y las rodillas todo le resultaba un tanto impreciso. Algún circuito de su cerebro que en principio controlaba esa zona se había fundido, suponía. Eso en principio era malo, pero tenía su lado bueno cuando uno se veía obligado a aguantar un derechazo en las joyas de la corona. Permaneció inmóvil, inexpresivo. Algo de baba le resbalaba por el mentón. No obstante, registró el nombre del gordo cabrón. Moretti. Lo incorporó a su lista.

Brady tenía una larga lista.

A raíz de aquel primer safari del todo fortuito por el cerebro de Sadie MacDonald, conservó cierto control sobre ella. (Conservó un control mayor sobre el cerebro del camillero idiota, pero las visitas a esa cabeza eran como irse de vacaciones a Lowtown.) En varias ocasiones, Brady consiguió que se acercara a la ventana, el lugar donde había sufrido el ataque epiléptico anterior. Normalmente Sadie se limitaba a echar un vistazo fuera y después continuaba con sus tareas, lo cual era frustrante, pero un día de junio de 2012 padeció otro de esos miniataques. Brady se descubrió mirando de nuevo a través de sus ojos, pero esa vez no se conformó con quedarse en el asiento del pasajero contemplando el paisaje sin más. Esa vez quería conducir.

Sadie alzó las manos y se acarició los pechos. Se los apretó. Brady sintió un leve cosquilleo entre las piernas de la enfermera. Estaba excitándola un poco. Lo consideró interesante, aunque no muy útil.

Pensó en obligarla a darse media vuelta y salir de la habitación. Alejarse por el pasillo. Beber agua. Sería su silla de ruedas orgánica. Pero ¿y si le hablaban? ¿Qué contestaría él? ¿O si Sadie recuperaba el control al apartarse de los destellos del sol y empezaba a gritar que Hartsfield estaba dentro de ella? La tomarían por loca. Tal vez la dieran de baja. En ese caso, Brady perdería su acceso a ella.

Optó, pues, por ahondar en su mente, observando aquellos peces-pensamiento que se desplazaban rápidamente de acá para allá. Ahora resultaban más nítidos, pero carecían de interés.

Uno, sin embargo… el rojo…

Cobró forma en cuanto Brady pensó en él, porque estaba haciendo que *ella* pensara en él.

Un pez rojo y grande.

Un pez padre.

Brady tendió la mano y lo atrapó. Fue fácil. Su cuerpo era prácticamente inservible, pero dentro de la mente de Sadie tenía la agilidad de una bailarina. El pez padre había abusado de ella con frecuencia cuando era niña, entre los seis y los once años. Al principio fueron sólo tocamientos, pero un día la violó. Sadie se lo contó a una profesora de la escuela, y apresaron al padre. Se suicidó cuando estaba en libertad bajo fianza.

Básicamente por diversión, Brady empezó a soltar sus propios peces en el acuario de la mente de Sadie MacDonald: pequeños peces globo venenosos, que eran poco más que exageraciones de los pensamientos que ella misma albergaba en la zona de penumbra existente entre la mente consciente y el subconsciente.

Que ella había provocado a su padre.

Que en realidad había *disfrutado* de sus atenciones.

Que era responsable de su muerte.

Que, visto desde esa perspectiva, no había sido suicidio en absoluto. Visto desde esa perspectiva, ella lo había asesinado.

Sadie se sacudió con violencia, llevándose las manos a los lados de la cabeza, y se apartó de la ventana. Brady sintió aquel nauseabundo instante de vértigo y aturdimiento al ser expulsado de su mente. Pálida y consternada, lo miró.

«Creo que he perdido el conocimiento uno o dos segundos —comentó, y luego dejó escapar una risa trémula—. Pero no se lo dirás a nadie, ¿verdad, Brady?»

Claro que no, y después de eso le resultó cada vez más fácil penetrar en su mente. Ella ya no tenía que estar mirando el sol reflejado en los parabrisas al otro lado de la calle; bastaba con que entrara en la habitación. Estaba adelgazando. Su modesta belleza se marchitaba. A veces llevaba el uniforme sucio, y a veces, las medias rotas. Brady siguió soltando sus cargas de profundidad: «Tú lo provocaste, disfrutaste, fuiste la responsable, no mereces vivir».

En fin, era algo que hacer.

A veces el hospital recibía regalos, y en septiembre de 2012 llegó una docena de videoconsolas Zappit, procedentes de la empresa que las fabricaba o de alguna organización benéfica. En administración las asignaron a la pequeña biblioteca contigua a la capilla no confesional del hospital. Allí un camillero las examinó y decidió que eran absurdas y estaban anticuadas, y las dejó en un estante del fondo. Fue donde Al Brooks, alias el Bibliotecario, las encontró en noviembre, y se quedó una.

Al se lo pasaba bien con algunos juegos, como uno en el que había que llevar a Pitfall Harry sin percances por un recorrido salpicado de grietas y serpientes venenosas, pero su preferido era Pesca en el Hielo. No por el juego en sí, el cual era una idiotez, sino por el video demostrativo. Imaginaba que se reirían de él, pero para Al no era ninguna broma. Cuando se disgustaba por alguna razón (si su hermano le reprochaba a gritos que no hubiera sacado la basura para la recogida del jueves por la mañana o si su hija lo llamaba malhumorada desde Oklahoma City), aquellos peces en lento movimiento y la sencilla melodía siempre lo apaciguaban. A veces perdía la noción del tiempo. Era asombroso.

Una noche, no mucho antes de que 2012 diera paso a 2013, a Al se le ocurrió algo. Hartsfield, el paciente de la 217, no era capaz de leer y no había mostrado ningún interés por los libros ni por la música en CD. Si le ponían unos audífonos, se los quitaba a manotazos, como si lo agobiaran. También sería incapaz de manejar los pequeños botones situados debajo de la pantalla del Zappit, pero podía mirar el video de Pesca en el Hielo. Quizá le gustara, y si no ése, alguno de los otros. Si era así, tal vez gustara también a otros pacientes (en honor a la verdad, había que decir que Al nunca pensaba en ellos como en vegetales), lo cual sería bueno, porque algunos de los enfermos con daños cerebrales internados en el Casco tenían arrebatos de violencia de vez en cuando. Si aquellos videos los serenaban, los médicos, las enfermeras y los camilleros —incluso los conserjes— vivirían más tranquilos.

Quizá incluso consiguiera una gratificación. Probablemente no ocurriría, pero siempre podía soñar.

Entró en la habitación 217 una tarde de inicios de diciembre de 2012, poco después de que se marchara el único visitante asiduo de Hartsfield. Era un tal Hodges, exinspector de policía, que había desempeñado un papel decisivo en la captura de Hartsfield, si bien no había sido él quien le golpeara en la cabeza y le causara daños cerebrales.

Las visitas de Hodges alteraban a Hartsfield. Cuando se iba, en la 217 empezaban a caerse cosas, se abría y se cerraba la regadera, y a veces la puerta del cuarto de baño también se abría y se cerraba con brusquedad. Las enfermeras habían visto esas cosas y estaban convencidas de que el causante era Hartsfield, pero el doctor Babineau se lo tomaba a risa. Sostenía que era precisamente la clase de desvarío histérico que se adueñaba de ciertas mujeres (pese a que en el Casco también había varios hombres que realizaban labores de enfermería). Al sabía que los rumores eran ciertos, porque él mismo había presenciado varias manifestaciones y no se consideraba una persona histérica. Todo lo contrario.

En una ocasión memorable pasaba por delante de la habitación de Hartsfield cuando oyó algo en el interior, abrió la puerta y vio que las persianas bailaban una especie de danza frenética. Fue poco después de una visita de Hodges. Las persianas tardaron casi treinta segundos en quedarse quietas.

Aunque Al procuraba mostrarse cordial —con todo el mundo—, no tenía un buen concepto de Bill Hodges. Ese hombre parecía regodearse del estado de Hartsfield. Disfrutar con ello. Al sabía que Hartsfield era un mal tipo que había asesinado a inocentes, pero ¿qué más daba cuando el hombre que había cometido semejantes actos ya no existía? Lo que quedaba de él era poco más que un cascarón. ¿Qué más daba, pues, si era capaz de agitar las persianas o abrir y cerrar algunas llaves? Esas cosas no hacían daño a nadie.

«Hola, señor Hartsfield —dijo Al aquella noche de diciembre—. Le he traído una cosa. Espero que le eche un vistazo.»

Encendió el Zappit y tocó la pantalla para activar Pesca en el Hielo. Los peces empezaron a nadar y la melodía empezó a sonar. Como siempre, Al se sintió apaciguado y disfrutó un momento de la sensación. Antes de que diera la vuelta a la consola para que Hartsfield la viera, descubrió de pronto que se hallaba en el ala A, en la otra punta del hospital, empujando el carrito de la biblioteca.

El Zappit había desaparecido.

Debería haberlo inquietado, pero no fue así. Se le antojó lo más normal del mundo. Aunque estaba un poco cansado y tenía la sensación de que le costaba poner en orden sus pensamientos, por lo demás se encontraba bien. A gusto. Se miró la mano izquierda y vio que se había dibujado una Z enorme en el dorso con el bolígrafo que llevaba siempre en el bolsillo del traje sanitario.

Z de Chico Z, pensó, y se echó a reír.

Brady no tomó la decisión de introducirse en Al el Bibliotecario; segundos después de que aquel vejestorio mirara la consola que sostenía, Brady estaba dentro. Tampoco se sentía como un intruso en la cabeza del bibliotecario. En ese momento, aquel cuerpo le pertenecía en igual medida que le habría pertenecido un sedán de Hertz mientras quisiera conducirlo.

El núcleo de la consciencia del bibliotecario seguía allí —en algún sitio—, pero no era más que un zumbido tranquilizador, como el sonido de una caldera en el sótano un día frío. Aun así, Brady tenía acceso a todos los recuerdos y a todo el conocimiento almacenado de Alvin Brooks. De esto último había bastante, porque antes de retirarse de su empleo a jornada completa, a los cincuenta y ocho años, había sido electricista, conocido por entonces como Destello Brooks en lugar de Al el Bibliotecario. Si Brady hubiese querido recablear una instalación eléctrica, habría podido hacerlo sin problemas, si bien imaginaba que era poco probable que siguiera poseyendo esa aptitud al regresar a su propio cuerpo.

Pensar en su cuerpo lo alarmó y se inclinó hacia el hombre desplomado en la silla. Tenía los párpados casi cerrados, y sólo se le veía el blanco del ojo. Le asomaba la lengua por la comisura de los labios. Brady apoyó una mano nudosa en el pecho de Brady y percibió el lento movimiento ascendente y descendente. Bueno, por *ese lado* no había problema, pero, Dios santo, tenía un aspecto *espantoso*. Un esqueleto envuelto en piel. A eso lo había reducido Hodges.

Abandonó la habitación y se paseó por el hospital con una peculiar sensación de euforia desenfrenada. Sonreía a todo el mundo. No podía contenerse. Con Sadie MacDonald le había dado miedo equivocarse. Ahora todavía le pasaba, pero no tanto. Era mejor. Al el Bibliotecario le venía como anillo al dedo. Cuando pasó junto a Anna Corey, la jefa del servicio de limpieza del ala A, le preguntó cómo llevaba su marido la radioterapia. La mujer le contestó que Ellis se encontraba bastante bien, dadas las circunstancias, y le dio las gracias por su interés.

En el vestíbulo, dejó el carrito delante del baño de hombres, entró, se sentó en el inodoro y examinó el Zappit. En cuanto vio los peces en movimiento, comprendió qué debía de haber ocurrido. Los idiotas que habían creado el juego en cuestión habían creado también, sin duda por azar, un efecto hipnótico. No todo el mundo sería vulnerable a él, pero Brady pensó que mucha gente sí, y no sólo aquéllos propensos a leves ataques de epilepsia, como Sadie MacDonald.

Por lo que había leído en su sala de control del sótano, sabía que había consolas electrónicas y máquinas de juegos que podían desencadenar ataques epilépticos o leves estados hipnóticos en personas totalmente normales, por lo que los fabricantes incluían una advertencia (en una letra pequeñísima) en los manuales de instrucciones: «No juegue durante períodos prolongados, no se coloque a menos de un metro de la pantalla, no juegue si tiene antecedentes de epilepsia».

Ese efecto no se limitaba a los videojuegos. Habían prohibido al menos un episodio de la serie de dibujos animados *Pokémon* inmediatamente después de que miles de niños se quejaran de dolor de cabeza, visión borrosa, náuseas y ataques. Se creía que la causa era una secuencia en la que se disparaban sucesivos misiles, creando un efecto estroboscópico. Alguna combinación de los peces en movimiento y la sencilla melodía actuaba del mismo modo. Brady no se explicaba que la empresa que fabricaba las consolas Zappit no hubiese recibido un aluvión de quejas. Más tarde descubrió que *sí* se habían producido quejas, pero no muchas. Llegó a la conclusión de que era por dos motivos. En primer lugar, aquel juego, Pesca en el Hielo, no ejercía el mismo efecto. En segundo lugar, esas videoconsolas Zappit apenas se vendieron. Eran lo que, en la jerga del comercio de aparatos electrónicos, se conocía como «ladrillo».

Sin dejar de empujar el carrito, el hombre que ocupaba el cuerpo de Al el Bibliotecario regresó a la habitación 217 y dejó el Zappit en la mesita junto a la cama: merecía mayor estudio y reflexión. Después (y no sin lamentarlo) Brady salió de Al Brooks el Bibliotecario. Experimentó ese momento de vértigo y acto seguido ya no miraba hacia abajo, sino hacia arriba. Sentía curiosidad por ver qué sucedía a continuación.

En un primer momento Al el Bibliotecario permaneció allí inmóvil sin más, un mueble con apariencia humana. Brady alargó la mano izquierda invisible y le dio una palmada en la mejilla. Luego intentó acceder a la mente de Al, esperando encontrarla cerrada a él, como la de la enfermera MacDonald en cuanto salió de su estado de fuga.

Pero la puerta estaba abierta de par en par.

La consciencia de Al había regresado, aunque era algo menor. Brady sospechó que una parte había quedado ahogada por su presencia. ¿Y qué? La gente mataba neuronas cuando bebía en exceso, pero tenían un montón de repuesto. Lo mismo aplicaba para Al. Cuando menos de momento.

Brady vio la Z que había dibujado en el dorso de la mano de Al —sin razón alguna, sólo porque podía— y habló sin abrir la boca.

«Eh, Chico Z. En marcha. Sal de aquí. Ve al ala A. Pero no hables de esto, ¿quieres?»

—¿Hablar de qué? —preguntó Al, con aire perplejo.

Brady asintió todo lo bien que pudo asentir y sonrió todo lo bien que pudo sonreír. Ya estaba deseando volver a entrar en Al. El cuerpo del hombre era viejo, pero al menos *funcionaba*.

«Exacto —dijo al Chico Z—. Hablar de qué.»

El año 2012 dio paso a 2013. Brady perdió interés en intentar fortalecer sus músculos telequinésicos. De hecho, ya no tenía la menor utilidad desde que disponía de Al. Cada vez que entraba en él su poder aumentaba, su control mejoraba. Dirigir a Al era como dirigir uno de esos drones que utilizaban los militares para vigilar a los musulmanes en Afganistán... y para freír vivos a sus cabecillas a golpe de bomba.

Una delicia, la verdad.

Una vez, por medio de Chico Z, enseñó al viejo Ins. Ret. un Zappit con la esperanza de que Hodges quedara fascinado con el video de Pesca en el Hielo. Estar dentro de Hodges sería extraordinario. Con carácter de máxima prioridad, Brady tomaría un lápiz y le sacaría los ojos al viejo Ins. Ret. Pero Hodges se limitó a mirar la pantalla y devolver el aparato a Al el Bibliotecario.

Brady lo intentó de nuevo al cabo de unos días, esa vez con Denise Woods, la fisioterapeuta externa que acudía a su habitación dos veces por semana para que ejercitara los brazos y las piernas. Tomó la consola cuando Chico Z se la entregó y se quedó mirando los peces en movimiento bastante más tiempo que Hodges. Ocurrió *algo*, pero no fue suficiente. Tratar de entrar en ella fue como empujar un firme diafragma de goma: cedió un poco, lo suficiente para que Brady alcanzara a verla dar huevos revueltos a su hijo pequeño en su sillita, pero luego lo expulsó de un empujón.

Devolvió el Zappit a Chico Z y dijo: «Tiene razón, son unos peces preciosos. ¿Por qué no se va ahora a repartir unos cuantos libros, Al, y nos deja a Brady y a mí trabajar en esas latosas rodillas suyas?».

Así era, pues. Con otros, no disponía del mismo acceso instantáneo que con Al, y sólo tuvo que reflexionar un poco para comprender la razón. Al estaba previamente condicionado con respecto al video demostrativo de Pesca en el Hielo, lo había visto docenas de veces antes de llevar su Zappit a Brady. Era una diferencia vital y le supuso una decepción aplastante. Brady había imaginado que tendría docenas de drones entre los que elegir, pero no sucedería a menos que hubiese una manera de modificar el Zappit y potenciar el efecto hipnótico. ¿Cabría la posibilidad?

Por su experiencia pasada en la manipulación de toda clase de dispositivos —la Cosa Uno y la Cosa Dos, sin ir más lejos—, Brady creía que sí. El Zappit iba provisto de wifi, al fin y al cabo, y el wifi era el mejor amigo del hacker. ¿Y si, por ejemplo, programaba destellos sucesivos? ¿Una especie de luz estroboscópica, como la que había trastocado los cerebros de aquellos niños expuestos a la secuencia de los misiles en el episodio de *Pokémon*?

La luz estroboscópica podía cumplir también otra función. Cuando Brady cursaba en la universidad pública una asignatura llamada Computación del Futuro (justo antes de abandonar los estudios para siempre), encargaron a su clase la lectura de un extenso informe de la CIA, publicado en 1995 y desclasificado poco después del 11-S. Se titulaba «Las posibilidades operacionales de la percepción subliminal» y explicaba que las computadoras podían programarse para transmitir mensajes con tal rapidez que el cerebro no los reconocía como tales, sino como pensamientos originales. ¿Y si conseguía incorporar un mensaje esas características a un destello estroboscópico? AHORA DUERME, TODO EN ORDEN, por ejemplo, o quizá RELÁJATE, sin más. Brady pensó que algo así, ligado al poder hipnótico que ya poseía el video, sería muy eficaz. Podía equivocarse, por supuesto, pero habría dado esa mano derecha prácticamente inútil por averiguarlo.

Dudaba que llegara a conseguirlo, porque había dos problemas en apariencia insalvables. Uno estaba en lograr que la gente observara el video el tiempo necesario para que se produjera el efecto hipnótico. El otro era más básico: ¿cómo demonios iba a modificar él *nada*? No tenía acceso a una computadora, y aunque lo tuviera, ¿de qué le serviría? ¡Ni siquiera era capaz de atarse los cordones de los putos zapatos! Se planteó utilizar a Chico Z, pero descartó la idea casi de inmediato. Al Brooks vivía con su hermano y la familia de éste, y si de repente Al empezaba a exhibir conocimientos y aptitudes avanzados en informática, habría preguntas. Y más en vista de que ya las había, porque Al estaba cada vez más ausente y un tanto raro. Debían de pensar, suponía Brady, que eran los primeros indicios de senilidad, lo cual no andaba muy lejos de la realidad.

A fin de cuentas, al parecer, Chico Z estaba quedándose sin neuronas de repuesto.

Brady se deprimió. Había llegado a ese punto, que tan bien conocía, en que sus brillantes ideas chocaban de frente con la gris realidad. Había ocurrido con la aspiradora Rolla; había ocurrido con su dispositivo para el retroceso de vehículos asistido por computadora; había ocurrido con su monitor de televisión programable y motorizado que revolucionaria la seguridad doméstica. Sus ideas geniales siempre quedaban en nada.

Con todo, tenía un dron humano que manejar, y después de una visita de Hodges especialmente indignante, decidió que tal vez le levantara el ánimo poner a su dron a trabajar. Así pues, Chico Z visitó un cibercafé a una o dos manzanas del hospital, y al cabo de cinco minutos ante la computadora (Brady no cabía en sí de júbilo sólo de verse delante de una pantalla de nuevo), descubrió dónde vivía Anthony Moretti, también conocido como el gordo imbécil que daba puñetazos en los testículos. Al marcharse del cibercafé, Brady dirigió a Chico Z hasta una tienda de excedentes del ejército y compró un machete.

Al día siguiente, Moretti salió de su casa y encontró un perro muerto sobre el tapete de bienvenida. Degollado. Escrito con sangre de perro en el parabrisas de su coche, se leía: TU MUJER Y TUS HIJOS SERÁN LOS SIGUIENTES.

Hacer eso —ser *capaz* de hacer eso— animó a Brady. El ajuste de cuentas es duro, pensó, y yo un cabrón.

A veces fantaseaba con la posibilidad de enviar a Chico Z por Hodges para darle un disparo en el vientre. ¡Qué placer sería quedarse viendo al Ins. Ret. estremecerse y gemir mientras se le escapaba la vida entre los dedos!

Sería extraordinario, pero Brady perdería su dron, y Al, una vez detenido, podía conducir a la policía hasta él. Había otra cuestión, además, una cuestión aún más importante: *no le bastaría*. Le debía a Hodges algo más que una bala en el vientre seguida de diez o quince minutos de sufrimiento. Mucho más. Hodges necesitaba vivir, respirar aire tóxico dentro de una bolsa de culpa de la que no hubiera escapatoria. Hasta que ya no lo soportara más y se suicidara.

Ése había sido el plan original, en los viejos tiempos.

Pero no es posible, pensó Brady. Nada de esto es posible. Tengo a Chico Z —que acabará en una residencia de ancianos si sigue por el mismo camino— y puedo agitar las persianas con mi mano fantasma. Nada más. Ahí acaba todo.

Sin embargo, un día, en verano de 2013, un rayo de luz traspasó el desaliento gris en que vivía. Tuvo una visita. Una de verdad, ni de Hodges ni de algún tipo trajeado de la fiscalía sin otro interés que comprobar si, por arte de magia, había mejorado lo suficiente para someterse a juicio por una docena de delitos distintos, encabezados por ocho cargos de homicidio doloso en el Centro Cívico.

Llamaron a la puerta con suavidad, y asomó la cabeza Becky Helmington.

—¿Brady? Hay aquí una joven que quiere verte. Dice que trabajaba contigo, y te ha traído algo. ¿Quieres verla?

Brady pensó que sólo podía tratarse de una persona. Se planteó negarse, pero, además de la malevolencia, había recuperado la curiosidad (tal vez hasta fueran la misma cosa). Respondió con uno de sus lánguidos gestos de asentimiento e hizo un esfuerzo para apartarse el cabello de los ojos.

Su visitante entró un tanto cohibida, como si pudiera haber bombas ocultas bajo el suelo. Lucía un vestido. Brady nunca la había visto con vestido; de hecho, le extrañaba que tuviera uno siquiera. Pero aún llevaba el pelo muy corto, al rape, y mal cortado, tal como cuando trabajaban juntos en la Ciberpatrulla de Discount Electronix, y seguía siendo tan plana como una tabla. Recordó el chiste de un humorista: «Si no tener tetas sirve para triunfar, Cameron Diaz va a rondar por aquí mucho tiempo». Pero se había empolvado un poco la cara para cubrir el acné (asombroso) e incluso se había aplicado un toque de labial (más asombroso aún). Llevaba un paquete envuelto en la mano.

—Eh, amigo —saludó Freddi Linklatter con una timidez insólita—. ¿Qué tal?

Eso abrió las puertas a todo tipo de posibilidades.

Brady hizo lo posible por sonreír.

MALCONCIERTO.COM

1

Cora Babineau se pasa una toalla con monograma por la nuca y mira ceñuda el monitor del gimnasio del sótano. No ha hecho más que siete de los diez kilómetros en la cinta de correr, detesta que la interrumpan, y el sujeto raro ha vuelto.

Cling-clong, suena el timbre, y presta atención con la esperanza de oír los pasos de su marido en el piso de arriba, pero no se oye nada. En el monitor, el viejo del abrigo raído —parece uno de esos mendigos que se plantan en las calles con carteles en los que se leen cosas como PASO HAMBRE, NO TENGO TRABAJO, SOY VETERANO DEL EJÉRCITO, AYÚDE-ME, POR FAVOR— sigue ahí inmóvil.

—Maldita sea —masculla, y para la cinta. Sube por la esca-lera, abre la puerta que da al pasillo de atrás y, alzando la voz, exclama—: *¡Felix! ¡Es ese amigo tuyo tan raro! ¡Ese Al!*

No hay respuesta. Él vuelve a estar en su despacho, posible-mente absorto en ese aparato de juegos que, por lo visto, lo tiene fascinado. Las primeras veces que mencionó esa nueva extraña obsesión de su marido a sus amigos del club campestre fue en broma. Ahora ya no le ve la gracia. Felix ha cumplido sesenta y tres años, demasiados para videojuegos infantiles y no tantos para haberse vuelto tan olvidadizo, y Cora empieza a pregun-tarse si serán los primeros síntomas de un Alzheimer de inicio precoz. También se le ha pasado por la cabeza la posibilidad de que el amigo raro de Felix sea traficante o algo por el estilo, pero

¿el tipo no es demasiado viejo para esas cosas? Y si su marido quiere drogas, sin duda puede autoabastecerse; según Félix, el cincuenta por ciento de los médicos del Kiner se pasan al menos la mitad del tiempo drogados.

Cling-clong, suena el timbre.

—Por todos los santos —dice, y va a abrir ella misma, más airada a cada paso.

Es una mujer alta y enjuta, cuyas formas femeninas casi se han desdibujado a fuerza de ejercicio. Conserva el bronceado de golfista incluso en lo más crudo del invierno, degradado a una tonalidad amarillenta que le confiere aspecto de enferma de hepatitis crónica.

Abre la puerta. La noche de enero irrumpe, helándole el rostro y los brazos sudorosos.

—Creo que me gustaría saber quién es usted —dice— y qué se trae entre manos con mi marido. ¿Sería mucho pedir?

—En absoluto, señora Babineau —responde él—. A veces soy Al. A veces soy Chico Z. Esta noche soy Brady, y vaya si es un placer salir a la calle, incluso en una noche tan fría como ésta.

Ella le mira la mano.

—¿Qué lleva en ese frasco?

—El fin a todos sus problemas —afirma el hombre del abrigo remendado, y se oye una detonación amortiguada.

El fondo de la botella de refresco revienta y vuela en pedazos, junto con las hebras chamuscadas de la fibra metálica, que flotan en el aire como pelusa de algodoncillo.

Cora nota que algo la golpea justo por debajo del seno izquierdo, encogido de frío, y piensa: Este cabrón, el muy hijo de puta, acaba de darme un puñetazo. Intenta tomar aire y al principio no puede. Se nota el pecho extrañamente muerto; una sensación de calor empieza a propagarse por encima de la cinturilla elástica de su pantalón de ejercicio. Baja la vista, intentando aún tomar esa importantísima bocanada de aire, y ve una mancha que se extiende por el nailon azul.

Alza la vista para mirar al vejestorio plantado en la puerta. Sostiene los restos de la botella como si fuera un regalo, un obsequio modesto para compensar su visita sin previo aviso a las ocho de la noche. Lo que queda de la fibra metálica asoma como una flor tostada. Por fin consigue respirar, pero es básicamente líquido. Salpica sangre al toser.

El hombre del abrigo entra en la casa y cierra la puerta a su espalda. Deja caer la botella. Luego empuja a Cora, la cual retrocede, tambaleante, derriba un jarrón ornamental colocado junto al perchero y se desploma. El jarrón se hace añicos contra el parquet de madera natural como una bomba. Ella da otra bocanada líquida —estoy ahogándome, piensa, ahogándome aquí en mi recibidor— y tose de nuevo con otro salpicón rojo.

—¿Cora? —llama Babineau desde algún lugar en las profundidades de la casa. Habla como si acabara de despertar—. Cora, ¿estás bien?

Brady levanta el pie de Al el Bibliotecario y, con cuidado, apoya el basto zapato negro de Al el Bibliotecario en los forzados tendones de la garganta descarnada de Cora Babineau. De su boca sigue manando sangre, que ahora le motea las mejillas, curtidas por el sol. Él pisa con fuerza. Se oye un crujido cuando algo se parte dentro de ella. Los ojos se le salen de las órbitas… se le salen más aún… y luego quedan vidriosos.

—Vaya aguante —comenta Brady, casi con afecto.

Se abre una puerta. Los pasos de unos pies calzados con sandalias se acercan rápidamente, y al cabo de un momento aparece Babineau. Viste bata sobre un ridículo pijama de seda al estilo Hugh Hefner. Tiene revuelta la mata de cabello plateada, de la que suele enorgullecerse. El vello de las mejillas se ha convertido en una barba incipiente. Sostiene en la mano una consola Zappit verde que emite la sencilla melodía de Pesca en el Hielo: «Bajo el mar, bajo el mar, bajo el precioso mar». Clava la vista en su mujer, que yace en el suelo del recibidor.

—Para ella se acabó el ejercicio —comenta Brady con el mismo tono afectuoso.

—*¿Qué has HECHO?* —exclama Babineau, como si no fuera evidente.

Corre hacia Cora y hace ademán de arrodillarse a su lado, pero Brady lo agarra por la axila y tira de él hacia atrás. Al el Bibliotecario no es ni remotamente un titán a lo Charles Atlas, pero es mucho más fuerte que el cuerpo consumido de la habitación 217.

—No hay tiempo para eso —dice Brady—. La chica, Robinson, está viva, lo que requiere un cambio de planes.

Babineau fija la mirada en él, intentando poner en orden sus pensamientos, pero se le resisten. Su mente, tiempo atrás tan aguda, ha perdido su genio, y la culpa es de este hombre.

—Mira los peces —insta Brady—. Tú mira los tuyos, y yo miraré los míos. Los dos nos sentiremos mejor.

—No —contesta Babineau. Quiere mirar los peces, ahora siempre quiere mirarlos, pero le da miedo.

Brady se propone verter su mente en la cabeza de Babineau como una especie de agua extraña, y cada vez que ocurre, mengua el yo esencial del doctor.

—Sí —dice Brady—. Esta noche tienes que ser el Doctor Z.

—¡Me niego!

—No estás en condiciones de negarte. Esto empieza a irse al carajo. La policía no tardará en llamar a tu puerta. O Hodges, y eso sería peor todavía. No va a leerte tus derechos; te golpeará con su garrote de fabricación casera, así sin más. Porque es un hijo de puta en toda regla. Y porque tenías razón. Lo *sabe*.

—No quiero… no puedo… —Babineau mira a su esposa. Dios, esos ojos. Esos ojos salidos de las órbitas—. La policía nunca creería… ¡Soy un médico respetado! ¡Llevábamos treinta y cinco años casados!

—Hodges sí lo creerá. Y cuando Hodges hinca el diente, se convierte en el puto Wyatt Earp. Le enseñará a esa Robinson tu foto. Ella la mirará y dirá: «Ah, sí, ése es el hombre que me dio el Zappit en el centro comercial». Y si le diste un Zappit a ella, seguramente le diste otro a Janice Ellerton. ¡Ay! ¡Y no nos olvidemos de Scapelli!

Babineau lo mira fijamente, intentando asimilar el desastre.

—Además, están los fármacos que me administraste. Puede que Hodges ya lo sepa, porque le cuesta poco recurrir al soborno y casi todas las enfermeras del Casco están al tanto. Es un secreto a voces, porque nunca te has esforzado mucho en esconderlo —Brady mueve la cabeza de Al el Bibliotecario en un gesto pesaroso—. Esa arrogancia tuya...

—¡Vitaminas! —Babineau no consigue articular nada más.

—Eso no se lo creerá ni la policía si reclaman tus archivos como evidencia y examinan las computadoras —Brady observa el cuerpo desmadejado de Cora Babineau—. Y está lo de tu esposa, claro. ¿Cómo piensas explicar esto?

—Ojalá hubieras muerto antes de llegar al hospital —dice Babineau. Su voz es cada vez más aguda, casi un gimoteo—. O en la mesa de operaciones. ¡Eres un *Frankenstein*!

—No confundas al monstruo con el creador —responde Brady, aunque en realidad no reconoce apenas mérito a Babineau en el apartado de creación. El fármaco experimental del doctor B tal vez tenga algo que ver con sus nuevas facultades, pero guarda poca o ninguna relación con su restablecimiento. Está convencido de que eso es obra suya. Un acto de pura fuerza de voluntad—. Entretanto, tenemos que hacer una visita, y no nos conviene llegar tarde.

—Al hombre-mujer —existe una palabra para eso, Babineau la conocía, pero la ha olvidado. Como el nombre de la persona en cuestión. O lo que ha cenado esa noche. Cada vez que Brady entra en su cabeza, se lleva un poco más al marcharse. La memoria de Babineau. Sus conocimientos. Su *yo*.

—Exacto, el hombre-mujer. O por darle un nombre científico a su inclinación sexual, *Rollus bollus*.

—No —el gimoteo se ha convertido en un susurro—. Yo me quedo aquí.

Brady levanta el arma, con el cañón ahora visible entre los restos hechos trizas del silenciador improvisado.

—Si de verdad crees que te necesito, estás cometiendo el peor error de tu vida. Y el último.

Babineau guarda silencio. Esto es una pesadilla, y pronto despertará.

—Obedece o la mujer de la limpieza te encontrará mañana muerto al lado de tu esposa, víctimas desafortunadas de un robo. Yo preferiría terminar lo mío como Doctor Z... tu cuerpo es diez años más joven que el de Brooks, y no estás en mala forma... pero haré lo que tenga que hacer. Además, dejarte a merced de Kermit Hodges sería una crueldad de mi parte. Es malo, Felix. Ni te lo imaginas.

Babineau mira al anciano del abrigo remendado y ve a Hartsfield mirarlo desde los acuosos ojos azules de Al el Bibliotecario. Babineau tiene los labios temblorosos y húmedos de saliva. Se le anegan los ojos en lágrimas. Brady piensa que el gran Babs, con el cabello blanco alborotado en torno a la cabeza como ahora, parece Albert Einstein en aquella foto en la que el famoso físico saca la lengua.

—¿Cómo me he metido en esto? —pregunta lloriqueando.

—Como todo el mundo se mete en todo —dice Brady sin levantar la voz—. Paso a paso.

—¿Por qué fuiste tras esa chica? —prorrumpe Babineau.

—Fue un error —responde Brady. Es más fácil admitir eso que la verdad: por impaciencia. Quería que la hermana del puto jardinero negro fuese la primera antes de que otras muertes restaran importancia a la suya—. Ahora déjate de estupideces y mira los pececitos. Lo estás deseando, lo sabes.

Y así es. Eso es lo peor. A pesar de todo lo que Babineau sabe ya, lo está deseando.

Mira los peces. Escucha la melodía.

Al cabo de un rato, entra en el dormitorio para vestirse y sacar dinero de la caja fuerte. Hace un último alto antes de marcharse. El botiquín del cuarto de baño está bien abastecido, tanto en el lado de ella como en el de él.

Por el momento, deja el viejo Malibu donde está y se lleva el BMW de Babineau. También deja ahí a Al el Bibliotecario, que se ha quedado dormido en el sofá.

2

En torno a la hora en que Cora Babineau abre la puerta de su casa por última vez, Hodges está sentado en la sala de la familia Scott en Allgood Place, a una manzana de Teaberry Lane, donde viven los Robinson. Ha tomado un par de analgésicos antes de salir del coche y no se encuentra mal, dadas las circunstancias.

Dinah Scott está sentada en el sofá, flanqueada por sus padres. Esta noche aparenta bastante más de los quince años que tiene, porque acaba de regresar de un ensayo en la escuela del Lado Norte, donde pronto representará *The Fantasticks* con el grupo de teatro. Interpreta a Luisa, ha contado Angie Scott a Hodges, todo un papelazo. (Dinah alza la vista al techo ante este comentario.) Hodges, enfrente, ocupa un La-Z-Boy muy parecido al que tiene él en su sala. Por lo hundido que está el asiento, deduce que es donde Carl Scott suele acomodarse por las noches.

En la mesita de centro, delante del sofá, hay un Zappit de color verde vivo. Dinah lo ha traído de su habitación enseguida, de lo que Hodges deduce que no se hallaba enterrado bajo los artículos deportivos en el fondo del armario ni debajo de la cama, entre el polvo. Tampoco había quedado olvidado en su casillero de la escuela. No, lo tenía guardado donde podía echarle mano en el acto. Lo que significa que, anticuado o no, ha estado utilizándolo.

—He venido a petición de Barbara Robinson —anuncia—. Hoy la ha atropellado una camioneta…

—Dios mío —exclama Dinah, que se lleva una mano a la boca.

—Está bien —añade Hodges—. Sólo se ha roto una pierna. Se quedará esta noche en observación, pero mañana volverá a casa y posiblemente la semana que viene ya vaya a clase. Podrás firmarle el yeso, si es que los chicos todavía hacen eso.

Angie rodea los hombros de su hija con el brazo.

—¿Qué tiene eso que ver con la consola de Dinah?

—Bueno, Barbara tenía una y le ha dado una descarga —por lo que Holly le ha explicado mientras se dirigían hacia allí en el coche, no es del todo falso—. En ese momento estaba cruzando una calle, se ha desorientado por un segundo, y pum. Un chico la ha apartado de un empujón, si no habría sido mucho peor.

—Dios santo —dice Carl.

Hodges se inclina hacia delante y mira a Dinah.

—No sé cuántos de esos aparatos son defectuosos, pero por lo que le ha pasado a Barb, y por un par de incidentes más de los que hemos tenido noticia, está claro que al menos algunos lo son.

—Que esto te sirva de lección —advierte Carl a su hija—. La próxima vez que alguien te ofrezca algo gratis, piensa dos veces antes de aceptarlo.

El comentario da lugar a otra mirada al techo con el sello distintivo de la adolescencia.

—Lo que me gustaría saber —dice Hodges— es cómo llegó a tus manos esa consola. Resulta un tanto misterioso, porque Zappit no vendió muchas. Cuando se hundió, las compró otra empresa, que a su vez quebró en abril de hace dos años. Cabría pensar que habrían conservado las consolas para venderlas y ayudar así a pagar las deudas…

—O que las habrían destruido —apunta Carl—. Eso hacen con los libros que no se venden, ¿sabe?

—Estoy al tanto, sí —contesta Hodges—. Así que dime, Dinah, ¿cómo la *conseguiste*?

—Entré en internet —responde ella—. No estoy en problemas, ¿verdad? O sea, yo no lo sabía, pero papá siempre dice que el desconocimiento de la ley no exime de su cumplimiento.

—No estás en problemas ni mucho menos —asegura Hodges —. ¿Qué página de internet era?

—Se llama malconcierto.com. La he buscado en el celular cuando mamá me ha llamado al ensayo para decirme que vendría usted, pero ya no está. Supongo que han regalado todas las que les quedaban.

—O han descubierto que esos aparatos son peligrosos y han cerrado el sitio sin avisar a nadie —aventura Angie Scott, ceñuda.

—¿Ha sido muy grave la descarga? —pregunta Carl—. Yo he retirado la tapa cuando Dee la ha traído de su habitación. No usa más que cuatro pilas doble A recargables.

—De eso no sé nada —dice Hodges. Empieza a dolerle de nuevo el estómago a pesar de las pastillas. Aunque en realidad no puede decirse que el estómago sea el problema; es culpa de un órgano adyacente que no mide más de quince centímetros. Después de su encuentro con Norma Wilmer, ha dedicado un momento a consultar el índice de supervivencia de los pacientes con cáncer pancreático. Sólo el seis por ciento de los afectados llega a vivir cinco años. No es como para echar las campanas al vuelo—. Hasta ahora no he sido capaz ni de reprogramar el tono de los mensajes de texto del iPhone para que no asuste a transeúntes inocentes.

—Si quiere yo le ayudo —se ofrece Dinah—. Es muy fácil. Yo tengo Rana Loca en el mío.

—Primero háblame de esa página.

—Fue por un tuit. Me lo dijo alguien en la escuela. Salió en muchas redes sociales. Facebook… Pinterest… Google Plus… ya sabe.

Hodges no sabe pero asiente.

—No recuerdo las palabras exactas del tuit, pero casi. Porque sólo pueden tener ciento cuarenta caracteres. Eso ya lo sabrá, ¿no?

—Claro —contesta Hodges, aunque a duras penas entiende qué es un tuit. Su mano izquierda intenta desplazarse furtivamente hacia el dolor del costado. La obliga a quedarse donde está.

—El tuit decía algo así como… —Dinah cierra los ojos. Resulta bastante teatral, pero, claro, acaba de *llegar* de un ensayo con el grupo de teatro—. «Malas noticias: se canceló el concierto de 'Round Here por culpa de un tarado. ¿Quieres una buena? ¿Quizá un regalo? Visita malconcierto.com» —abre los ojos—. Puede que no sea exacto, pero es la idea.

—Sí —anota el nombre del sitio web en su libreta—. Así que la visitaste…

—Claro. La visitaron muchos chicos. Además, tenía su gracia. Había un vine de 'Round Here cantando su éxito de hace unos años, *Kisses on the Midway*, se titulaba, y al cabo de unos veinte segundos se oía una explosión y una voz de pato decía: «Dios mío, concierto cancelado».

—Yo no le veo la gracia —interviene Angie—. Podrían haber muerto todas.

—Debía de haber algo más que eso —insiste Hodges.

—Claro. Decía que allí había unas dos mil niñas, para muchas era su primer concierto, y que les arruinaron la experiencia de su vida. Aunque, hummm, «arruinar» no es la palabra que utilizaban.

—Creo que podemos imaginarlo, cariño —dice Carl.

—Y luego decía que el patrocinador de 'Round Here había recibido un montón de videoconsolas Zappit y quería regalarlas. Para compensar lo del concierto, ya sabe.

—¿A pesar de que hacía casi seis años de eso? —pregunta Angie en tono de incredulidad.

—Sí, un poco raro, si te pones a pensarlo.

—Cosa que tú no hiciste —reprocha Carl—. Pensarlo. Dinah se encoge de hombros, malhumorada.

—Sí que lo pensé, pero no me pareció mal.

—Famosas últimas palabras —dice su padre.

—Y entonces… ¿qué? —pregunta Hodges—. ¿Enviaste por e-mail tu nombre y tu dirección, y recibiste eso —dice señalando el Zappit— por correo?

—Fue algo más complicado —responde Dinah—. O sea, tenías que demostrar que de verdad habías estado allí. Así que fui a ver a la madre de Barb. A Tanya, ya sabe.

—¿Por qué?

—Por las fotos. Creo que tengo las mías en algún sitio, pero no las encontraba.

—Su habitación… —dice Angie, y esta vez es ella quien alza la mirada al techo.

Hodges siente ahora una palpitación lenta y acompasada en el costado.

—¿Qué fotos, Dinah?

—A ver, Tanya… a ella no le molesta que la llamemos así… fue quien nos llevó al concierto, ¿entiende? íbamos Barb, yo, Hilda Carver y Betsy.

—Betsy… ¿qué más?

—Betsy DeWitt —contesta Angie—. Las madres decidieron echarlo a la suerte: la que sacara el popote más largo llevaba a las niñas. Perdió Tanya. Subió a la camioneta de Ginny Carver, porque era el coche más grande.

Hodges mueve la cabeza en señal de comprensión.

—El caso es que cuando llegamos allí —continúa Dinah— Tanya nos sacó fotos. *Necesitábamos* tener fotos. Parecerá una tontería, imagino, pero éramos pequeñas. A mí ahora me gustan The Mendoza Line y The Raveonettes, pero entonces 'Round Here era lo máximo para nosotras. Sobre todo Cam, el cantante. Tanya usó nuestros teléfonos. O quizá usó el suyo, de eso no me acuerdo bien. Pero se aseguró de que todas tuviéramos las fotos, lo que pasa es que yo no encontraba las mías.

—Tenías que mandar una foto a ese sitio como prueba de que habías asistido.

—Correcto, por e-mail. Me preocupaba que en las fotos sólo saliéramos frente a la camioneta de la señora Carver y que eso no bastara, pero había dos en las que se veía detrás el auditorio Mingo y a todo el mundo haciendo cola. Pensé que igual ni siquiera una de ésas bastaba, porque no se veía el cartel con el nombre del grupo, pero sirvió, y recibí el Zappit por correo al cabo de una semana. Llegó en un sobre acolchado grande.

—¿Llevaba remite?

—Ajá. No recuerdo el apartado postal, pero el nombre era Sunrise Solutions. Sería el patrocinador de la gira, imagino.

Es posible, piensa Hodges; por entonces la empresa no había entrado en quiebra. Pero lo duda.

—¿Lo enviaron desde la ciudad?

—No me acuerdo.

—Casi seguro que sí —afirma Angie—. Recogí el sobre del suelo y lo tiré a la basura. Aquí soy la criada, ¿sabe? —fulmina a su hija con la mirada.

—Perdón —dice Dinah.

Hodges escribe en su libreta: «Sunrise Solutions con sede en NY, pero paq enviado desde aquí».

—¿Cuándo pasó todo eso, Dinah?

—Me enteré de lo del tuit y entré en el sitio el año pasado. No recuerdo cuándo exactamente, pero sé que fue antes del puente de Acción de Gracias. Y como he dicho, llegó en un santiamén. La verdad es que me sorprendió.

—Entonces lo tienes desde hace más o menos dos meses.

—Sí.

—¿Y no te ha dado ninguna descarga?

—No, nada de nada.

—¿Has tenido alguna experiencia anormal mientras jugabas… con Pesca en el Hielo, por ejemplo… y alguna sensación de desorientación?

Ante esto, los señores Scott se alarman, pero Dinah le dirige una sonrisa condescendiente.

—¿Como si me hipnotizara, quiere decir? ¿Clipita-clap cla-piti-clip?

—No sé *qué* quiero decir exactamente, pero bueno, digamos que es algo así.

—No —contesta Dinah con desenfado—. Además, Pesca en el Hielo es una bobada, la verdad. Es para niños pequeños.

Manejas la red de Joe el Pescador con esa especie de palanca que hay a un lado del teclado, ¿ve? Y consigues puntos por los peces capturados. Pero es muy fácil. Si he vuelto a abrirlo, es sólo para ver si los peces rosa ya se convertían en números.

—¿Números?

—Sí. Lo explicaba la carta que venía con el juego. La colgué en mi muro, en mi tablón de corcho, porque la verdad es que quería ganar esa bicimoto. ¿Quiere verla?

—Claro que sí.

Sale trotando escalera arriba en busca de la carta, y Hodges pregunta si puede ir al sanitario. Una vez allí, se desabrocha la camisa y se examina el costado izquierdo, palpitante. Parece un poco hinchado y lo nota caliente al tacto, pero supone que tanto lo uno como lo otro podrían ser imaginaciones suyas. Tira de la cadena y toma otras dos pastillas blancas. ¿Oye?, pregunta a su costado palpitante. ¿Puedes callarte un rato y dejarme acabar con esto?

Dinah se ha quitado casi todo el maquillaje escénico, con lo que a Hodges le resulta fácil imaginarlas a ella y a las otras tres chicas con nueve o diez años, yendo a su primer concierto y tan alborotadas como frijoles saltarines mexicanos en un microondas. Le entrega la carta que llegó con el juego.

Encabezan la hoja un sol naciente y, formando un arco por encima de éste, las palabras SUNRISE SOLUTIONS, en gran medida como cabía esperar, sólo que no se parece al logo de ninguna empresa que Hodges haya visto antes. Tiene un aspecto extrañamente *amateur*, como si hubiesen dibujado el original a mano. Es un machote al que han añadido el nombre de la chica para producir una sensación más personal, aunque nadie se dejaría engañar por una cosa así en estos tiempos, piensa Hodges, cuando incluso los correos masivos de las compañías de seguros y los bancos llegan personalizados.

¡Querida Dinah Scott!

¡Enhorabuena! Esperamos que disfrutes de tu video-consola Zappit, precargada con 65 juegos divertidos y estimulantes. Además, dispone de wifi para que puedas visitar tus páginas preferidas de internet y descargar libros como miembro del Círculo de Lectores de Sunrise. Estás recibiendo este REGALO GRATUITO como compensación por el concierto que te perdiste, pero naturalmente esperamos que compartas con todos tus amigos la maravillosa experiencia de Zappit. ¡Y aún hay más! Mira con frecuencia el video demostrativo de Pesca en el Hielo y toca los peces de color rosa, porque algún día —¡no lo sabrás hasta que ocurra!—, al tocarlos, se convertirán en números. Si el total de los peces que tocas, al sumar los números correspondientes, coincide con una de las cantidades que verás al pie de esta carta, ganarás un GRAN PREMIO. Pero los números sólo aparecerán durante un tiempo limitado, así que MIRA EL VIDEO CON FRECUENCIA. Para mayor diversión, mantente en contacto con otros miembros del Club Zappit visitando zetaelfinal.com, donde también podrás reclamar tu premio si estás entre los afortunados. ¡gracias de parte de todos los que trabajamos en Sunrise Solutions, y del equipo completo de Zappit!

Había una firma ilegible, poco más que un garabato. Debajo de eso:

Números de la suerte para Dinah Scott:

1.034 = bono de regalo para compra en Deb por valor de 25 $
1.781 = tarjeta de regalo para Atom Arcade por valor de 40 $
1.946 = bono de regalo para los cines Carmike por valor de 50 $
7.459 = Bicimoto Wave de 50cc (gran premio)

—¿De verdad creíste ese cuento? —suelta Carl Scoot.

Aunque la pregunta va acompañada de una sonrisa, a Dinah se le saltan las lágrimas.

—De acuerdo, soy tonta, me declaro culpable.

Carl la abraza y le da un beso en la sien.

—¿Sabes una cosa? A mí, a tu edad, también me habrían engañado.

—¿Has iniciado ese juego para ver qué pasa con los peces rosa, Dinah? —pregunta Hodges.

—Sí, una o dos veces al día. En realidad, es más difícil que el juego, porque los de color rosa son muy rápidos. Tienes que concentrarte.

Ya lo creo, piensa Hodges. Eso le gusta cada vez menos.

—Pero no ha salido ningún número, ¿no?

—De momento no.

—¿Puedo llevármelo? —pregunta él, señalando el Zappit. Piensa en decirle que se lo devolverá más adelante, pero se abstiene. Duda que se lo devuelva—. ¿Y la carta?

—Con una condición —dice ella.

Hodges, ahora que el dolor ya remite, consigue esbozar una sonrisa.

—Tú dirás ésos.

—Siga mirando los peces rosa, y si sale uno de mis números, el premio será para *mí*.

—Trato hecho —dice Hodges, a la vez que piensa: Alguien quiere darte un premio, Dinah, pero no creo que sea una bicimoto o entradas para el cine. Toma el Zappit y la carta, y se pone en pie—. Muchas gracias por su tiempo.

—No hay de qué —contesta Carl—. Y cuando aclare de qué demonios se trata esto, ¿será tan amable de informarnos?

—Delo por hecho —asegura Hodges—. Una pregunta más, Dinah, y si te parece que digo tonterías, recuerda que ya casi cumplo setenta.

Ella sonríe.

—En la escuela, el señor Morton dice que la única pregunta tonta…

—Es la que no haces, claro. Eso mismo he pensado yo siempre, así que ahí va. Todo el mundo conoce esta historia en tu escuela, ¿verdad? ¿Las consolas gratis, los pecesnúmero y los premios?

—En la mía y en todas los demás. Twitter, Facebook, Pinterest, Yik Yak… así *funcionan* las redes.

—Y si fuiste al concierto y podías demostrarlo, eras candidata a recibir uno de éstos.

—Ajá.

—¿Y Betsy DeWitt? ¿Consiguió uno?

Dinah arruga la frente.

—No, y es raro, porque todavía guardaba las fotos de aquella noche y mandó una al sitio. Pero no tan pronto como yo... siempre lo deja todo para más tarde, es un horror... así que a lo mejor ya se habían agotado. Ya sabe, gato que duerme no caza ratones.

Hodges vuelve a dar las gracias a los Scott por su tiempo, desea buena suerte a Dinah con la obra y regresa por el camino de acceso hasta su coche. Cuando se sienta al volante, dentro hace tanto frío que se le condensa el aliento. El dolor aflora de nuevo: cuatro intensas palpitaciones. Apretando la mandíbula, aguarda a que remita e intenta convencerse de que esas nuevas punzadas más agudas son psicosomáticas, porque ahora sabe lo que le pasa, aunque la idea no acaba de cuajar. Dos días más sin tratamiento se le antojan de pronto mucho tiempo, pero esperará. No le queda más remedio, ya que en su cabeza empieza a cobrar forma una siniestra sospecha. Pete Huntley no lo creería, e Izzy Jaynes probablemente pensaría que necesita un traslado urgente en ambulancia al manicomio más cercano. El propio Hodges no acaba de creerlo, pero las piezas comienzan a encajar, y aunque el panorama que va perfilándose parece un desvarío, también tiene cierta lógica perversa.

Pone en marcha el Prius y se dirige a casa, desde donde llamará a Holly y le pedirá que intente averiguar si Sunrise Solutions patrocinó alguna gira de 'Round Here. Después verá la tele. Cuando ya no pueda seguir fingiendo que le interesa la programación, se acostará y, en vela, esperará la mañana.

Sólo que siente curiosidad por el Zappit verde.

Demasiada curiosidad, descubre, para esperar. A medio camino entre Allgood Place y Harper Road, entra en un centro comercial, se estaciona delante de una tintorería que ya ha cerrado y enciendela consola. Aparece un brillo blanco, y luego una Z roja, que se va agrandando hasta que el trazo oblicuo tiñe de rojo toda la pantalla. Al cabo de un momento, vuelve el resplandor blanco y enseguida se lee un mensaje: **¡BIENVENIDO A ZAPPIT! ¡NOS ENCANTA JUGAR! ¡PULSA CUALQUIER TECLA PARA EMPEZAR O DESLIZA LA PANTALLA!**

Hodges la desliza, y aparecen los iconos de los juegos en ordenadas filas. Algunos son versiones para consola de los que veía jugar a Allie de niña en las salas de arcade: Space Invaders, Donkey Kong, Pac-Man y la novia de ese diablillo amarillo, Ms. Pac-Man. También ve los diversos solitarios a los que estaba enganchada Janice Ellerton, y muchas cosas de las que ni siquiera ha oído hablar. Desliza la pantalla otra vez, y ahí, entre Spell-Tower y Barbie Pasarela de Moda, está Pesca en el Hielo. Respira hondo y pulsa el icono.

PENSANDO EN **PESCA EN EL HIELO**, anuncia la pantalla. Un pequeño círculo de preocupación gira durante alrededor de diez segundos (la espera se le hace más larga) y a continuación comienza a reproducirse el video demostrativo. Los peces nadan de un lado a otro o ejecutan piruetas o suben y bajan rápidamente en diagonal. Se elevan burbujas desde sus bocas y sus colas en movimiento. El agua es verdosa en lo alto, y adquiere una tonalidad azul más abajo. Suena una sencilla melodía que Hodges no reconoce. Observa y espera sentir algo: soñolencia parece lo más probable.

Los peces son rojos, verdes, azules, dorados y amarillos. Seguro pretendían conferirles cierto aspecto tropical, pero no presentan ni remotamente el hiperrealismo de los anuncios televisivos de Xbox y Play Station que Hodges ha visto. Estos peces son en esencia dibujos animados, y un tanto burdos, si a eso vamos. No me extraña que Zappit quebrara, piensa, pero sí, la manera de moverse de los peces, a veces solos, a veces en parejas, muy esporádicamente formando bancos irisados de media docena, resulta un tanto hipnótica.

Y premio: ahí viene uno rosa. Intenta tocarlo, pero se mueve un poco demasiado deprisa, y falla. Hodges masculla: «¡Mierda!» Alza la vista un momento hacia el oscuro escaparate de la tintorería, porque de hecho siente un ligero sopor. Se da una suave palmada primero en la mejilla izquierda y después en la derecha con la mano libre y vuelve a bajar la mirada. Ahora hay más peces, y en sus idas y venidas trazan complicadas trayectorias.

Ahí viene otro rosa, y esta vez consigue tocarlo antes de que se escabulla por el lado izquierdo de la pantalla. El pez guiña un ojo (casi como si dijera: «Bien, Bill, esta vez me has atrapado»), pero no aparece ningún número. Espera, observa y, cuando aparece otro pez rosa, vuelve a tocarlo. Sigue sin salir ningún número; sólo un pez rosa sin equivalente en el mundo real.

Ahora da la impresión de que la melodía suena a un volumen más alto y, al mismo tiempo, a un ritmo más lento. Hodges piensa: Desde luego produce un efecto de algún tipo. Es leve, y probablemente del todo casual, pero ahí está, sin duda.

Pulsa el botón de apagado. En la pantalla se lee GRACIAS POR JUGAR, HASTA PRONTO. Consulta el reloj del tablero y, atónito, descubre que lleva más de diez minutos ahí sentado mirando el Zappit. Tenía la sensación de que habían pasado apenas dos o tres. Cinco cuando mucho. Dinah no ha mencionado que perdiera la noción del tiempo mientras miraba Pesca en el Hielo, pero él tampoco se lo ha preguntado, ¿no? Por otro lado, está bajo los efectos de dos analgésicos bastante potentes, quizá haya influido en lo que acaba de ocurrir, si es que en realidad ha ocurrido algo, claro.

Pero ningún número.

Los peces rosa eran sólo peces rosa.

Hodges guarda el Zappit en el bolsillo del abrigo junto con el teléfono y se encamina a casa.

3

Sentada a la mesa de su cocina, Freddi Linklatter —en otro tiempo compañera de Brady en la reparación de computadoras, antes de que el mundo descubriera que Brady Hartsfield era un monstruo— hace girar una licorera plateada con un dedo mientras espera al hombre del maletín elegante.

Doctor Z, se hace llamar, pero Freddi no es tonta. Conoce el nombre que se corresponde con las iniciales del maletín: Felix Babineau, jefe de neurología del Kiner Memorial.

¿Sabe él que *ella* lo sabe? Supone que sí, y lo tiene sin cuidado. Pero resulta extraño. *Mucho.* Aunque pasa de la sesentena, una vieja gloria donde las haya, le recuerda a alguien mucho más joven. Alguien que es, de hecho, el más famoso (infame, a decir verdad) paciente del doctor Babineau.

La licorera da vueltas y más vueltas. Lleva grabado *GH & FL, 4Ever.* En fin, ese 4Ever, «para siempre», duró apenas dos años, y Gloria Hollis se marchó hace ya bastante tiempo. Babineau —o el Doctor Z, como se complace en presentarse, a la manera de un villano de cómic— fue en parte la razón.

«Pone los pelos de punta —dijo Gloria—. El más viejo también. Y el dinero pone los pelos de punta. Es demasiado. No sé en qué te han metido, Fred, pero tarde o temprano va a estallarte en la cara, y no quiero ser parte de los daños colaterales.»

Gloria, además, había conocido a otra persona, claro —una persona un poco más agraciada que Freddi, que tiene el cuerpo anguloso y la cara larga y las mejillas maltrechas por un pasado y severo acné—, pero de esa parte del asunto no quería hablar, ah, no.

La licorera da vueltas y más vueltas.

Al principio todo parecía muy sencillo, ¿y cómo iba a rechazar el dinero? Cuando trabajaba en la Ciberpatrulla de Discount Electronix, no ahorró mucho, y los trabajos que fue encontrando como informática independiente después de que la tienda cerrara apenas le alcanzaron para ir malviviendo. Tal vez habría sido distinto si hubiese poseído lo que Anthony Frobisher, su antiguo jefe, solía denominar «don de gentes», pero ése nunca había sido su fuerte. Cuando el vejestorio que se hacía llamar Chico Z le planteó su oferta (y por Dios, eso era un nombre de cómic *en toda regla*), fue como un regalo caído del cielo. Ella vivía en un departamento de mierda en el Lado Sur, un barrio de mala muerte, y llevaba un mes de retraso en el pago del alquiler a pesar del dinero que ese individuo le había adelantado. ¿Qué iba a hacer? ¿Rechazar cinco mil dólares? Seamos realistas.

La licorera da vueltas y más vueltas.

El tipo llega tarde, quizá ni se presente, y acaso fuera lo mejor.

Recuerda que el vejestorio recorrió con la mirada el departamento de dos habitaciones y vio casi todas sus pertenencias recogidas ya en bolsas de papel con asas (no costaba imaginarse esas bolsas a su alrededor mientras intentaba dormir en uno de los pasos subterráneos que cruzan Crosstown, la carretera transversal).

—Necesitarás un sitio con más espacio —observó él.

—Sí, y los granjeros de California necesitan lluvia. —Recuerda que echó un vistazo dentro del sobre que él le entregó. Recuerda que pasó el dedo por el borde del fajo, y el grato susurro que produjeron los billetes de cincuenta—. Es una buena suma, pero no quedará gran cosa una vez que haya saldado todas mis deudas —podía dejar colgados a la mayoría de sus acreedores, pero eso el vejestorio no tenía por qué saberlo.

—Habrá más, y mi jefe se encargará de conseguirte un departamento para que aceptes ciertos envíos.

Eso disparó las alarmas.

—Si se trata de drogas, olvidémonos del asunto —ella le tendió el sobre repleto de dinero, por más que le doliese.

El vejestorio le apartó la mano con una ligera mueca de desprecio.

—Nada de drogas. No se te pedirá que te comprometas a nada ni remotamente ilegal.

Así que aquí está ella ahora, en un edificio situado cerca de la orilla del lago. No es que la vista desde un sexto piso sea excepcional ni que el departamento sea un palacio. Nada más lejos, sobre todo en invierno. Sólo alcanza a verse un asomo de agua entre los rascacielos más nuevos y atractivos, pero el viento se abre paso entre ellos sin problema, eso sí, y ese viento en enero es *frío*. Mantiene ese ridículo termostato permanentemente en treinta, y aun así lleva dos camisas y, debajo, una camiseta, además de calzoncillos largos bajo los pantalones de trabajo. Sin embargo, el Lado Sur ha quedado atrás, y eso ya es algo, pero la pregunta sigue siendo: ¿Basta con esto?

La licorera plateada da vueltas y más vueltas. *GH & FL, 4Ever.* Sólo que nada dura para siempre.

Suena el interfón, y se sobresalta. Toma la licorera —su único recuerdo de los maravillosos tiempos con Gloria— y se dirige al telefonillo. Contiene el impulso de imitar de nuevo el acento de espía ruso. Ya se haga llamar doctor Babineau o Doctor Z, ese tipo da un poco de miedo. No la clase de miedo que podría dar un traficante de meta y hierba en el Lado Sur, sino algo distinto. Mejor ir al grano, acabar cuanto antes y encomendarse a Dios para no verse metida en un lío muy grande si el asunto le estalla en la cara.

—¿Es el famoso Doctor Z?

—¿Quién va a ser, si no?

—Llega tarde.

—¿Tenías otro compromiso, Freddi?

No, nada importante. De un tiempo acá, nada de lo que hace tiene especial importancia.

—¿Ha traído el dinero?

—Claro —suena impaciente.

El vejestorio con quien inició este trato demencial hablaba con esa misma impaciencia. Él y el Doctor Z son muy distintos, pero *hablan* de manera parecida, tanto que ha llegado a preguntarse si serán hermanos. Sólo que también hablan como otra persona. Su antiguo compañero de trabajo. El que resultó ser Mr. Mercedes.

Freddi no quiere pensar en eso más de lo que quiere pensar en los diversos hacks que ha hecho en nombre del Doctor Z.

233

Pulsa el botón que hay junto al interfón. Se dirige hacia la puerta para esperarlo, tomando un sorbo de whisky en el camino para darse valor. Se mete la licorera en el bolsillo del pecho de la segunda camisa y luego introduce la mano en el bolsillo de la camiseta, donde guarda los caramelos de menta para el aliento. Duda mucho que al Doctor Z le importe un carajo si le huele el aliento a alcohol o no, pero cuando trabajaba en Discount Electronix siempre se echaba un caramelo de menta a la boca después de un trago, y las viejas costumbres arraigan. Saca el paquete de Marlboro del bolsillo de la primera camisa y enciende un cigarrillo. Así camuflará mejor el olor de la bebida y se tranquilizará un poco más, y si a ese tipo no le gusta el papel de fumador pasivo, que se aguante.

«Ese hombre te ha instalado en un departamento que no está mal y te ha pagado casi treinta mil dólares en los últimos dieciocho meses —había dicho Gloria—. Un precio muy alto por algo que cualquier hacker que se precie podría hacer con los ojos cerrados, según dices tú misma. ¿*Por qué* tú, entonces? ¿Y por qué tanto?»

Más cosas en las que Freddi prefiere no pensar.

Todo empezó con la foto de Brady y su madre. La encontró en Discount Electronix poco después de que anunciaran al personal que la tienda del centro comercial de Birch Hill iba a cerrar. Su jefe, Anthony Frobisher, alias Tones, debía de haberla retirado del cubículo de Brady y haberla abandonado cuando salió a la luz que era el infame Asesino del Mercedes. Freddi no sentía gran aprecio por Brady (a pesar de que en su día *habían* mantenido alguna que otra conversación sustanciosa sobre la identidad de género). Envolvió la fotografía y la llevó al hospital por puro impulso. Y si después lo visitó unas cuantas veces fue por mera curiosidad, unida a cierto orgullo por cómo reaccionó Brady al verla. *Sonrió.*

«Responde a usted —comentó la nueva jefa de enfermeras, Scapelli, tras una de las visitas de Freddi—. Eso es muy poco común.»

Para cuando Scapelli sustituyó a Becky Helmington, Freddi ya sabía que el misterioso Doctor Z que había asumido la responsabilidad de suministrarle dinero era en realidad el doctor Felix Babineau. Tampoco pensó en eso. Ni en las cajas que con el tiempo empezaron a llegarle de Terre Haute mediante UPS. Ni en los hacks. Se convirtió en una experta en no pensar, porque en cuanto una reflexionaba al respecto, saltaban a la vista ciertas conexiones. Y todo por aquella maldita fotografía. Freddi se arrepentía de no haber resistido al impulso, pero su madre tenía un dicho: «Demasiado tarde siempre llega demasiado pronto».

Oye sus pasos cuando se acerca por el rellano. Abre la puerta antes de que llame al timbre, y la pregunta escapa de su boca antes de que ella misma sepa que va a formularla.

—Dígame la verdad, Doctor Z, ¿es usted Brady?

4

Hodges apenas ha cruzado la puerta de la calle y todavía está quitándose el abrigo cuando le vibra el celular.

—Hola, Holly.

—¿Estás bien?

Prevé muchas llamadas suyas empezando con ese mismo saludo. Bueno, mejor eso que: «Ya muérete, cabrón».

—Sí, estoy bien.

—Un día más y empiezas el tratamiento. Y en cuanto empieces, no lo interrumpirás. Harás que digan los médicos.

—No te preocupes más. Un trato es un trato.

—Dejaré de preocuparme cuando superes el cáncer.

No sigas, Holly, piensa él, y cierra los ojos para aliviar el inesperado escozor de las lágrimas. No, no, no.

—Jerome llega esta noche. Ha llamado desde el avión para preguntar por Barbara, y le he contado todo lo que me ha dicho ella. Estará aquí a las once. Menos mal que ha salido cuando ha salido, porque se avecina una tormenta. Al parecer, será grande.

Me he ofrecido a alquilarle un coche como hago contigo cuando te vas de la ciudad; es muy fácil ahora que tenemos la cuenta de la empresa…

—En la que insististe hasta que cedí. Ya lo sé, créeme.

—Pero no necesita coche. Su padre lo recogerá. Mañana a las ocho, irán a ver a Barbara y, si el médico lo autoriza, la llevarán a casa. Según Jerome, llegará a la oficina a las diez, si nos parece bien.

—Por mí, perfecto —contesta Hodges al tiempo que se enjuga los ojos. No sabe hasta qué punto podrá ayudarlos Jerome, pero sabe que se alegrará de verlo—. Cualquier otra cosa que le saque a su hermana sobre ese maldito aparato…

—Ya le he pedido que lo haga. ¿Tienes el de Dinah?

—Sí. Y lo he probado. Algo tiene el juego de Pesca en el Hielo. Si te quedas mirando el video de demostración mucho tiempo sientes sueño. Una casualidad, creo, y no me explico cómo podría afectar a la mayoría de los chicos, porque lo lógico es que quieran iniciar directamente el juego.

La pone al corriente de lo demás que ha averiguado gracias a Dinah.

—O sea, que Dinah no consiguió el Zappit de la misma manera que Barbara y la señora Ellerton —concluye Holly.

—No.

—Y no olvides a Hilda Carver. El hombre que se hace llamar Myron Zakim también le dio uno. Sólo que el suyo no funcionaba. Según Barb, salió un único destello azul y se apagó. ¿Tú has visto algún destello azul?

—No —Hodges examina el exiguo contenido de su refrigerador en busca de algo que su estómago pueda aceptar y se conforma con un yogur con sabor a plátano—. Y había peces rosa, pero cuando he conseguido tocar un par, cosa que no ha sido fácil, no ha aparecido ningún número.

—Seguro que en el de la señora Ellerton sí aparecieron.

Hodges piensa lo mismo. Aún es pronto para generalizar, pero empieza a sospechar que los peces-número sólo salen en los Zappit que repartió el hombre del maletín, Myron Zakim. Sospecha también que alguien anda jugando con la letra Z, y el juego, junto con un morboso interés en el suicidio, formaba parte del *modus operandi* de Brady Hartsfield. Sólo que Brady está atrapado en su habitación del Kiner Memorial. Hodges se encuentra una y otra vez con ese hecho irrefutable. Si Brady Hartsfield dispone de títeres que se encargan de hacerle el trabajo sucio, y empieza a parecer que así es, ¿cómo los dirige? ¿Y por qué habrían de someterse a él?

—Holly, necesito que enciendas tu computadora y consultes una cosa. Nada importante, sólo para aclarar una cuestión.

—Dime.

—Quiero saber si Sunrise Solutions patrocinó la gira de 'Round Here en 2010, cuando Hartsfield intentó volar el auditorio Mingo. O *cualquier* gira de 'Round Here.

—Eso puedo hacerlo. ¿Has cenado?

—Estaba a punto.

—Bien. ¿Qué vas a comer?

—Un filete, papas fritas y una ensalada —dice Hodges, mirando el yogur con una mezcla de asco y resignación—. De postre tengo las sobras de una tarta de manzana.

—Caliéntala en el microondas y añade una cucharada de helado de vainilla. ¡Delicioso!

—Lo tomaré en consideración.

No debería asombrarse cuando ella vuelve a llamar al cabo de cinco minutos para darle la información que le ha pedido —es Holly en el papel de Holly—, pero se asombra igualmente.

—Dios mío, Holly, ¿ya?

Sin tener ni idea que está repitiendo las palabras de Freddi Linklatter casi textualmente, Holly dice:

—La próxima vez pídeme algo difícil. Quizá te interese saber que 'Round Here se disolvió en 2013. Por lo visto, esos grupos de adolescentes no duran mucho.

—No —coincide Hodges—, en cuanto empiezan a afeitarse, las niñas pierden interés.

—No sabría decirte —contesta Holly—. Yo siempre fui fan de Billy Joel. Y de Michael Bolton también.

Ay, Holly, piensa Hodges con tristeza. Y no es la primera vez.

—Entre 2007 y 2012, el grupo hizo seis giras nacionales. La primera la patrocinó Sharp Cereals, que repartía muestras gratuitas en los conciertos. Las dos últimas, incluida la del Mingo, las patrocinó PepsiCo.

—Nada de Sunrise Solutions.

—No.

—Gracias, Holly. Nos vemos mañana.

—Sí. ¿Ya estás cenando?

—Ahora mismo iba a sentarme.

—De acuerdo. E intenta ver a Barbara antes de empezar el tratamiento. Necesita caras amigas alrededor, porque no ha superado lo que sea que le ha pasado. Me ha dicho que era como un rastro de baba en su cabeza.

—Cuenta con ello —dice Hodges, pero es una promesa que no es capaz de cumplir.

5

«¿Es usted Brady?»

Felix Babineau, que a veces se hace llamar Myron Zakim y a veces Doctor Z, sonríe ante la pregunta. Se le arrugan las mejillas sin afeitar de un modo decididamente espeluznante. Esta noche lleva una ushanka de piel en lugar del chambergo de ala corta, y el cabello blanco escapa en torno a la base como si estuviera comprimido. Freddi lamenta haberle hecho la pregunta, lamenta tener que dejarlo pasar, lamenta la hora en que lo conoció. Si *es* Brady, es una casa encantada andante.

—No me hagas preguntas y no te diré mentiras —contesta él.

Freddi desea dejarlo pasar, pero no puede.

—Porque habla como él. Y el hack que me trajo el otro tipo después de que llegaran las cajas... en fin, eso era un hack de

Brady como dos y dos son cuatro. Lo mismo que si llevara la firma.

—Brady Hartsfield es un semicatatónico apenas capaz de andar, y no digamos de escribir un hack para usarlo en unas cuantas videoconsolas obsoletas. Algunas de las cuales, como se ha demostrado, son defectuosas además de obsoletas. Los cabrones de Sunrise Solutions no me entregaron aquello por lo que pagué, y eso me enfurece demasiado.

«Me enfurece demasiado.» Una expresión que Brady utilizaba a todas horas cuando trabajaban en la Ciberpatrulla, por lo general para referirse a su jefe o algún cliente idiota que se las arreglaba para derramar el café moka en el CPU.

—Se te ha pagado muy bien, Freddi, y ya casi has terminado. ¿Por qué no lo dejamos así?

Pasa por su lado, rozándola, sin esperar respuesta, coloca el maletín en la mesa y lo abre. Saca un sobre con sus iniciales, FL, escritas a mano. Las letras presentan cierta inclinación hacia atrás. Durante sus tiempos en la Ciberpatrulla de Discount Electronix, Freddi vio mayúsculas con una inclinación similar en centenares de notas de remisión. Eran las que rellenaba Brady.

—Diez mil —dice el Doctor Z—. El último pago. Ahora a trabajar.

Freddi tiende la mano hacia el sobre.

—No hace falta que se quede si no quiere. El resto es básicamente automático. Como poner un despertador.

Y si de verdad eres Brady, piensa ella, podrías hacerlo tú mismo. A mí esto se me da bien, pero a ti se te daba mejor.

Él le deja tocar el sobre con los dedos y lo retira.

—Me quedo. No es que no confíe.

Claro, piensa Freddi. Y yo sí.

Él vuelve a contraer las mejillas con esa sonrisa inquietante.

—¿Y quién sabe? A lo mejor hay suerte y vemos la primera diana.

—Seguro que la mayoría de los que recibieron esos Zappit ya los han tirado. Es un *juguete* de porquería, y algunos ni siquiera funcionan. Como ha dicho usted.

—Eso déjalo en mis manos —dice el Doctor Z. Se le arrugan las mejillas una vez más. Tiene los ojos enrojecidos, como si hubiera fumado crack.

Freddi se plantea preguntarle qué están haciendo exactamente, y qué espera conseguir… pero ya se hace una idea, ¿y de verdad quiere tener la certeza? Además, si *es* Brady, ¿qué daño puede hacer? Tenía cientos de ideas, tonterías todas ellas.

Bueno.

Casi todas.

Lo guía hasta lo que en principio debía ser un dormitorio de invitados y ahora se ha convertido en su puesto de trabajo, la clase de refugio electrónico con el que siempre había soñado y que nunca había podido permitirse, una cueva que Gloria, con su buena presencia, su risa contagiosa y su «don de gentes», nunca entendería. Ahí dentro el calefactor apenas funciona, y hay tres grados menos que en el resto del departamento. A las computadoras no les molesta. En realidad les benficia.

—Adelante —dice él—. Hazlo.

Freddi se sienta ante su Mac de escritorio de gama alta con monitor de 27 pulgadas, lo reactiva e introduce la contraseña: una serie aleatoria de números. Tiene una carpeta titulada sencillamente **Z**, que abre con otra contraseña. Las subcarpetas se llaman Z-1 y Z-2. Utiliza una tercera contraseña para abrir Z-2 y a continuación empieza a teclear rápidamente. El Doctor Z permanece de pie junto a su hombro izquierdo. Al principio es una presencia negativa y perturbadora, pero al cabo de un rato Freddi se abstrae, como siempre, en lo que está haciendo.

Tampoco es que le exija mucho tiempo; el Doctor Z le ha dado el programa, y ejecutarlo es un juego de niños. A la izquierda de la computadora, sobre un estante alto, hay un repetidor de señal Motorola. Para acabar, pulsa las teclas COMANDO y Z simultáneamente, y el repetidor cobra vida. Aparece una única palabra formada por puntos amarillos: BUSCANDO. Parpadea como un semáforo en un cruce sin tráfico.

Esperan, y Freddi toma conciencia de que está conteniendo la respiración. Expulsa el aire sonoramente, inflando las mejillas por un instante. Hace ademán de levantarse, pero el Doctor Z le apoya una mano en el hombro.

—Démosle un poco más de tiempo.

Dejan pasar cinco minutos, durante los cuales no se oye más que el leve zumbido del equipo y el ulular del viento procedente del lago helado. BUSCANDO parpadea y parpadea.

—De acuerdo —dice él por fin—. Sabía que era mucho pedir. Todo en su debido momento, Freddi. Volvamos a la otra habitación. Te entregaré el último pago y luego seguiré mi cami…

BUSCANDO en amarillo da paso de pronto a ENCONTRADO en verde.

—¡Ahí! —exclama el Doctor Z, lo que hace que ella se sobresalte—. *¡Ahí, Freddi! ¡Ahí está el primero!*

Si a Freddi le quedaba alguna duda, ahora lo sabe con toda certeza. Le ha bastado esa exclamación triunfal. Es Brady. Se ha convertido en una muñeca rusa viviente, lo cual encaja a la perfección con el gorro de piel ruso. Si se mira dentro de Babineau, ahí está el Doctor Z. Si se mira dentro del Doctor Z, ahí, moviendo los hilos, está Brady Hartsfield. Sabe Dios cómo es posible, pero lo es.

ENCONTRADO en verde da paso a CARGANDO en rojo. Al cabo de escasos segundos, CARGANDO da paso a TAREA COMPLETADA. Después el repetidor reinicia la búsqueda.

—Muy bien —dice él—. Me doy por satisfecho. Tengo que irme. Ha sido una noche ajetreada, y aún no he terminado.

Ella lo sigue a la sala de estar y cierra la puerta de su santuario electrónico al salir. Ha tomado una decisión que posiblemente debería haber tomado mucho antes. En cuanto ese hombre se marche, apagará el repetidor y borrará el programa definitivo. Una vez hecho eso, hará la maleta y se irá a un motel. Mañana huirá de esa puta ciudad rumbo a Florida. Ya está harta del Doctor Z y de su compinche, Chico Z, y del invierno en el Medio Oeste.

El Doctor Z se pone el abrigo, pero luego se dirige hacia la ventana en lugar de ir hacia la puerta.

—La vista no es gran cosa. Demasiados rascacielos de por medio.

—Sí, se lo comen casi todo.

—Aun así, es mejor que la mía —dice sin voltear—. Lo único que he visto yo los últimos cinco años y medio es la pared de un estacionamiento.

Freddi llega de pronto a su límite. Si continúa en la misma habitación que él sesenta segundos más, se pondrá histérica.

—Dame mi dinero. Dámelo y lárgate de una puta vez. Ya hemos terminado.

Él gira. En la mano empuña el revólver de cañón corto que ha utilizado con la mujer de Babineau.

—Tienes razón, Freddi. Hemos terminado.

Ella reacciona en el acto: de un manotazo, lo obliga a soltar el revólver; le asesta una patada en la entrepierna; cuando se dobla por la cintura, le da un golpe de kárate a lo Lucy Liu y sale corriendo por la puerta mientras grita a pleno pulmón. Este videoclip mental se reproduce a todo color y con sonido Dolby mientras Freddi se queda clavada donde está. Se oye la detonación del arma. Ella retrocede dos pasos, tropieza con el sillón donde se sienta a ver la tele, se desploma de espaldas sobre él y rueda hasta el suelo con la cabeza por delante. El mundo comienza a oscurecerse y alejarse. La última sensación que experimenta es de calor: en la parte superior del cuerpo, cuando empieza a desangrarse; en la inferior, cuando se le vacía la vejiga.

—El último pago, tal como prometí —las palabras llegan desde muy lejos.

La negrura engulle el mundo. Freddi se sume en ella y desaparece.

6

Brady, absolutamente inmóvil, observa la sangre que se extiende debajo de ella. Permanece atento a la posibilidad de que golpeen la puerta para saber si está todo en orden. No prevé que ocurra, pero más vale prevenir que lamentar.

Después de unos noventa segundos, se guarda el arma en el bolsillo del abrigo, junto al Zappit. No puede resistirse a echar un último vistazo al cuarto de la computadora antes de irse: el repetidor de señal prosigue su interminable búsqueda automatizada. Contra todo pronóstico, ha culminado un viaje asombroso. Es imposible predecir cuáles serán los resultados finales, pero tiene la certeza de que habrá *algún* resultado. Y eso corroerá al viejo Ins. Ret. como el ácido. Es cierto que la venganza es mejor cuando se sirve fría.

Dispone del elevador para él solo. El vestíbulo también está vacío. Al doblar la esquina, se sube el cuello del caro abrigo de Babineau para protegerse del viento y abre el BMW de Babineau con su invento. Sube y enciende el coche, pero sólo para sentir la calefacción. Necesita encargarse de una cosa más antes de dirigirse a su destino siguiente. En realidad no *quiere* hacerla, porque Babineau, al margen de sus defectos como ser humano, posee una inteligencia prodigiosa, y gran parte de su mente sigue intacta. Destruir esa mente sería actuar como esos malditos de ISIS, estúpidos y supersticiosos, cuando reducen a escombros tesoros insustituibles del arte y la cultura. Con todo, no le queda más remedio. No puede correr ningún riesgo, porque ese cuerpo también es un tesoro. Sí, Babineau tiene la presión arterial un poco alta y ha ido perdiendo el oído en los últimos años, pero el tenis y dos visitas semanales al gimnasio del hospital han mantenido sus músculos en una forma aceptable. El corazón le late a setenta pulsaciones por minuto, de manera infalible. No padece de ciática, gota, cataratas ni ninguna de las dolencias que afectan a tantos hombres de su edad.

Además, el buen doctor es lo único de que dispone, al menos por el momento.

Convencido de esto, Brady se adentra en lo que queda de la consciencia de Felix Babineau: el cerebro dentro del cerebro. Presenta las cicatrices y los estragos resultantes de los repetidos períodos de ocupación a que lo ha sometido Brady, pero sigue ahí, todavía Babineau, todavía capaz (al menos en teoría) de recuperar el control. No obstante, está indefenso, como una criatura desprovista de su caparazón. No es exactamente carne; el núcleo del yo de Babineau se asemeja más a un denso haz de cables hechos de luz.

No sin pesar, Brady los agarra con su mano fantasma y los arranca.

7

Hodges pasa la velada comiendo lentamente yogur y viendo el canal del tiempo. La tormenta de nieve, que los expertos del canal han bautizado con el ridículo nombre de Eugenie, sigue acercándose y se prevé que azote la ciudad en algún momento de mañana, avanzado el día.

«Por ahora nos resulta difícil precisar más —dice el experto, calvo y con gafas, a la experta, una rubia despampanante vestida de rojo—. Esta tormenta dará nuevo significado al término "embotellamiento vehicular".»

La experta despampanante ríe como si su colega meteorólogo hubiera tenido un golpe de ingenio brillante, y Hodges apaga el televisor con el control remoto.

El control, piensa, mirándolo. Así lo llama ahora todo el mundo. Un gran invento, si te detienes a pensarlo. Con él, puedes acceder a centenares de canales. Sin tener que levantarte ni una sola vez. Como si estuvieras dentro del televisor y no en tu sillón. O en los dos sitios al mismo tiempo. Una especie de milagro, en realidad.

Cuando entra en el cuarto de baño para lavarse los dientes, le vibra el teléfono celular. Echa un vistazo a la pantalla y no puede evitar reír, pese a que le duele al hacerlo. Ahora que está en la intimidad de su casa, y el tono del *home run* no molestaría a nadie, su antiguo compañero opta por la llamada en lugar del mensaje.

—Hola, Pete, me alegra saber que todavía recuerdas mi número.

Pete no tiene tiempo para bromas.

—Voy a decirte una cosa, Kermit, y si decides utilizarla por tu cuenta, yo soy como el sargento Schultz de *Los héroes de Hogan*. ¿Te acuerdas de él?

—Claro —lo que siente ahora Hodges en el estómago no es una punzada de dolor, si no de excitación. Es curioso lo mucho que se parecen ambas sensaciones—. «Yo no sé nada.»

—Exacto. Tiene que ser así, porque en lo que se refiere al Departamento de Policía, el asesinato de Martine Stover y el suicidio de su madre son oficialmente caso cerrado. Desde luego no vamos a reabrirlo por una coincidencia, y la orden viene de arriba. ¿Queda claro?

—Como el agua —contesta Hodges—. ¿Cuál es esa coincidencia?

—Anoche se suicidó la jefa de enfermeras de la Unidad de Traumatismos Craneoencefálicos del Kiner, Ruth Scapelli.

—Ya me he enterado —dice Hodges.

—En una de tus peregrinaciones para ver al adorable señor Hartsfield, supongo.

—Sí —no hay necesidad de contarle a Pete que no ha llegado a ver al adorable señor Hartsfield.

—Scapelli tenía uno de esos aparatos. Un Zappit. Por lo visto, lo tiró a la basura antes de desangrarse. Lo ha encontrado un técnico del equipo forense.

—Ajá —Hodges vuelve a la sala y, haciendo una mueca al doblar la cintura, se sienta—. ¿Y tú llamas a eso «coincidencia»?

—No yo necesariamente —responde Pete con pesadumbre.

—¿Pero?

—¡Pero quiero retirarme en paz, maldita sea! Si alguien tiene que tomar cartas en este asunto, es Izzy.

—Pero Izzy no quiere ni oír hablar de esas cartas de porquería.

—No. Tampoco el capitán, ni el comisario.

Al oír esto, Hodges no tiene más remedio que revisar ligeramente la opinión de que su antiguo compañero es un policía fundido.

—¿En serio has hablado con ellos? ¿Has intentado mantener vivo el caso?

—Con el capitán. Pese a las objeciones de Izzy Jaynes, debo añadir. *Estridentes* objeciones. Con el comisario ha hablado el capitán. A última hora de esta tarde, me han comunicado que lo deje pasar, y ya sabes por qué.

—Sí. Porque guarda relación con Brady por dos vías distintas. Martine Stover fue una de las víctimas del Centro Cívico. Ruth Scapelli era su enfermera. Cualquier periodista moderadamente despierto necesitaría unos seis minutos para atar cabos y revivir una jugosa historia de miedo. ¿Es ésa la interpretación del capitán Pedersen?

—Ésa es la interpretación. Las autoridades policiales no quieren que Hartsfield vuelva a ser el centro de atención, no cuando aún se le considera no apto para colaborar en su propia defensa y por lo tanto incapacitado para someterse a juicio. Maldición, nadie en todo el ayuntamiento quiere saber nada.

Hodges guarda silencio y piensa intensamente... quizá más intensamente que en toda su vida. Aprendió la frase «cruzar el Rubicón» allá en bachillerato, y comprendió su significado antes de oír la explicación de la señora Bradley: tomar una decisión irrevocable. Lo que aprendió más adelante, a veces para su pesar, es que uno llega mal preparado a casi todos los Rubicones. Si le cuenta a Pete que Barbara Robinson también tenía un Zappit y que quizá estuviera planteándose el suicidio cuando se marchó de la escuela y fue a Lowtown, Pete se verá prácticamente obligado a acudir otra vez a Pedersen. Dos suicidios relacionados con el Zappit pueden considerarse mera coincidencia, pero ¿tres? Y es cierto que Barbara en realidad no lo consiguió, gracias a Dios, pero tiene a su vez un vínculo con Brady. Al fin y al cabo, estaba en el concierto de 'Round Here. Junto con Hilda Carver y Dinah Scott, destinatarias *también* de sendos Zappit. Aun así, ¿sería capaz la policía de dar crédito a lo que él empieza a creer? La pregunta es importante, porque Hodges siente afecto por Barbara Robinson y no quiere que violen su intimidad si no es para obtener algún resultado concreto.

—¿Kermit? ¿Sigues ahí?

—Sí. Estaba pensando. ¿Anoche recibió alguna visita esa mujer, Scapelli?

—No sabría decirte, porque no han interrogado a los vecinos. Fue un suicidio, no un asesinato.

—Olivia Trelawney también se suicidó —dice Hodges —. ¿Recuerdas?

Ahora le toca a Pete guardar silencio. Claro que se acuerda, de eso y de que fue un suicidio *asistido*. Hartsfield instaló malware en su computadora, un malévolo gusano informático que la indujo a creer que la acosaba el fantasma de una joven madre asesinada en el Centro Cívico. A ello contribuyó el hecho de que en la ciudad casi todo el mundo opinaba que la negligencia de Olivia Trelawney con la llave de repuesto era en parte la causa de la masacre.

—Brady disfrutaba…

—Ya sé con qué disfrutaba —ataja Pete—. No hace falta ahondar en el tema. Tengo otra información para ti, si la quieres.

—Te escucho.

—Esta tarde, a eso de las cinco, he hablado con Nancy Alderson.

Enhorabuena, Pete, piensa Hodges. Veo que no te conformas con pasear en tus últimas semanas.

—Me ha contado que la señora Ellerton ya había comprado a su hija una nueva computadora. Para el curso por internet. Dice que está debajo de la escalera del sótano, que sigue en la caja.

Ellerton pensaba dárselo a Martine el mes que viene como regalo de cumpleaños.

—En otras palabras, planes para el futuro. Impropio de una suicida ¿no?

—Eso diría yo. Tengo que dejarte, Ker. Ahora la pelota está en tu campo. Juégala o déjala ahí. Tú sabrás.

—Gracias, Pete. Te agradezco el aviso.

—Ojalá fuera como en los viejos tiempos —dice Pete—, habríamos llegado al fondo del asunto.

—Pero ya no es así —Hodges vuelve a masajearse el costado.

—No. No lo es. Cuídate. Recupera un poco de peso, por Dios.

—Haré lo que pueda —contesta Hodges, pero ya no habla con nadie. Pete ha colgado.

Se lava los dientes, se toma un analgésico y se pone el pijama lentamente. Luego se acuesta y fija la mirada en la oscuridad, en espera del sueño o la mañana, lo que llegue primero.

8

Brady ha tomado la precaución de tomar el gafete de Babineau de su cómoda después de ponerse la ropa del médico, porque la banda magnética del dorso lo convierte en un pase de acceso ilimitado. A las diez y media de la noche, más o menos cuando Hodges por fin se harta del canal del tiempo, lo usa por primera vez, para entrar en el estacionamiento del personal situado detrás del edificio principal del hospital. Durante el día el estacionamiento está repleto, pero a esta hora hay lugares de sobra para escoger. Elige uno lo más alejado posible de las ubicuas lámparas de vapor de sodio. Reclina el asiento del lujoso coche del doctor B y apaga el motor.

Se adormece y descubre que está surcando una tenue bruma de recuerdos inconexos, lo único que queda de Felix Babineau. Percibe el sabor a menta del labial de la primera chica a la que besó, Marjorie Patterson, en la escuela East, en Joplin, Missouri. Ve una pelota de basquetbol con la palabra VOIT en letras negras descoloridas. Siente calor bajo el pañal al orinarse mientras colorea detrás del sofá de su abuela, un enorme dinosaurio tapizado en velvetón verde desvaído.

Al parecer las reminiscencias de la infancia son lo último que se pierde.

Poco después de las dos de la madrugada, da un respingo ante el vívido recuerdo de su padre abofeteándolo por jugar con fósforos en el desván de casa y, sobresaltado, ahoga una exclamación al despertar en el asiento envolvente del BMW. Por un momento persiste el detalle más nítido de ese recuerdo: una vena palpitante en el cuello enrojecido de su padre, justo por encima del cuello de la camisa azul, de marca Izod.

Enseguida vuelve a ser Brady, vistiendo la piel de Babineau.

9

Aunque pasado casi todo el tiempo confinado en la habitación 217, y en un cuerpo que ya no cumple su función, Brady ha tenido meses para planear, para revisar los planes y para revisar las revisiones. En el proceso ha cometido errores (se arrepiente de haber utilizado a Chico Z para enviar un mensaje a Hodges a través de la página web del Paraguas Azul, por ejemplo, y ha intentado eliminar a Barbara Robinson antes de tiempo); aun así, ha perseverado, y aquí está, al borde del éxito.

Ha ensayado mentalmente esta parte de la operación decenas de veces, y ahora actúa con total aplomo. Pasa la tarjeta de Babineau por el lector y cruza la puerta con el letrero MANTENIMIENTO A. En los pisos superiores, la maquinaria que hace funcionar el hospital se oye apenas como un zumbido apagado, si es que se oye. Aquí abajo retumba de forma atronadora sin cesar, y el calor es sofocante en el pasillo alicatado. Pero, como preveía, no hay nadie. El hospital de una ciudad nunca se sume en un sueño profundo, pero de madrugada cierra los ojos y dormita.

Tampoco hay nadie en el cuarto de descanso del equipo de mantenimiento, como no lo habrá más allá, en las duchas y el vestuario. Algunos casilleros cuentan con candados de seguridad, pero casi todos están abiertos. Mira en uno tras otro, fijándose en las tallas, hasta que encuentra una camisa gris y un pantalón de trabajo que más o menos se corresponden con el tamaño de Babineau. Se quita la ropa de Babineau y se viste el uniforme de empleado de mantenimiento, sin olvidarse de cambiar de bolsillo el frasco de pastillas que ha tomado en el cuarto de baño de Babineau. Se trata de una mezcla potente extraída del botiquín del matrimonio. Junto a las duchas, en uno de los percheros, ve el toque final: una gorra roja y azul de los Groundhogs. La toma, ajusta la banda de plástico de la parte posterior y se la cala hasta las orejas, asegurándose de ocultar el cabello plateado de Babineau.

Recorre en toda su extensión la zona de mantenimiento A y, al fondo, doblando a la derecha, entra en la lavandería del hospital, donde el ambiente es húmedo además de caliente. Dos empleadas descansan en sillones de plástico anatómicos entre dos hileras de secadoras Foshan descomunales. Las dos duermen profundamente; una de ellas tiene en el regazo, medio caída, una caja de galletas saladas con formas de animales, algunas de las cuales se han desparramado por su falda de nailon verde. Más allá, pasadas las lavadoras, hay dos carritos de la lavandería contra la pared de hormigón. Uno está lleno de batas de hospital; el otro, a rebosar de ropa de cama recién lavada. Brady toma unas batas, las coloca encima de las sábanas bien plegadas y empuja el carrito por el pasillo.

Para llegar al Casco, hay que cambiar de elevador y cruzar el paso a desnivel. A lo largo de todo ese camino ve exactamente a cuatro personas. Dos son enfermeras que cuchichean delante de un cuarto de suministros médicos; dos, internos que se ríen en voz queda ante una computadora portátil en la sala de médicos. Ninguno repara en el empleado de mantenimiento del turno nocturno, quien, con la cabeza gacha, empuja un carrito de la lavandería cargado en exceso.

Donde mayores probabilidades hay de que adviertan su presencia y tal vez lo reconozcan es en el puesto de enfermeras situado en el centro del Casco. Pero una de las enfermeras está jugando al solitario en la computadora; la otra escribe, con la cabeza apoyada en la mano libre. Esta última percibe un movimiento con el rabillo del ojo y, sin levantar la cabeza, le pregunta cómo le va.

—Bien, bien —dice Brady—. Aunque hace frío esta noche.

—Ajá, y he oído que va a nevar —bosteza y vuelve a concentrarse en sus notas.

Brady continúa empujando el carrito por el pasillo y se detiene poco antes de la 217. Uno de los pequeños secretos del Casco es que las habitaciones de los pacientes tienen dos puertas, una marcada y otra sin marcar. Las que están sin marcar dan a los armarios, lo que permite reabastecerlas de ropa de cama y otros artículos básicos por la noche sin perturbar el descanso de los pacientes… ni su mente ya de por sí perturbada. Brady toma unas cuantas batas, echa un vistazo alrededor para asegurarse de que ahí tampoco lo observa nadie y penetra a través de la puerta sin marcar. Al cabo de un momento está mirándose. Lleva años engañando a todo el mundo, haciendo creer que Brady Hartsfield es lo que el personal describe (sólo de puertas adentro) con expresiones como «vegetal», «bulto de carne» o «se ve luz pero no hay nadie en casa». Ahora es eso realmente.

Se inclina y acaricia una mejilla, con un asomo de barba. Desliza el pulgar por uno de los párpados cerrados, bajo el cual nota la curvatura del globo ocular. Toma una mano, le da la vuelta y la deja delicadamente encima de la colcha con la palma hacia arriba. Del bolsillo del pantalón gris prestado, saca el frasco y vierte media docena de pastillas en la palma de esa mano. Ten, come, piensa. Éste es mi cuerpo, quebrantado.

Entra en ese cuerpo quebrantado una última vez. Ya no necesita utilizar el Zappit, y tampoco tiene que preocuparse por la posibilidad de que Babineau recupere el control y huya como el Hombre de Jengibre. Sin la mente de Brady, ahora el vegetal es Babineau. Ahí dentro no queda nada más que un recuerdo de la camisa de su padre.

Brady echa un vistazo al interior de su cabeza como un hombre que mira por última vez la habitación de un hotel después de una larga estancia. ¿Olvida algo en el armario? ¿Un tubo de pasta de dientes en el cuarto de baño? ¿Tal vez un gemelo debajo de la cama?

No. Todo está en la maleta, no queda nada en la habitación. Al cerrar la mano, aborrece la flojedad de sus dedos, que se mueven como si tuviese las articulaciones llenas de fango. Abre la boca y se echa las pastillas dentro. Mastica. El sabor es amargo. Babineau, entretanto, yace desmadejado en el suelo. Brady traga una vez. Y otra. Ahí. Listo. Cierra los ojos y, cuando vuelve a abrirlos, tiene la mirada fija bajo la cama, en un par de sandalias que Brady Hartsfield no volverá a calzarse.

Pone a Babineau en pie, se sacude y echa un último vistazo al cuerpo en el que ha ido de acá para allá durante casi treinta años. El que dejó de serle útil tras el segundo golpe en la cabeza que recibió en el auditorio Mingo, poco antes de que pudiera detonar el explosivo plástico que llevaba sujeto bajo la silla de ruedas. Tiempo atrás tal vez le habría preocupado que con esa drástica medida le saliera el tiro por la culata, que su consciencia y todos sus grandes planes murieran junto con su cuerpo. Ya no. Ha cortado el cordón umbilical. Ha cruzado el Rubicón.

Adiós, Brady, piensa, ha sido un placer conocerte.

Esta vez, cuando pasa con el carrito de la lavandería por delante del puesto de enfermeras, la que estaba jugando al solitario se ha marchado, probablemente al sanitario. La otra se ha quedado dormida sobre sus anotaciones.

Pero ya son cuarto para las cuatro, y queda mucho por hacer.

Después de ponerse otra vez la ropa de Babineau, Brady abandona el hospital tal como ha entrado y, en coche, se dirige hacia Sugar Heights. Como el silenciador casero de Chico Z ya no sirve y una detonación no amortiguada seguramente daría lugar a alguna denuncia en el barrio más elegante de la ciudad (donde los vigilantes de la empresa Servicio de Guardia Vigilante nunca se encuentran a más de dos manzanas de distancia), se detiene en Valley Plaza, que le queda de camino. Comprueba si hay alguna patrulla en el estacionamiento vacío, no ve ninguna, y circunda el edificio hasta la zona de carga y descarga de Discount Home Furnishings.

¡Dios, qué placer estar fuera! ¡Es una *maravilla*!

Se acerca a la parte delantera del BMW y respira hondo el aire frío del invierno al tiempo que envuelve el cañón corto del 32 con la manga del caro abrigo de Babineau. No tendrá el mismo efecto que el silenciador de Chico Z, y sabe que existe un riesgo, pero no muy grande. Un único disparo. Primero alza la vista, deseando ver las estrellas; sin embargo, las nubes tapan el cielo. Bueno, da igual, habrá otras noches. Muchas. Posiblemente miles de noches. A fin de cuentas, no está confinado en el cuerpo de Babineau.

Apunta y dispara. En el parabrisas del BMW aparece un pequeño orificio redondo. Ahora viene otro riesgo: conducir el último kilómetro hasta Sugar Heights con un orificio de bala en el cristal delantero, justo por encima del volante. Pero a esas horas de la noche las calles de zonas residenciales están más desiertas que nunca y los policías también dormitan, sobre todo en los mejores barrios.

En dos ocasiones se acercan a él unos faros y contiene el aliento, pero las dos lo adelantan sin reducir la velocidad. El aire de enero penetra por el orificio con un débil resuello. Regresa a la McMansion de Babineau sin percances. Esta vez no necesita introducir el código; le basta con pulsar el control de la reja, prendido de la visera del coche. Cuando llega a lo alto del camino de acceso, gira e invade el césped, cubierto de nieve. El BMW se bambolea sobre una dura costra de nieve apartada, embiste un arbusto y se detiene.

De vuelta en casa, tralarí, de vuelta en casa, tralará.

El único problema es que ha olvidado tomar un cuchillo. Podría utilizar uno de la casa, al fin y al cabo tiene otro asunto pendiente ahí dentro, pero no quiere hacer dos viajes. Le quedan muchos kilómetros por delante antes de poder dormir, y está impaciente por ponerse en marcha. Abre la consola central y revuelve dentro. Da por sentado que un dandi como Babineau tendrá siempre a mano algún utensilio de aseo personal... incluso un cortaúñas le bastaría... pero no hay nada. Mira en la guantera. En la carpeta que contiene los documentos del BMW (de piel, claro), encuentra la tarjeta del seguro, de la compañía Allstate, plastificada. Servirá. A fin de cuentas, como dice el anuncio, con ellos está uno en buenas manos.

Brady se remanga el abrigo de cachemir y la camisa de Babineau; luego se clava una esquina de la tarjeta plastificada en el antebrazo y la desplaza a lo largo. Deja sólo una fina línea roja. Lo intenta de nuevo, apretando mucho más, con los labios contraídos. Esta vez la piel se abre y sangra. Sale del coche con el brazo en alto y se inclina hacia el interior. Vierte unas cuantas gotas primero en el asiento y luego en el arco inferior del volante. No es mucho, pero no hace falta más. No en combinación con el orificio de bala del parabrisas.

Sube con brío los peldaños del porche, cada elástico salto un pequeño orgasmo. Cora yace bajo el perchero del recibidor, tan muerta como antes. Al el Bibliotecario sigue dormido en el sofá. Brady lo sacude y, como sólo arranca de él unos gruñidos ahogados, lo agarra con las dos manos y lo tira al suelo. Al abre un poco los párpados.

—¿Eh? ¿Qué?

La expresión de sus ojos es de aturdimiento, aunque no del todo ausente. No debe de quedar nada de Al Brooks dentro de esa cabeza saqueada, pero sí hay todavía un poco del alter ego que Brady ha creado. Suficiente.

—Hola, Chico Z —saluda Brady, en cuclillas.

—Hola —contesta Chico Z con voz ronca al tiempo que intenta incorporarse con visible esfuerzo—. Hola, Doctor Z. Estoy vigilando esa casa, como usted me dijo. La mujer, la que aún camina, usa el Zappit a todas horas. La observo desde el garage de enfrente.

—Eso ya no es necesario.

—¿No? Oiga, ¿dónde estamos?

—En mi casa —dice Brady—. Has matado a mi mujer.

Chico Z mira boquiabierto al hombre canoso del abrigo. Tiene un aliento fétido, pero Brady no se aparta. Poco a poco, el rostro de Chico Z empieza a contraerse. Es como ver la colisión de un coche a cámara lenta.

—¿Matarla…? ¡Yo no!

—Sí.

—¡No! ¡Yo nunca haría una cosa así!

—Pero lo has hecho. Aunque sólo porque te lo he ordenado yo.

—¿Seguro? No me acuerdo.

Brady lo sujeta por el hombro.

—No ha sido culpa tuya. Estabas hipnotizado.

A Chico Z se le ilumina el rostro.

—¡Por Pesca en el Hielo!

—Sí, por Pesca en el Hielo. Y mientras lo estabas, te he dicho que mataras a la señora Babineau.

Chico Z lo mira con cara de perplejidad y pesar.

—Si lo he hecho, no ha sido culpa mía. Estaba hipnotizado y ni siquiera me acuerdo.

—Ten.

Brady entrega el arma a Chico Z. Éste la toma y la observa con el ceño fruncido, como si se tratara de un artefacto exótico.

—Guárdatela en el bolsillo y dame las llaves de tu coche.

Con aire distraído, Chico Z se mete el 32 en el bolsillo del pantalón, y Brady contrae el rostro en una mueca, temiendo que se dispare el revólver y el pobre desdichado se pegue un tiro en la pierna. Acto seguido Chico Z le tiende el llavero. Brady se lo guarda en el bolsillo, se levanta y cruza la sala.

—¿Adónde va, Doctor Z?

—Enseguida vengo. ¿Por qué no te quedas sentado en el sofá hasta que yo vuelva?

—Me quedaré sentado en el sofá hasta que usted vuelva —repite Chico Z.

—Buena idea.

Brady entra en el despacho de doctor Babineau. Numerosas fotos enmarcadas cubren una pared dedicada al ego, entre ellas una en la que Felix Babineau, más joven, estrecha la mano al segundo presidente Bush y ambos sonríen como idiotas. Brady no presta atención a las fotos; las ha visto muchas veces a lo largo de los meses en que se ejercitaba como ocupante del cuerpo de otra persona, lo cual ahora considera los tiempos en que aprendió a conducir. Tampoco le interesa la computadora de escritorio. Lo que quiere es la MacBook Air. La abre, la enciende e introduce la contraseña de Babineau, que casualmente es CEREBELLIN.

—Tu fármaco no ha servido de un carajo —suelta Brady cuando aparece la pantalla principal. En realidad no está seguro de eso, pero es lo que prefiere creer.

Tamborilea con los dedos en el teclado a una velocidad experta de la que Babineau habría sido incapaz, y se ejecuta un programa oculto, instalado por el propio Brady en una visita anterior a la cabeza del buen doctor. Lleva el nombre de PESCA EN EL HIELO. Vuelve a teclear, y el programa se sintoniza con el repetidor activado en el santuario informático de Freddi Linklatter.

TRABAJANDO, anuncia la pantalla, y debajo: 3 ENCONTRADOS.

¡Tres encontrados! ¡Tres ya!

Brady no cabe en sí de júbilo, aunque en realidad no se sorprende, pese a que es la hora de las brujas. En todo grupo de gente hay siempre unos cuantos insomnes, y el grupo que ha recibido Zappit gratuitos de malconcierto.com no es una excepción. ¿Qué mejor manera de pasar las horas de desvelo previas al amanecer que con una videoconsola cerca? Y antes de empezar a jugar al solitario o a Angry Birds, ¿por qué no echar un vistazo a esos peces rosa de Pesca en el Hielo y ver si por fin los han programado para convertirse en números al tocarlos? La combinación adecuada conlleva un premio, pero a las cuatro de la madrugada quizá no sea esa la motivación principal. Por lo general, las cuatro de la mañana es una hora aciaga para estar en vela. Es cuando se sitúan en primer plano los pensamientos desapacibles y las ideas pesimistas, y el video demostrativo es tranquilizador. También es adictivo. Eso lo sabía Al Brooks antes de convertirse en Chico Z. Brady lo sabía desde el momento en que lo vio. Una afortunada coincidencia, nada más que eso, pero lo que Brady ha hecho a partir de ahí —lo que ha *preparado*— no es ninguna coincidencia. Es el resultado de una planificación larga y meticulosa en la cautividad de su habitación de hospital y de su cuerpo consumido.

Cierra la computadora, se la pone bajo el brazo y se dispone a salir del despacho. En el umbral de la puerta, se le ocurre una idea y vuelve al escritorio de Babineau. Abre el cajón central y encuentra justo lo que busca; ni siquiera tiene que revolver. Cuando la suerte te sonríe, te sonríe.

Brady regresa a la sala. Chico Z sigue sentado en el sofá con la cabeza gacha, los hombros encorvados y las manos colgando entre los muslos. Parece indescriptiblemente cansado.

—Ahora tengo que irme —anuncia Brady.

—¿Adónde?

—No es asunto tuyo.

—No es asunto mío.

—Exacto. Tendrías que echarte otra vez a dormir.

—¿Aquí en el sofá?

—O en alguna habitación de arriba. Pero antes tienes que hacer una cosa —entrega a Chico Z el marcador que ha encontrado en el escritorio de Babineau—. Deja tu marca, Chico Z, como en la casa de la señora Ellerton.

—Estaban vivas cuando vigilaba desde el garage, eso lo sé, pero puede que ya hayan muerto.

—Es probable, sí.

—¿No las habré matado yo también? Porque me parece que, como mínimo, estuve en el cuarto de baño. Y allí dibujé una Z.

—No, no, nada de…

—Busqué el Zappit, como usted me pidió, de eso estoy seguro. Lo busqué mucho, pero no lo encontré por ningún lado. A lo mejor lo tiró.

—Eso ya no importa. Tú deja tu marca aquí, ¿de acuerdo? En diez sitios por lo menos —lo asalta una duda—. ¿Aún sabes contar hasta diez?

—Uno… dos… tres…

Brady mira el Rolex de Babineau. Las cuatro y cuarto. El turno de mañana en el Casco empieza a las cinco. El tiempo corre con pies alados.

—Estupendo. Deja tu marca en diez sitios por lo menos. Luego puedes dormir otra vez.

—Bien. Haré mi marca en diez sitios por lo menos, luego dormiré, luego iré a esa casa que usted quiere que vigile. ¿O tengo que dejar de hacerlo ahora que han muerto?

—Ya puedes dejarlo, creo. Repasemos, ¿quieres? ¿Quién ha matado a mi mujer?

—Yo, pero no ha sido culpa mía. Estaba hipnotizado, y ni siquiera me acuerdo —Chico Z comienza a llorar—. ¿Volverá, Doctor Z?

Brady despliega una sonrisa con la que exhibe la onerosa restauración dental de Babineau.

—Claro —al decirlo, desvía la mirada hacia arriba y a la izquierda.

Ve al viejo acercarse con paso cansino al ostentoso televisor montado en la pared y dibujar una **Z** enorme en la pantalla. No es imprescindible que aparezcan zetas por toda la escena del crimen, pero Brady considera que será un buen detalle, sobre todo cuando la policía pregunte al otrora Al el Bibliotecario cómo se llama y él conteste que es Chico Z. Será sólo una filigrana más en una joya de factura exquisita.

Brady se dirige hacia la puerta de la calle y pasa por encima de Cora otra vez. Brincando, desciende por los peldaños del porche y, una vez abajo, ejecuta unos pasos de baile al tiempo que chasquea los dedos de Babineau. Se resiente un poco, un simple atisbo de artritis incipiente, pero ¿qué más da? Brady sabe qué es el dolor de verdad, y unas ligeras molestias en esas viejas falanges no lo son.

Trota hasta el Malibu de Al. No es un gran coche en comparación con el BMW del difunto doctor Babineau; no obstante, lo llevará a donde quiere ir. Arranca el motor y frunce el ceño cuando el altavoz del tablero vomita una basura clásica. Sintoniza BAM-100 y encuentra un poco de Black Sabbath de la época en la que Ozzy era vanguardia. Lanza un último vistazo al BMW, estacionado oblicuamente en el césped, y se pone en marcha.

Le quedan kilómetros por delante antes de poder dormir, y luego la pincelada final, la cereza del pastel. No necesitará a Freddi Linklatter para eso; le bastará con la MacBook del doctor B. Ahora corre a rienda suelta.

Es libre.

11

Más o menos a la hora a la que Chico Z está demostrando que sabe contar hasta diez, las pestañas cubiertas de sangre seca de Freddi Linklatter se despegan de sus mejillas cubiertas de sangre seca. Descubre que tiene ante sí un ojo castaño muy abierto. Tarda un buen rato en llegar a la conclusión de que en realidad no es un ojo, sino una voluta en una veta de madera *semejante* a un ojo. Está tendida en el suelo y padece la peor resaca de su vida, peor aún que la de después de la calamitosa fiesta de su vigesimoprimer cumpleaños, cuando mezcló vino con Ronrico. Más tarde pensó que podía considerarse afortunada por haber sobrevivido a aquel pequeño experimento. Ahora casi lo lamenta, porque esto es peor. No es sólo la cabeza; en el pecho tiene la misma sensación que si Marshawn Lynch la hubiera utilizado como muñeco para entrenar el embestidas.

Indica a sus manos que se muevan, y obedecen a regañadientes. Las coloca para hacer una flexión de pecho y empuja. Se levanta, pero la camisa se queda adherida al suelo en un charco de algo que parece sangre y huele sospechosamente a whisky. Así que eso es lo que estaba bebiendo, y como una imbécil, ha tropezado y se ha abierto la cabeza. Pero, santo Dios, ¿cuánto se ha metido en el cuerpo?

No ha sido así, piensa. Ha venido alguien, y sabías quién era. Es un proceso de deducción sencillo. Últimamente sólo la visitan dos personas, el Cretino Z, y el del abrigo raído, que hace tiempo que no se deja ver.

Intenta ponerse de pie, y al principio no lo consigue. Además, sólo puede tomar aire en inspiraciones poco profundas. Si respira hondo, le duele por encima del pecho izquierdo. Le da la impresión de que se le clava algo.

¿La licorera?, piensa.

Estaba haciéndola girar mientras esperaba a que apareciera ese hombre. Para entregarme el último pago y desaparecer de mi vida.

—Me ha disparado —dice con voz ronca—. El maldito Doctor Z me ha disparado.

Se tambalea hasta el cuarto de baño y le cuesta dar crédito a la catástrofe que descubre en el espejo. Tiene ensangrentado el lado izquierdo de la cara, donde empieza a formarse un chichón morado en torno a una brecha abierta por encima de la sien, pero eso no es lo peor. Tiene apelmazada la camisa azul de cambray por efecto de la sangre —sobre todo la de la herida de la cabeza, las heridas en la cabeza sangran una barbaridad—, y advierte un orificio negro redondo en el bolsillo del lado izquierdo de la pechera. Le ha disparado, sin duda. De pronto recuerda la detonación y el olor a pólvora segundos antes de que perdiera el conocimiento.

Forma una pinza con los dedos temblorosos, los introduce en el bolsillo del pecho y, respirando aún de manera superficial, saca el paquete de Marlboro light. Ahí está el orificio de bala, justo en el centro de la M. Tira el tabaco al lavabo, se desabrocha la camisa y la deja caer al suelo. El olor a whisky se ha vuelto más fuerte. La camisa de debajo es caqui, con solapas en los bolsillos. Intenta sacar la licorera del bolsillo izquierdo y emite un leve maullido de sufrimiento —lo máximo que puede salir de su garganta sin respirar hondo—, pero cuando consigue desprenderla, el dolor del pecho remite un poco. La bala también ha traspasado la licorera, y los picos del anguloso contorno del orificio, en el lado más cercano a la piel, están impregnados de sangre brillante. Arroja la licorera rota encima del paquete de Marlboro y comienza a desabrocharse los botones de la camisa caqui. Esto le exige más tiempo, pero al final cae también al suelo. Debajo lleva una camiseta de American Giant, de esas con bolsillo. Saca de éste una caja de hojalata: mentas Altoids. También presenta un orificio. Mete el meñique en el agujero del bolsillo y tira hacia abajo. La tela se rasga, y por fin se ve la piel, salpicada de sangre.

Justo donde nace la exigua curva de su pecho, hay un boquete, dentro del cual descubre una cosa negra. Parece un bicho muerto. Ensancha el desgarrón de la camiseta, valiéndose ahora de tres dedos; después introduce las yemas y atenaza el bicho. Lo mueve a un lado y a otro como si fuera un diente suelto.

—*Aaah... aaay... aaay, MALDICIÓN...*

Se desprende, y no es un bicho, sino una bala. La mira y luego la tira al lavabo junto con lo demás. A pesar del dolor de cabeza y las palpitaciones en el pecho, Freddi cobra conciencia de que ha tenido una suerte de locos. Era un revólver pequeño, pero a tan corta distancia incluso un arma de ese tamaño habría cumplido su cometido. Lo habría cumplido de no ser por uno de esos golpes de fortuna que se dan una de cada mil veces. Primero a través del tabaco, luego a través de la licorera —que era lo que en realidad había detenido la bala—, luego a través de la caja de Altoids, luego hasta su cuerpo. ¿A cuánto del corazón? ¿Dos centímetros? ¿Menos?

Se le contrae el estómago y le entran ganas de vomitar. No vomitará, no le conviene. El orificio del pecho sangraría otra vez, pero ésa no es la razón principal. Le estallaría la cabeza. *Esa* es la razón principal.

Respira mejor ahora que ha retirado la licorera con esos picos metálicos en el contorno del orificio, tan horrendos y que sin embargo le han salvado la vida. Vacilante, vuelve a la sala y se queda mirando el charco de sangre y whisky. Si ese hombre se hubiera inclinado y le hubiera apoyado el cañón del arma en la nuca... sólo para asegurarse...

Asaltada por las náuseas y una creciente flojera, Freddi cierra los ojos y se esfuerza por no perder el conocimiento. Cuando se encuentra un poco mejor, va hasta su sillón y se sienta muy despacio. Como una anciana con lumbalgia. Fija la mirada en el techo. ¿Ahora qué?

Lo primero que se le ocurre es llamar al 911, pedir una ambulancia e ir al hospital, pero ¿qué va a contarles? ¿Que un hombre ha llamado a su puerta, se ha presentado como mormón o testigo de Jehová y, cuando le ha abierto, le ha disparado? Le ha disparado ¿por qué? ¿Para qué? ¿Y por qué iba ella, una mujer que vive sola, a abrir la puerta a un desconocido a las diez y media de la noche?

Y la cosa no acaba ahí. Vendrá la policía. En el dormitorio guarda treinta gramos de hierba y tres de coca. Podría deshacerse de esa mierda, pero ¿y la otra mierda, la del cuarto de la computadora? Tiene media docena de hacks ilegales en marcha, más una tonelada de equipo caro que no puede decirse que haya comprado. La policía querrá saber si, por casualidad, señorita

Linklatter, el hombre que le ha disparado tenía algo que ver con el antedicho material electrónico. ¿Le debía usted dinero por la adquisición de todo eso, quizá? ¿Trabajaba con él robando números de tarjetas de crédito y otros datos personales, quizá? Y difícilmente pasarán por alto el repetidor, que destella como una máquina tragamonedas de Las Vegas mientras emite su interminable señal vía wifi, instalando un gusano, malware personalizado, cada vez que encuentra un Zappit en funcionamiento.

¿Qué es *esto*, señorita Linklatter? ¿Para qué sirve exactamente? ¿Qué les dirá?

Echa un vistazo alrededor con la esperanza de ver el sobre de dinero caído en el suelo o el sofá, pero se lo ha llevado, por supuesto. Si es que de verdad contenía dinero, y no tiras de papel periódico. Está aquí, está herida, tiene una conmoción cerebral (Que no sea una fractura, Dios mío, por favor) y anda escasa de efectivo. ¿Qué puede hacer?

Apagar el repetidor, eso primero. El Doctor Z lleva a Brady Hartsfield dentro, y Brady es un psicópata. Lo que sea que hace ese repetidor es malo. Se proponía apagarlo de todos modos, ¿no? Ahora el recuerdo le resulta algo vago, pero ¿no era el plan? ¿Apagarlo y desaparecer? No dispone del último pago para financiar la huida, pero, a pesar de su habitual laxitud con el dinero, aún le quedan unos miles en el banco, y el Corn Trust abre a las nueve. Además, tiene la tarjeta del cajero automático. Así que apagará el repetidor, cortará de raíz ese espeluznante sitio, zetaelfinal.com, se limpiará la sangre de la cara y se marchará. No en avión, porque hoy día las zonas de seguridad de los aeropuertos son como trampas con cebo, sino en cualquier autobús o tren con rumbo al dorado oeste. ¿No es esa la mejor idea?

Ya de pie, camino al cuarto de la computadora, cae en la cuenta de por qué *no* es la mejor idea. Brady se ha ido, pero no se habría marchado si no pudiera supervisar su proyecto a distancia, en especial el repetidor, y eso es lo más fácil del mundo. Es hábil con las computadoras —brillante, de hecho, aunque le reviente admitirlo—, y casi con toda seguridad se ha dejado una puerta trasera para acceder al montaje de Freddi. Si es así, puede comprobarlo siempre que quiera; sólo necesitará una computadora portátil. Si ella desconecta esa mierda, se enterará y sabrá que está viva.

Regresará.

—Entonces ¿qué hago? —susurra.

Con un gran esfuerzo, se acerca a la ventana, tiritando —en este departamento hace un frío horroroso en cuanto llega el invierno— y contempla la oscuridad.

—¿Qué hago ahora?

12

Hodges está soñando con Bowser, un perro pequeño y pendenciero que tenía de niño. Su padre lo llevó a rastras al veterinario para sacrificarlo, pese a las llorosas protestas de Hodges, cuando el bueno de Bowser mordió al repartidor de periódicos, quien necesitó puntos de sutura. En este sueño Bowser lo muerde a él, lo muerde en el costado. No lo suelta ni cuando Billy Hodges, de corta edad, le ofrece el mejor premio de la bolsa de premios, y el dolor es atroz. Está sonando el timbre de la puerta, y Hodges piensa: Es el repartidor de periódicos, ve a morderlo a él, se supone que tienes que morderlo a él.

Sólo cuando emerge de su sueño y vuelve al mundo real, se da cuenta de que no es el timbre de la puerta; es el teléfono que tiene junto a la cama. El fijo. Lo busca a tientas, se le cae, lo recoge del edredón y logra pronunciar algo parecido a un pastoso hola.

—Imaginaba que tendrías el teléfono en silencio —dice Pete Huntley. Suena del todo despierto y extrañamente jovial.

Hodges mira el reloj de la mesita con los ojos entornados, pero no alcanza a ver la hora. El frasco de analgésicos, ya medio vacío, tapa el visor digital. Dios santo, ¿cuántos se tomó ayer?

—Eso tampoco sé hacerlo —se incorpora con notable esfuerzo. Le cuesta creer que el dolor se haya intensificado tanto en tan poco tiempo. Es como si el mal hubiese esperado a que lo identificaran para hincar las garras con todas sus fuerzas.

—Tienes que ponerte las pilas, Ker.

Un poco tarde para eso, piensa a la vez que baja las piernas al suelo.

—¿Por qué me llamas a…? —aparta el frasco—. ¿A las seis cuarenta de la mañana?

—Estoy impaciente por darte la buena noticia —dice Pete—. Brady Hartsfield ha muerto. Lo ha descubierto una enfermera en la ronda de la mañana.

Hodges se levanta en el acto, lo que le provoca una punzada de dolor que apenas acusa.

—¿Qué? ¿*Cómo*?

—Hoy le harán la autopsia, pero el médico que lo ha reconocido se inclina a pensar que ha sido un suicidio. Ha encontrado residuos de *algo* en la lengua y las encías. El médico de guardia ha tomado una muestra, y en este preciso momento está tomando otra un técnico del departamento forense. Van a acelerar los análisis, porque Hartsfield es una celebridad.

—Suicidio —repite Hodges, y se pasa una mano por el cabello, ya alborotado. La noticia es bastante sencilla, y aun así parece incapaz de asimilarla—. ¿*Suicidio*?

—Siempre le ha encantado —dice Pete—. Creo que tú mismo lo has dicho, y más de una vez.

—Sí, pero…

Pero ¿qué? Pete tiene razón, a Brady le encantaba el suicidio, y no sólo el del prójimo. En 2009 había estado dispuesto a morir en la feria de empleo del Centro Cívico si las cosas tomaban ese derrotero, y al cabo de un año entró en el auditorio Mingo con más de un kilo de explosivo plástico adherido al asiento de su silla de ruedas. Dicho de otro modo, tenía el trasero en la zona cero. Sólo que de eso hace tiempo, y las cosas han cambiado. ¿O no?

—Pero ¿qué?

—No lo sé —contesta Hodges.

—Yo sí. Por fin ha encontrado la manera de hacerlo. Así de simple. En todo caso, si pensabas que Hartsfield estaba implicado de algún modo en las muertes de Ellerton, Stover y Scapelli... y debo decirte que mis sospechas iban en la misma dirección... puedes dejar de preocuparte. Ha estirado la pata, ha colgado los tenis, se ha marchado al otro mundo, y todos lo celebramos.

—Pete, necesito procesarlo un poco.

—No lo dudo —dice Pete—. Los unía una larga historia. Entretanto, tengo que llamar a Izzy. Para que empiece el día con buen pie.

—¿Me dirás algo cuando te llegue el resultado de los análisis y sepas lo que ha tomado?

—Claro que sí. Entretanto, *sayonara*, Mr. Mercedes, ¿bien?

—Bien, bien.

Hodges cuelga, entra en la cocina y enciende la cafetera. Debería tomar té, el café abrasará sus pobres entrañas, en las últimas, pero ahora mismo le trae sin cuidado. Y no piensa tomar ninguna pastilla, no durante un rato. Necesita mantener la cabeza lo más despejada posible.

Toma el teléfono del cargador y llama a Holly. Ella contesta en el acto, y Hodges se pregunta brevemente a qué hora se levanta. ¿A las cinco? ¿Antes, incluso? Puede que sea mejor que algunas preguntas queden sin respuesta. Le cuenta lo que acaba de comunicarle Pete, y Holly Gibney no esconde tras un eufemismo la palabra malsonante.

—¡Maldición, tienes que estar bromeando!

—No a menos que Pete bromeé, y lo dudo. Nunca bromea antes de media tarde, y ni siquiera entonces se le da muy bien.

Se produce un momento de silencio, luego Holly pregunta:

—¿Y tú lo crees?

—Que está muerto, sí. Difícilmente podría tratarse de un caso de confusión de identidades. Que se ha suicidado... eso me parece... —busca la expresión apropiada, no la encuentra, y repite lo que ha dicho a su antiguo compañero no hace ni cinco minutos—. No lo sé.

—¿Es el fin de este asunto?

—Puede que no.

—Lo mismo pienso yo. Tenemos que averiguar qué pasó con los Zappit que quedaron después de que la empresa quebrara. No me explico qué relación podían tener con Brady Hartsfield, pero muchas de las conexiones conducen a él. Y al concierto en el que se proponía hacer estallar la bomba.

—Lo sé —Hodges vuelve a representarse una araña enorme, rebosante de veneno, en el centro de su tela. Sólo que la araña está muerta.

Y todos lo celebramos, piensa.

—Holly, ¿puedes ir al hospital cuando los Robinson vayan a recoger a Barbara?

—Puedo hacerlo —después de una pausa, añade—: Me gustaría hacerlo. Llamaré a Tanya para asegurarme de que no tienen inconveniente, pero imagino que no. ¿Por qué?

—Quiero que Barb vea unas fotografías. Le enseñarás una serie de seis fotos: cinco hombres blancos mayores con traje, más el doctor Felix Babineau.

—¿Crees que Myron Zakim era el *médico* de Hartsfield? ¿Que fue él quien dio esos Zappit a Barbara y a Hilda?

—En este momento es sólo una corazonada.

Pero está siendo modesto. De hecho, hay algo más. Babineau le inventó un cuento chino para impedir que entrara en la habitación de Brady y después estuvo a punto de perder la paciencia cuando Hodges le preguntó si se encontraba bien. Y Norma Wilmer sostiene que ha estado sometiendo a Brady a experimentos no autorizados. «Investiga a Babineau —dijo en el Bar Bar Black Sheep—. Métalo en apuros. Échale valor.» A un hombre al que probablemente no le queden más que unos meses de vida, eso no se le antoja mucho valor.

—De acuerdo. Respeto tus corazonadas, Bill. Y seguro que en las páginas de sociedad encuentro una foto del doctor Babineau en alguno de esos actos benéficos que siempre organizan para el hospital.

—Bien. Ahora recuérdame el nombre del administrador concursal.

—Todd Schneider. Tienes que llamarlo a las ocho y media. Si estoy con los Robinson, no llegaré a la oficina hasta más tarde. Me acompañará Jerome.

—Sí, bien. ¿Tienes el número de Schneider?

—Te lo mandé por mail. Recuerdas cómo acceder a tu e-mail, ¿no?

—Es cáncer, Holly, no Alzheimer.

—Hoy es tu último día. Recuerda eso también.

¿Cómo olvidarlo? Lo ingresarán en el hospital en el que ha muerto Brady, y ahí se acabará todo, el último caso de Hodges quedará en suspenso. La idea lo revienta, pero no hay vuelta de hoja. Lo suyo avanza deprisa.

—Desayuna algo.

—Lo haré.

Cuelga y lanza una mirada anhelante al café recién hecho. Huele de maravilla. Lo vierte en el fregadero y se viste. No desayuna.

13

Finders Keepers se ve muy vacía sin Holly sentada a su mesa en la recepción, pero al menos el sexto piso del edificio Turner está en silencio; el ruidoso personal de la agencia de viajes del final del pasillo no empezará a llegar hasta dentro de una hora como mínimo.

Hodges piensa mejor con una libreta delante, anotando las ideas tal como se le ocurren en el esfuerzo de desentrañar las conexiones y dar forma a una perspectiva coherente. Así trabajaba durante sus tiempos en la policía, y las más de las veces lograba establecer esas conexiones. Obtuvo muchas menciones honoríficas a lo largo de los años, pero en lugar de colgarlas en una pared, fue apilándolas de cualquier manera en un estante del armario. Las menciones nunca le importaron. La recompensa era aquel destello de luz que acompañaba las conexiones. Descubrió que era incapaz de renunciar a eso. De ahí que optara por Finders Keepers en lugar de la jubilación.

Esta mañana no hay anotaciones, sólo garabatos: figuras que trepan por un monte, ciclones y platillos voladores. Está convencido de que la mayor parte de las piezas de este acertijo están ahora sobre la mesa y basta con que descubra la forma de unirlas, pero la muerte de Brady Harstfield es como una colisión múltiple en su carretera de información personal, impide totalmente la circulación. Cada vez que mira su reloj, han pasado otros cinco minutos. Pronto tendrá que llamar a Schneider. Para cuando acabe de hablar con él, estará llegando el ruidoso personal de la agencia de viajes. Después aparecerán Holly y Jerome. Toda oportunidad de reflexión en silencio se habrá esfumado.

«Muchas de las conexiones —ha dicho Holly— conducen a él. Y al concierto en el que se proponía hacer estallar la bomba.»

Sí, así es. Porque las únicas candidatas a recibir Zappit gratuitos de esa página web eran personas —por aquel entonces niñas en su mayoría, ahora adolescentes— que podían demostrar su presencia en el concierto de 'Round Here, y el sitio ahora está muerto. Al igual que Brady, malconcierto.com ha estirado la pata, ha colgado los tenis, se ha marchado al otro mundo, y todos lo celebramos.

Al final escribe dos palabras en medio de los garabatos y traza círculos alrededor. Una es «concierto». La otra, «residuo».

Llama al Kiner Memorial, y lo comunican con el Casco. Sí, le dicen, Norma Wilmer se encuentra allí, pero ahora está ocupada y no puede contestar. Hodges imagina que esa mañana estará *muy* ocupada y espera que la resaca no sea demasiado grave. Le deja un mensaje pidiéndole que lo llame en cuanto pueda e insiste en que es urgente.

Continúa garabateando hasta las ocho y veinticinco (ahora son Zappit lo que dibuja, posiblemente porque tiene el de Dinah Scott en el bolsillo del abrigo); luego llama a Todd Schneider, que atiende el teléfono.

Hodges se identifica como defensor del consumidor voluntario al servicio del Departamento de Buenas Prácticas Empresariales, y dice que se le ha encomendado la investigación de ciertas consolas Zappit que han aparecido en la ciudad. Mantiene un tono tranquilo, casi despreocupado.

—El asunto no tiene gran importancia, en especial porque los Zappit se regalaron, pero, según parece, algunos de los destinatarios están descargando libros de una página llamada Círculo de Lectores Sunrise, y llegan incompletos.

—¿Círculo de Lectores Sunrise? —la voz de Schneider trasluce perplejidad. No parece disponerse a levantar un escudo de jerga jurídica, y así es como Hodges quiere que discurra la conversación—. ¿Como en Sunrise Solutions?

—Pues sí, eso es precisamente lo que me ha llevado a llamarlo. Según mi información, Sunrise Solutions compró Zappit, S. A. antes de entrar en concurso de acreedores.

—Así es, pero tengo una tonelada de documentación sobre Sunrise Solutions y no recuerdo nada de ningún Círculo de Lectores Sunrise. Y no habría pasado por alto una cosa así. En esencia Sunrise se dedicaba a absorber pequeñas empresas de electrónica, por si daban en el clavo con alguna. Por desgracia nunca ocurrió.

—¿Y qué me dice del Club Zappit? ¿Le suena de algo?

—Es la primera vez que lo oigo.

—¿O un sitio web llamado zetaelfinal.com? —Hodges se da una palmada en la frente al formular la pregunta. Debería haber visitado la página él mismo en lugar de dedicarse a llenar una hoja de garabatos absurdos.

—No, tampoco me suena de nada —de pronto se agita levemente el escudo jurídico—. ¿Estamos hablando de un caso de fraude al consumidor? Porque las leyes en materia de quiebras son muy claras al respecto, y...

—No, ni mucho menos —lo tranquiliza Hodges—. El único motivo de nuestra intervención son esas descargas fragmentarias. Y como mínimo uno de los Zappit llegó averiado. El destinatario quiere devolverlo y, si es posible, conseguir uno nuevo.

—No me sorprende que alguien haya recibido una consola averiada si era del último lote —comenta Schneider—. Había muchas defectuosas, quizá el treinta por ciento de la última serie.

—Por curiosidad personal, ¿a cuántas ascendía esa última serie?

—Tendría que consultar la cifra para asegurarme, pero debía de rondar las cuarenta mil unidades. Zappit demandó al fabricante, aunque demandar a una empresa china es una locura, pero por aquel entonces querían mantenerse a flote a toda costa. Le doy está información tan sólo porque todo el asunto es agua pasada.

—Entiendo.

—En fin, la empresa manufacturera, Yicheng Electronics, contraatacó con uñas y dientes. Probablemente no por el dinero que había en juego, sino porque les preocupaba su reputación. Y es comprensible, ¿no cree?

—Sí —Hodges no puede aplazar más el alivio del dolor. Saca el frasco de pastillas, extrae dos agitándolo y acto seguido vuelve a guardar una de mala gana. Se coloca la otra debajo de la lengua para que se disuelva, con la esperanza de que así el efecto sea más rápido—. Supongo que sí.

—Yicheng adujo que las unidades defectuosas habían sufrido daños durante el transporte, seguramente a causa del agua. Según ellos, si se hubiese tratado de un problema de software, *todos* los juegos habrían sido defectuosos. Yo le veo cierta lógica, pero no soy ningún genio de la electrónica. En todo caso, Zappit se fue a pique, y Sunrise Solutions decidió no seguir adelante con el pleito. Para entonces tenían problemas mayores. Los perseguían los acreedores. Los inversores desertaban.

—¿Qué fue de ese último lote?

—Bueno, era un activo, claro está, pero no muy valioso, debido al problema de la avería. Yo conservé las consolas durante un tiempo, y enviamos publicidad a minoristas especializados en saldos. Cadenas como Dollar Store y Economy Wizard. ¿Las conoce?

—Sí —Hodges había comprado unos mocasines defectuosos en la Dollar Store del barrio. No eran ninguna ganga, pero no estaban mal. Se dejaban llevar.

—Naturalmente tuvimos que dejar claro que hasta tres de cada diez Zappit Commander... así llamaron a la última versión... podían salir defectuosos, y por tanto era necesario verificar el funcionamiento de todas las unidades. Eso descartaba cualquier posibilidad de vender el lote entero. Probar las unidades una por una habría exigido muchas horas de trabajo.

—Ajá.

—Así que, como administrador concursal, opté por destruirlas y solicitar una bonificación fiscal, lo que habría ascendido a... Bueno, bastante. No a los niveles de General Motors, pero habría alcanzado las cinco cifras. Para saldar deudas, ya me entiende.

—Claro, tiene sentido.

—Pero cuando me disponía a hacerlo, recibí una llamada de un tipo de Gamez, S. R. I, una empresa de ahí, de su ciudad. O sea, *games* pero con zeta al final. Se presentó como director ejecutivo. Probablemente director ejecutivo de una operación de tres personas con sede en dos habitaciones o un garage. —Schneider deja escapar una risa de gran hombre de negocios neoyorquino—. Desde que empezó la revolución informática, esas empresas proliferan como los hongos, aunque no sé de ninguna que *regale* el producto. Eso huele un poco a estafa, ¿no cree?

—Sí —contesta Hodges. La pastilla, que va disolviéndose, es sumamente amarga, pero el alivio es dulce. Piensa que eso mismo ocurre con muchas cosas en la vida. Una idea propia de *Reader's Digest*, pero no por ello menos válida—. A eso huele, ciertamente.

El escudo jurídico se ha esfumado. Enfrascado en su propio relato, Schneider se anima.

—El tipo se ofreció a comprar ochocientos Zappit a ochenta dólares la pieza, aproximadamente cien dólares menos que el precio de venta al público recomendado. Regateamos un poco y cerramos el trato en cien.

—La unidad.

—Sí.

—Eso asciende a ochenta mil dólares —dice Hodges. Piensa en Brady, sobre el que pesaban Dios sabía cuántas demandas civiles, por sumas que alcanzaban decenas de millones de dólares. Brady, que (si a Hodges no le engaña la memoria) tenía mil cien dólares en el banco—. ¿Y recibió un cheque por esa cantidad?

Duda que vaya a obtener respuesta a esa pregunta —muchos abogados darían por concluida la conversación en ese punto—, pero la obtiene. Probablemente porque la quiebra de Sunrise Solutions ya es un asunto zanjado desde el punto de vista jurídico. Para Schneider, esto es como una entrevista después del partido.

—Correcto. A cuenta de Gamez, S. R. I.

—¿Se cobró sin problemas?

Todd Schneider deja escapar su risa de gran hombre de negocios.

—En caso contrario, esas ochocientas consolas Zappit se habrían reciclado para la producción de nuevos artículos informáticos junto con las demás.

Hodges realiza un cálculo rápido en su libreta decorada con garabatos. Si el treinta por ciento de las ochocientas unidades salía defectuoso, quedaban quinientas sesenta consolas en funcionamiento. Quizá no tantas. Hilda Carver recibió una que supuestamente había sido verificada —¿por qué dársela, si no?—, pero, según Barbara, había despedido un único destello azul y se había apagado.

—Así que se efectuó el envío.

—Sí, mediante UPS desde el almacén de Terre Haute. Un reembolso mínimo, pero algo es algo. Hacemos lo que podemos por nuestros clientes, señor Hodges.

—No lo dudo —y todos lo celebramos, piensa Hodges—. ¿Recuerda adónde se mandaron esos ochocientos Zappit?

—No, pero constará en el archivo. Deme su dirección de correo electrónico y con mucho gusto le enviaré el dato, con la condición de que vuelva a llamarme y me explique en qué clase de estafa anda metida esa gente de Gamez.

—Lo haré encantado, señor Schneider —será un apartado postal, piensa Hodges, y el titular habrá desaparecido hace tiempo. Aun así, habrá que comprobarlo. Podrá hacerlo Holly mientras él está en el hospital, recibiendo tratamiento para algo que casi seguro no tiene cura—. Ha sido usted de gran ayuda, señor Schneider. Una pregunta más. ¿No recordará por casualidad el nombre del director ejecutivo de Gamez, S. R. I?

—Pues sí —contesta Schneider—. Imaginé que por eso la empresa se llamaba Gamez, con Z en lugar de S.

—No entiendo.

—El director ejecutivo se llamaba Myron Zakim.

14

Hodges cuelga el teléfono y abre Firefox. Escribe zetaelfinal. com, y aparece el dibujo animado de un hombre que empuña un pico. Se elevan unas nubes de polvo, que forman el mismo mensaje una y otra vez:

PÁGINA TODAVÍA EN CONSTRUCCIÓN
DISCULPA LAS MOLESTIAS
¡PERO VUELVE A VISITARNOS!
«Estamos hechos para perseverar,
así es como descubrimos quiénes somos.»
Tobias Wolfe

Otra idea digna del *Reader's Digest*, piensa Hodges, y se acerca a su ventana. En Lower Marlborough, el tránsito matutino fluye con rapidez. Cae en la cuenta, con asombro y gratitud, de que por primera vez en días el dolor del costado ha desaparecido por completo. Casi podría creer que no le pasa nada, pero el sabor amargo en la boca lo contradice.

El sabor amargo, piensa. El *residuo*.

Su celular vibra. Es Norma Wilmer, y habla tan bajo que lo obliga a aguzar el oído.

—Si me has llamado por la supuesta lista de visitantes, aún no he tenido ocasión de buscarla. Esto es un hervidero de policías y personas con trajes baratos de la fiscalía. Se diría que Hartsfield se ha fugado en lugar de morir.

—No llamaba por la lista, aunque todavía necesito esa información, y si puedes conseguírmela hoy mismo, vale otros cincuenta dólares. Consíguemela antes de las doce del mediodía, y serán cien.

—Dios bendito, ¿a qué se debe tanto interés en eso? Le he preguntado a Georgia Frederick... va y viene entre Trauma y el Casco desde hace diez años... y dice que, por lo que ha visto, la única persona que ha visitado a Hartsfield, aparte de usted, es una chica un poco desaliñada con tatuajes y el cabello tan corto como un marine.

A Hodges esa chica no le suena de nada, pero *sí* percibe una leve vibración. Que lo incomoda. Siente un desesperado deseo de dar con la solución a esto, y por esa misma razón debe andarse con especial cautela.

—¿Qué *quieres*, Bill? Estoy en un puto armario de ropa de cama, hace calor y me duele la cabeza.

—Me ha llamado mi antiguo compañero de la policía y me ha dicho que Brady se tomó no sé qué mierda y se mató. Eso me induce a pensar que a lo largo del tiempo debía de haber acumulado fármacos suficientes para hacerlo. ¿Es posible?

—Sí. Y también es posible que yo consiguiera aterrizar un Jumbo 767 si toda la tripulación del vuelo muriese intoxicada, pero las dos cosas son increíblemente improbables. Te diré lo mismo que a la policía y a los dos charlatanes de lo más impertinentes de la fiscalía. Brady tomaba Anaprox-DS los días de fisioterapia, una pastilla después de la comida, otra al final del día si la pedía, cosa que rara vez hacía. En realidad, en lo que se refiere al control del dolor, el Anaprox no es mucho más potente que el Advil, que puede comprarse sin receta. En su historial constaba también Tylenol extrafuerte, pero sólo lo pedía muy de vez en cuando.

—¿Cómo han reaccionado a eso los hombres de la fiscalía?

—Ahora mismo trabajan sobre la teoría de que se tomó un frasco entero de Anaprox.

—Pero ¿tú no lo crees?

—¡Claro que no! ¿Dónde iba a esconder tal cantidad de pastillas? ¿En ese trasero esquelético y llagado? Tengo que colgar. Volveré a llamarte con la lista de visitantes. Si es que existe, claro.

—Gracias, Norma. Prueba tomar un poco de Anaprox para ese dolor de cabeza.

—Jódete, Bill —sin embargo, lo dice entre risas.

15

Lo primero que Hodges piensa cuando Jerome entra es: ¡Vaya, muchacho, cómo has crecido!

Cuando Jerome Robinson trabajaba para él —primero como el chico que cortaba el césped, luego para toda clase de tareas de mantenimiento y por último como ángel tecnológico que mantenía en funcionamiento su computadora—, era un adolescente espigado, de metro setenta y unos sesenta y cinco kilos. El joven gigante que se encuentra en el umbral de la puerta mide un metro ochenta y cinco como mínimo, y no andará lejos de los noventa kilos. Siempre ha sido guapo, pero ahora lo es como podría serlo un actor de cine, además de muy musculoso.

El sujeto en cuestión despliega una sonrisa, cruza el despacho a rápidas zancadas y abraza a Hodges. Lo estrecha, pero se apresura a soltarlo al ver que éste hace una mueca.

—Dios, perdona.

—No me has hecho daño, sólo me alegro de verte, amigo mío —tiene la visión un poco borrosa y se enjuga un asomo de lágrimas con la base de la mano—. Dichosos los ojos.

—Lo mismo digo. ¿Cómo te encuentras?

—Ahora, bien. Tengo unas pastillas para el dolor, pero tú eres mejor medicina.

Holly permanece en la puerta con la cremallera del práctico abrigo bajada y las pequeñas manos entrelazadas delante de la cintura. Los observa con una sonrisa de infelicidad. Hodges no habría creído que algo así fuera posible, pero al parecer sí lo es.

—Acércate, Holly —dice—. Nada de abrazos en grupo, te lo prometo. ¿Has puesto a Jerome al corriente?

—Sabe lo de Barbara, pero he pensado que sería mejor que le contaras tú el resto.

Jerome ahueca una mano grande y cálida en torno a la nuca de Hodges.

—Dice Holly que mañana te ingresan para hacerte más estudios y planificar un tratamiento, y si intentas poner alguna excusa, se supone que tengo que hacerte callar.

—No hacerlo callar —interviene Holly, y mira a Jerome con severidad—. Yo no he utilizado esa expresión.

Jerome sonríe.

—Tenías «disuadirlo» en los labios, pero «hacerlo callar» en los ojos.

—Tonto —replica ella, aunque le devuelve la sonrisa.

Contenta porque estamos juntos, piensa Hodges, triste por el motivo de la reunión. Pone fin a esa rivalidad fraternal extrañamente grata preguntando por Barbara.

—Está bien. Con fractura de tibia y peroné, a media altura. Podría haberle pasado en el campo de futbol o esquiando por una pista de principiantes. Cabe esperar que los huesos suelden sin problema. Trae un yeso y ya está quejándose de lo mucho que le pica. Mi madre ha ido a comprarle un rascador.

—Holly, ¿le has enseñado las fotos?

—Sí, y ha señalado al doctor Babineau. Ni siquiera ha vacilado.

Doc, tengo que hacerle unas cuantas preguntas, piensa Hodges, y estoy decidido a obtener respuestas antes de que termine mi último día. Si me veo obligado a apretarle las tuercas para que cante, no hay problema, aunque se le salgan un poco los ojos las cuencas.

Jerome se reclina contra un ángulo del escritorio de Hodges, su sitio de costumbre.

—Cuéntenmelo todo, desde el principio. Puede que vea algo nuevo.

Quien más habla es Hodges. Holly se dirige a la ventana y contempla Lower Marlborough con los brazos cruzados y las manos en torno a los hombros. Añade alguna observación de vez en cuando, pero sobre todo se limita a escuchar.

Cuando Hodges termina, Jerome pregunta:

—¿Hasta qué punto están seguros de eso del poder de la mente sobre la materia?

Hodges se detiene a reflexionar.

—En un ochenta por ciento. Quizá más. Es delirante, pero hay demasiadas historias para descartarlo.

—Si era capaz de hacerlo, la culpa es mía —dice Holly sin apartarse de la ventana—. Cuando lo golpeé con tu garrote, Bill, quizá se le reorganizó el cerebro de alguna manera. Le dio acceso al noventa por ciento de materia gris que nunca utilizamos.

—Puede ser —contesta Hodges—, pero si no lo hubieras hecho, Jerome y tú estarían muertos.

—Junto con un montón de gente más —añade Jerome—. Y es muy posible que el golpe no tenga nada que ver con eso. Puede que eso que Babineau le administraba no sólo lo sacara del coma. A veces los fármacos experimentales tienen efectos imprevistos.

—Podría haber sido una combinación de ambas cosas —aventura Hodges. Le parece mentira que estén manteniendo esa conversación, pero eludirla sería infringir la regla número uno en el trabajo de un investigador: uno va a donde lo lleven los hechos.

—Ese hombre te odiaba, Bill —dice Jerome—. En lugar de suicidarte, que es lo que quería, fuiste en su busca.

—Y volviste su propia arma contra él —añade Holly, todavía de espaldas y sin dejar de abrazarse—. Utilizaste el Paraguas Azul de Debbie para obligarlo a salir a la luz. Fue él quien te envió ese mensaje hace dos noches, lo sé. Brady Hartsfield, presentándose como Chico Z —por fin se da la vuelta—. Está tan claro como la luz del día. Tú le impediste actuar en el Mingo…

—No, yo estaba abajo sufriendo un infarto. Fuiste tú quien se lo impidió, Holly.

Ella mueve la cabeza en un vehemente gesto de negación.

—Eso él no lo sabe, *porque no me vio*. ¿Crees que yo podría olvidar lo que pasó aquella noche? Nunca lo olvidaré. Barbara estaba sentada al otro lado del pasillo, un par de filas más arriba, y es a ella a quien él miraba, no a mí. Le grité y lo golpeé en cuanto empezó a girar la cabeza. Luego lo golpeé otra vez. Dios mío, lo golpeé muy *fuerte*.

Jerome hace ademán de acercarse a Holly, pero ella le indica que retroceda. Para Holly, el contacto visual es difícil, pero ahora mira a Hodges a la cara y le brillan los ojos.

—*Tú* lo provocaste para obligarlo a salir, *tú* diste con su contraseña, lo que nos permitió acceder a su computadora y averiguar qué se proponía. Siempre te responsabilizó a ti. Lo *sé*. Y luego seguiste yendo a su habitación, sentándote allí y hablándole.

—¿Y piensas que por eso ha hecho esto, sea lo que sea?

—¡No! —casi nunca habla a gritos—. ¡*Lo ha hecho porque está rematadamente loco!* —sigue un silencio, y a continuación, cohibida, pide perdón por levantar la voz.

—No te disculpes, Hollyberry —dice Jerome—. Me estremezco cuando te muestras así.

Holly le dirige una mueca. Jerome ríe con un resoplido y pregunta a Hodges por el Zappit de Dinah Scott.

—Me gustaría echarle un vistazo.

—En el bolsillo de mi abrigo —indica Hodges—, pero cuidado con el video de Pesca en el Hielo.

Jerome busca en el abrigo de Hodges, descarta un tubo de antiácido Tums y la omnipresente libreta de investigador, y saca el Zappit verde de Dinah.

—¡Vaya! Pensaba que estas cosas habían desaparecido junto con el VCR y el módem de marcación.

—Prácticamente así fue —dice Holly—, y el precio no ayudó. Lo consulté. Ciento ochenta y nueve dólares, precio de venta al público recomendado, allá por 2012. Ridículo.

Jerome se pasa el Zappit de una mano a la otra. Tiene una expresión sombría y luce cansado. Normal, piensa Hodges. Ayer estaba trabajando en una obra en Arizona. Ha tenido que volver a casa deprisa y corriendo porque su hermana, por lo general alegre, intentó suicidarse.

Tal vez Jerome advierte algo de eso en la cara de Hodges.

—La pierna de Barb se curará. Es su cabeza lo que me preocupa un poco. Habla de destellos azules y de una voz que oía. Que salía del juego.

—Dice que todavía la oye en su mente —añade Holly—. Como una canción que no puedes quitarte de la cabeza. Seguramente se le pase con el tiempo, ahora que se ha roto su juego, pero ¿y los demás que recibieron consolas?

—Con la página de malconcierto cerrada, ¿hay alguna manera de averiguar a cuántas personas más les llegó?

Holly y Jerome se miran; al cabo de un momento los dos mueven la cabeza en idénticos gestos de negación.

—Mierda —maldice Hodges—. No me sorprende, aun así… mierda.

—¿En este salen destellos azules? —Jerome todavía no ha encendido el Zappit, sólo ha estado pasándoselo de una mano a la otra como una papa caliente.

—No, y los peces rosa no se convierten en números. Pruébalo tú mismo.

Jerome, en cambio, le da la vuelta y abre el compartimento de las baterías.

—Doble A comunes y corrientes —observa—. Recargables. Aquí no hay nada extraño. Pero ¿de verdad te adormeces con el juego de Pesca en el Hielo?

—A mí me pasó —contesta Hodges. No añade que entonces estaba bajo los efectos de una potente dosis de medicinas—. Ahora mismo me interesa más Babineau. Forma parte de esto. No entiendo cómo ha surgido esa colaboración, pero si aún está vivo, va a decírnoslo. Y hay otro implicado.

—El hombre al que vio la mujer de la limpieza —agrega Holly—. El del coche viejo con retoques de pintura. ¿Quieres saber qué pienso?

—Adelante.

—Uno de ellos, el doctor Babineau o el hombre del coche viejo, hizo una visita a la enfermera, Ruth Scapelli. Hartsfield debía de tener algo contra ella.

—¿Cómo podía enviar gente a hacer cosas? —pregunta Jerome mientras vuelve a deslizar la tapa de las baterías en su sitio con un chasquido—. ¿Control mental? Según tú, Bill, lo máximo que podía hacer con telequi… como se diga… era abrir la llave del agua en el sanitario, y para mí incluso eso es difícil de creer. Es posible que no sean más que habladurías. Una leyenda, no urbana, sino hospitalaria.

—Tienen que ser los juegos —musita Hodges—. Hizo algo con los juegos. Los potenció de alguna manera.

—¿Desde la habitación del hospital? —Jerome le lanza una mirada como diciendo: «Hablemos en serio».

—No tiene sentido, ya lo sé, ni siquiera si sumas la telequinesis. Pero por fuerza son los juegos. Seguro que *lo son*.

—La cosa es grave, y Babineau tiene la clave —comenta Holly.

—Esta mujer es una poeta y no se ha dado cuenta —replica Jerome, taciturno.

Sigue pasándose la consola de una mano a la otra. A Hodges le da la impresión de que está resistiéndose al impulso de arrojarla al suelo y pisotearla, lo cual tendría su justificación. Al fin y al cabo, una igual que ésa casi le ha costado la vida a su hermana.

No, piensa Hodges. No igual que ésa. El juego de Pesca en el Hielo del Zappit de Dinah genera un leve efecto hipnótico, pero nada más. Y probablemente…

De pronto se endereza, con la consiguiente punzada de dolor en el costado.

—Holly, ¿has buscado información sobre Pesca en el Hielo en internet?

—No —contesta ella—. No se me había ocurrido.

—¿Podrías hacerlo ahora? Lo que quiero saber es…

—Si hay comentarios sobre el video demostrativo. Debería haber pensado en eso. Ahora lo investigo —sale apresuradamente del despacho.

—Lo que no entiendo —dice Hodges— es por qué se ha suicidado Brady antes de ver los resultados de todo eso.

—Antes de ver cuántas chicas se suicidan, quieres decir —matiza Jerome—. Chicas que estuvieron en ese puto concierto. Porque de eso estamos hablando, ¿no?

—Sí —contesta Hodges—. Hay muchas lagunas, Jerome. Muchísimas. Ni siquiera sé *cómo* se ha suicidado. Si es que de verdad se ha suicidado.

Jerome se presiona las sienes con la base de las manos como para evitar que le estalle el cerebro.

—Por favor, no me digas que crees que sigue vivo.

—No, está muerto, eso seguro. Pete no se equivocaría con algo así. Lo que estoy diciendo es que a lo mejor lo han asesinado. Basándonos en lo que sabemos, el principal sospechoso sería Babineau.

—¡Mierda! —exclama Holly desde la recepción.

Casualmente Hodges y Jerome están mirándose, y se produce un instante de divina armonía en que los dos contienen la risa.

—¿Qué? —pregunta Hodges alzando la voz. Es lo máximo que consigue articular sin estallar en carcajadas delirantes, con lo que, además de herir los sentimientos de Holly, le oprimiría el costado.

—¡He encontrado un sitio web que se llama Hipnosis de Pesca en el Hielo! ¡La pantalla inicial previene a los padres y les aconseja que no permitan que sus hijos miren el video demostrativo demasiado tiempo! ¡El efecto se observó por primera vez en la versión arcade ya en 2005! Game Boy lo resolvió, pero Zappit... un seg... ¡*Aseguraron* que sí, pero en realidad no lo arreglaron! ¡El post tiene muchísimos comentarios!

Hodges mira a Jerome.

—Se refiere a una conversación online —aclara Jerome.

—¡En Des Moines un niño se desmayó, se dio un golpe en la cabeza con el borde del pupitre y se fracturó el cráneo! —su tono es casi alegre, se pone en pie y corre a reunirse con ellos. Se le han sonrojado las mejillas—. ¡Seguro que hubo demandas! ¡Debió de ser una de las razones por las que la empresa se fue a pique! Incluso puede que fuera una de las razones por las que Sunrise Solutions...

El teléfono de su escritorio empieza a sonar.

—Vaya, porquería —dice, y gira hacia el aparato.

—Di a quienquiera que sea que hoy no abrimos.

Pero después de decir: «Hola, se ha puesto usted en contacto con Finders Keepers», Holly se queda escuchando. A continuación se gira y tiende la bocina a Hodges.

—Es Pete Huntley. Dice que tiene que hablar contigo inmediatamente, y se le escucha... raro. Como si estuviera triste o enfadado o algo así.

Hodges sale a recepción para averiguar el motivo por el que Pete parece triste, enfadado o algo así.

A su espalda, Jerome enciende por fin el Zappit de Dinah Scott.

En el reducto informático de Freddi Linklatter (la propia Freddi se ha tomado cuatro comprimidos de Excedrin y se ha acostado en su dormitorio), 44 ENCONTRADOS pasa a 45 ENCONTRADOS. El repetidor indica CARGANDO.

Después anuncia: TAREA COMPLETADA.

16

Pete no dice hola. Lo que dice es:

—Adelante, Ker. Ve y averigua hasta que salga la verdad. Esa perra está en la casa con un par de tipos de la BICE, y yo estoy aquí fuera, en lo que sea esto. El cobertizo de jardinería, creo, y hace un frío que cala los huesos.

En un primer momento, Hodges está demasiado sorprendido para contestar, y no porque haya un par de inspectores de la BICE —siglas con las que se conoce en la policía municipal a la Brigada de Investigación Criminal del Estado— en la escena del crimen en el que Pete está trabajando. La razón de su sorpresa (casi estupefacción, a decir verdad) es que, en la larga relación profesional entre ambos, sólo en una ocasión ha oído a Pete utilizar la palabra «perra» para referirse a una mujer real. Fue en alusión a su suegra, quien animó a la esposa de Pete a abandonarlo y, cuando esta por fin se decidió, la recibió junto con sus hijos. La «perra» de quien habla en esta ocasión no puede ser otra que su compañera, alias Señorita Bonitos Ojos Grises.

—¿Kermit? ¿Sigues ahí?

—Aquí sigo —contesta Hodges—. ¿Dónde estás?

—En Sugar Heights. En casa del doctor Felix Babineau, en la bonita calle de Lilac Drive. ¿Qué digo «casa»? En la puta *finca*. Ya sabes quién es Babineau, eso me consta. Nadie estaba más pendiente de Brady Hartsfield que tú. Hubo una época en que era tu condenado pasatiempo.

—Sé de *quién* me hablas, sí. De *qué*, no.

—Este asunto va a estallar, compañero, e Izzy no quiere que la alcance la metralla cuando ocurra. Tiene ambiciones, ¿entiendes? Inspectora jefa dentro de diez años; quizá jefa de policía dentro de quince. Lo acepto, pero eso no significa que me guste. Se ha puesto en contacto con el jefe, Horgan, a mis espaldas, y Horgan ha llamado a la BICE. Si el caso no es suyo oficialmente, lo será al mediodía. Tienen al autor de los hechos, pero aquí no cuadra nada ni de broma. Yo lo sé, e Izzy también. Le importa un carajo y punto.

—Tranquilízate un poco, Pete, y cuéntame qué pasa. Holly, inquieta, ronda junto a él. Hodges se encoge de hom-bros y levanta un dedo: Espera.

—La mujer de la limpieza llega aquí a las siete y media, ¿me sigues? Nora Everly, se llama. Y en lo alto del camino de acceso ve el BMW de Babineau en el césped, con un balazo en el para-brisas. Mira dentro, ve sangre en el volante y en el asiento, avisa al 911. Hay una patrulla a cinco minutos de aquí... en Heights *siempre* hay alguno a cinco minutos... y cuando llega, Everly está en su coche con todas las puertas cerradas y el seguro echa-do, temblando como una hoja. Los oficiales le dicen que no se mueva de ahí y van hacia la puerta. No está cerrada. Encuentran a la señora Babineau, Cora, muerta en el recibidor, y no me cabe duda de que la bala que extraiga el forense se corresponderá con la que un técnico de laboratorio saque del BMW. En la frente... prepárate... tiene pintada una Z con tinta negra. Hay más por toda la planta baja, incluida una en la pantalla del televisor. Igual que la que había en casa de Ellerton, y creo que fue más o me-nos entonces cuando mi compañera decidió que no quería saber nada de esta papa caliente en particular.

—Sí, es muy posible —dice Hodges, sólo para que Pete siga hablando.

Toma el bloc que está junto a la computadora de Holly y escribe en mayúsculas: ASESINADA LA MUJER DE BABI-NEAU, como el titular de un periódico. Holly se lleva una mano a la boca.

—Mientras uno de los oficiales llama a la comisaría, el otro oye unos ronquidos en la planta superior. «Como una maldita motosierra», ha dicho. Así que suben, con las pistolas en mano, y en una de las tres habitaciones de invitados... las he contado, *tres*, este sitio es una mansión... descubren a un vejestorio como un tronco. Lo despiertan, y dice que se llama Alvin Brooks.

—¡Al el Bibliotecario! —exclama Hodges—. ¡Del hospital! ¡El primer Zappit que vi me lo enseñó él!

—Sí, el mismo. Llevaba un gafete del Kiner en el bolsillo de la camisa. Y sin necesidad de preguntarle siquiera, admite que ha matado a la señora Babineau. Sostiene que, al hacerlo, estaba hipnotizado. Así que lo esposan, lo llevan abajo y lo sientan en el sofá. Ahí es donde lo hemos encontrado Izzy y yo al entrar en la escena una media hora después. No sé qué le pasa a ese tipo, si ha tenido una crisis nerviosa o qué, pero está en el Planeta Morado. Se va una y otra vez por la tangente, suelta toda clase de absurdos incomprensibles.

Hodges recuerda algo que Al le dijo en una de sus últimas visitas a la habitación de Brady; alrededor del puente del Día del Trabajo, a inicios de septiembre de 2014.

—«Nunca hay nada tan bueno como lo que uno no ve.»

—Sí —Pete parece sorprendido—. Cosas así. Y cuando Izzy le ha preguntado quién lo hipnotizó, ha dicho que fueron los peces. Los del precioso mar.

Para Hodges eso ahora tiene sentido.

—Al seguir con el interrogatorio… me he encargado yo, para entonces Izzy debía de estar en la cocina, ocupada en desentenderse de todo esto sin pedir mi opinión… ha dicho que el Doctor Z le ordenó, repito textualmente, que «dejara su marca». Diez veces, dijo, y en efecto hay diez zetas, incluida la de la frente de la difunta. Le he preguntado si el Doctor Z era el doctor Babineau, y me ha dicho que no, que el Doctor Z era Brady Hartsfield. Delira, ¿lo comprendes?

—Sí —dice Hodges.

—Le he preguntado si también disparó contra el doctor Babineau. Ha negado con la cabeza y ha dicho que quería dormirse otra vez. Más o menos por entonces, Izzy ha vuelto de la cocina y me ha informado de que el jefe Horgan había llamado a la BICE, porque el doctor B es un personaje importante y éste va a ser un caso importante, y además daba la casualidad de que había un par de miembros en la ciudad, esperando para prestar testimonio en un caso… ¿no es de lo más oportuno? Esquiva mi mirada, se ruboriza y, cuando empiezo a señalarle todas las zetas, preguntándole si le suenan de algo, se niega a hablar del asunto.

Hodges nunca ha percibido tanta ira y frustración en la voz de su antiguo compañero.

—Y entonces suena mi celular, y… ¿recuerdas que esta mañana, al llamarte, te he dicho que el médico de guardia ha tomado una muestra de los residuos de la boca de Hartsfield?

¿Antes siquiera de que llegara el forense?

—Sí.

—Pues la llamada era de ese médico. Simonson, así se llama. Los resultados del análisis forense no llegarán hasta dentro de dos días como muy pronto, y Simonson en cambio lo ha hecho en el acto. El polvo hallado en la boca de Hartsfield era una mezcla de Vicodin y Ambien. Ni lo uno ni lo otro se lo habían recetado a Hartsfield, y difícilmente podría haber ido en persona al botiquín más cercano para tomar un poco, ¿no?

Hodges, que ya sabe lo que tomaba Brady para el dolor, coincide en que es poco probable.

—Ahora mismo Izzy está en la casa, seguramente observando en segundo plano y manteniendo la boca cerrada mientras los de la BICE interrogan al tal Brooks, que, te lo juro por Dios, no recuerda ni su propio nombre si no es con ayuda. Aparte de eso, se hace llamar Chico Z. Como si hubiera salido de un cómic de Marvel.

Apretando el bolígrafo con fuerza suficiente para casi partirlo en dos, Hodges vuelve a escribir en el bloc con mayúsculas de titular al tiempo que Holly se inclina para leerlas: AL EL BIBLIOTECARIO DEJó EL MENSAJE EN EL PARAGUAS AZUL DE DEBBIE.

Holly lo mira con los ojos como platos.

—Justo antes de que llegaran los de la BICE… y oye, no han tardado mucho… he preguntado a Brooks si también había matado a Brady Hartsfield. Izzy le dice: «¡No conteste a eso!».

—Que ha dicho ¿*qué*? —exclama Hodges. Ahora mismo no le queda mucho espacio en la cabeza para preocuparse por la relación de Pete y su compañera, en creciente deterioro, pero igual le asombra. Al fin y al cabo, Izzy es inspectora de policía, no la abogada defensora de Al el Bibliotecario.

—Como lo oyes. Después me mira y dice: «No le has leído sus derechos». Así que me giro hacia uno de los oficiales y le pregunto: «¿Le han leído sus derechos a este caballero?». Y naturalmente ellos contestan que sí. Miro a Izzy y la veo aún más roja que antes, pero no se echa atrás. Dice: «Si lo arruinamos ahora, el muerto no caerá sobre ti, tú te habrás ido dentro de un par de semanas, caerá sobre mí, y de lleno».

—Y entonces aparecen los chicos del estado...

—Sí, y ahora estoy aquí fuera, muriendo de frío en el cobertizo de la difunta señora Babineau, o lo que se supone que sea esto. La zona más rica de la ciudad, Ker, y estoy en una choza más helada que un iglú. Me juego lo que sea a que Izzy sabe que te estoy llamando. Que estoy charlando con mi querido tío Kermit.

Es muy probable que a ese respecto Pete tenga razón. Pero si la Señorita Bonitos Ojos Grises está resuelta a trepar en el sistema, tal como cree Pete, seguramente piensa en una palabra más fea: «soplándoselo».

—Ese Brooks tiene trastocado lo poco que le queda en la cabeza, por lo que será el chivo expiatorio perfecto cuando esto llegue a la prensa. ¿Sabes cómo van a presentarlo?

Hodges lo sabe, pero deja que Pete se lo explique.

—A Brooks se le metió en la cabeza que es una especie de vengador justiciero, Chico Z. Vino aquí, mató a la señora Babineau cuando ella le abrió la puerta y luego mató al propio doctor cuando subió a su BMW e intentó escapar. Después Brooks fue al hospital y administró a Hartsfield un puñado de píldoras del botiquín privado de los Babineau. Sobre esa parte no me cabe ninguna duda, porque tenían una puta farmacia en el baño. Y por supuesto podría haber accedido a la Unidad de Traumatismos Craneoencefálicos sin el menor problema: tiene tarjeta y ha sido un elemento permanente de la decoración del hospital durante los últimos seis o siete años, pero *¿por qué?* ¿Y qué ha hecho con el cadáver de Babineau? Porque aquí no está.

—Buena pregunta.

Pete prosigue.

—Dirán que Brooks lo cargó en su propio coche y se deshizo de él en algún sitio, posiblemente en un barranco o una alcantarilla, y posiblemente después de administrar esas píldoras a Hartsfield, pero ¿por qué iba a hacer eso si dejó el cadáver de la mujer en el recibidor? ¿Y por qué volver aquí, ya de entrada?

—Dirán…

—¡Sí, que está loco! ¡Claro que lo dirán! ¡La respuesta perfecta para todo aquello que no tiene lógica! ¡Y si llega a mencionarse siquiera a Ellerton y a Stover… cosa poco probable… dirán que también las mató a ellas!

En ese caso, piensa Hodges, Nancy Alderson respaldará la versión, al menos hasta cierto punto. Porque indudablemente fue a Al el Bibliotecario a quien vio vigilar la casa de Hilltop Court.

—Le cargarán todos los cadáveres a Brooks, sobrellevarán la cobertura mediática y darán por zanjado el asunto. Pero aquí hay más, Ker. Tiene que haberlo. Si sabes algo, si tienes aunque sea un hilo del que tirar, jala. Prométemelo.

Tengo más de uno, piensa Hodges, pero Babineau es la clave, y Babineau ha desaparecido.

—¿Cuánta sangre hay en el coche, Pete?

—No mucha, aunque el técnico forense ya ha confirmado que es del mismo grupo que la de Babineau. No es concluyente, pero… mierda. Tengo que irme. Izzy y uno de los tipos de la BICE acaban de salir por la puerta trasera. Están buscándome.

—De acuerdo.

—Llámame. Y si necesitas algo a lo que yo pueda acceder, avísame.

—Cuenta con ello.

Hodges corta la comunicación y alza la vista, dispuesto a poner al corriente a Holly, pero ella ya no está a su lado.

—Bill... —Holly habla en voz baja—. Ven aquí.

Desconcertado, Hodges va hasta la puerta de su despacho, donde se detiene.

Jerome, despatarrado en la silla giratoria de Hodges, detrás del escritorio, mira el Zappit de Dinah Scott. Tiene los ojos como platos, pero la expresión vacía y la boca un poco abierta. Diminutas gotas de saliva le cubren el labio inferior. El pequeño altavoz del aparato emite una melodía, pero no la misma que anoche, Hodges está seguro.

—¿Jerome? —Da un paso al frente, pero antes de que pueda dar otro, Holly lo sujeta del cinturón. Con una fuerza sorprendente.

—No —dice en la misma voz baja—. No debes sobresaltarlo. No en ese estado.

—Y entonces ¿qué?

—A los treinta y tantos hice hipnoterapia durante un año. Tenía problemas con... Bueno, da igual con qué tenía problemas. Déjame intentar una cosa.

—¿Estás segura?

Ella lo mira, ahora pálida, con miedo en los ojos.

—No, pero no podemos dejarlo así. No después de lo que le pasó a Barbara.

El Zappit que sostiene Jerome en las manos inertes emite un intento de destello azul. Jerome no reacciona, no parpadea, se limita a mantener la mirada fija en la pantalla mientras suena la música.

Holly avanza un paso, luego otro.

—¿Jerome?

No hay respuesta.

—Jerome, ¿me oyes?

—Sí —dice Jerome sin apartar la mirada de la pantalla.

—Jerome, ¿dónde estás? Y Jerome dice:

—En mi funeral. Todo el mundo está allí. Es hermoso.

17

Brady empezó a sentir fascinación por el suicidio a los doce años, mientras leía *El cuervo*, un libro sobre la historia real de los suicidios en masa de Jonestown, en Guyana. Allí, más de novecientas personas —un tercio, niños— murieron después de beber jugo aderezado con cianuro. Lo que interesó a Brady, aparte del recuento de cadáveres, estremecedoramente alto, fue el proceso que condujo a la orgía final. Mucho antes del día en que familias enteras ingirieron juntas el veneno y enfermeras (*¡enfermeras de verdad!*), valiéndose de jeringuillas, vertieron a chorros la muerte en las gargantas de criaturas berreantes, Jim Jones ya estaba preparando a sus seguidores para la apoteosis final mediante sermones enardecidos y simulacros de suicidio que denominaba Noches Blancas. Primero les infundió paranoia; después los hipnotizó con la belleza de la muerte.

En el último año del bachillerato, Brady escribió su único trabajo calificado como sobresaliente, para una absurda asignatura de sociología que llevaba por nombre Vida en Estados Unidos. El trabajo se titulaba: «Formas de muerte norteamericanas: un breve estudio del suicidio en Estados Unidos». En él citaba las estadísticas de 1999, por entonces el año más reciente del que se disponía de datos. Durante ese año se habían quitado la vida más de cuarenta mil personas, en su mayoría con armas de fuego (el método más habitual y fiable), pero en un cercano segundo lugar seguían las pastillas. También se ahorcaban, ahogaban, desangraban, metían la cabeza en hornos de gas, se prendían fuego y estrellaban sus coches contra los estribos de los puentes. Un individuo imaginativo (esto Brady no lo incluyó en su trabajo; ya por entonces se cuidaba de que pudieran tildarlo de raro) se introdujo por el recto un cable conectado a una toma de corriente de doscientos veinte voltios y se electrocutó. En 1999, el suicidio era la décima causa de muerte en Estados Unidos, y si se hubieran contado los que se declaraban como accidentes o fallecimientos «por causas naturales», sin duda se habría situado en lo más alto junto con las enfermedades cardiovasculares, el cáncer y los accidentes de coche. Es muy probable que por detrás de éstas, pero no *muy* por detrás.

Brady citó a Albert Camus, quien dijo: «No hay más que un problema filosófico verdaderamente serio: el suicidio».

También citó a un famoso psiquiatra llamado Raymond Katz, quien declaró simple y llanamente: «Todo ser humano nace con el gen del suicidio». Brady no se molestó en añadir la segunda parte de la afirmación de Katz, porque consideró que le restaba dramatismo: «En la mayoría de nosotros, permanece latente».

En los diez años transcurridos entre su graduación y el momento en que quedó incapacitado en el auditorio Mingo, la fascinación de Brady por el suicidio —incluido el propio, visto siempre como parte de un gesto grandilocuente e histórico— perduró.

Esa semilla, contra todo pronóstico, ahora ha florecido plenamente.

Será el Jim Jones del siglo XXI.

18

A setenta kilómetros al norte de la ciudad, Brady ya no puede esperar más. Se detiene en un área de descanso de la I-47, apaga el forzado motor del Malibu de Chico Z y enciende la computadora de Babineau. A diferencia de otras áreas de descanso, aquí no hay wifi, pero, gracias a mamá Verizon, a menos de siete kilómetros de distancia se alza una antena de telefonía celular, recortándose a gran altura contra las nubes, cada vez más espesas. Con la MacBook Air de Babineau, puede ir a cualquier sitio sin abandonar ese estacionamiento, prácticamente desierto. Piensa (y no por primera vez) que un poco de telequinesis no es nada en comparación con el poder de internet. Tiene la certeza de que miles de suicidios se han incubado en el potente caldo de las redes sociales, donde los trols campan a su aire y el acoso es interminable. Eso *sí* es el poder de la mente sobre la materia.

No puede teclear tan rápido como desearía —con el aire húmedo que acompaña la tormenta inminente, se ha agravado la artritis en los dedos de Babineau—, pero al cabo de un rato el aparato está conectado en red con el potente equipo del cuarto de Freddi Linklatter. No tendrá que permanecer conectado mucho tiempo. Cliquea en un archivo oculto que colocó en la computadora durante una de sus visitas anteriores a la cabeza de Babineau.

¿ABRIR ENLACE A ZETAELFINAL? S N

Sitúa el cursor en la S, pulsa intro y espera. El círculo de preocupación gira y gira y gira. Justo cuando empieza a preguntarse si ha fallado algo, la pantalla muestra el mensaje que estaba esperando.

ZETAELFINAL YA ESTÁ ACTIVA

Bien. Zetaelfinal es sólo una fina capa del pastel. No ha conseguido distribuir más que una cantidad limitada de Zappit —y por Dios, una parte considerable del embarque era defectuoso—, pero los adolescentes son criaturas gregarias, y las criaturas gregarias mantienen vínculos mentales y emocionales. Ésa es la razón por la que los peces forman bancos, y las abejas, enjambres. La razón por la que las golondrinas regresan cada año a Capistrano. En la conducta humana, por eso se hace «la ola» en los estadios de futbol y de beisbol, y por eso los individuos se confunden en medio de una multitud sencillamente porque la muchedumbre está ahí.

Los chicos adolescentes se ponen los mismos pantalones cortos holgados y se dejan el mismo asomo de barba por miedo a que se les excluya del rebaño. Las adolescentes adoptan los mismos estilos de vestimenta y se vuelven locas por los mismos grupos musicales. Este año toca We R Your Bruthas; no hace mucho eran 'Round Here y One Direction. Tiempo atrás eran New Kids on the Block. Las modas se propagan entre los adolescentes como el sarampión, y de vez en cuando una de esas modas es el suicidio. En el sur de Gales, docenas de adolescentes se ahorcaron entre 2007 y 2009, y los mensajes al respecto en las redes sociales avivaron la fiebre. Incluso las despedidas que dejaban estaban acuñadas con la jerga de las redes: «Yo tb» y «Hsta mñna».

Incendios forestales en los que arden millones de hectáreas pueden iniciarse arrojando un único fósforo a un arbusto seco. Los Zappit que Brady ha distribuido mediante sus drones humanos son cientos de fósforos. No todos prenderán, y algunos de los que prendan se apagarán. Eso Brady lo sabe. Pero dispone como refuerzo y acelerante de zetaelfinal.com. ¿Surtirá efecto? No tiene la certeza absoluta ni mucho menos, pero no hay tiempo para ensayos exhaustivos.

¿Y si surte efecto?

Suicidios de adolescentes por todo el estado, quizá por todo el Medio Oeste. Cientos, tal vez miles. ¿Qué le parecería eso, exinspector Hodges? ¿Mejoraría eso su jubilación, estúpido vejestorio metomentodo?

Cambia la computadora de Babineau por la videoconsola de Chico Z. Es la más adecuada para esto. La considera el Zappit Cero, porque es la primera que vio, el día que Al Brooks la llevó a su habitación pensando que tal vez le gustaría. Como así fue. Sí, desde luego, y mucho.

El programa extra, con los peces-número y los mensajes subliminales, no se ha incorporado a éste, porque Brady no lo necesita. Esas cosas son única y exclusivamente para los objetivos. Observa los peces nadar de acá para allá, utilizándolos para serenarse y centrarse, después cierra los ojos. Al principio todo es oscuridad, pero al cabo de un momento empiezan a aparecer luces rojas, más de cincuenta ya. Son como puntos en un mapa electrónico, sólo que no permanecen inmóviles. Flotan de acá para allá, de izquierda a derecha, arriba y abajo, en zigzag. Elige uno al azar y, desplazando los ojos bajo los párpados cerrados, sigue su trayectoria. Empieza a avanzar más despacio, más despacio, más despacio. Se detiene y enseguida comienza a agrandarse. Se abre como una flor.

Brady se encuentra en un dormitorio. Hay una chica con la mirada fija en los peces de su propio Zappit, que recibió de manera gratuita a través de malconcierto.com. Está en la cama, porque hoy no ha ido a clase. Tal vez con la excusa de que estaba enferma.

—¿Cómo te llamas? —pregunta Brady.

A veces se limitan a oír una voz procedente de la videoconsola, pero los más sensibles llegan a verlo, como si fuera una especie de avatar en un videojuego. Esta chica es una de esas últimas, un inicio prometedor. Pero siempre responden mejor a sus nombres, así que él seguirá repitiéndolo. Sin sorprenderse, ella mira al joven que está sentado a su lado en la cama. Tiene la tez pálida, y una expresión aturdida en los ojos.

—Soy Ellen —dice—. Estoy buscando los números correctos.

Claro que sí, piensa él, y se introduce en ella. Se encuentra a setenta kilómetros al sur de Brady, pero una vez que el video le ha dado acceso a su objetivo, la distancia no importa. Podría controlarla, convertirla en uno de sus drones, pero no es eso lo que quiere, como no quería penetrar en casa de la señora Trelawney una noche oscura y degollarla. El asesinato no es control; el asesinato es sólo asesinato.

El *suicidio* sí es control.

—¿Eres feliz, Ellen?

—Lo era —contesta ella—. Podría volver a serlo si encontrara los números correctos.

Brady le dirige una sonrisa a un tiempo triste y encantadora.

—Sí, pero los números son como la vida —dice—. Nada cuadra, Ellen. ¿No es así?

—Ajá.

—Dime una cosa, Ellen... ¿qué te preocupa? —podría averiguarlo por su cuenta, pero es preferible que ella lo diga. Sabe que hay algo, porque todo el mundo tiene preocupaciones, sobre todo los adolescentes.

—¿Ahora mismo? El futuro escolar.

Ajá, piensa, la infame prueba de ingreso a la universidad, donde el Departamento de Ganadería Académica separa las ovejas de las cabras.

—Soy terrible para las matemáticas —explica ella—. Un desastre.

—Se te dan mal los números —dice él, y asiente con actitud comprensiva.

—Si no saco al menos seiscientos cincuenta puntos, no entraré en una buena universidad.

—Y tendrás suerte si sacas cuatrocientos —afirma él—. ¿No es ésa la verdad, Ellen?

—Sí —se le saltan las lágrimas, que empiezan a resbalarle por las mejillas.

—Y también sacarás mala nota en Lengua —continúa Brady. Está induciéndola a abrirse, y ésa es la mejor parte. Es como hundir las manos en un animal aturdido pero vivo todavía y arrancarle las entrañas—. Te quedarás en blanco.

—Puede que me quede en blanco —admite Ellen. Ahora llora con sollozos audibles.

Brady inspecciona la memoria a corto plazo de la chica y averigua que sus padres se han ido a trabajar y su hermano menor está en el colegio. Así que no hay problema en que llore. Que esa zorra haga todo el ruido que quiera.

—«Puede» no. *Seguro* que te quedas en blanco, Ellen. Porque no soportas la presión.

Ella solloza.

—Dilo, Ellen.

—No soporto la presión. Me quedaré en blanco, y si no entro en una buena universidad, mi padre se llevará una decepción y mi madre se enfadará muchísimo.

—¿Y si no puedes entrar en *ninguna* universidad? ¿Y si el único trabajo que encuentras consiste en limpiar casas o doblar ropa en una lavandería?

—¡Mi madre me va a odiar!

—Ya te odia, ¿verdad, Ellen?

—No... No creo...

—Sí, te odia. Dilo, Ellen. Di: «Mi madre me odia».

—Mi madre me odia. ¡Dios mío, tengo mucho miedo y mi vida es horrible!

Éste es el gran don que confiere una combinación de hipnosis inducida mediante el Zappit y la facultad de Brady de invadir la mente en cuanto se encuentra en ese estado abierto y sugestionable. Los miedos corrientes, con los que estas chicas conviven como si se tratara de un desagradable ruido de fondo, pueden convertirse en monstruos voraces. Los pequeños globos de paranoia pueden hincharse hasta alcanzar el tamaño de la carroza de Macy's en la cabalgata del día de Acción de Gracias.

—Podrías dejar de tener miedo —dice Brady—. Y podrías conseguir que tu madre lo lamentara mucho, mucho.

Ellen sonríe entre las lágrimas.

—Podrías dejar atrás todo esto.

—Podría. Podría dejarlo atrás.

—Podrías estar en paz.

—En paz —dice ella, y suspira.

Esto es una maravilla. Le llevó semanas con la madre de Martine Stover, quien abandonaba la pantalla continuamente para jugar a su maldito solitario, y días con Barbara Robinson. Con Ruth Scapelli y esta estúpida llorona en su habitación rosa chicle... sólo minutos. Pero, claro, piensa Brady, yo siempre he tenido una curva de aprendizaje empinada.

—¿Tienes tu teléfono, Ellen?

—Aquí —mete la mano bajo un almohadón decorativo. El teléfono también es de color rosa chicle.

—Deberías postear algo en Facebook y Twitter. Así podrán leerlo todos tus amigos.

—¿Qué debo poner?

—Di: «Ahora estoy en paz. También ustedes pueden estarlo. Entren en zetaelfinal.com».

Ellen obedece, pero con una lentitud exasperante. Cuando se encuentran en ese estado, es como si se movieran por debajo del agua. Brady se recuerda lo bien que va todo y procura no impacientarse. Cuando ella ha terminado y ha enviado el mensaje —más fósforos lanzados sobre yesca seca—, le sugiere que se acerque a la ventana.

—Me parece que te vendría bien un poco de aire fresco. A lo mejor se te despeja la cabeza.

—Me vendría bien un poco de aire fresco —repite ella.

Aparta el edredón y baja los pies al suelo.

—No olvides el Zappit —dice él.

Ellen lo toma y se acerca a la ventana.

—Antes de abrir la ventana, ve a la pantalla principal, donde están los iconos. ¿Puedes, Ellen?

—Sí… —un largo silencio. Esta zorra es más lenta que la melaza fría—. Ok, veo los iconos.

—Estupendo. Ahora ve a WipeWords. Es el icono del pizarrón y el borrador.

—Lo veo.

—Oprime dos veces, Ellen.

Ella obedece, y el Zappit emite un destello azul de reconocimiento. Si alguien intenta utilizar otra vez esta videoconsola en particular, emitirá un último destello azul y se apagará.

—*Ahora* ya puedes abrir la ventana.

Entra una corriente de aire frío que agita el cabello de la chica. Ella vacila, parece a punto de despertar, y por un momento Brady tiene la sensación de que se le escapa. A distancia, todavía resulta difícil mantener el control, incluso cuando se hallan en estado hipnótico, pero no duda que conseguirá pulir la técnica al máximo. La práctica hace al maestro.

—Salta —susurra Brady—. Salta, y no tendrás que hacer los exámenes. Tu madre no te odiará. Lo lamentará. Salta y cuadrarán todos los números. Te llevarás el mejor premio. El premio es el sueño.

—El premio es el sueño —coincide Ellen.

—Hazlo ya —musita Brady, sentado al volante del coche viejo de Al Brooks con los ojos cerrados.

A setenta kilómetros al sur, Ellen se arroja por la ventana de su habitación. No es mucha altura y hay nieve apilada contra la casa. Es nieve antigua y dura; aun así, amortigua hasta cierto punto la caída, de modo que, en lugar de morir, se rompe una clavícula y tres costillas. Grita de dolor, y Brady se ve expulsado de su cabeza como un piloto sujeto al asiento de eyección de un F-111.

—¡Mierda! —exclama, y golpea el volante. Un ramalazo de dolor, fruto de la artritis de Babineau, le recorre todo el brazo, lo que lo enfurece más aún—. ¡Mierda, mierda, *mierda*!

19

En el elegante y agradable vecindario de Branson Park, Ellen Murphy se pone en pie como puede. Lo último que recuerda es que ha dicho a su madre que se encontraba muy mal para ir a la escuela, una mentira para poder tocar los peces rosa y tratar de conseguir premios en el adictivo juego de Pesca en el Hielo. El Zappit ha caído cerca de ella y tiene la pantalla resquebrajada. Ya no le interesa. Lo deja y, descalza, se dirige con paso vacilante hacia la puerta principal. Cada vez que toma aire, siente una punzada en el costado.

Pero estoy viva, se dice. Al menos estoy viva. ¿En qué estaba pensando? ¿En qué demonios estaba pensando?

La voz de Brady todavía la acompaña: el regusto viscoso de algo horrendo que se ha tragado cuando aún estaba vivo.

20

—¿Jerome? —pregunta Holly—. ¿Todavía me oyes?

—Sí.

—Quiero que apagues el Zappit y lo dejes encima de la mesa de Bill —y a continuación, como siempre ha pensado que chica precavida vale por dos, añade—: Boca abajo.

Una arruga surca la frente de Jerome.

—¿Es necesario?

—Sí. Ahora mismo. Y sin mirar el condenado aparato. Antes de que Jerome cumpla la orden, Hodges alcanza a vis-lumbrar los peces y un último destello azul. Lo invade un aturdimiento momentáneo, causado quizá por los analgésicos, o quizá no. En ese momento Jerome pulsa el botón de la parte superior de la consola, y los peces desaparecen.

Lo que Hodges siente no es alivio, sino decepción. Tal vez sea absurdo pero, dado su problema médico actual, tal vez no. En alguna que otra ocasión ha visto que utilizaban la hipnosis para ayudar a testigos a recordar mejor, pero hasta ahora no ha-bía comprendido plenamente su poder. Lo asalta la idea, quizá sacrílega en esa situación, de que los peces del Zappit podrían ser mejor medicina para el dolor que lo que le ha recetado el doctor Stamos.

—Voy a contar de diez a uno, Jerome —anuncia Holly—. Cada vez que oigas un número, estarás un poco más despierto. ¿De acuerdo?

Jerome guarda silencio unos segundos. Permanece tranquilo, plácido, de visita en otra realidad, quizá se plantee si le gustaría vivir ahí para siempre. Holly, en cambio, vibra como un diapa-són, y Hodges nota que se le clavan las uñas en las palmas de las manos cuando cierra los puños.

—Bien, supongo —dice por fin Jerome—. Por tratarse de ti, Hollyberry.

—Allá vamos. Diez... nueve... ocho... estás volviendo... siete... seis... cinco... despertando...

Jerome levanta la cabeza. Posa la mirada en Hodges, pero éste no podría asegurar que esté viéndolo.

—Cuatro... tres... ya casi... dos... uno... *¡despierta!* —da una palmada.

Jerome reacciona con una brusca sacudida. Roza con una mano el Zappit de Dinah y lo tira al suelo. Jerome mira a Holly con una expresión de sorpresa tan exagerada que en otras circunstancias resultaría graciosa.

—¿Qué ha pasado? ¿Me he quedado dormido?

Holly se desploma en la silla reservada para los clientes. Respira hondo y se enjuga las mejillas, húmedas de sudor.

—En cierto modo —contesta Hodges—. El juego te ha hipnotizado. Como hipnotizó a tu hermana.

—¿Seguro? —pregunta Jerome, y mira su reloj—. Pues acabo de perder quince minutos.

—Cerca de veinte. ¿Qué recuerdas?

—Estaba tocando los peces de color rosa para convertirlos en números. Sorprendentemente, cuesta mucho. Tienes que estar muy atento, concentrado al máximo, y los destellos azules no ayudan.

Hodges recoge el Zappit del suelo.

—Yo no lo encendería —advierte Holly con aspereza.

—No era mi intención. Pero anoche lo encendí y les aseguro que no vi ningún destello azul, y podías tocar peces de color rosa hasta que se te dormía el dedo sin conseguir un solo número. Además, ahora la melodía es distinta. No mucho, pero un poco sí.

Sin desafinar en absoluto, Holly entona:

—«Bajo el mar, bajo el mar, bajo el precioso mar qué felices seremos tú y yo, tú y yo.» Me la cantaba mi madre cuando era pequeña.

—Tenía letra —dice él—, pero no era ésa.

Hodges no oyó ninguna letra, sólo la melodía, pero se abstiene de comentarlo.

Holly pregunta a Jerome si la recuerda.

No afina tan bien como ella, pero lo suficiente para que Holly y Hodges tengan la certeza de que es la melodía que han oído.

—«Duérmete, duérmete, es un hermoso sueño…» —se interrumpe—. Sólo recuerdo eso. Si no son imaginaciones mías, claro.

—Ahora estamos seguros —dice Holly—. Han modificado el video demostrativo de Pesca en el Hielo para potenciarlo.

—Una dosis de esteroides —añade Jerome.

—¿Qué demonios significa eso? —pregunta Hodges.

Jerome dirige un gesto de asentimiento a Holly, y ella explica:

—Alguien instaló un programa furtivo en el video, que de entrada es ligeramente hipnótico. El programa permanecía latente cuando el Zappit lo tenía Dinah, y así seguía anoche cuando lo miraste tú, lo cual fue una suerte para ti, pero ahora alguien lo ha activado.

—¿Babineau?

—Él u otra persona, si la policía está en lo cierto y Babineau ha muerto.

—Podría haberse preactivado en el momento de la instalación —dice Jerome a Holly. Y dirigiéndose a Hodges, aclara—: O sea, como un despertador.

—A ver si lo he entendido bien —interviene Hodges—. ¿El programa estaba ahí desde el principio y no se ha activado hasta que se ha encendido hoy el Zappit de Dinah?

—Sí —contesta Holly—. Lo más probable es que haya algún repetidor de por medio, ¿no crees, Jerome?

—Sí. Un programa que envía la actualización continuamente, en espera de que algún incauto… en este caso yo… encienda un Zappit y active el wifi.

—¿Podría pasar lo mismo con *todas* las consolas?

—Si el programa furtivo está instalado en todas, desde luego —responde Jerome.

—Esto lo ha organizado Brady —Hodges empieza a pasearse, llevándose la mano al costado como para contener el dolor—. El puto Brady Hartsfield.

—¿Cómo? —pregunta Holly.

—No lo sé, pero es lo único que cuadra. Intenta volar el Mingo durante aquel concierto. Se lo impedimos. Los asistentes, en su mayoría niñas, se salvan.

—Gracias a ti, Holly —añade Jerome.

—Calla, Jerome. Déjalo hablar —su mirada indica que sabe ya adónde quiere llegar Hodges.

—Pasan seis años. Esas niñas, en su mayoría en primaria o secundaria en 2010, están ahora en bachillerato, quizá en la universidad. 'Round Here se disolvió hace tiempo, y las niñas son ahora jóvenes, se interesan por otra clase de música, pero de pronto reciben una oferta que no pueden rechazar, una videoconsola gratis. Y sólo tienen que demostrar su asistencia a la actuación de 'Round Here aquella noche. Seguramente la consola les parece tan anticuada como un televisor en blanco y negro, pero, qué demonios, es gratis.

—¡Sí! —exclama Holly—. Brady todavía va por ellas. Ésta es su venganza, pero no sólo contra ellas. También está vengándose de *ti*, Bill.

Lo que me convierte en responsable, piensa Hodges con aire sombrío. Pero ¿qué podía yo hacer, si no? ¿Qué podía hacer cualquiera de nosotros? Brady pensaba detonar una bomba.

—Babineau, bajo el alias de Myron Zakim, compró ochocientas consolas. Tuvo que ser él, porque le sobra el dinero. Brady no tenía un centavo, y dudo que Al el Bibliotecario pudiera haber aportado siquiera veinte mil dólares de sus ahorros para la jubilación. Ahora esas consolas andan por ahí. Y si todas han sido potenciadas con este programa, en cuanto las enciendan…

—Un momento, regresa un poco —pide Jerome—. ¿De verdad estás diciendo que hay un respetado neurocirujano implicado en esta mierda?

—Eso estoy diciendo, sí. Tu hermana lo ha identificado, y sabemos que el respetado neurocirujano utilizaba a Brady Hartsfield como rata de laboratorio.

—Pero ahora Hartsfield ha muerto —dice Holly—. Con lo que sólo queda Babineau, quien también podría estar muerto.

—O no —añade Hodges—. En su coche había sangre, pero no cadáver. No sería la primera vez que el autor de un crimen intenta simular su propia muerte.

—Tengo que consultar una cosa en la computadora —dice Holly—. Si esos Zappit gratuitos están descargando un programa nuevo hoy, quizá… —sale apresuradamente.

—No me explico cómo es posible nada de esto —comenta Jerome—, pero…

—Babineau podrá aclarárnoslo —ataja Hodges—. Si sigue vivo.

—Sí, pero… un momento. Barb contó que oía una voz, que le decía cosas horribles. Yo no he oído ninguna voz, y desde luego no me apetece suicidarme.

—Tal vez seas inmune.

—No lo soy. Esa pantalla me ha atrapado, Bill; en serio, estaba *ido*. He oído una letra con esa melodía, y creo que también había unas palabras que acompañaban los destellos azules. Como mensajes subliminales. Pero… ninguna voz.

Eso podría tener toda clase explicaciones, piensa Hodges, y que Jerome no haya oído la voz del suicidio no quiere decir que no vayan a oírla la mayoría de las chicas que han conseguido esos juegos gratis.

—Supongamos que ese repetidor se ha puesto en funcionamiento en las últimas catorce horas —aventura Hodges—. Sabemos que no pudo ser antes de que yo probara la consola de Dinah, o habría visto los peces-número y los destellos azules. Entonces tengo una pregunta: ¿pueden potenciarse los juegos incluso con las consolas apagadas?

—Imposible —responde Jerome—. Tienen que estar encendidas. Pero en cuanto se…

—¡*Está activa!* —exclama Holly—. *¡Esa maldita página web, zetaelfinal, está activa!*

Jerome corre hasta la mesa de recepción. Hodges lo sigue, más despacio.

Holly sube el volumen de la computadora, y una música flota en la oficina de Finders Keepers. Esta vez no es *Bajo el precioso mar*, sino *Don't Fear the Reaper*, «No temas a la Parca». Mientras la escucha —«cuarenta mil hombres y mujeres cada día, otros cuarenta mil vendrán cada día»—, Hodges contempla una capilla ardiente a la luz de las velas y un féretro enterrado bajo una montaña de flores. Por encima, van y vienen jóvenes sonrientes de ambos sexos, unos al lado de otros, entrecruzándose, desvaneciéndose, reapareciendo. Algunos saludan con la mano; otros hacen el signo de la paz. Debajo del féretro se leen varios mensajes en letras que crecen y se contraen como un corazón que late despacio.

UN FINAL PARA EL DOLOR
UN FINAL PARA EL MIEDO
NO MÁS IRA
NO MÁS INCERTIDUMBRE
NO MÁS LUCHA
PAZ
PAZ
PAZ

Acto seguido se suceden los destellos azules. Se advierten en ellos palabras insertadas. O llamémoslas por su nombre, piensa Hodges. Gotas de veneno.

—Apágalo, Holly —a Hodges no le gusta la forma en que mira la pantalla: con los ojos muy abiertos, casi como los de Jerome hace unos minutos.

Los movimientos de Holly son demasiado lentos para el gusto de Jerome, que alarga el brazo por encima del hombro de ella y apaga la computadora sin más.

—No deberías haber hecho eso —reprocha Holly—. Podría haber perdido datos.

—Para eso sirve precisamente ese puto sitio —replica Jerome—. Para que pierdas los datos. Para que pierdas la cordura. He leído el último, Bill. En el destello azul. Decía: «Hazlo ya»

Holly asiente.

—Otro decía: «Díselo a tus amigos».

—¿El Zappit los dirige hacia esa... esa cosa? —pregunta Hodges.

—No hace falta —responde Jerome—. Porque los que encuentren esta página... y la encontrarán muchos, incluidos los que no han recibido consolas Zappit gratis... harán correr la voz en Facebook y demás.

—Quería una epidemia de suicidios —deduce Holly—. La puso en marcha de algún modo y se quitó la vida.

—Quizá para adelantarse a los demás —dice Jerome—. Para recibirlos en la puerta.

—¿Se supone que tengo que creer que una canción de rock y la foto de un funeral van a inducir a los chicos a matarse? Lo de los Zappit puedo aceptarlo. He visto cómo funcionan. Pero *esto*...

Holly y Jerome intercambian miradas, que Hodges interpreta fácilmente: «¿Cómo se lo explicamos? ¿Cómo explicamos qué es un petirrojo a alguien que nunca ha visto un pájaro?». Esas miradas de por sí casi bastan para convencerlo.

—Los adolescentes son vulnerables a cosas como ésta —dice Holly—. No todos, claro, pero sí muchos. Yo lo habría sido a los diecisiete años.

—Y está iniciando —añade Jerome—. En cuanto empiece... *si* es que empieza... —concluye, encogiéndose de hombros.

—Es necesario localizar ese repetidor y apagarlo —dice Hodges—. Limitemos los daños.

—A lo mejor está en casa de Babineau —apunta Holly—. Llama a Pete. Averigua si hay algún equipo informático. Si lo hay, que lo desenchufe todo.

—Si está con Izzy, dejará que la llamada vaya al buzón de voz —explica Hodges.

Aun así, telefonea, y Pete descuelga nada más sonar el timbre. Informa a Hodges de que Izzy ha vuelto a la comisaría con los inspectores de la BICE a esperar los primeros resultados forenses. Al Brooks, alias el Bibliotecario, ya no está. Se lo han llevado bajo custodia los primeros oficiales que han acudido al aviso y que se llevarán parte del mérito del hallazgo.

A juzgar por su voz, Pete parece cansado.

—Hemos tenido una discusión. Izzy y yo. Fuerte. He intentado decirle lo mismo que me dijiste tú cuando empezamos a trabajar juntos: que el caso manda, y vas a donde te lleva. Sin eludirlo, sin ceder. Sencillamente sujetas el hilo rojo y lo sigues hasta el final. Se ha quedado escuchándome con los brazos cruzados, moviendo la cabeza de vez en cuando. De hecho he pensado que estaba escuchándome. ¿Y sabes qué me ha preguntado de pronto? Si tenía idea de cuándo fue la última vez que una mujer llegó a lo alto del escalafón en la policía municipal. Le he contestado que no, y ella me ha dicho que se debe a que la respuesta es nunca. Ha dicho que ella sería la primera. Ker, y yo que pensaba que la conocía... —Pete deja escapar lo que acaso sea la risa más desprovista de humor que Hodges ha oído jamás—. Yo pensaba que Izzy era *policía*.

Hodges ya se compadecerá más tarde, si tiene ocasión. Ahora mismo no hay tiempo. Le pregunta por el equipo informático.

—No hemos encontrado nada excepto un iPad sin batería —responde Pete—. Según Everly, la mujer de la limpieza, tenía una computadora en su despacho, casi nueva, pero ha desaparecido.

—Como Babineau —dice Hodges—. Quizá lo tenga él.

—Quizá. Recuerda, Kermit, si puedo ayudar...

—Te llamaré, créeme.

En este momento aceptará toda ayuda que pueda conseguir.

21

El resultado con esa chica, la tal Ellen, saca de quicio a Brady —es como una repetición de lo ocurrido con la otra zorra, Robinson—, pero al final se serena. Ha surtido efecto, en eso es en lo que debe concentrarse. La escasa altura, unida a la nieve acumulada, ha sido mala suerte. Habrá otros objetivos, de sobra. Tiene mucho trabajo por delante, muchos fósforos que encender, pero en cuanto prenda el fuego, le bastará con quedarse sentado y observar.

Arderá hasta consumirse.

Arranca el coche de Chico Z y sale del área de descanso. Cuando se incorpora al escaso tráfico de la I-47 en dirección norte, los primeros copos caen en espiral del cielo blanco hasta el limpiaparabrisas del Malibu. Brady pisa el acelerador. La carcacha de Chico Z no está equipada para una tormenta de nieve, y en cuanto abandone la autopista, las carreteras empeorarán gradualmente. Necesita adelantarse al mal tiempo.

Y me adelantaré, claro que sí, piensa Brady, y sonríe al concebir una idea maravillosa. Puede que Ellen haya quedado paralizada del cuello para abajo, una cabeza empalada, como esa otra zorra, Stover. Es poco probable, pero cabe la posibilidad, una agradable fantasía con la que hacer más llevaderos los kilómetros.

Enciende la radio, encuentra una canción de Judas Priest y deja que suene a todo volumen. Al igual que a Hodges, le gusta el rock duro.

EL PRÍNCIPE DEL SUICIDIO

Brady obtuvo numerosas victorias en la habitación 217, pero se vio en la necesidad de guárdaselas para sí. Regresar del coma, la muerte en vida; descubrir que —por efecto del fármaco que Babineau le había administrado, o de alguna alteración fundamental en sus ondas cerebrales, o tal vez como consecuencia de una combinación de lo uno y lo otro— podía mover pequeños objetos sólo con pensar en ellos; habitar en el cerebro de Al el Bibliotecario y crear una personalidad secundaria dentro de él, Chico Z. Y no debía olvidar que se resarció del policía gordo que le había dado un puñetazo en los huevos cuando él no podía defenderse. Con todo, lo mejor, lo mejor con diferencia, fue empujar a Sadie MacDonald al suicidio. Eso sí fue poder.

Quería repetir.

La pregunta que suscitaba ese deseo era sencilla: ¿quién sería el siguiente? Habría sido fácil obligar a Al Brooks a saltar de un puente o beber líquido destapacaños, pero Chico Z desaparecería con él, y sin Chico Z, Brady se quedaría atrapado en la habitación 217, que de hecho no era más que una celda con vista a un estacionamiento. No, necesitaba a Brooks donde estaba. Y *como* estaba.

Más importante era la pregunta de qué hacer con el cabrón responsable de que él hubiera acabado ahí. Ursula Haber, la nazi que dirigía el Departamento de Fisioterapia, sostenía que los pacientes en rehabilitación necesitaban MPM: metas para mejorar.

Bueno, él estaba mejorando, de eso no cabía duda, y vengarse de Hodges era una meta digna, pero ¿cómo alcanzarla? Inducir a Hodges a suicidarse no era la respuesta, aun cuando existiera alguna manera de intentarlo. Con Hodges ya había practicado el juego del suicidio. Y había perdido.

Cuando Freddi Linklatter se presentó con la foto de su madre y él, faltaba un año y medio para que Brady comprendiera cómo podía concluir el asunto que tenía pendiente con Hodges, pero ver a Freddi le proporcionó un empujón muy necesario. Aun así, tendría que andarse con cuidado. Con mucho cuidado.

Paso a paso, se dijo mientras yacía despierto a altas horas de la noche. Paso a paso. Me enfrento a grandes obstáculos, pero también dispongo de armas extraordinarias.

El primer paso fue obligar a Al Brooks a retirar los Zappit restantes de la biblioteca del hospital. Se los llevó a casa de su hermano, donde ocupaba un departamento encima del garage. Eso fue fácil, porque al fin y al cabo nadie los quería. Brady los veía como munición. Con el tiempo encontraría un arma en la que cargarla.

Brooks se llevó los Zappit él mismo, aunque obedeciendo órdenes —peces-pensamiento— que Brady implantaba en la personalidad superficial pero útil de Chico Z. Brady tomaba la precaución de no entrar a fondo en Brooks para asumir el control pleno, ya que consumía la mente del viejo demasiado deprisa. Debía racionar esos momentos de inmersión total y utilizarlos con prudencia. Era una lástima, porque disfrutaba de esas vacaciones fuera del hospital, pero la gente empezaba a advertir que Al el Bibliotecario andaba un tanto errático. Si ese estado de confusión llegaba a ser *excesivo*, lo obligarían a abandonar el trabajo voluntario. Peor aún, Hodges podría darse cuenta. Eso no convenía. Que el viejo Ins. Ret. recabara tantos rumores sobre telequinesis como le viniera en gana a Brady le traía sin cuidado, pero no quería que Hodges abrigara la menor sospecha de lo que de verdad estaba ocurriendo.

Pese al riesgo de agotamiento mental, Brady asumió totalmente el control de Brooks en la primavera de 2013, porque necesitaba la computadora de la biblioteca. *Consultarlo* podía hacerse sin inmersión total, pero *utilizarlo* era otra cosa. Y se trataba de una visita corta. Lo único que se proponía era activar una alerta de Google con las palabras clave «Zappit» y «Pesca en el Hielo».

Cada dos o tres días enviaba a Chico Z a comprobar la alerta e informarle. Tenía instrucciones de pasar inmediatamente a la página web de ESPN si alguien se acercaba a ver por dónde navegaba (rara vez sucedía; en realidad, la biblioteca era poco más que un armario, y los contados visitantes normalmente buscaban la capilla, en la puerta de al lado).

Las alertas resultaban interesantes e informativas. Por lo visto, mucha gente había experimentado algún estado de semihipnosis o auténtica actividad epiléptica después de mirar el video de Pesca en el Hielo durante demasiado tiempo. Ese efecto era más poderoso de lo que Brady habría creído. Incluso aparecía un artículo al respecto en la sección de negocios de *The New York Times*, donde se informaba de que la empresa atravesaba dificultades a causa de eso.

Dificultades era lo que menos necesitaba Zappit, S. A., porque su situación ya era precaria. No hacía falta ser un genio (que era lo que Brady creía que era) para saber que pronto quebraría o se vería engullida por una firma mayor. Brady apostaba por la quiebra. ¿Quién cometería la estupidez de adquirir una empresa que producía videoconsolas desfasadísimas y ridículamente caras, y más cuando uno de los juegos presentaba un defecto peligroso?

Entretanto se enfrentaba al problema de cómo manipular los Zappit que tenía (aunque permanecían guardados en un armario del departamento de Chico Z, Brady los consideraba de su propiedad) para que la gente los mirara más tiempo. Se hallaba atascado en ese escollo cuando lo visitó Freddi. En cuanto ella se hubo marchado, una vez cumplido su deber cristiano (por más que Frederica Bimmel Linklatter no fuera ni hubiese sido jamás cristiana), Brady comenzó a pensar.

Un día, a finales de agosto de 2013, después de una visita especialmente ofensiva del Ins. Ret., mandó a Chico Z al departamento de Freddi.

Freddi contó el dinero y luego examinó al viejo de los Dickies verdes, allí de pie, con los hombros encorvados, en lo que pasaba por ser su sala de estar. El dinero procedía de la cuenta de Al Brooks en el Midwest Federal. La primera retirada de fondos de sus exiguos ahorros, aunque no la última ni mucho menos.

—¿Doscientos billetes por unas cuantas preguntas? Sí, puedo hacerlo. Pero si en realidad buscas una mamada, tendrás que ir a buscarla a otra parte, anciano. Soy gay.

—Sólo unas preguntas —aseguró Chico Z. Le entregó un Zappit y le indicó que mirara el video de Pesca en el Hielo—. Pero no más de treinta segundos. Es… hummm… rara.

—Rara, ¿eh?

Ella le dirigió una sonrisa condescendiente y centró la atención en los peces en movimiento. Los treinta segundos se convirtieron en cuarenta. Eso era admisible, según las instrucciones que Brady le había dado antes de encomendarle la misión (siempre las llamaba «misiones», desde que había descubierto que Brooks relacionaba la palabra con el heroísmo). Pero al llegar a los cuarenta y cinco segundos se la quitó.

Freddi alzó la vista y parpadeó.

—Uf. Te trastoca un poco la cabeza, ¿no?

—Sí. Algo así.

—Leí en *Gamer Programming* que la arcade de Star Smash tiene un efecto parecido, pero hay que jugar una media hora para que se note. Esto es mucho más rápido. ¿Lo sabe la gente?

Chico Z pasó por alto la pregunta.

—Mi jefe quiere saber cómo lo modificarías para que la gente se quedara mirando el video más tiempo, sin pasar directamente al juego. Que no tiene el mismo efecto.

Freddi adoptó su falso acento ruso por primera vez.

—¿Quién es el *intrrrépido líderr*, Chico Z? Sé buena *perrr-sona* y díselo al *camarrrada* X, *da*?

Chico Z arrugó la frente.

—¿Eh?

Freddi suspiró.

—¿Quién es tu jefe, guapo?

—El Doctor Z —Brady había previsto la pregunta (conocía a Freddi desde hacía tiempo), y le había dado instrucciones. Brady tenía planes para Felix Babineau, pero de momento eran imprecisos. Todavía andaba a tientas. Volaba por instrumentos.

—El Doctor Z y su compinche, Chico Z —dijo ella, y se encendió un cigarrillo—. Listos para dominar el mundo. Vaya, vaya. ¿Me convierte eso en Chica Z?

Aquello no formaba parte de sus instrucciones, así que Brooks guardó silencio.

—Dejémoslo, ya comprendo —continuó, expulsando el humo—. Tu jefe quiere una trampa visual. Para eso hay que convertir el propio video demostrativo en un juego. Aunque tiene que ser sencillo. No podemos enredarnos en programaciones complejas —sostuvo en alto el Zappit, ya apagado—. Este aparato no tiene mucha potencia.

—¿Qué clase de juego?

—A mí no me preguntes, hermano. Ésa es la parte creativa. Nunca ha sido mi punto fuerte. Dile a tu jefe que lo piense. En todo caso, cuando el aparato esté potenciado y reciba una buena señal wifi, necesitaréis un *rootkit*. ¿Quieres que te lo anote?

—No —Brady ha asignado a esta tarea una porción del espacio de almacenamiento de memoria de Al Brook, que disminuye rápidamente. Además, cuando haya que hacer el trabajo, será Freddi quien se encargue.

—Cuando el *rootkit* esté en el dispositivo, puede descargar código fuente desde un servidor —volvió a adoptar el acento ruso—. De la *secrrreta* Base Cerrro bajo el casquete *polarr*.

—¿Debo decirle también eso?

—No. Dile sólo: «*Rootkit* más código fuente». ¿De acuerdo?

—Sí.

—¿Alguna otra cosa?

—Brady Hartsfield quiere que vuelvas a visitarlo.

De pronto Freddi levantó las cejas prácticamente hasta el nacimiento de su cabello muy corto.

—¿Te *habla*?

—Sí. Al principio cuesta entenderlo, pero al cabo de un rato es más fácil.

Freddi recorrió con la mirada su sala de estar —oscura, sin apenas espacio, aún olía a la comida china de la noche anterior— como si le interesara. Esa conversación empezaba a ponerle los pelos de punta.

—No lo sé… Ya hice mi buena acción, y ni siquiera fui girl scout de pequeña.

—Te pagará —dijo Chico Z—. No mucho, pero…

—¿Cuánto?

—¿Cincuenta dólares la visita?

—¿Por qué?

Chico Z no lo sabía, pero en 2013 aún quedaba buena parte de Al Brooks detrás de su frente, y era la parte capacitada para entender.

—Creo que… porque formabas parte de su vida. Ya sabes, cuando juntos arreglaban las computadoras de la gente. En los viejos tiempos.

Brady no odiaba al doctor Babineau con la misma intensidad que a K. Williams Hodges, pero eso no significaba que el doctor B no estuviera en su lista negra. Babineau lo había utilizado como conejillo de Indias, y eso estaba mal. Había perdido el interés en Brady al ver que su fármaco experimental no parecía surtir efecto, y eso estaba peor. Lo peor de todo era que se reanudaron las inyecciones cuando Brady recuperó el conocimiento, y a saber cuáles serían las consecuencias. Podían matarlo, pero para un hombre que había cortejado su propia muerte con frecuencia, eso no le quitaba el sueño por las noches. Lo que sí se lo quitaba era que esas inyecciones pudieran representar un obstáculo para sus nuevas facultades. Babineau, en público, se mofaba del presunto poder de la mente sobre la materia, pero en realidad creía en su posible existencia, si bien Brady había tenido la cautela de no exhibir nunca su talento en su presencia, a pesar de la insistencia del médico. Creía que las facultades psicoquinéticas eran también resultado de lo que él llamaba Cerebellin.

Se habían reanudado asimismo los TAC y las resonancias.

«Eres la Octava Maravilla del Mundo —le dijo Babineau después de una de las pruebas, en otoño de 2013. Caminaba junto a Brady mientras un camillero lo llevaba en silla de ruedas a la habitación 217. Babineau lucía lo que Brady consideraba su semblante jactancioso—. Los actuales protocolos no sólo han detenido la destrucción de tus neuronas; han estimulado el crecimiento de otras nuevas. Más robustas. ¿Tienes una idea de lo extraordinario que es eso?»

No lo sabes tú bien, imbécil, pensó Brady. Más vale que guardes los resultados de esas pruebas. Si llegara a enterarse la fiscalía, me vería en un aprieto.

Babineau daba palmaditas a Brady en el hombro como si fuera de su propiedad, y Brady lo detestaba. Era como si diera palmaditas a su perro.

«Integran el cerebro humano unos cien mil millones de células neuronales aproximadamente. En tu caso, las que se sitúan en el área de Broca sufrieron daños graves, pero se han recuperado. De hecho, están creando neuronas distintas de todas las que he visto en mi vida. Un día de estos serás famoso no por haber quitado vidas, sino como responsable de salvarlas.»

Si es así, pensó Brady, ese día tú no estarás aquí para verlo.

Dalo por hecho, cabrón.

«La parte creativa nunca ha sido mi punto fuerte», había dicho Freddi a Chico Z. Cierto, pero *siempre* había sido la fortaleza de

Brady. Cuando 2013 daba paso a 2014, disponía de tiempo de sobra para concebir maneras de exprimir Pesca en el Hielo y convertirlo en lo que Freddi había descrito como «trampa visual». Sin embargo, ninguna le parecía del todo acertada.

Durante las visitas de Freddi, no hablaban sobre el efecto del Zappit; básicamente recordaban los viejos tiempos en la Ciberpatrulla (claro que era Freddi en quien recaía la mayor parte de la conversación). Todos aquellos chiflados que conocieron en los servicios a domicilio. Y Anthony Frobisher, también conocido como Tones, el tonto de su jefe. Freddi hablaba de Tones sin cesar, convirtiendo cosas que ella debería haber dicho en cosas que de verdad había dicho, ¡y *delante de sus narices*! Las visitas de Freddi eran monótonas pero reconfortantes. Compensaban a Brady por las noches de desesperación, cuando temía pasar el resto de sus días en la habitación 217, a merced del doctor Babineau y sus «inyecciones de vitaminas».

Tengo que impedírselo, pensó Brady. Tengo que *controlarlo*.

Para conseguirlo, la versión potenciada de aquel video tenía que ser del todo certera. Si fallaba en su primera oportunidad de penetrar en la mente de Babineau, tal vez no hubiera otra.

El televisor había pasado a quedarse encendido al menos cuatro horas al día en la habitación 217. Obedecía a una orden de Babineau, que, como anunció a la jefa de enfermeras Helmington, estaba «sometiendo al señor Hartsfield a estímulos externos».

El señor Hartsfield no tenía inconveniente en ver las noticias del mediodía (siempre había alguna explosión interesante o alguna tragedia multitudinaria en algún lugar del mundo), pero todo lo demás —los programas de cocina, los de entrevistas, los de chismes, los médicos de mentira— eran estupideces. Sin embargo, un día, mientras veía *Premio sorpresa* sentado en su silla junto a la ventana (cuando menos miraba en esa dirección), tuvo una revelación. La concursante que había sobrevivido a la Ronda de Bonificación tenía la oportunidad de ganar un viaje a Aruba en jet privado. Le mostraron una pantalla enorme por la que se desplazaban grandes puntos de colores. Su misión consistía en tocar cinco puntos rojos que se trasformarían en números. Si la suma de los mismos ascendía a una cifra cercana a cien con un margen de error no superior a cinco, ganaría.

Brady observó sus ojos, que, muy abiertos, se movían de un lado para otro por la pantalla, y supo que había encontrado lo que estaba buscando. Los peces rosa, pensó. Son los que se mueven más deprisa, y además el rojo es un color rabioso. El rosa es… ¿qué? ¿Cuál era la palabra? La encontró y sonrió. Esa sonrisa radiante con la que volvía a aparentar diecinueve años.

El rosa era *tranquilizador*.

Algunas veces, cuando Freddi lo visitaba, Chico Z dejaba el carrito de la biblioteca en el pasillo y se reunía con ellos. En una de esas ocasiones, durante el verano de 2014, entregó a Freddi una receta electrónica. La habían escrito en la computadora de la biblioteca en uno de esos momentos, cada vez más infrecuentes, en que Brady no sólo daba instrucciones sino que se instalaba en el asiento del conductor y asumía plenamente el control. Tuvo que hacerlo así porque el resultado debía ser perfecto. No había margen de error.

Freddi la examinó y captó su interés, de modo que la leyó con mayor detenimiento.

—Eh, muy hábil —observó—. Y está genial eso de añadir mensajes subliminales. Malévolo, pero brillante. ¿Se le ha ocurrido al misterioso Doctor Z?

—Sí —contestó Chico Z.

Freddi desvió la atención hacia Brady.

—¿Tú sabes quién es ese Doctor Z?

Brady movió la cabeza lentamente a izquierda y derecha.

—¿Seguro que esto no es tuyo? Porque parece obra tuya.

Brady se limitó a posar en Freddi una mirada ausente hasta que ella apartó la vista. Le había mostrado más de sí mismo que a Hodges o a cualquiera de las enfermeras o fisioterapeutas, pero no tenía intención de permitirle que viera *en su interior*. Al menos por el momento. El riesgo de que lo divulgara era demasiado grande. Además, aún no sabía exactamente cuál era el propósito de lo que estaba haciendo. Como solían decir: «Construye una ratonera mejor, y el mundo se abrirá camino hasta tu puerta», pero dado que aún ignoraba si ésa en particular atraparía ratones, era mejor extremar precauciones. Y el Doctor Z no existía todavía.

Pero existiría.

Una tarde, no mucho después de que entregara a Freddi la receta electrónica en la que se le explicaba cómo manipular el video de Pesca en el Hielo, Chico Z visitó a Felix Babineau. El médico pasaba en su oficina una hora casi todos los días que acudía al hospital, tomando café y leyendo el periódico. Junto a la ventana tenía un *green* artificial de interior (nada de vistas a un estacionamiento para Babineau), donde a veces ejercitaba el golpe corto. En eso estaba cuando Chico Z entró sin llamar.

Babineau lo miró con frialdad.

—¿Qué puedo hacer por usted? ¿Se ha perdido?

Chico Z le tendió el Zappit Cero, que Freddi había actualizado (después de comprar varios componentes nuevos financiados con el dinero de la cuenta de ahorros de Al Brooks, que menguaba rápidamente).

—Mire esto —dijo—. Yo le diré qué debe hacer.

—Será mejor que se marche —contestó Babineau—. No sé qué pretende, pero éste es mi espacio privado y mi tiempo privado. ¿O quiere que avise a seguridad?

—Mírelo o esta noche saldrá en las noticias: «Un médico realiza pruebas experimentales en Brady Hartsfield, acusado de asesinato múltiple, con un fármaco sudamericano no sometido a ensayo previo».

Babineau se quedó boquiabierto; en ese momento su aspecto no se diferenciaba mucho del que ofrecería más adelante cuando Brady empezara a mermar el núcleo de su consciencia.

—No sé de qué me habla.

—Hablo del Cerebellin, cuya aprobación por parte de la Administración de Alimentos y Medicamentos tardará años en llegar, si es que llega. He tenido acceso a su archivo y he tomado una veintena de fotos con mi teléfono. También he fotografiado los encefalogramas. Ha violado muchas leyes, doctor. Mire esta consola, y todo eso quedará entre nosotros. Niéguese, y dé su carrera por acabada. Le doy cinco segundos para decidirse.

Babineau tomó la consola y vio los peces en movimiento. Oyó la sencilla melodía. De vez en cuando se producía un destello de luz azul.

—Empiece a tocar los de color rosa, doctor. Se convertirán en números. Vaya sumándolos mentalmente.

—¿Durante cuánto tiempo tengo que hacerlo?

—Eso lo sabrá en su momento.

—¿Está usted loco?

—Cierra con llave su despacho cuando no está, lo cual es inteligente, pero en este hospital circulan muchas tarjetas de seguridad de acceso ilimitado. Y deja la computadora encendida, cosa que a mí me parece de locos. Mire los peces. Toque los de color rosa. Sume los números. Sólo tiene que hacer eso, y lo dejaré en paz.

—Esto es chantaje.

—No, el chantaje implica dinero. Esto no es más que un trueque. Mire los peces. No se lo repetiré.

Babineau miró los peces. Quiso tocar uno rosa y falló. Lo intentó de nuevo y volvió a fallar.

—¡Mierda! —dijo entre dientes. Era bastante más difícil de lo que parecía, y empezó a despertar su interés. Los destellos azules deberían haber sido molestos, pero no lo eran. Daba la impresión de que, en realidad, lo ayudaban a concentrarse. La desazón por lo que sabía ese vejestorio fue quedando en segundo plano.

Logró tocar uno de los peces rosa antes de que desapareciera velozmente por la izquierda de la pantalla y obtuvo un nueve. Eso estuvo bien. Un buen comienzo. Olvidó por qué estaba haciendo aquello. Lo importante era atrapar los peces de color rosa.

Sonaba la melodía.

Un piso más arriba, en la habitación 217, Brady permanecía atento a su propio Zappit y notó que empezaba a respirar más despacio. Cerró los ojos y se concentró en un único punto rojo. Ése era Chico Z. Esperó… esperó… y de pronto, justo cuando empezaba a pensar que su objetivo quizá fuera inmune, apareció un segundo punto. Al principio era tenue, pero cobró brillo y nitidez de manera gradual.

Como contemplar un capullo de rosa, pensó Brady.

Los dos puntos empezaron a desplazarse alegremente de acá para allá. Se concentró en el que era Babineau. El punto aminoró la velocidad hasta quedar inmóvil.

Te tengo, pensó Brady.

Pero tenía que andarse con pies de plomo. Esa misión requería sigilo.

Los ojos que abrió eran los de Babineau. El médico seguía atento a los peces, pero ya no los tocaba. Se había convertido en… ¿cómo decían ellos? Un vegetal. Se había convertido en un vegetal.

Brady no prolongó mucho la visita en esa primera ocasión, aunque no tardó en comprender los prodigios a los que había accedido. Al Brooks era una mera alcancía. Felix Babineau era toda una bóveda. Brady tenía acceso a sus recuerdos, a sus conocimientos almacenados, a sus aptitudes. Cuando se hallaba dentro de Al, podría haber recableado un circuito eléctrico. Dentro de Babineau, podría haber realizado una craneotomía y recableado un cerebro humano. Además, ahí tenía la prueba de algo que hasta ese momento no era más que una hipótesis y una esperanza: podía tomar posesión de otros a distancia. Sólo necesitaba ese estado de hipnosis inducida por el Zappit para acceder a ellos. El Zappit que Freddi había modificado constituía una trampa visual muy eficaz, y Dios santo, qué *rápido* actuaba.

Moría de impaciencia por utilizarla con Hodges.

Antes de salir, Brady dejó ir unos cuantos peces-pensamiento en el cerebro de Babineau, no muchos. Con el médico, se proponía extremar la cautela. Babineau tenía que habituarse plenamente a la pantalla —que era lo que los especialistas en hipnosis denominaban «dispositivo inductor»— antes de que Brady anunciara su presencia. Uno de los peces-pensamiento de aquel día fue la idea de que los TAC realizados a Brady no generaban ningún dato de verdadero interés y debían darse por concluidos. Las inyecciones de Cerebellin también habían de cesar.

Porque Brady no hace avances suficientes. Porque soy un callejón sin salida. Además, podrían descubrirme.

—Sería malo que me descubrieran —musitó Babineau.

—Sí —dijo Chico Z—. Sería malo para nosotros dos que lo descubrieran.

A Babineau se le había caído el palo de golf. Chico Z lo recogió y se lo colocó en la mano.

A medida que el caluroso verano mutaba en un otoño frío y lluvioso, Brady consolidó su control sobre Babineau. Fue liberando peces-pensamiento con cuidado, como un guardabosque que abasteciera un estanque de truchas. Babineau empezó a sentir el impulso de toquetear a algunas de las enfermeras más jóvenes, arriesgándose a una denuncia por acoso sexual. De vez en cuando, Babineau robaba analgésicos del dispensador automático Pyxis valiéndose de la tarjeta identificativa de un médico imaginario, idea de Brady por mediación de Freddi Linklatter. Babineau lo hizo a sabiendas de que, si seguía adelante, tarde o temprano lo descubrirían, y disponía de otras maneras de obtener fármacos. Un día robó un Rolex de la sala de neurología (pese a que él tenía el suyo) y lo dejó en el último cajón de su escritorio, donde lo olvidó inmediatamente. Poco a poco, Brady Hartsfield —que apenas podía andar— se adueñó del médico que se había jactado de adueñarse de él y lo metió en una trampa de culpabilidad que era un grillete con muchos dientes. Si cometía alguna estupidez, como tratar de informar a alguien de lo que ocurría, el grillete se cerraría con un chasquido.

Simultáneamente empezó a esculpir la personalidad del Doctor Z, con mucho más cuidado del que había tenido con Al el Bibliotecario. Para empezar, ya había desarrollado sus propias aptitudes. Por otro lado, disponía de material de mejor calidad. En octubre de ese año, cuando en el cerebro de Babineau ya nadaban centenares de peces-pensamiento, comenzó a asumir el control del cuerpo del médico además de su mente, ocupándolo en viajes cada vez más largos. En una ocasión fue en el BMW de Babineau hasta la frontera estatal de Ohio, sólo para comprobar si su control se debilitaba con la distancia. Permaneció intacto. Por lo visto, una vez que estaba dentro, estaba dentro. Y fue un viaje magnífico. Paró en un restaurante de carretera y se dio un atracón de aros de cebolla.

¡Riquísimos!

Cuando se acercaba la Navidad de 2014, Brady entró sin darse cuenta en un estado que no experimentaba desde la más tierna infancia. Le resultaba tan ajeno que, para cuando comprendió qué le ocurría, habían retirado los adornos navideños y se acercaba San Valentín.

Estaba contento.

Una parte de él se resistió a ese sentimiento, pues lo consideraba una pequeña muerte, pero otra deseaba aceptarlo. Con entusiasmo, incluso. ¿Y por qué no? Ya no estaba atrapado en la habitación 217 ni en su propio cuerpo. Podía marcharse siempre que quisiera, como pasajero o como conductor. Debía procurar no ocupar el asiento del conductor muy a menudo ni durante demasiado tiempo, sólo eso. La consciencia subyacente, al parecer, era un recurso limitado. Cuando se agotaba, se agotaba.

Una lástima.

Si Hodges hubiese proseguido con sus visitas, Brady habría tenido otra de esas metas para mejorar, induciéndolo a mirar el Zappit de su cajón, entrando en él e infiltrando peces-pensamiento suicidas. Habría sido como utilizar nuevamente el Paraguas Azul de Debbie, sólo que esta vez con sugerencias mucho más poderosas. En realidad no eran sugerencias, sino órdenes.

El único problema de ese plan era que Hodges había dejado de visitarlo. Se había presentado allí poco después del Día del Trabajo, y había soltado sus habituales idioteces —*sé que estás ahí dentro, Brady, espero que estés sufriendo, Brady, de verdad puedes mover cosas sin tocarlas, Brady, si puedes, enséñame cómo lo haces*—, pero no había vuelto desde entonces. Brady dedujo que la desaparición de Hodges de su vida era la verdadera fuente de esa insólita y no del todo grata alegría. Hodges había sido una rebaba en su silla de montar, que lo enfurecía y lo obligaba a galopar. Ahora la rebaba había desaparecido, y él era libre de pacer, si le apetecía.

En cierto modo le apetecía.

Con acceso no sólo a la mente del doctor Babineau sino también a su cuenta corriente y su cartera de valores, Brady prosiguió con su orgía de gastos en material informático. El gran Bab retiraba el dinero y realizaba las compras; Chico Z entregaba el equipo en la pobre choza de Freddi Linklatter.

La verdad es que se merece una vivienda mejor, pensó Brady. Tendría que hacer algo al respecto.

Chico Z le llevó también el resto de los Zappit que había hurtado de la biblioteca, y Freddi potenció todos los videos de Pesca en el Hielo… cobrando, naturalmente. Y aunque el precio era alto, Brady lo pagaba sin el menor reparo. Era el dinero del médico, al fin y al cabo, los ahorros de Babineau. En cuanto a qué podía hacer con las consolas modificadas, Brady no tenía la menor idea. Con el tiempo quizá deseara disponer de uno o dos drones más, suponía, pero no veía razón para buscar algo mejor de momento. Empezó a entender en qué consistía en realidad ese estado, la sensación de alegría: era la versión emocional de las latitudes del caballo, donde todos los vientos amainan y uno sencillamente queda a la deriva.

Ocurría cuando uno se quedaba sin metas para crecer.

Esa situación se prolongó hasta el 13 de febrero de 2015, cuando captó la atención de Brady un titular del noticiario del mediodía. Los presentadores, que venían riéndose de las travesuras de un par de crías de panda, pusieron súbitamente cara de «diablos, qué horror» cuando las imágenes de los pandas, a su espalda, dieron paso al logo de un corazón roto.

«Va a ser un día de San Valentín triste en el barrio de Sewickley», dijo la parte femenina del dúo.

«Así es, Betty —coincidió la parte masculina—. Dos supervivientes de la Masacre del Centro Cívico, Krista Countryman, de veintiséis años, y Keith Frias, de veinticuatro, se han suicidado en la casa de la primera.»

Le tocaba a Betty: «Ken, los padres, conmocionados, dicen que la pareja tenía la esperanza de casarse en mayo, pero los dos habían sufrido graves lesiones en el ataque perpetrado por Brady Hartsfield, y al parecer el incesante dolor físico y mental ha sido demasiado. Conectamos con Frank Denton, con más información».

Para entonces Brady estaba ya en máxima alerta, sentado en su silla todo lo erguido que podía, con los ojos brillantes. ¿Podía reivindicar de manera legítima las muertes de esos dos? En su opinión, sí, con lo cual su puntuación en el Centro Cívico acababa de ascender de ocho a diez. ¡Aún no alcanzaban la docena, pero bueno, no estaba mal!

El corresponsal Frank Denton, también con su mejor expresión de «maldición, qué horror», parloteó durante un rato; a continuación apareció en pantalla el pobre papá de la tal Countryman, quien leyó la nota de suicidio de la pareja. Farfulló casi de principio a fin, pero Brady captó lo esencial. Tenían una visión hermosa del más allá, el lugar donde sanarían sus heridas, se liberarían del lastre del dolor y, rebosantes de salud, contraerían matrimonio junto a Jesucristo nuestro Señor y Salvador.

«Vaya, eso sí que es triste —opinó el presentador cuando finalizó la conexión—. Muy triste.»

«Desde luego que sí, Ken —dijo Betty. A renglón seguido, la pantalla situada detrás mostró una fotografía de una pandilla de idiotas vestidos de novios junto a una piscina, y la tristeza desapareció de su semblante, sustituida por una expresión de júbilo—. Pero esto debería animarte: veinte parejas decidieron casarse en una piscina en Cleveland, ¡donde la temperatura es de *cinco bajo cero*!»

«Espero que el suyo sea un amor ardiente —comentó Ken, y sonrió exhibiendo unos dientes perfectamente enfundados—. ¡Brrr! He aquí a Patty Newfield con los detalles.»

¿A cuántos más podría despachar?, se preguntó Brady. Estaba enardecido. Tengo nueve Zappit mejorados, más los dos de mis drones y el que hay en el cajón. ¿Quién dice que he acabado con esos estúpidos buscadores de empleo?

¿Quién dice que no puedo subir la puntuación?

Brady siguió el rastro a Zappit, S. A. durante su período de inactividad, para lo cual enviaba a Chico Z a revisar las alertas de Google una o dos veces por semana. Las divagaciones sobre el efecto hipnótico de la pantalla inicial de Pesca en el Hielo (y el efecto menor del video demostrativo de Pájaros Cantores) se extinguieron y dieron paso a especulaciones sobre cuánto tardaría la empresa en declararse en quiebra, cosa que ya nadie ponía en duda. Cuando Sunrise Solutions compró Zappit, un bloguero que se hacía llamar Tornado Eléctrico escribió: «¡Uau! Esto es como si un par de enfermos de cáncer con seis semanas de vida decidieran fugarse para casarse».

La personalidad en la sombra de Babineau ya estaba bien establecida, y fue el Doctor Z quien empezó a investigar a los supervivientes de la Masacre del Centro Cívico en nombre de Brady, elaborando una lista de los casos con lesiones más graves, y por tanto más vulnerables a los pensamientos suicidas. Dos de ellos, Daniel Starr y Judith Loma, seguían en silla de ruedas. Loma podría llegar a prescindir de ella; Starr, jamás. Estaba también Martine Stover, paralizada de cuello para abajo, que vivía con su madre en Ridgedale.

Estaría haciéndoles un favor, pensó Brady. Desde luego que sí.

Decidió que la madre de Stover sería un buen punto de partida. Se planteó primero ordenar a Chico Z que le enviara un Zappit por correo («¡Un regalo gratuito para usted!»), pero ¿cómo podía estar seguro de que no lo tiraría a la basura sin más? Sólo tenía nueve, y no quería arriesgarse a malgastar ninguno. Modificarlos le había costado (bueno, no a él, a Babineau) mucho dinero. Tal vez fuese mejor enviar a Babineau en misión personal. Con uno de sus trajes a medida, realzado por una sobria corbata oscura, inspiraba mucha más confianza que Chico Z con sus Dickies verdes arrugados, y era la clase de hombre mayor que despertaba simpatía en las mujeres como la madre de Stover. Lo único que Brady tenía que hacer era inventar una historia verosímil. ¿Algo sobre un estudio de mercado, quizá? ¿O acaso un club de lectura? ¿O un concurso?

Aún contemplaba diversas posibilidades —no había prisa— cuando su alerta de Google anunció una muerte prevista: Sunrise Solutions había dicho adiós. Era a inicios de abril. Se había nombrado un administrador concursal para liquidar los activos, y pronto aparecería una lista de supuestos «bienes reales» en los sitios web de venta habituales. Para los impacientes, en el expediente del concurso de acreedores figuraba una lista completa de bienes invendibles de Sunrise Solutions. A Brady le pareció interesante, pero no tanto como para que el Doctor Z consultara la lista de activos. Probablemente había cajas de Zappit entre ellos, pero ya tenía nueve, y con eso le bastaba y sobraba para jugar.

Al cabo de un mes, cambió de idea al respecto.

Uno de los apartados más populares del noticiario del mediodía se titulaba «Unas palabras de Jack». Jack O'Malley era un dinosaurio, viejo y gordo, que debía de haber iniciado su trayectoria profesional en los tiempos de la televisión en blanco y negro, y al final de cada emisión hablaba sin ton ni son durante unos cinco minutos sobre lo que fuera que le quedaba en la cabeza. Llevaba unas gafas de montura negra enormes y, al hablar, le temblaba la papada como gelatina. A Brady, por lo general, le resultaba bastante entretenido, un poco de alivio cómico, pero aquel día las Palabras de Jack no tuvieron ninguna gracia. Abrieron nuevas perspectivas.

«Las familias de Krista Countryman y Keith Frias han recibido un aluvión de condolencias como resultado de una noticia que ofreció esta cadena no hace mucho —dijo Jack con su rezongona voz a lo Andy Rooney—. Su decisión de poner fin a sus vidas cuando ya no podían vivir con un dolor interminable y sin paliativos ha reavivado el debate sobre la ética del suicidio. También nos ha recordado, por desgracia, al cobarde que causó ese dolor interminable y sin paliativos, un monstruo llamado Brady Wilson Hartsfield.»

Ese soy yo, pensó Brady, ufano. Cuando dicen hasta tu segundo nombre, no hay duda de que eres un auténtico ogro.

«Si hay una vida después de ésta —prosiguió Jack (las desbocadas cejas se juntaron a lo Andy Rooney y le tembló la papada)—, Brady Wilson Hartsfield pagará con creces por sus crímenes cuando llegue allí. Entretanto, pensemos en el lado positivo de esta nube negra de aflicción, porque ciertamente hay uno.

»Un año después de su cobarde orgía de muerte en el Centro Cívico, Brady Wilson Hartsfield intentó perpetrar un crimen aún más horrendo. De manera furtiva, introdujo una gran cantidad de explosivo plástico en el auditorio Mingo, donde se celebraba un concierto, con la intención de asesinar a miles de adolescentes reunidos para divertirse. En esa ocasión desbarataron su plan el inspector retirado William Hodges y una valiente mujer, Holly Gibney, quien aplastó el cráneo a ese homicida, ese fracasado, que no tuvo oportunidad de detonar…»

Ahí Brady perdió el hilo. ¿Fue una tal Holly Gibney quien le había golpeado en la cabeza y había estado a punto de matarlo? ¿Quién carajos era Holly Gibney? ¿Y por qué nadie lo había informado en los cinco años desde que ella le había apagado las luces y lo había confinado en esa habitación? ¿Cómo era posible?

Muy fácil, decidió. Cuando se cubrió la noticia, él estaba en coma. Después, pensó, di por sentado que el responsable era Hodges o su jardinero negro.

Buscaría a Gibney en internet cuando tuviera ocasión, pero ella no era lo importante. Ella formaba parte del pasado. El futuro era una idea magnífica que acababa de ocurrírsele tal como concebía siempre sus mejores inventos: íntegros y completos, sin necesidad de más que alguna que otra modificación para perfeccionarlos.

Encendió el Zappit, localizó a Chico Z (que en ese momento repartía revistas entre las pacientes que esperaban en OBS/GINE) y lo mandó a la computadora de la biblioteca. En cuanto estuvo sentado ante la pantalla, Brady lo apartó del asiento del conductor y asumió el control. Encorvado, entornó los ojos miopes de Al Brooks para fijarlos en el monitor. En una página web titulada Activos en Concurso de Acreedores 2015, encontró la lista de todo lo que Sunrise Solutions había dejado atrás. Contenía desechos de una docena de empresas distintas, por orden alfabético. Zappit era la última, pero, en lo que a Brady respectaba, no la menos importante, nada más lejos. Encabezaba la lista de activos una partida de 45 872 videoconsolas Zappit Commander, precio de venta al público recomendado: 189.99 dólares. Se vendían en lotes de cuatrocientas, ochocientas y mil unidades. Debajo, en rojo, constaba la advertencia de que parte del lote era defectuoso, «pero la mayoría de ellas están en perfecto estado de funcionamiento».

El viejo corazón de Al el Bibliotecario sobrellevaba con esfuerzo la sobreexcitación de Brady. Apartó las manos del teclado y cerró los puños. La posibilidad de empujar a más supervivientes del Centro Cívico a suicidarse palidecía en comparación con la idea soberbia que estaba adueñándose de Brady: culminar lo que se había propuesto hacer aquella noche en el Mingo. Se imaginó escribiendo a Hodges desde el Paraguas Azul: «¿Crees que me detuviste? Ya verás».

¡Sería maravilloso!

Estaba convencido de que Babineau disponía de dinero más que suficiente para comprar una consola Zappit por cada uno de los asistentes al concierto de aquella noche, pero dado que Brady tendría que ocuparse de sus objetivos uno por uno, no había ninguna necesidad de exagerar.

Mandó a Chico Z en busca de Babineau. Babineau no quería acercarse a él. Ahora ya le temía a Brady, cosa que a Brady le encantaba.

—Vas a comprar cierta mercancía —dijo Brady.

—Comprar cierta mercancía —dócil. Ya sin miedo. Era Babineau quien había entrado en la habitación 217, pero era ya el Doctor Z quien, con los hombros caídos, se encontraba de pie ante la silla de Brady.

—Sí. Conviene que ingreses el dinero en una cuenta nueva. Creo que la llamaremos Gamez, S. R. I. O sea, *games* pero con zeta al final.

—Con una zeta. Como yo —el jefe del Departamento de Neurología del Kiner logró esbozar una sonrisa vacua.

—Muy bien. Pongamos ciento cincuenta mil dólares, por ejemplo. Además, instalarás a Freddi Linklatter en un departamento nuevo y más grande. Así podrá recibir la mercancía que compres y después trabajar con ella. Va a estar muy ocupada.

—La instalaré en un departamento nuevo y más grande, así...
—Cállate y escucha. También necesitará más equipo.

Brady se inclinó hacia delante. Veía ante sí un futuro brillante, en el que Brady Wilson Hartsfield se coronaba triunfador años después de que el Ins. Ret. diera por terminado el juego.

—La pieza más importante del equipo se llama repetidor.

CABEZAS Y PIELES

1

No es el dolor lo que despierta a Freddi, sino la vejiga. Tiene la sensación de que va a reventarle. Levantarse de la cama es toda una aventura. Le palpita la cabeza, y es como si tuviera un molde de yeso en torno al pecho. No le duele demasiado; es más una mezcla de entumecimiento y pesadez. Cada inspiración le es como cargar una barra de pesas en dos tiempos.

El cuarto de baño parece sacado de una película gore, de modo que Freddi cierra los ojos en cuanto se sienta en el retrete para no ver toda esa sangre. Tengo suerte de estar viva, piensa mientras expulsa lo que se le antojan cincuenta litros de orina. Una suerte de locos. ¿Y por qué me veo en el centro de esta pesadilla? Porque le llevé aquella foto. Mi madre tenía razón: ninguna buena acción queda sin castigo.

Pero si alguna vez ha tenido la necesidad de pensar claro es ahora y debe reconocer que llevar a Brady la foto no es lo que la ha traído hasta aquí, hasta este cuarto de baño ensangrentado donde está sentada con un chichón en la cabeza y una herida de bala en el pecho. Eso ha ocurrido porque *volvió*, y volvió porque le pagaban: cincuenta dólares la visita. Lo que la convertía en una especie de prostituta, supone.

Ya sabes por dónde va esto. Podrías poner como pretexto que no lo supiste hasta que echaste un vistazo a la memoria portátil que te trajo el Doctor Z, la que activa esa página espeluznante, pero ya lo sabías cuando instalabas actualizaciones en todos esos Zappit, ¿o no? Una verdadera cadena de montaje, cuarenta o cincuenta al día, hasta que todos los que no eran defectuosos quedaron cargados como minas terrestres. Más de quinientos. Sabías que era Brady desde el principio, y Brady Hartsfield está loco.

Se sube los calzones, tira de la cadena y sale del baño. Por la ventana de la sala entra una luz amortiguada, pero la deslumbra igualmente. Entorna los ojos, ve que empieza a nevar y, arrastrando los pies, se dirige a la cocina, cada inspiración un esfuerzo. Lo que tiene en el refrigerador son básicamente cajas con restos de comida china, pero quedan dos latas de Red Bull en una repisa de la puerta. Toma una, se bebe la mitad de un trago y se siente algo mejor. Probablemente se trate de un efecto psicológico, pero le es suficiente.

¿Qué voy a hacer? ¿Qué demonios voy a hacer? ¿Hay alguna manera de salir de este problema?

Entra en la habitación de la computadora, caminando ya un poco más deprisa, y reactiva la pantalla. Accede mediante Google a zetaelfinal con la esperanza de encontrar el dibujo animado de un hombre empuñando un pico, y se le cae el alma a los pies cuando, a pantalla completa, aparece la imagen de una capilla ardiente a la luz de las velas; exactamente lo mismo que vio al ejecutar el programa de la memoria portátil y curiosear en la pantalla de arranque en lugar de limitarse a importarlo todo a ciegas, como le habían indicado. Suena esa absurda canción de Blue Oyster Cult.

Se desplaza hasta el final de los mensajes de debajo del féretro, que se contraen y dilatan como un corazón que late lentamente (UN FINAL PARA EL DOLOR, UN FINAL PARA EL MIEDO), y cliquea en ENVIAR UN COMENTARIO. Freddi no sabe cuánto hace que se ha activado esa píldora de veneno electrónico, pero ha bastado para generar centenares de comentarios.

Oscurecido77: ¡Aquí se atreven a decir la verdad!

SiempreAlice401: Ojalá tuviera valor, las cosas en casa apestan.

VerbanaElMono: ¡¡¡Aguanten el dolor, gente, para suicidarse no hace falta valor!!!

GataKittyOjosverdes: No, el suicidio es INDOLORO, trae muchos cambios.

VerbanaElMono no es el único que se opone, pero Freddi no necesita leer todos los comentarios para ver que él (o ella) forma parte de la minoría. Esto va a propagarse como la gripe, piensa.

No, como el ébola.

Mira el repetidor justo en el momento en que salta de 171 ENCONTRADOS a 172. Ha corrido la voz sobre los pecesnúmero, y al final del día casi todos los Zappit adaptados estarán activos. El video los hipnotiza, los vuelve receptivos. ¿A qué? Bueno, a la idea de que deberían visitar zetaelfinal, para empezar. O quizá la gente con Zappit ni siquiera tenga que visitar la página web. Quizá se maten directamente. ¿Obedecerá la gente la orden hipnótica de quitarse la vida? Difícilmente, ¿no?

¿No?

Freddi no se atreve a apagar el repetidor por miedo a que Brady regrese, pero ¿y la página web?

—Vas a irte al demonio, hija de puta —dice, y empieza a tamborilear en el teclado.

Al cabo de menos de treinta segundos se queda mirando con incredulidad un mensaje en la pantalla: FUNCIÓN NO AUTORIZADA. Tiende las manos, dispuesta a probar de nuevo, pero se detiene. A saber si un segundo intento contra la página provocará la destrucción de todas sus cosas; no sólo el equipo informático, sino las tarjetas de crédito, la cuenta corriente, el celular o incluso la estúpida licencia de conducir. Si alguien es capaz de programar una mierda como ésa, es Brady.

Maldita sea. Tengo que salir de aquí.

Meterá algo de ropa en una maleta, llamará a un taxi, irá al banco y sacará todo lo que tiene. Puede que haya cuatro mil dólares. (En el fondo del alma sabe que la cantidad se acerca más a tres.) Del banco a la estación de autobús. La nieve que se arremolina ante su ventana es supuestamente el principio de una gran tormenta, lo que puede impedirle una huida rápida, pero si tiene que esperar unas cuantas horas en la estación, esperará. Demonios, si tiene que *dormir* allí, lo hará. Todo esto es Brady en estado puro. Ha puesto en marcha un elaborado protocolo Jonestown en el cual los Zappit adaptados son sólo una parte, y ella lo ha ayudado. Freddi ignora si dará resultado y no tiene intención de quedarse para averiguarlo. Lo lamenta por la gente que quizá se deje absorber por los Zappit o se vea empujada a intentar suicidarse por el maldito sitio zetaelfinal en lugar de limitarse a considerarlo, pero debe preocuparse por ella. Nadie más va a hacerlo.

Freddi regresa al dormitorio todo lo rápido puede. Saca su vieja Samsonite del armario, y de pronto le flaquean las piernas como consecuencia del descenso de oxígeno causado por la respiración superficial y la excesiva alteración. Consigue llegar a la cama, se sienta y agacha la cabeza.

Sin prisa pero sin pausa, piensa. Recupera el aliento. Una cosa detrás de la otra.

Sólo que, debido al absurdo esfuerzo por bloquear la página web, no sabe de cuánto tiempo dispone, y cuando empieza a sonar *Boogie Woogie Bugle Boy* desde lo alto de su cómoda, deja escapar un parco grito. Freddi no desea atender la llamada, pero se levanta de todos modos. A veces es mejor saber.

2

Cuando Brady abandona la interestatal por la salida 7, la nevada aún no ha cobrado intensidad, pero en la Estatal 79 —ya está en el trasero del mundo— empieza a arreciar. Si bien el asfalto sigue despejado y húmedo, pronto la nieve comenzará a acumularse, y todavía se encuentra a setenta kilómetros del sitio donde planea refugiarse y poner manos a la obra.

El lago Charles, piensa. Donde empieza la diversión.

Es entonces cuando la computadora de Babineau despierta y emite tres pitidos: una alarma que Brady ha programado. Porque más vale prevenir que lamentar. No tiene tiempo para detenerse, no cuando debe adelantarse a esta maldita tormenta, pero no puede permitirse hacer caso omiso. Más adelante, a la derecha, ve un edificio tapiado en cuyo tejado dos chicas metálicas en biquinis oxidados sostienen un letrero en el que se lee PALACIO DEL PORNO y XXX y DESNUDAS Y ARDIENTES. En medio del estacionamiento de terracería —que la nieve ya empieza a cubrir como un baño de azúcar glass—, se alza el cartel EN VENTA.

Brady se detiene, pone la marcha en punto muerto y abre la laptop. El mensaje que aparece en pantalla abre una considerable grieta justo en el centro de su buen humor.

11:04 HORAS: INTENTO DE ACCESO
NO AUTORIZADO PARA MODIFICAR/ANULAR
ZETAELFINAL.COM DENEGADO
SITIO WEB ACTIVO

Abre la guantera del Malibu, y ahí está el maltrecho teléfono de Al Brooks, donde siempre lo guardaba. Menos mal, porque Brady se ha olvidado de tomar el de Babineau.

¿Qué se le va a hacer?, piensa. Uno no puede estar en todo, y he estado muy ocupado.

Sin molestarse en ir a Contactos, marca el número de Freddi de memoria. No lo ha cambiado desde los viejos tiempos en Discount Electronix.

3

Cuando Hodges se disculpa para ir al baño, Jerome espera a que salga por la puerta y entonces se acerca a Holly, quien, de pie junto a la ventana, contempla la nevada. Aquí en la ciudad todavía es ligera; los copos danzan en el aire y parecen desafiar la gravedad. Una vez más, Holly tiene los brazos cruzados por delante del pecho para poder agarrarse los hombros.

—¿Está muy grave? —pregunta Jerome en voz baja—. Porque no tiene buen aspecto.

—Es cáncer de páncreas, Jerome. ¿Qué aspecto va a tener una persona con una enfermedad así?

—¿Aguantará hasta el final del día? ¿Tú qué crees? Porque eso es lo que quiere, y opino sinceramente que le vendría bien dejar esto atrás y pasar página.

—Dejar atrás a Hartsfield, quieres decir. El maldito Brady Hartsfield. Aunque esté *muerto*, el muy hijo de puta.

—Sí, eso quiero decir.

—Creo que es grave —gira hacia él y se obliga a mirarlo a los ojos, algo que siempre hace que se sienta desnuda—. ¿Te has fijado en que no para de llevarse la mano al costado?

Jerome asiente.

—Lleva semanas haciéndolo y diciendo que es una indigestión. Accedió a ir al médico sólo para que dejara de molestarlo con eso. Y cuando se enteró de lo que pasaba, mintió.

—No has contestado a la pregunta. ¿Puede aguantar el día?

—Creo que sí. Espero que sí. Porque tienes razón: lo necesita. Pero debemos permanecer a su lado. Los dos —se suelta un hombro para agarrarle la muñeca—. Prométemelo, Jerome. Nada de mandar a casa a la chica flacucha para que los chicos puedan jugar solos en la casita del árbol.

Jerome le suelta la mano y se la aprieta.

—Descuida, Hollyberry. Nadie va a separar a la pandilla.

4

—¿Hola? ¿Es usted, Doctor Z?

Brady no tiene tiempo para juegos. La nieve se espesa a cada segundo, y el destartalado Malibu de Chico Z, sin llantas para nieve y con más de ciento cincuenta mil kilómetros a cuestas, no estará a la altura en cuanto la tormenta arrecie de verdad. En otras circunstancias sentiría curiosidad por saber cómo es posible que esté viva siquiera, pero no tiene ninguna intención de volver para rectificar esa situación, así que sería una pregunta superflua.

—Ya sabes quién soy, y yo sé qué has intentado hacer. Inténtalo de nuevo y enviaré a los hombres que están vigilando el edificio. Tienes suerte de estar viva, Freddi. Yo no tentaría al destino por segunda vez.

—Lo siento —casi en un susurro. Ésta no es la chica rebelde con la que Brady trabajaba en la Ciberpatrulla, aquélla que por menos de nada te mandaba a la mierda, a ti y a tu puta madre. Sin embargo, no está del todo sometida, de ser así no habría jugado con el equipo informático.

—¿Se lo has contado a alguien?

—¡No! —parece horrorizada ante la idea. Horrorizada es como debe estar.

—¿Piensas hacerlo?

—*¡No!*

—Ésa es la respuesta correcta, porque si lo haces, lo sabré. Estás bajo vigilancia, Freddi. Recuérdalo.

Corta la comunicación sin esperar respuesta, más furioso con ella por estar viva que por lo que ha intentado hacer. ¿Creerá eso de que unos hombres ficticios están vigilando el edificio, pese a que la había dado por muerta? Le parece que sí. Freddi ha tratado tanto con el Doctor Z como con Chico Z. ¿Quién sabe cuántos drones más puede tener Brady bajo su control?

En cualquier caso, Brady ya no puede hacer nada al respecto. Muchas veces a lo largo de su vida ha echado la culpa de sus problemas a los demás, y ahora se la echa a Freddi por no morir cuando debía.

Pone en marcha el Malibu y pisa el acelerador. Las llantas giran sin apenas adherirse a la fina alfombra de nieve que cubre el estacionamiento del extinto Palacio del Porno, pero agarran de nuevo en cuanto vuelven a entrar en contacto con el asfalto de la estatal, donde los canales laterales, antes pardos, ya empiezan a blanquearse. Brady aumenta de velocidad hasta que el coche de Chico Z alcanza los cien. Pronto será demasiado para las condiciones de la carretera, pero mantendrá el velocímetro en ese punto mientras pueda.

5

Finders Keepers comparte el sanitario del sexto piso con la agencia de viajes, pero en este momento Hodges dispone del de hombres para él solo, cosa que agradece. Encorvado sobre uno de los lavabos, se aferra al borde con la mano derecha y se aprieta el costado con la izquierda. Aún no se ha abrochado el cinturón, y el pantalón le resbala por la cadera debido al peso de lo que contienen los bolsillos: monedas, llaves, cartera, teléfono.

Ha entrado para cagar, una función excretora común y corriente que viene realizando toda su vida, pero cuando ha empezado a apretar, la mitad izquierda de su vientre ha reaccionado con una virulencia extrema. En comparación, los dolores previos parecían acordes para afinar antes del inicio del concierto propiamente dicho, y si ya es así de intenso, empieza a temer lo que pueda esperarle más adelante.

No, piensa, «temor» no es la palabra acertada. La palabra es «terror». Por primera vez en su vida le aterroriza el futuro, en el que verá todo lo que es o ha sido sumergido al comienzo y borrado después. Si el propio dolor no lo logra, lo conseguirán los fármacos más potentes que le administrarán para ahogarlo.

Ahora entiende por qué califican de «furtivo» el cáncer de páncreas y por qué es casi siempre mortal. Permanece al acecho, reuniendo sus tropas y enviando emisarios secretos a los pulmones, los ganglios linfáticos, los huesos y el cerebro. De repente inicia una guerra relámpago, sin entender, en su estúpida voracidad, que la victoria sólo puede provocar su propia muerte.

Hodges piensa: sólo que quizá sea eso lo que pretende. Quizá se odia a sí mismo, quizá ha nacido con el deseo de asesinar no al huésped, sino a sí mismo. Lo que convierte al cáncer en el *verdadero* príncipe del suicidio.

Deja escapar un eructo largo y reverberante, lo que le hace sentir un poco mejor, Dios sabe por qué. El respiro no durará mucho, pero tomará cualquier medida a su alcance para obtener alivio. Sacude el frasco para extraer tres analgésicos (ya empieza a pensar que es como disparar una pistola de aire comprimido contra un elefante al ataque) y se los traga con agua de la llave. Luego se echa más agua fría a la cara en un intento de recuperar un poco el color. Como no surte efecto, se da enérgicas palmadas: dos fuertes en cada mejilla. No conviene que Holly y Jerome sepan lo mucho que se ha agravado. Le han prometido este día, y está dispuesto a aprovechar hasta el último minuto. Hasta medianoche si es necesario.

En el momento en que sale del baño, recordándose que debe permanecer erguido y no apretarse el costado, le vibra el teléfono. Será Pete, que quiere continuar con su maratoniana embestida contra la «cabrona», piensa, pero no es él. Se trata de Norma Wilmer.

—He encontrado ese archivo —anuncia—. El que la difunta gran Ruth Scapelli …

—Ya —dice él—. La lista de visitantes. ¿Quién consta?

—*No* hay lista.

Hodges se apoya en la pared y cierra los ojos.

—Oh, mier…

—Pero sí un solo comunicado con el membrete de Babineau. Dice, y leo: «Frederica Linklatter debe ser admitida en horario de visitas y fuera de él. Ayuda a B. Hartsfield en su recuperación». ¿Te sirve eso de algo?

Una chica con el cabello tan corto como un marine, piensa Hodges. Un poco desaliñada, con tatuajes.

En su momento no le sonaba de nada, pero sí percibió esa ligera vibración, y ahora sabe por qué. Conoció a una chica flaca con la cabeza rapada en Discount Electronix allá en 2010, cuando Jerome, Holly y él estrechaban el cerco en torno a Brady. Pese a que han transcurrido seis años, recuerda lo que dijo sobre su compañero de trabajo en la Ciberpatrulla: «Esto tiene que ver con su madre, me juego lo que sea. Se trae algo raro con ella».

—¿Sigues ahí? —Norma parece irritada.

—Sí, pero tengo que colgar.

—¿No me dijiste que habría un dinero extra si...?

—Sí. Me ocuparé de eso, Norma —pone fin a la llamada.

Las pastillas empiezan a surtir efecto, y consigue regresar a la oficina a un paso semirrápido. Holly y Jerome, situados delante de la ventana, contemplan Lower Marlborough Street, y por su expresión cuando se vuelven al oír que se abre la puerta, Hodges imagina que estaban hablando de él, pero no tiene tiempo para pensar en eso. Ni para preocuparse al respecto. En lo que está pensando es en esos Zappit adaptados. La pregunta que se ha repetido desde que empezaron a atar cabos es cómo pudo intervenir Brady en la modificación de las videoconsolas cuando se hallaba inmovilizado en una habitación de hospital, prácticamente incapaz de andar. Pero conocía a alguien que casi seguro poseía las aptitudes necesarias para hacerlo por él, ¿no? Una persona con la que había trabajado antes. Una persona que lo visitaba en el Casco, con la aprobación por escrito de Babineau. Una chica punk con muchos tatuajes y carácter para dar y prestar.

—La visitante de Brady, su *única* visitante, era una tal Frederica Linklatter. Ella...

—¡La Ciberpatrulla! —dice Holly casi en un chillido—. ¡Trabajaba con ella!

—Exacto. Había una tercera persona... el jefe, creo. ¿Algunos de los dos recuerda cómo se llamaba?

Holly y Jerome se miran y niegan con la cabeza.

—De eso hace mucho, Bill —responde Jerome—. Y por entonces nos concentrábamos en Hartsfield.

—Sí. Sólo me acuerdo de Linklatter porque tenía algo de inolvidable.

—¿Puedo usar tu computadora? —pregunta Jerome—. Quizá encuentre a ese hombre mientras Holly busca la dirección de la chica.

—Adelante, todo tuyo.

Holly ya está sentada ante el suyo, muy erguida y tecleando. Además, habla en voz alta, como es habitual cuando está absorta en algo.

—Imbécil. Las páginas blancas no traen número de teléfono ni dirección. En todo caso, era un paso a ciegas. Muchas mujeres solteras no… un momento, levanta el condenado teléfono… aquí está su página de Facebook…

—La verdad es que no me interesan sus fotos de las vacaciones de verano ni cuántos amigos tiene —dice Hodges.

—¿Estás seguro? Porque sólo tiene seis amigos, y uno de ellos es Anthony Frobisher. Estoy casi convencida de que así se llamaba el…

—¡*Frobisher*! —exclama Jerome desde el despacho de Hodges—. *¡Anthony Frobisher era el tercer miembro de la Ciberpatrulla!*

—Te he ganado, Jerome —dice Holly con aire ufano—. Otra vez.

6

A diferencia de Frederica Linklatter, Anthony Frobisher sí figura en la guía telefónica, tanto a título particular como en calidad de Su Gurú de las Computadoras. Ambos números coinciden: su celular, deduce Hodges. Desaloja a Jerome de su silla y se acomoda él, despacio y con cuidado. La explosión de dolor que lo ha traspasado al sentarse en el inodoro sigue viva en su mente.

El teléfono suena una sola vez, y alguien contesta.

—El Gurú de las Computadoras, Tony Frobisher al habla. ¿En qué puedo servirle?

—Señor Frobisher, soy Bill Hodges. Seguramente no me recuerda, pero…

—Ah, claro que lo recuerdo —Frobisher adopta un tono receloso—. ¿Qué quiere? Si tiene algo que ver con Hartsfield…

—Tiene que ver con Frederica Linklatter. ¿Conoce usted su dirección actual?

—¿Freddi? ¿Por qué iba yo a conocer su dirección actual o *cualquier* otra? No la veo desde que Discount Electronix cerró.

—¿Seguro? Según su página de Facebook, usted y ella son amigos.

Frobisher suelta una carcajada de incredulidad.

—¿Quién más aparece en la lista? ¿Kim Jong-un? ¿Charles Manson? Oiga, señor Hodges, esa deslenguada no *tiene* amigos. Lo más parecido que tenía era Hartsfield, y acaba de aparecerme una notificación en el teléfono en la que dice que él ha muerto.

Hodges ignora cómo se reciben notificaciones en el teléfono, y no siente el menor deseo de averiguarlo. Da las gracias a Frobisher y cuelga. Deduce que ninguno de los cinco o seis amigos de Freddi Linklatter en Facebook son amigos reales, que los ha añadido sólo para evitar la sensación de que es una absoluta marginada. En otro tiempo tal vez Holly hubiera recurrido también a eso, pero ahora *tiene* amigos de verdad. Por suerte para ella, y por suerte para ellos. Lo que conduce a la pregunta: ¿cómo localizar a Freddi Linklatter?

El negocio que Holly y él dirigen no se llama Finders Keepers, «quien lo encuentra se lo queda», por casualidad, pero la mayor parte de sus motores de búsqueda especializados están concebidos para localizar a malas personas con malos amigos, largos historiales delictivos y órdenes de busca y captura pintorescas. *Puede* encontrarla, en esta era informatizada pocos escapan de la red, pero necesita encontrarla deprisa. Cada vez que alguien enciende uno de esos Zappit gratuitos, se cargan peces de color rosa, destellos azules y —a juzgar por la experiencia de

Jerome— un mensaje subliminal que sugiere que sería oportuno hacer una visita a zetaelfinal.

Eres detective. Con cáncer, cierto, pero detective de todos modos. Así que déjate de tonterías extemporáneas y detecta.

Pero le cuesta. La imagen de todas esas chicas —a las que Brady intentó matar en el concierto de 'Round Here— lo asalta una y otra vez. La hermana de Jerome se hallaba entre ellas, y de no ser por Dereece Neville, ahora Barbara tal vez estaría muerta en lugar de tener sólo una pierna enyesada. Quizá el suyo era un modelo de prueba. Quizá el de la señora Ellerton también lo era. Tiene cierta lógica. Pero ahora están todos esos otros Zappit, un montón, y deben de haber ido a parar a *alguna parte*, maldita sea.

Con esto se le enciende por fin una luz.

—¡Holly! ¡Necesito un número de teléfono!

7

Todd Schneider está en la oficina, y de buen humor.

—Según tengo entendido, se les avecina toda una tormenta, señor Hodges.

—Eso dicen.

—¿Ha tenido suerte en la búsqueda de esas consolas defectuosas?

—Precisamente por eso lo llamo. ¿No tendrá por casualidad la dirección a la que enviaron aquel lote de Zappit Commander?

—Claro que sí. ¿Puedo volver a llamarlo para dársela?

—¿Y si me quedo esperando al teléfono? Es bastante urgente.

—¿Un caso de defensa del consumidor urgente? —pregunta Schneider en tono de perplejidad—. Casi parece antinorteamericano. A ver qué puedo hacer.

Se oye un chasquido en la línea, y Hodges queda en espera, acompañado por una relajante música de violín que no cumple la función de relajar. Ahora Holly y Jerome están los dos en el despacho, pegados al escritorio. Hodges se esfuerza por no llevarse la mano al costado. Los segundos se alargan y forman un minuto. Luego dos. Hodges piensa: O está atendiendo otra llamada y se ha olvidado de mí o no la encuentra.

La música de espera se interrumpe.

—¿Señor Hodges? ¿Sigue ahí?

—Aquí sigo.

—Tengo esa dirección. Es Gamez S. R. I., Gamez con Z, recuerde, en el 442 de Maritime Drive. A la atención de la señora Frederica Linklatter. ¿Le sirve eso?

—Sin duda. Gracias, señor Schneider.

Cuelga y mira a sus dos socios: una delgada e invernalmente pálida, el otro robustecido después de una temporada de trabajo en la construcción en Arizona. Además de su hija Allie, que ahora vive en la otra punta del país, son las personas a las que más quiere en este tramo final de su vida.

—En marcha, chicos.

8

Brady abandona la Estatal 79 para seguir por Vale Road, a la altura del Garage Thurston, donde varios jóvenes lugareños contratados por el servicio quitanieves para las emergencias llenan los tanques de sus camionetas, cargan arena mezclada con sal o toman café y charlan sin más. A Brady se le pasa por la cabeza detenerse y ver si puede conseguir unas llantas con clavos para ponerle al Malibu de Al el Bibliotecario, pero, con el gentío que se aglomera en el lugar debido a la tormenta, seguro le llevaría toda la tarde. Ahora ya está cerca de su destino y decide arriesgarse. Si se queda aislado por la nieve, ¿qué importancia tiene? Ninguna. Ya ha visitado el pabellón dos veces, básicamente para inspeccionar el lugar, pero en la segunda ocasión además dejó provisiones.

En Vale Road ya se han acumulado unos ocho centímetros de nieve, y la marcha es lenta. El Malibu patina varias veces, una de ellas casi hasta la cuneta. Babineau suda copiosamente, y sus dedos artríticos palpitan en torno al volante por la fuerza con que Brady lo tiene agarrado.

Por fin ve los altos postes rojos que marcan su último tramo de camino. Brady pisa el freno repetidamente y se desvía a paso de peatón. Los tres últimos kilómetros transita por una carretera rural sin nombre de un solo carril, pero, gracias a la bóveda formada en lo alto por las ramas de los árboles, ese trecho es el más transitable de la última hora. En algunos puntos el camino sigue despejado. Eso cambiará en cuanto la tormenta arrecie, cosa que, según la radio, ocurrirá alrededor de las ocho de la tarde.

Llega a una bifurcación donde unas flechas de madera clavadas a un abeto viejo y enorme indican en distintas direcciones. En la de la derecha se lee: CAMPAMENTO DEL OSO DE GRAN BOB. En la de la izquierda se lee: CABEZAS Y PIELES. A unos tres metros por encima de las flechas, hay una cámara de seguridad, cubierta ya de una fina capa de nieve.

Brady dobla a la izquierda y por fin relaja las manos. Casi ha llegado.

9

En la ciudad todavía no nieva mucho. Las calles están despejadas y el tráfico avanza con fluidez, pero los tres se apiñan en el Jeep Wrangler de Jerome por si acaso. El 442 de Maritime Drive resulta ser uno de los edificios de departamentos que se levantaron en la orilla sur del lago con el boom de los ochenta. Por aquel entonces eran lo máximo. Ahora en su mayoría están medio vacíos. En la entrada, Jerome encuentra a F. LINKLATTER en el 6.º A. Levanta la mano hacia los timbres, pero Hodges lo detiene antes de que llame.

—¿Qué? —pregunta Jerome.

—Observa y aprende, Jerome —dice Holly con aire remilgado—. Así es como trabajamos.

Hodges pulsa otros timbres al azar, y al cuarto intento, se oye una voz masculina.

—¿Sí?

—FedEx —contesta Hodges.

—¿Quién iba a enviarme a mí algo por FedEx? —pregunta la voz, en apariencia confusa.

—No sé, amigo. Yo no soy más que el mensajero.

La puerta del vestíbulo emite un zumbido de irritación. Hodges entra y la mantiene abierta para que pasen sus compañeros. Hay dos elevadores, uno de ellos con un cartel de averiado. En el que funciona, alguien ha colocado la siguiente nota:

Al dueño del perro ladrador del tercer piso, quienquiera que seas: te encontraré.

—Eso me parece bastante amenazador —comenta Jerome.

La puerta se abre, entran y Holly empieza a revolver en su bolso. Encuentra la caja de Nicorette y se echa uno a la boca. Cuando el elevador se abre en el sexto piso, Hodges dice:

—Si está, yo hablaré.

El 6.º A queda justo enfrente del elevador. Hodges llama a la puerta con los nudillos. Como no recibe respuesta, recurre a un golpeteo insistente. Como sigue sin recibir respuesta, golpea con el puño.

—Váyanse —dice una voz débil y frágil al otro lado de la puerta. La voz de una niña con gripe, piensa Hodges.

Golpea otra vez la puerta.

—Abra, señora Linklatter.

—¿Es la policía?

Podría decir que sí, no sería la primera vez desde que se retiró que se ha hecho pasar por policía, pero lo descarta de manera intuitiva.

—No. Me llamo Bill Hodges. Nos vimos, brevemente, allá por 2010. Cuando trabajaba usted en…

—Sí, me acuerdo.

Gira un cerrojo, luego otro. Cae una cadena. La puerta se abre, y un fuerte olor a hierba flota hasta el rellano. La mujer que aparece en el umbral sostiene un churro a medio fumar entre el pulgar y el índice de la mano izquierda. Está muy delgada, casi demacrada, y blanca como el papel. Lleva una camiseta de tirantes en la que se lee: AGENCIA DE FIANZAS MALAS ANDANZAS, BRADENTON, FLORIDA. Debajo, el lema reza: ¿ESTÁS EN PRISIÓN? ¡SACARTE ES NUESTRA MISIÓN!, pero esta última parte apenas se distingue debido a la mancha de sangre.

—Debería haberlo llamado a usted —dice Freddi, y aunque mira a Hodges, éste tiene la impresión de que en realidad habla para sí—. Lo habría hecho, si se me hubiera ocurrido. Usted ya lo frenó una vez, ¿no?

—Dios mío, señora, ¿qué ha pasado? —pregunta Jerome.

—Me temo que las he llenado más de la cuenta —Freddi señala un par de maletas desemparejadas que hay detrás de ella en la sala—. Debería haber hecho caso a mi madre. Me decía que viajara siempre ligera de equipaje.

—No creo que se refiera a las maletas —aclara Hodges, señalando con el pulgar la mancha de sangre de la camiseta de Freddi.

Entra, y Jerome y Holly lo siguen de inmediato. Holly cierra la puerta.

—Ya sé a qué se refiere —contesta Freddi—. Ese cabrón me disparó. He empezado a sangrar otra vez al sacar las maletas del dormitorio.

—Déjeme ver —dice Hodges, pero cuando avanza un paso hacia Freddi, ella da un paso de compensación hacia atrás y cruza los brazos a la altura del pecho, un gesto muy propio de Holly que a Hodges le llega al alma.

—No. No tengo brasier. Me duele demasiado para ponérmelo.

Holly aparta a Hodges de un empujón.

—Dígame dónde está su baño. Déjeme echar un vistazo.

Hodges la nota bien —tranquila—, pero está triturando el chicle de nicotina con los dientes.

Freddi toma a Holly de la muñeca y la lleva más allá de las maletas, deteniéndose un momento para darle una calada al cigarro de hierba. Deja escapar el humo en una sucesión de señales de humo mientras habla.

—El equipo está en la habitación libre. A la derecha. Echen un buen vistazo —después, volviendo al guion original, añade—: Si no hubiera llenado tanto las maletas, a estas horas ya me habría ido.

Hodges lo duda. Sospecha que se habría desmayado en el elevador.

10

Cabezas y Pieles no es tan amplio como la McMansion de Babineau en Sugar Heights, pero por poco. Es una casa alargada, de techo bajo, y está llena de recovecos. Más allá, el terreno nevado desciende hacia el lago Charles, que se ha helado desde la última visita de Brady.

Se estaciona enfrente y, con cuidado, se dirige hacia el lado oeste, resbalando con los mocasines caros de Babineau en la nieve acumulada. El pabellón de caza se encuentra en un claro, así que hay mucha más nieve y el riesgo de patinar es mayor. Tiene los tobillos ateridos. Lamenta no haber pensado en conseguir unas botas, y una vez más se recuerda que uno no puede pensar en todo.

De la caja del medidor de la luz, toma la llave del cobertizo del generador, en cuyo interior están las llaves de la casa. El generador es un Generac Guardian de gama alta. Ahora está en silencio, pero es probable que se encienda más tarde. Aquí, en el trasero del mundo, los apagones son muy frecuentes durante las tormentas.

Brady regresa al coche en busca de la computadora de Babineau. El pabellón dispone de wifi, y la laptop es lo único que necesita para seguir conectado a su proyecto actual y para adelantarse a los acontecimientos. Además del Zappit, claro está.

El buen Zappit Cero.

La casa está helada y a oscuras, de modo que sus primeras acciones al entrar son los movimientos prosaicos que realizaría cualquier propietario al volver al hogar: enciende las luces y sube el termostato. La estancia principal es enorme y tiene las paredes revestidas de pino; la iluminación procede de un candelabro de astas pulidas de reno, de los tiempos en que había muchos por esos bosques. La chimenea, de piedra vista, son unas fauces, lo bastante grandes para asar un rinoceronte dentro. En el techo se entrecruzan gruesas vigas oscurecidas por el humo de la leña quemada en la chimenea a lo largo de los años. Adosado a toda una pared, hay un aparador de cerezo en el que se alinean al menos cincuenta botellas de bebidas alcohólicas, algunas casi vacías, algunas con el tapón todavía intacto. Los muebles son antiguos, disparejos y mullidos: profundos sillones y un descomunal sofá donde han desfilado innumerables nenas a lo largo de los años. Aquí, aparte de caza y pesca, ha habido mucho sexo extraconyugal. La piel extendida ante la chimenea pertenecía a un oso abatido por el doctor Elton Marchant, que se ha ido ya a ese gran quirófano del cielo. Las cabezas y los peces disecados de la pared son trofeos pertenecientes a una decena de médicos, pasados y presentes. Hay un magnífico ciervo macho con cornamenta de dieciséis puntas que se cobró el propio Babineau cuando era realmente Babineau. Fuera de temporada, pero qué demonios.

Brady deja la computadora en un antiguo escritorio situado al fondo y lo enciende antes de quitarse el abrigo. Primero verifica el repetidor y le complace ver que ya indica 243 ENCONTRADOS.

Creía que entendía el poder de la trampa visual, y ha visto lo adictivo que es ese video demostrativo incluso *antes* de potenciarlo, pero esto es un logro que rebasa sus expectativas más deliran-

tes. Las rebasa con creces. No se ha producido ningún nuevo campanilleo de aviso en relación con zetaelfinal, pero visita la página
igualmente, sólo para ver cómo va. Una vez más, se ven superadas
sus expectativas. Más de siete mil visitas hasta el momento, siete
mil, y el número asciende a un ritmo constante ante sus ojos.

Deja caer el abrigo y ejecuta una ágil danza sobre la alfombra
de piel de oso, se cansa enseguida —cuando vuelva a cambiar de
cuerpo, elegirá sin duda a alguien entre los veinte y los cuarenta
años—, pero entra en calor, cosa que agradece.

Toma de la repisa el control remoto del televisor y enciende
el enorme aparato de pantalla plana, una de las pocas concesio-
nes a la vida en el siglo XXI que incluye el pabellón de caza. La
antena parabólica capta Dios sabe cuántos canales y la imagen
en alta definición es para morirse, pero hoy a Brady le interesa
más la programación local. Pulsa el botón SOURCE del control
hasta que tiene ante los ojos la carretera de acceso que comunica
el pabellón con el mundo exterior. No espera compañía, pero
tiene por delante dos o tres días de mucho ajetreo, los días más
importantes y productivos de su vida, y si alguien trata de inte-
rrumpirlo, quiere saberlo con antelación.

La armería es todo un cuarto, cuyas paredes de pino nudoso
están cubiertas de rifles en soportes y pistolas colgadas de gan-
chos. Lo más selecto del arsenal, en opinión de Brady, es el FN
SCAR 17S. Capaz de disparar seiscientas cincuenta balas por
minuto y trasformado de manera ilegal en fusil completamente automático por un proctólogo y fanático de las armas, es el
Rolls-Royce de las llamadas «engrasadoras», por su parecido
con dicha herramienta. Brady lo saca, junto con unos cuantos
cargadores de reserva y varias pesadas cajas de munición Winchester 308, y lo deja apoyado contra la pared junto a la chimenea. Se plantea encender fuego —ya hay leña amontonada y seca
en el hogar—, pero antes tiene que hacer otra cosa. Acude a la
página de noticias de última hora de la ciudad y se desplaza rápidamente pantalla abajo en busca de suicidios. Todavía no aparece
ninguno, pero puede remediarlo.

—Llamémoslo Zappitizador —dice, sonriente, y enciende la consola.

Se pone cómodo en uno de los sillones y empieza a seguir los peces de color rosa. Cuando cierra los ojos, continúan ahí. Al menos al principio. Luego se convierten en números rojos en movimiento sobre un fondo negro.

Brady elige uno al azar y pone manos a la obra.

11

Hodges y Jerome tienen la mirada fija en un visor digital que indica 244 ENCONTRADOS cuando Holly entra en el cuarto de la computadora acompañada de Freddi.

—Está bien —dice Holly en voz baja a Hodges—. No debería estarlo, pero lo está. Tiene un agujero en el pecho que parece...

—Parece lo que he dicho —da la impresión de que Freddi se siente un poco más fuerte. Tiene los ojos enrojecidos, pero eso posiblemente se deba a lo que ha estado fumando—. Me disparó.

—Tenía unas minicompresas, y le he puesto una encima de la herida —explica Holly—. Es demasiado grande para una bandita —arruga la nariz—. Uf.

—El cabrón me disparó —es como si Freddi aún intentara asimilarlo.

—¿De qué cabrón estamos hablando? —pregunta Hodges—. ¿Felix Babineau?

—Sí, ése. El puto Doctor Z. Aunque en realidad es Brady. Igual que el otro. Chico Z.

—¿Chico Z? —pregunta Jerome—. ¿Quién demonios es Chico Z?

—¿Un hombre mayor? —pregunta Hodges—. ¿Mayor que Babineau? ¿Cabello blanco y rizado? ¿Conduce un viejo auto con retoques de pintura? ¿Lleva quizá un abrigo con cinta adhesiva sobre un agujero?

—En cuanto al coche, no sé, pero reconozco el abrigo —contesta Freddi—. Ése es mi Chico Z —se sienta delante de su Mac (que ahora muestra un salvapantallas fractal) y da una última calada al churro antes de apagarlo en un cenicero a rebosar de colillas de Marlboro. Sigue pálida, pero está recuperando parte del desparpajo que Hodges recuerda de su encuentro anterior—. El Doctor Z y su fiel acompañante, Chico Z. Sólo que los dos son Brady. Putas matrioskas, eso es lo que son.

—¿Señora Linklatter?

—Vamos, llámame Freddi. Cualquier chica que me vea las tacitas de té que yo llamo «pechos» tiene que llamarme Freddi.

Holly se sonroja, pero prosigue. Cuando va tras un rastro, no hay nada que la detenga.

—Brady Hartsfield está muerto. Murió de sobredosis anoche o esta mañana temprano.

—¿Elvis ha abandonado el edificio? —Freddi considera esa posibilidad y finalmente mueve la cabeza en un gesto de negación—. Estaría bien. Si fuera verdad.

Y estaría bien que yo pudiera creer plenamente que no está loca, piensa Hodges.

Jerome señala la lectura por encima del enorme monitor. Ahora indica 247 ENCONTRADOS.

—¿Eso está buscando o descargando?

—Las dos cosas —Freddi se aprieta el vendaje improvisado bajo la camiseta en un gesto espontáneo que a Hodges le recuerda a sí mismo—. Es un repetidor. Puedo apagarlo, o eso creo, pero tienen que prometerme que me protegerán de los hombres que vigilan el edificio. El sitio web, en cambio… no hay nada que hacer. Tengo la dirección IP y la contraseña, pero no he podido desconectar el servidor.

Hodges tiene mil preguntas, pero cuando 247 ENCONTRADOS cambia a 248, sólo dos se le antojan de vital importancia.

—¿Qué está buscando eso? ¿Y qué está descargando?

—Primero tiene que prometerme protección. Tiene que llevarme a un lugar seguro. Protección de testigos o lo que sea.

—No tiene que prometerte nada, porque yo ya lo sé —interviene Holly. No hay maldad en su tono; si acaso, resulta reconfortante—. Busca consolas Zappit, Bill. Cada vez que encienden una, el repetidor la localiza y actualiza el video demostrativo de Pesca en el Hielo.

—Convierte los peces rosa en peces-número y añade los resplandores azules —aclara Jerome. Mira a Freddi—. Eso hace, ¿no?

Ahora es al chichón morado y recubierto de sangre seca de la frente adonde Freddi se lleva la mano. Se lo toca con el dedo, hace una mueca y lo retira.

—Sí. De los ochocientos Zappit que se entregaron aquí, doscientos ochenta eran defectuosos. O se bloqueaban al encenderlos o se averiaban la primera vez que intentabas abrir un juego. Los otros funcionaban bien. Tuve que instalar un *rootkit* en todos, del primero al último. Fue mucho trabajo. Y trabajo *aburrido*. Como colocar una pieza detrás de la otra en una cadena de montaje.

—Eso significa que había quinientos veinte en funcionamiento —calcula Hodges.

—Este hombre sabe restar, que le den un puro —Freddi lanza una mirada a la lectura—. Y ya se ha actualizado casi la mitad —suelta una risotada, un sonido totalmente desprovisto de humor—. Puede que Brady esté demente, pero ha organizado esto bastante bien, ¿no le parece?

—Apáguelo —dice Hodges.

—Cómo no. Cuando me prometa protección.

Jerome, que ha experimentado de primera mano lo rápido que el Zappit actúa y lo desagradables que son las ideas que implanta en la mente de una persona, no tiene ningún interés en quedarse de brazos cruzados mientras Freddi regatea con Bill. Ha recuperado de su equipaje la navaja suiza que llevaba al cinto en Arizona y ahora la tiene en el bolsillo. Despliega la hoja más grande, agarra el repetidor del estante y corta los cables que lo conectan al sistema de Freddi. Cae al suelo con un leve estrépito, y empieza a sonar una alarma en el CPU, debajo del escritorio. Holly se agacha, pulsa algo y la alarma cesa.

—¡Hay un interruptor, estúpido! —exclama Freddi—. ¡Eso no hacía ninguna falta!

—¿Sabes qué? Sí hacía falta —responde Jerome—. Uno de esos putos Zappit casi le cuesta la vida a mi hermana —da un paso hacia Freddi, y ella se encoge—. ¿Tenías idea de lo que estabas haciendo? ¿Una mínima idea, maldición? Me parece que sí. Estás drogada pero no eres tonta.

Freddi comienza a llorar.

—No lo sabía. Lo juro. Porque no quería saberlo.

Hodges respira hondo, lo que reaviva el dolor.

—Empieza por el principio, Freddi, y cuéntanoslo todo.

—Y lo más rápido posible —añade Holly.

12

Jamie Winters tenía nueve años cuando asistió con su madre al concierto de 'Round Here en el CACMO. Esa noche sólo había unos cuantos chicos preadolescentes; casi todos consideraban a aquel grupo cosa de niñas. A Jamie, sin embargo, le gustaban las cosas de niñas. A los nueve años no estaba aún del todo seguro de ser gay (ni siquiera estaba seguro de conocer el significado de la palabra). Lo único que sabía era que cuando veía a Cam Knowles, el cantante solista de 'Round Here, experimentaba una sensación peculiar en la boca del estómago.

Ahora se acerca a los dieciséis y sabe perfectamente qué es. Con determinados chicos de la escuela, prefiere prescindir de la última letra de su nombre de pila, porque con esos chicos le gusta ser Jami. Su padre también sabe lo que es, y lo trata como a una alimaña. Lenny Winters —hombre de pelo en pecho donde los haya— es el propietario de una próspera empresa de construcción, pero hoy han interrumpido la actividad en las cuatro obras de la Constructora Winters a causa de la próxima tormenta. Lenny está, pues, en el despacho de su casa, metido hasta el cuello en papeleo y con los nervios de punta ante la hoja de cálculo que abarca la pantalla de su computadora.

—¡Papá!

—¿Qué quieres? —gruñe Lenny sin alzar la vista—. ¿Y por qué no estás en la escuela? ¿Se han suspendido las clases?

—¡*Papá!*

Esta vez Lenny voltea para mirar al chico al que a veces (cuando cree que Jami no lo oye) se refiere como «el marica de la familia». Lo primero que advierte es que su hijo está usando labial, rubor y sombra de ojos. Lo segundo es el vestido. Lenny lo reconoce: es de su mujer. Como el chico es muy alto, sólo le cubre medio muslo.

—Pero ¿*qué mier…?*

Jami sonríe. Exultante.

—¡Así es como quiero que me entierren!

—¿De qué estás…? —Lenny se levanta tan deprisa que vuelca la silla. Es entonces cuando ve el revólver en la mano del chico. Debe de haberlo tomado del buró de Lenny, en el dormitorio principal.

—¡Fíjate en esto, papá! —todavía sonriente. Como si se dispusiera a ejecutar un truco de magia sensacional. Levanta el arma y se apoya el cañón en la sien derecha. Tiene el dedo contraído en torno al gatillo.

Se ha pintado la uña cuidadosamente con esmalte de brillantina.

—¡Baja eso, hijo! ¡*Baja…!*

Jamie —o Jami, que es como ha firmado su breve nota de suicidio— aprieta el gatillo. El revólver es calibre 357, y la detonación resulta ensordecedora. La sangre y la materia gris se esparcen en abanico por el marco de la puerta, creando una estridente decoración. El chico, maquillado y con el vestido de su madre, cae hacia delante, con el lado izquierdo del rostro hinchado como un globo.

357

Lenny Winters deja escapar una sucesión de gritos agudos y trémulos. Grita como una chica.

13

Brady se desconecta de Jamie Winters en el momento en que el chico se lleva el revólver a la sien, temeroso —aterrorizado, de hecho— ante lo que podría ocurrir si siguiese dentro de él cuando la bala penetre en la cabeza que ha estado manipulando. ¿Se vería escupido, del mismo modo que cuando ocupó la mente del cretino semihipnotizado que fregaba el suelo de la 217 o moriría junto con el chico?

Por un momento cree que ha salido demasiado tarde y que el campanilleo insistente que oye es lo que oye todo el mundo cuando abandona esta vida. Luego vuelve a hallarse en la estancia principal de Cabezas y Pieles con la consola Zappit en la mano laxa y la computadora de Babineau delante. De ahí viene el campanilleo. Mira la pantalla y ve dos mensajes. El primero indica: 248 ENCONTRADOS. Ésa es la buena noticia. El segundo es la mala:

REPETIDOR SIN CONEXIÓN

Freddi, piensa. Dudaba que tuviera el valor. De verdad que lo dudaba.

Perra.

Desplaza a tientas la mano izquierda por el escritorio y la cierra en torno a una calavera de cerámica llena de lápices y bolígrafos. Lo levanta con la intención de estamparlo contra la pantalla y destruir ese mensaje exasperante. Una sospecha se lo impide. Una sospecha muy *verosímil*.

Tal vez ella *no* haya tenido agallas. Quizá fue otra persona. ¿Y quién podría ser esa otra persona? Hodges, por supuesto. El viejo Ins. Ret. Su eterno rival, su puto *rival*.

Brady es consciente de que no está del todo bien de la cabeza, lo es desde hace años, y se da cuenta de que podría tratarse de simple paranoia. Aun así, tiene cierta lógica. Hodges interrumpió sus visitas de regodeo a la habitación 217 hace casi un año y medio, pero precisamente ayer, según Babineau, andaba husmeado por el hospital.

Y siempre supo que yo fingía. Lo repitió una y otra vez: «Sé que estás ahí, Brady». Algunos de los trajeados de la fiscalía decían lo mismo, pero en su caso no era más que la expresión de un deseo; querían llevarlo a juicio y acabar con él. En cambio, Hodges…

—Lo decía con convicción —afirma Brady en voz alta.

Y acaso no sea tan mala noticia, a fin de cuentas. La mitad de los Zappit que Freddi preparó y Babineau envió ya están activados, lo cual significa que la mayoría de esas personas serán ahora vulnerables a la invasión, como el mariquita del que acaba de ocuparse. Además, está la página web. En cuanto los que disponen de un Zappit empiecen a quitarse la vida —con alguna ayudita por parte de Brady Wilson Hartsfield, eso sí—, la página empujará al resto al abismo: monos de imitación. Al principio, serán sólo los que ya estaban más predispuestos, pero éstos darán ejemplo y luego serán muchos más. Saltarán del borde de la vida como una estampida de búfalos arrojándose por un precipicio.

Aun así.

Hodges.

Brady se acuerda de un póster que tenía en su habitación cuando era niño: «¡Si la vida te da limones, haz limonada!» Un buen lema conforme al que vivir, en especial si se consideraba que la única manera de hacer limonada era exprimir los limones.

Toma el teléfono con tapa de Chico Z, viejo pero útil, y vuelve a marcar el número de Freddi de memoria.

14

Freddi lanza un gritito cuando empieza a sonar *Boogie Woogie Bugle Boy* en algún lugar del departamento. Holly le apoya una mano en el hombro para tranquilizarla y mira a Hodges con expresión interrogativa. Él asiente y rastrea el sonido, con Jerome pisándole los talones. El teléfono de Freddi está en la cómoda, en medio de un revoltijo de objetos: crema de manos, papel de fumar Zig-Zag, pinzas para sujetar el final del porro, y no una, sino dos bolsas de hierba de tamaño considerable.

La pantalla indica CHICO Z, pero Chico Z, antes conocido como Al Brooks, alias el Bibliotecario, se encuentra bajo custodia policial y es poco probable que haga llamadas.

—¿Sí? —dice Hodges—. ¿Es usted, doctor Babineau?

Nada… o casi. Hodges oye una respiración.

—¿O debo llamarlo Doctor Z?

Nada.

—¿Y qué tal Brady? ¿Mejor? —todavía no da crédito a esa idea, pese a todo lo que Freddi les ha contado, pero sí puede aceptar la posibilidad de que Babineau, en un brote de esquizofrenia, piense realmente que ésa es su identidad—. ¿Eres tú, cabrón?

El sonido de la respiración continúa durante dos o tres segundos más y desaparece. Se ha cortado la comunicación.

15

—Es posible, ¿saben? —Holly se ha reunido con ellos en el desordenado dormitorio de Freddi—. Que realmente sea Brady, quiero decir. Hay casos documentados de proyección de la personalidad. De hecho, es la segunda causa más común de la llamada «posesión demoníaca». La más común es la esquizofrenia. Vi un documental sobre eso en…

—No —dice Hodges—. No es posible. No.

—No te cierres a la posibilidad. No hagas como la Señorita Bonitos Ojos Grises.

—¿Qué quieres decir con eso? —Dios, los tentáculos del dolor ya le llegan hasta los huevos.

—Que no deberías descartar las evidencias sólo porque señalen en una dirección en la que no quieres ir. Sabes que Brady no era el mismo cuando recobró el conocimiento. Regresó con ciertas facultades que la mayoría de la gente no posee. Puede que la telequinesis sea sólo una de ellas.

—Yo nunca lo vi mover un carajo.

—Pero crees que las enfermeras sí, ¿no?

Hodges, con la cabeza gacha, reflexiona en silencio.

—Contéstale —insta Jerome. Emplea un tono tranquilo, pero Hodges percibe un trasfondo de impaciencia.

—Sí. Al menos le creí a algunas. Las sensatas, como Becky Helmington. Sus versiones cuadraban demasiado para ser imaginaciones.

—Mírame, Bill.

La petición —no, la *orden*—, viniendo de Holly Gibney, es tan insólita que Hodges levanta la cabeza.

—¿De verdad crees que *Babineau* reconfiguró los Zappit y montó la página web?

—No tengo que creerlo. Para esas cosas contaba con Freddi.

—No para el sitio —interviene una voz cansada.

Voltean. Freddi está en la puerta.

—Si la hubiese montado yo, podría cerrarla. Yo sólo recibí del Doctor Z una memoria USB con todo el contenido de la página. La conecté y lo descargué. Pero, en cuanto se fue, investigué un poco.

—Empezaste echando un vistazo al DNS, ¿me equivoco? —dice Holly.

Freddi asiente.

—La chica sabe lo suyo.

Dirigiéndose a Hodges, Holly explica:

—DNS son las siglas de Sistema de Nombres de Dominio. Pasa de un servidor a otro, como quien cruza un arroyo saltando de piedra en piedra, y pregunta: «¿Conoces esta página?» Sigue avanzando y sigue preguntando hasta que encuentra el servidor indicado —girando hacia Freddi, añade—: Pero cuando encontraste la dirección IP, tampoco pudiste entrar, ¿no?

—No.

—Estoy segura de que Babineau sabe mucho sobre el cerebro humano, pero dudo que tenga los conocimientos informáticos necesarios para proteger un sitio como ése.

—Yo era sólo personal contratado —dice Freddi—. Fue Chico Z quien me trajo el programa para reacondicionar los Zappit, escrito como una receta para tarta de café o algo así, y apuesto mil dólares a que lo único que sabe de computadoras es encenderlas, en el supuesto de que encuentre el botón, y navegar por sus páginas porno preferidas.

En cuanto a eso, Hodges le cree. No sabe hasta qué punto le creerá también la policía cuando por fin se haga cargo de este asunto, pero Hodges sí le cree. Y… «no hagas como la Señorita Bonitos Ojos Grises».

Eso le ha dolido. Le ha afectado, y mucho.

—Además —añade Freddi—, cada paso de las instrucciones del programa terminaba con dos puntos. Eso lo hacía Brady. Me parece que lo aprendió cuando estudiaba informática en bachillerato.

Holly agarra a Hodges por las muñecas. Tiene sangre en una mano, de ponerle el parche en la herida a Freddi. Entre sus numerosas manías, Holly es una fanática de la limpieza, y el hecho de que no se haya limpiado la sangre pone de manifiesto la intensidad con que se ha concentrado en esto.

—Babineau administraba fármacos experimentales a Hartsfield, lo cual no era ético, pero *sólo* hacía eso, porque devolver la consciencia a Brady era lo único que le interesaba.

—Eso no lo sabes con total seguridad —replica Hodges.

Holly aún lo tiene sujeto, más con la mirada que con las manos. Como por lo general es reacia al contacto visual, resulta fácil olvidar lo abrasadora que puede ser esa mirada cuando sube la potencia al máximo y arranca el motor.

—En realidad sólo queda una pregunta por responder —dice Holly—. ¿Quién es el príncipe del suicidio en esta historia? ¿Felix Babineau o Brady Hartsfield?

Freddi empieza a hablar en un confuso sonsonete:

—A veces el Doctor Z era sólo el Doctor Z, y a veces Chico Z era sólo Chico Z, sólo que entonces era como si los dos estuvieran drogados. En cambio, cuando estaban del todo despiertos, *no* eran ellos. Cuando estaban despiertos, dentro estaba Brady. Que cada cual crea lo que quiera, pero era él. No es sólo por los dos puntos o la inclinación de la letra; es por todo. Yo trabajé con ese repulsivo hijo de puta. Lo sé.

Entra en la habitación.

—Y ahora, detectives aficionados, si ninguno de los presentes tiene nada que objetar, voy a hacerme otro cigarro.

16

Con las piernas de Babineau, Brady se pasea por el espacioso salón de Cabezas y Pieles, pensando. Desea volver al mundo del Zappit, desea elegir un nuevo objetivo y repetir la deliciosa experiencia de empujar a alguien al abismo, pero para eso tiene que estar relajado y sereno, y ahora está muy lejos tanto de lo uno como de lo otro.

Hodges.

Hodges en el departamento de Freddi.

¿Y Freddi soltará la lengua? Amigos y vecinos, ¿sale el sol por el este?

Hay dos preguntas, tal como Brady lo ve. La primera es si Hodges puede o no desactivar la página web. La segunda es si Hodges puede o no localizarlo aquí, en el sitio remoto donde se encuentra.

Brady piensa que la respuesta a las dos preguntas es sí, pero entretanto, cuantos más suicidios provoque, más sufrirá Hodges. Cuando contempla la situación desde esa perspectiva, piensa que tal vez sería bueno que Hodges le siguiera el rastro hasta aquí. Sería como hacer limonada con los limones. En cualquier caso, dispone de tiempo. Está a muchos kilómetros al norte de la ciudad, y tiene de su lado a Eugenie, la tormenta de nieve.

Brady vuelve a la computadora y confirma que zetaelfinal sigue en funcionamiento. Consulta el recuento de visitantes. Ya más de nueve mil, y serán en su mayoría (pero no todos ni mucho menos) adolescentes interesados en el suicidio. Ese interés alcanza su punto álgido en enero y febrero, cuando anochece pronto y da la impresión de que nunca llegará la primavera. Además, cuenta con Zappit Cero, que le permitirá incidir personalmente en muchos objetivos. Con el Zappit Cero, llegar a ellos es tan fácil como pescar en un barril.

Peces de color *rosa*, piensa, y ríe.

Ya más relajado ahora que ve una manera de hacer frente al viejo Ins. Ret. si intenta aparecer como la caballería en la última bobina de un western de John Wayne, Brady toma el Zappit y lo enciende. Mientras observa los peces, acude a su mente un fragmento de un poema que leyó en la escuela y lo pronuncia en voz alta.

—«Ah, no preguntes qué es. Vamos a hacer nuestra visita de una vez.»

Cierra los ojos. Los raudos peces de color rosa se convierten en raudos puntos rojos, correspondientes todos ellos a jóvenes que en su día asistieron al concierto y ahora prestan atención a su Zappit de regalo con la esperanza de ganar un premio.

Brady elige uno, lo detiene y lo observa florecer.

Como una rosa.

17

—Por supuesto que hay una brigada informática de la policía —afirma Hodges en respuesta a la pregunta de Holly—. Si es que puede llamarse «brigada» a tres informáticos contratados a medio tiempo, claro está. Y no, no me harán ni caso. Hoy día no soy más que un vejestorio.

Y eso no es lo peor. Es un viejo que antes era policía, y cuando los policías retirados pretenden entrometerse en asuntos policiales, los llaman «abuelos». No es un tratamiento respetuoso.

—Entonces llama a Pete y pídeselo a él —insta Holly—. Porque hay que cerrar esa maldita página del suicidio.

Los dos están de vuelta en la versión de Centro de Control de Misión concebida por Freddi Linklatter. Jerome se ha quedado en la sala con Freddi. Hodges no cree que esté en condiciones de huir —sigue aterrorizada por los hombres probablemente imaginarios apostados delante de su edificio—, pero el comportamiento de una persona drogada es difícil de predecir. Aparte del hecho de que por lo general quiere seguir drogándose.

—Llama a Pete y dile que pida a uno de sus técnicos que me telefonee. Cualquier informático con medio cerebro será capaz de montar un ataque DoS e inutilizar la red.

—¿DoS?

—Son las siglas de Denial of Service, «denegación de servicio». Ese hombre sólo tiene que conectarse a una botnet y… —ve la expresión de perplejidad de Hodges—. Olvídalo. La idea es inundar el sitio web del suicidio de peticiones de servicio… miles, millones. Saturar esa condenada página y hundir el servidor.

—¿Tú puedes hacerlo?

—Yo no, y Freddi tampoco, pero un nerd del Departamento de Policía dispondrá de potencia informática suficiente. Si no lo consigue desde las computadoras de la policía, se lo pedirá al Departamento de Seguridad Nacional. Porque esto *es* un problema de seguridad, ¿o no? Hay vidas en juego.

Las hay, y Hodges hace la llamada, pero lo comunican directamente al buzón de voz de Pete. Prueba a continuación con su antigua colega, Cassie Sheen, pero el oficial que atiende el teléfono le informa de que la madre de Cassie ha sufrido una crisis diabética o algo así y Cassie la ha llevado al médico.

Sin más alternativa, llama a Isabelle.

—Izzy, soy Bill Hodges. He intentado ponerme en contacto con Pete, pero...

—Pete se ha ido. Listo. *Kaputt.*

Por un horrendo momento, Hodges interpreta que Pete ha muerto.

—Ha dejado una nota encima de mi escritorio. Decía que iba a marcharse a casa, apagar el celular, desenchufar el teléfono fijo y dormir las próximas veinticuatro horas. Ha anunciado además que hoy era su último día en activo como policía. En realidad, está en su derecho; ni siquiera necesita utilizar días de vacaciones, de los que tiene a montones. Dispone de días de asuntos propios de sobra hasta la fecha de jubilación. Y me parece que vale más que taches la fiesta de jubilación de tu agenda. Tú y esa compañera rara tuya pueden ir al cine esa noche.

—¿Me echas a mí la culpa?

—A ti y a tu obsesión con Brady Hartsfield. Se la has contagiado a Pete.

—No. Él quería seguir con el caso. Eras tú quien quería quitárselo de encima y esconderse en la trinchera más cercana. Debo decir que a ese respecto me pongo del lado de Pete.

—¿Lo ves? ¿Lo ves? De esa actitud hablo precisamente. Despierta, Hodges, esto es el mundo real. Te digo por última vez que dejes de meter esa larga nariz tuya en lo que no te...

—Y yo te digo a *ti* que si buscas una puta oportunidad de ascenso, te conviene sacar la cabeza del trasero y escucharme.

Esas palabras se le escapan sin detenerse a pensarlas. Teme que le cuelgue, y si lo hace, ¿a quién acudirá? Pero sólo sigue un silencio de estupefacción.

—Suicidios. ¿Se ha denunciado alguno desde que han vuelto de Sugar Heights?

—No lo s...

—¡Pues consúltalo! ¡Ahora mismo!

Oye el ligero tableteo del teclado de Izzy durante unos cinco segundos. A continuación:

—Acaba de notificarse uno. Un chico de Lakewood se ha disparado. Lo ha hecho delante de su padre, que es quien ha llamado. Histérico, como cabe esperar. ¿Qué tiene eso que ver con...?

—Diles a los oficiales que han acudido al lugar de los hechos que busquen una videoconsola Zappit. Como la que encontró Holly en casa de Ellerton.

—¿Ya estamos otra vez con eso? Pareces un disco ra...

—Encontrarán una. Y puede que haya más suicidios relacionados con el Zappit antes de que acabe el día. Posiblemente muchos más.

¡La página web! Holly forma las palabras con los labios. *¡Dile lo de la página web!*

—Además hay una página web del suicidio que se llama zetaelfinal. Se ha activado hoy. Hay que inutilizarla.

Izzy exhala un suspiro y habla como si se dirigiese a un niño.

—Hay toda *clase* de páginas del suicidio. El año pasado nos llegó un comunicado de los Servicios de Menores. Proliferan como hongos en internet; generalmente las crean chicos que llevan camiseta negra y pasan todo el tiempo libre encerrados en su habitación. Se comparte mucha mala poesía y material sobre cómo hacerlo de manera indolora. Junto con las quejas habituales sobre lo poco que sus padres los comprenden, por supuesto.

—Ésta es distinta. Podría provocar una marea. Está cargada de mensajes subliminales. Pide a algún informático forense que llame a Holly Gibney cuanto antes.

—Eso sería saltarse el protocolo —responde Izzy con frialdad—. Echaré un vistazo y luego procederé a través de los cauces apropiados.

—Dile a uno de tus nerds que llame a Holly antes de cinco minutos o cuando empiece la escalada de suicidios, y estoy seguro de que empezará, dejaré bien claro a todo aquel que quiera escuchar que acudí a ti y tú empantanaste el asunto en burocracia. Entre quienes me escuchen estarán el periódico y las noticias de las ocho. El departamento no tiene muchos amigos en ninguno de los dos sitios, sobre todo desde que aquellos dos oficiales de policía mataron a tiros a un chico negro desarmado en MLK el verano pasado.

Silencio. Después, en voz más baja, dolida, quizá, Izzy dice:

—Se supone que estás de *nuestro* lado, Billy. ¿Por qué actúas de esta manera?

Porque Holly tenía razón sobre ti, piensa él.

En voz alta, contesta:

—Porque no tenemos mucho tiempo.

18

En la sala, Freddi está haciéndose otro churro. Mira a Jerome por encima de éste al lamer el papel para pegarlo.

—Eres grande, ¿eh?

Jerome no contesta.

—¿Cuánto pesas? ¿Noventa y cinco? ¿Cien?

Jerome tampoco tiene nada que decir a eso.

Sin inmutarse, ella enciende el cigarro, aspira y se lo tiende. Jerome niega con la cabeza.

—Tú te lo pierdes, grandulón. Esta porquería es excelente. Huele a orín de perro, ya lo sé, pero es una porquería excelente.

Jerome sigue callado.

—¿Te ha comido la lengua el gato?

—No. Estaba pensando en una clase de sociología que cursé el último año de preparatoria. Incluía un módulo de cuatro semanas sobre el suicidio, y nos compartieron una estadística que nunca he olvidado. Cada suicidio adolescente que llega a los medios sociales genera siete intentos, cinco para llamar la atención y dos consumados. Quizá deberías pensar en eso en lugar de intentar parecer una chica dura.

A Freddi le tiembla el labio inferior.

—Yo no lo sabía. De verdad.

—Claro que lo sabías.

Freddi posa la mirada en el porro. Ahora es ella quien guarda silencio.

—Mi hermana oyó una voz.

Ante esto, Freddi alza la vista.

—¿Una voz?

—Una que salía del Zappit. Le decía todo tipo de cosas horribles. Que intentaba vivir como una blanca. Que negaba su raza. Que era una mala persona, despreciable.

—¿Y eso te recuerda a alguien?

—Sí —Jerome está pensando en los gritos acusadores que Holly y él oyeron en la computadora de Olivia Trelawney mucho después de la muerte de la desdichada mujer. Gritos programados por Brady Hartsfield y concebidos para inducir a Trelawney al suicidio como quien empuja a una vaca hacia el matadero—. En realidad, sí.

—A Brady le fascinaba el suicidio —dice Freddi—. Siempre estaba leyendo sobre el tema en internet. Se proponía matarse junto con los demás en el concierto, ¿lo sabías?

Jerome lo sabe. Estaba allí.

—¿De verdad crees que se puso en contacto con mi hermana por telepatía? Utilizando el Zappit como… ¿qué? ¿Como una especie de conducto?

—Si consiguió controlar a Babineau y al otro tipo, y lo creas o no, lo hizo, entonces sí, creo que es capaz.

—¿Y el resto de los que tienen consolas Zappit actualizadas? ¿Esas doscientas cuarenta y tantas personas?

Freddi se limita a mirarlo a través del velo de humo.

—Incluso si neutralizamos la página… ¿qué les pasará? ¿Qué pasará cuando esa voz empiece a decirles que son caca de perro en la suela del zapato del mundo y la única salida es que salten de un puente?

Hodges se adelanta a Freddi.

—Tenemos que parar esa voz. Para eso hay que detenerlo a *él*. Vamos, Jerome. Volveremos a la oficina.

—¿Y yo qué? —pregunta Freddi en tono quejumbroso.

—Tú vandrás con nosotros. Y una cosa, Freddi…

—¿Qué?

—La hierba alivia el dolor, ¿no?

—Hay diversidad de opiniones, como imaginarás, siendo lo que es la clase dirigente de este jodido país; así pues, sólo puedo decirte que, en mi caso, esa época delicada del mes me resulta mucho menos delicada.

—Tráela —dice Hodges—. Y el papel de fumar también.

19

Regresan a Finders Keepers en el Jeep de Jerome. La parte de atrás está llena de cachivaches, de forma que Freddi tiene que sentarse en el regazo de alguien, y no va a ser Hodges. No en su estado actual. Así pues, él conduce, y Jerome carga con Freddi.

—Eh, esto viene a ser como una cita con John Shaft —dice Freddi con una sonrisa burlona—. Ese detective privado grandulón que es una máquina sexual con todas las chicas.

—No te acostumbres —advierte Jerome.

Suena el teléfono de Holly. Es un tal Trevor Jeppson, de la Brigada de Informática Forense del Departamento de Policía. Holly empieza a hablar al instante en una jerga que Hodges no entiende, algo sobre botnets y la red oscura. Lo que está oyendo del otro tipo parece complacerla, porque cuando corta la comunicación, sonríe.

—Nunca ha organizado un ataque DoS contra un sitio web. Se siente como un niño la mañana de Navidad.

—¿Cuánto tiempo necesitará?

—¿Con la contraseña y la dirección IP a mano? No mucho.

Hodges se estaciona delante del edificio Turner, en uno de los lugares con límite de media hora. No se quedarán mucho tiempo —con un poco de suerte, claro está—, y dada su actual racha de mala suerte, considera que el universo le debe un giro favorable.

Entra en su oficina, cierra la puerta y busca en su agenda, vieja y manoseada, el número de Becky Helmington. Holly se ha ofrecido a programarle la agenda del teléfono, pero Hodges lo ha postergado una y otra vez. Le *gusta* su vieja agenda. Probablemente ya nunca tendrá ocasión de hacer el cambio, piensa. *El último caso de Philip Trent*, y todo eso.

Becky le recuerda que ya no trabaja en el Casco.

—¿Quizá se le ha olvidado?

—No lo he olvidado. ¿Se ha enterado de lo de Babineau?

Ella baja la voz.

—Dios mío, sí. He oído que Al Brooks, Al el Bibliotecario, mató a la mujer de Babineau y es posible que lo haya matado a él. Me cuesta creerlo.

Podría decirle muchas cosas que le costaría creer, piensa Hodges.

—No excluya a Babineau todavía, Becky. Sospecho que podría haberse dado a la fuga. Estaba administrando a Brady Hartsfield un fármaco experimental, y cabe la posibilidad de que eso haya tenido algo que ver con la muerte de Hartsfield.

—Santo cielo, ¿de verdad?

—De verdad. Pero no pudo haber ido muy lejos con la tormenta que se avecina. ¿Se le ocurre dónde podría estar? ¿Tiene Babineau alguna cabaña de veraneo o algo así?

Becky ni siquiera tuvo que pensarlo.

—Un pabellón de caza. Aunque no es sólo suyo. Son copropietarios cuatro o cinco médicos —baja nuevamente la voz para adoptar un tono confidencial—. Según he oído, no sólo van allí de caza. No sé si me entiende.

—¿Dónde es «allí»?

—En el lago Charles. El pabellón tiene un nombre entre horrible y cursi. Así de pronto no me viene a la cabeza, pero seguro que Violet Tranh lo sabe. Pasó un fin de semana allí. Contó que fueron las cuarenta y ocho horas en mayor estado de ebriedad de su vida, y volvió con clamidia.

—¿La llamará?

—Claro. Pero si el doctor Babineau ha huido, puede que esté a bordo de un avión, ¿no cree? Quizá rumbo a California o incluso el extranjero. Esta mañana todavía despegaban y aterrizaban vuelos.

—Dudo que, con la policía tras sus pasos, se haya atrevido a intentarlo en el aeropuerto. Gracias, Becky. Llámeme.

Se acerca a la caja fuerte e introduce la combinación. El calcetín con los balines —el garrote— lo guarda en casa, pero aquí tiene sus dos armas de fuego. Una es una Glock 40, su arma reglamentaria en la policía. La otra es un 38, modelo Victory. Era el revólver de su padre. Toma una bolsa de lona del estante superior de la caja, mete en ella las armas y cuatro cajas de munición, y da un fuerte tirón al cordel.

Esta vez no va a detenerme ningún infarto, Brady, piensa. Esta vez sólo es cáncer, y con eso puedo vivir.

Sorprendido ante la idea, ríe. Le duele.

En la otra habitación, se oyen los aplausos de tres personas. Hodges está casi seguro de que conoce el motivo de la ovación, y no se equivoca. En la computadora de Holly se lee el mensaje: ZETAELFINAL ESTÁ EXPERIMENTANDO DIFICULTADES TÉCNICAS. Llame al 1-800-273.

—Ha sido idea de ese tal Jeppson —explica Holly, sin apartar la vista de lo que está haciendo—. Es la Línea Nacional de Prevención de Suicidios.

—Excelente idea —dice Hodges—. Y eso de ahí también. Eres una mujer con habilidades ocultas —frente a Holly hay una hilera de churros. Con el que añade, suman una docena exacta.

—Es rápida —dice Freddi con admiración—. Y fíjese qué bien hechos. Parecen salidos de una máquina.

Holly desafía a Hodges con la mirada.

—Mi psicoterapeuta opina que un cigarrillo de marihuana de vez en cuando no tiene nada de malo. Siempre que no me sobrepase. Como les ocurre a algunas personas —desvía la mirada hacia Freddi y vuelve a posarla en Hodges—. Además, éstos no son para mí. Son para ti, Bill. Si los necesitas.

Hodges le da las gracias y dedica un momento a reflexionar sobre lo lejos que han llegado los dos y lo grato que ha sido, en general, el viaje. Pero muy corto. Demasiado corto. Entonces le vibra el teléfono. Es Becky.

—El sitio se llama Cabezas y Pieles. Ya le he dicho que era entre horrible y cursi. Vi no recuerda cómo se llega… imagino que tomó no pocas copas en el camino, para ir calentando motores… pero sí recuerda que viajaron hacia el norte un buen trecho por la autopista y que, después de desviarse, pararon a llenar el tanque en una gasolinera que se llamaba Garage Thurston. ¿Le sirve eso?

—Sí, muchísimo. Gracias, Becky —pone fin a la llamada—. Holly, necesito que encuentres el Garage Thurston, al norte de la ciudad. Luego quiero que te pongas en contacto con la oficina de Hertz en el aeropuerto y alquiles el cuatro por cuatro más grande que les quede. Vamos a hacer un viaje por carretera.

—Mi Jeep… —empieza Jerome.

—Es pequeño, ligero y viejo —dice Hodges… si bien no son las únicas razones por las que quiere un vehículo distinto equipado para circular por la nieve—. Aunque nos servirá para llegar al aeropuerto.

—¿Y yo qué? —pregunta Freddi.

—Protección de testigos —dice Hodges—, según lo prometido. Será como un sueño hecho realidad.

20

Jane Ellsbury fue un bebé totalmente normal al nacer —con sus dos kilos novecientos gramos, un poco baja de peso, en realidad—, pero a los siete años pesaba cuarenta kilos y conocía bien la cantaleta que a veces sigue invadiendo sus sueños: «Gorda, gorda mantecosa, cara de babosa, piernas de jamón». En junio de 2010, cuando su madre la llevó al concierto de 'Round Here como regalo por su decimoquinto cumpleaños, pesaba noventa y cinco kilos. No sabía si tendría piernas de jamón, pero ya se le dificultaba entrar en cualquier pantalón. Ahora, a los veinte años, su peso alcanza los ciento cuarenta y cinco, y cuando la voz empieza a hablarle desde el Zappit que recibió gratis por correo, todo lo que dice tiene pleno sentido para ella. Es una voz baja, tranquila y razonable. Le dice que no le gusta a nadie y que todo el mundo se ríe de ella. Señala que no puede dejar de comer; incluso ahora, con el rostro bañado en lágrimas, está engullendo una bolsa de galletas de chocolate en forma de barquillo, de esas que llevan un montón de relleno de malvavisco muy empalagoso. Al igual que una versión más amable del fantasma de las Navidades futuras, que señaló ciertas verdades domésticas a Ebenezer Scrooge, augura un porvenir que se reduce a gorda, más gorda, gordísima. Las risas en Carbine Street, en el Lado Sur, un barrio de mala muerte, donde vive con sus padres en un edificio de departamentos sin elevador. Las miradas de asco. Las burlas, como «Ahí viene el zepelín de Goodyear» y «¡Cuidado, no te vaya a caer encima!» La voz explica, de manera lógica y razonable, que nunca saldrá con un chico, que nunca la contratarán para un buen empleo ahora que, debido a la corrección política, la figura de la gorda de feria ha desaparecido, que a los cuarenta años tendrá que dormir sentada porque sus enormes pechos impedirán a sus pulmones hacer su trabajo, y antes de morir de un infarto a los cincuenta usará una aspiradora para sacarse las migajas de los resquicios más profundos entre los pliegues de grasa. Cuando intenta responder a la voz que podría perder un poco de peso —ir a una de esas clínicas, quizá—, la voz no se ríe. Sólo le pregunta, delicada y compresivamente, de dónde sacará el dinero cuando el ingreso conjunto de su madre y su padre apenas basta para satisfacer un apetito que es básicamente insaciable. Cuando la voz insinúa que sus padres estarían mejor sin ella, no puede más que darle la razón.

Jane —conocida entre los vecinos de Carbine Street como la Gorda Jane— entra torpemente en el cuarto de baño y toma el frasco de OxyContin, lo que toma su padre para el dolor de espalda. Cuenta las pastillas. Hay treinta, lo que debería ser más que suficiente. Las traga de cinco en cinco, con leche, y después de cada puñado se come una galleta de chocolate con malvavisco. Empieza a flotar. Voy a ponerme a dieta, piensa. Una dieta muy muy larga.

«Así es —le dice la voz del Zappit—. Y en ésta nunca harás trampa, Jane, ¿verdad que no?»

Se toma las últimas cinco pastillas. Intenta levantar el Zappit, pero ya no consigue cerrar los dedos en torno a la delgada consola. ¿Y qué más da? De todos modos, en ese estado, jamás lograría atrapar los rápidos peces de color rosa. Mejor mirar por la ventana, donde la nieve entierra el mundo bajo una sábana limpia.

Ya no más gorda, gorda mantecosa, piensa, y cuando se sume en la inconsciencia, se va con alivio.

21

Antes de ir a Hertz, Hodges, al volante del Jeep de Jerome, se desvía por el acceso al hotel Hilton del aeropuerto.

—¿Y esto es protección de testigos? —pregunta Freddi—. *¿Esto?*

—Como resulta que no dispongo de una casa de seguridad, tendrá que servir —contesta Hodges—. Alquilaré la habitación a mi nombre. Tú entras, cierras la puerta, ves la tele y esperas hasta que esto termine.

—Y cámbiate la venda de esa herida —aconseja Holly.

Freddi no le presta atención. Se concentra en Hodges.

—¿Voy a estar metida en un lío serio? ¿Cuando esto termine?

—No lo sé, y ahora no tengo tiempo para hablar de eso contigo.

—¿Puedo al menos usar el servicio de habitación? —en los ojos inyectados en sangre de Freddi se advierte un ligero brillo—. Ahora ya no me duele tanto, y tengo un hambre tremenda.

—Date un atracón —dice Hodges.

—Pero echa un vistazo por la mirilla antes de abrirle al camarero —añade Jerome—. Asegúrate de que no es uno de los Hombres de Negro de Brady Hartsfield.

—Bromeas, ¿verdad? —pregunta Freddi.

En esta tarde de nevada no hay un alma en el vestíbulo del hotel. Hodges, que tiene la sensación de haberse despertado con la llamada telefónica de Pete, hace aproximadamente tres años, se acerca a recepción, lleva a cabo el correspondiente trámite y vuelve a donde lo esperan sentados los demás. Holly teclea en su iPad sin levantar la vista. Freddi tiende la mano para tomar la llave, pero Hodges se la entrega a Jerome.

—Habitación 522. Acompáñala, ¿quieres? Necesito hablar con Holly.

Jerome enarca las cejas, pero, al ver que Hodges no va a dar más explicaciones, hace un gesto de indiferencia y sujeta a Freddi por el brazo.

—Ahora John Shaft te llevará a tu suite.

Ella le aparta la mano.

—Me consideraré afortunada si tiene minibar.

Pero se pone en pie y se encamina con él hacia los elevadores.

—He encontrado el Garage Thurston —informa Holly—. Está a noventa kilómetros al norte por la I-47, la dirección en la que viene la tormenta, por desgracia. Después hay que seguir por la Estatal 79. La verdad es que el tiempo no pinta nada b…

—Nos las arreglaremos —ataja Hodges—. Hertz nos tiene reservado un Ford Expedition. Es un buen vehículo, y pesado. Y ya me indicarás el camino paso a paso. Quiero hablarte de otra cosa.

Con delicadeza, toma el iPad y lo apaga.

Holly lo mira y espera con las manos entrelazadas en el regazo.

22

Brady vuelve de Carbine Street, en el Lado Sur, revitalizado y eufórico: con esa gorda, la Ellsbury, ha sido fácil y divertido a la vez. Se pregunta cuántos hombres harán falta para bajar el cuerpo por la escalera desde el segundo piso. Calcula que cuatro como mínimo. ¡Y vaya ataúd! ¡Mastodóntico!

Cuando visita la página web y la encuentra desactivada, su buen humor vuelve a venirse abajo. Sí, preveía que Hodges encontraría la manera de anularla, pero no preveía que ocurriese tan pronto. Y el número de teléfono que aparece en pantalla lo enfurece tanto como los mensajes obscenos que Hodges dejó en el Paraguas Azul de Debbie durante su primer asalto. Es la línea Nacional de Prevención de Suicidios. Ni siquiera tiene que consultarlo. Lo *sabe*.

Y sí, Hodges acudirá. En el Kiner Memorial son muchos los que conocen este sitio; es casi legendario, por así decirlo. Pero

¿vendrá directamente? Brady no lo cree ni por un segundo. Para empezar, el Ins. Ret. sabrá que muchos cazadores dejan sus armas en los pabellones (aunque pocos están tan bien abastecidos como Cabezas y Pieles). En segundo lugar —y más importante—, el Ins. Ret. es una hiena taimada. Seis años mayor que cuando Brady se cruzó con él por primera vez, cierto, sin duda con los pulmones en peor estado y los brazos y las piernas más vacilantes, pero taimada. La clase de animal sigiloso que no ataca de frente sino que echa el diente a los ligamentos de la corva mientras uno mira para otro lado.

Imaginemos que soy Hodges, pues. ¿Qué haré?

Después de reflexionar debidamente, Brady se acerca al armario, y le basta con una breve comprobación en la memoria de Babineau (lo que queda de ella) para elegir el calzado y la ropa de abrigo que pertenece al cuerpo que habita ahora. Todo le queda perfectamente. Añade un par de guantes para protegerse los dedos artríticos y sale. Nieva ligeramente y las ramas de los árboles están quietas. Luego todo eso cambiará, pero de momento el tiempo aún se mantiene lo bastante agradable para dar un paseo por la finca.

Se aproxima a una pila de leña cubierta por una lona vieja y varios centímetros de nieve recién caída. Más allá se extiende alrededor de una hectárea de bosque virgen, pinos y píceas, que separa Cabezas y Pieles del Campamento del Oso de Gran Bob. Es perfecto.

Necesita visitar la armería. El Scar está bien, pero ahí dentro hay otras cosas que pueden venirle de maravilla.

Ay, inspector Hodges, piensa Brady mientras desanda el camino apresuradamente. Tengo una gran sorpresa. Una gran sorpresa para ti.

23

Jerome escucha atentamente lo que Hodges le dice y al final niega con la cabeza.

—Ni hablar, Bill. Tengo que acompañarte.

—Lo que tienes que hacer es marcharte a casa y estar con tu familia —responde Hodges—. Sobre todo estar con tu hermana. Ayer se salvó de milagro.

Están sentados en un rincón del vestíbulo del Hilton, hablando en susurros pese a que incluso la recepcionista se ha retirado al inframundo. Jerome permanece inclinado hacia delante con las manos apoyadas en los muslos y un obstinado ceño en el rostro.

—Si Holly va...

—En nuestro caso es distinto —dice Holly—. Tienes que darte cuenta de eso, Jerome. Yo no me llevo bien con mi madre, nunca me he llevado bien. La veo una o dos veces al año cuando mucho. Siempre me alegro de irme, y estoy segura de que ella se alegra de que me vaya. En cuanto a Bill... ya sabes que luchará hasta el final, pero los dos sabemos cuáles son las probabilidades. Tu caso no es como el nuestro.

—Ese hombre es peligroso —añade Hodges—, y no podemos contar con el factor sorpresa. Si no imagina que voy por él, es tonto. Y tonto es algo que nunca ha sido.

—En el Mingo estábamos los tres —responde Jerome—. Y cuando tuviste el infarto, nos quedamos solos Holly y yo. Nos las arreglamos bien.

—La última vez fue distinto —dice Holly—. La última vez él no era capaz del truco ese del control mental.

—Aun así, quiero ir.

Hodges asiente.

—Lo entiendo, pero yo sigo siendo el jefe, y el jefe dice que no.

—Pero...

—Hay otra razón —continúa Holly—. Una razón más importante. El repetidor está desactivado y la página inutilizada, pero quedan casi doscientos cincuenta Zappit activos. Y ha habido al menos un suicidio, y no podemos contar a la policía todo lo que está pasando. Isabelle Jaynes piensa que Bill es un entrometido, y todos los demás pensarían que estamos locos. Si nos pasa algo, sólo quedarás tú. ¿No lo entiendes?

—Lo que entiendo es que están excluyéndome —protesta Jerome. De repente habla como el muchacho espigado al que Hodges contrató para cortar el césped hace años.

—Hay más —dice Hodges—. Puede que tenga que matarlo. De hecho, me temo que ese será el desenlace más probable.

—Por Dios, Bill, eso ya lo sé.

—Pero para la policía y el mundo en general, el hombre a quien mate será Felix Babineau, un respetado neurocirujano. He eludido alguna que otra complicación legal desde que abrimos Finders Keepers, pero puede que esto sea distinto. ¿Quieres arriesgarte a que se te acuse de cómplice de homicidio con agravantes, cargo que en este estado se define como conducta temeraria con resultado de muerte de ser humano por negligencia inexcusable? ¿Quizá incluso asesinato en primer grado?

Jerome se revuelve en el asiento.

—Estás dispuesto a permitir que Holly corra ese riesgo.

—Eres tú quien tiene casi toda la vida por delante —tercia Holly.

Hodges se inclina hacia Jerome, pese al dolor, y ahueca la mano en torno a su ancha nuca.

—Ya sé que no te gusta. Tampoco lo esperaba. Pero es lo correcto, por las razones correctas.

Jerome se detiene a pensar y deja escapar un suspiro.

—Entiendo tus argumentos.

Holly y Hodges esperan, conscientes ambos de que con eso no basta.

—Bien —dice Jerome por fin—. Lo detesto, pero lo entiendo.

Hodges se levanta llevándose la mano al costado para contener el dolor.

—Vamos por ese todoterreno. La tormenta se avecina, y me gustaría haber llegado lo más lejos posible por la I-47 cuando nos lo encontremos.

24

Jerome está reclinado contra el cofre de su Wrangler cuando salen de la agencia de alquiler con las llaves de un Expedition cuatro por cuatro. Abraza a Holly y le susurra al oído:

—Última oportunidad. Llévenme.

Ella niega con la cabeza, apoyada en su pecho.

La suelta y gira hacia Hodges, que usa un viejo sombrero de fieltro con el ala ya blanca por la nieve. Hodges le tiende la mano.

—En otras circunstancias aceptaría el abrazo, pero ahora mismo los abrazos duelen.

Jerome se conforma con un fuerte apretón de manos. Tiene lágrimas en los ojos.

—Cuídate, amigo. Mantente en contacto. Y trae de vuelta a Hollyberry.

—Ésa es mi intención —contesta Hodges.

Jerome los observa subir al Expedition, en el que Bill se sienta al volante con visible malestar. Jerome sabe que tienen razón: de los tres, él es el menos prescindible. Eso no significa que le guste, o que no se sienta como un niño pequeño a quien mandan a casa con su mamá. Los seguiría, piensa, de no ser por lo que ha dicho Holly en el vestíbulo vacío del hotel: «Si nos pasa algo, sólo quedarás tú».

Jerome sube al Jeep y pone rumbo a casa. Cuando se incorpora al tráfico en Crosstown, lo asalta una fuerte premonición: nunca volverá a ver a ninguno de sus dos amigos. Intenta convencerse de que es pura superstición, pero no lo consigue del todo.

25

Para cuando Hodges y Holly abandonan Crosstown rumbo a la I-47 en dirección norte, la nevada ya es tormenta. Mientras avanza a través de ella, Hodges recuerda una escena de una película de ciencia ficción que vio con Holly: el momento en que la nave *Enterprise* entra en hipervelocidad, o como sea que lo llamen. En los indicadores del límite de velocidad, aparece el aviso intermitente ALERTA POR NIEVE y 70 KM/H, pero hace subir la aguja del velocímetro a noventa, y ahí la mantendrá mientras pueda, que quizá sea a lo largo de unos cincuenta kilómetros. Tal vez sólo treinta. Algunos coches del carril de la derecha tocan la bocina para indicarle que reduzca; y adelantar los enormes remolques madereros, cada uno de los cuales arrastra una cola de bruma nívea en su estela, es un ejercicio de control del miedo.

Ha pasado casi media hora cuando Holly rompe el silencio.

—Has traído las armas, ¿verdad? Eso es lo que hay en la bolsa de lona.

—Sí.

Holly se desabrocha el cinturón de seguridad (cosa que a él lo pone nervioso) y toma la bolsa del asiento trasero.

—¿Están cargadas?

—La Glock, sí. El 38 tienes que cargarlo tú misma. Ése es el tuyo.

—No sé.

Hodges se ofreció una vez a llevarla al pabellón de tiro e iniciar el proceso de solicitud del permiso para portar armas, y ella se negó con vehemencia. No volvió a proponerlo, pues creía que nunca necesitaría ir armada. Creía que nunca la pondría en esa situación.

—Ya lo descubrirás. No es difícil.

Holly examina el Victory, manteniendo los dedos alejados del gatillo y la boca del cañón alejada de la cara. Al cabo de unos segundos, logra hacer girar el tambor.

—Bien, ahora las balas.

Hay dos cajas de Winchester 38: balas de 130 granos, cubiertas. Abre una. Observa los proyectiles, que asoman como miniojivas, y hace una mueca.

—Uf.

—¿Puedes? —está adelantando a otro camión, y el Expedition se ve envuelto en bruma nívea. En el carril de la derecha todavía se ven franjas de asfalto desnudo, pero el de rebase ya está cubierto de nieve, y el camión, a su derecha, parece prolongarse indefinidamente—. Si no, no pasa nada.

—No te referirás a si puedo cargarlo —dice Holly en tono airado—. Eso ya veo cómo se hace, hasta un niño podría hacerlo.

A veces lo hacen, piensa Hodges.

—Te refieres a si puedo disparar contra él.

—Es probable que ese momento no llegue, pero de ser así, ¿podrías?

—Sí —responde Holly, y carga las seis recámaras del Victory. Vuelve a insertar el tambor en su lugar con cuidado, curvando los labios hacia abajo y entornando los ojos como si temiera que el arma fuese a estallarle en la mano—. Ahora dime dónde está el seguro.

—No hay. En los revólveres, no. Tiene el martillo abajo y no necesita más seguro que ése. Guárdatelo en el bolso. La munición también.

Ella obedece y deja la bolsa entre sus pies.

—Y no te muerdas más los labios o vas a sangrarte.

—Lo intentaré, pero esta situación es muy estresante.

—Ya lo sé.

Circulan otra vez por el carril de la derecha. Da la impresión de que los indicadores de cercanía se alejan con exasperante lentitud y el dolor en el costado es una medusa caliente de largos tentáculos que ahora parecen extenderse por todas partes, incluso hasta la garganta. Una vez, hace veinte años, le disparó en la pierna un ladrón arrinconado en un valdío. Aquel dolor era como éste, pero al final desapareció. No cree que éste vaya a desaparecer. Los fármacos quizá hagan que se desvanezca durante un rato, pero seguramente no mucho.

—¿Y si encontramos ese sitio y él no está, Bill? ¿Te lo has planteado? Dime.

Hodges se lo ha planteado y no tiene ni idea de cuál sería el siguiente paso si eso ocurriese.

—No nos preocupemos por eso a menos que sea necesario.

Le vibra el teléfono. Lo lleva en el bolsillo del abrigo y se lo entrega a Holly sin apartar la vista de la carretera.

—Sí, aquí Holly —escucha y, girando hacia Hodges, forma con los labios las palabras: *Señorita Bonitos Ojos Grises*—. Ajá… sí… Bien, entiendo… No, ahora no puede, está ocupado, pero se lo diré —escucha un momento más y añade—: Podría decírtelo, Izzy, pero no me creerías.

Cierra el teléfono con un chasquido y vuelve a meterlo en el bolsillo de Hodges.

—¿Suicidios? —pregunta Hodges.

—Tres hasta el momento, contando al chico que se disparó delante de su padre.

—¿Zappit?

—En dos de los tres casos. Los oficiales que han acudido al tercero no han tenido ocasión de buscar. Estaban intentando salvar al chico, pero ya era demasiado tarde. Se ha ahorcado. A Izzy se la notaba casi fuera de sí. Quería saberlo todo.

—Si nos pasa algo, Jerome se lo contará a Pete, y Pete se lo contará a ella. Creo que está casi preparada para escuchar.

—Tenemos que detenerlo antes de que mate a alguien más.

Probablemente está matando a alguien más ahora mismo, piensa Hodges.

—Lo detendremos.

Los kilómetros van quedando atrás. Hodges se ve obligado a reducir la velocidad a setenta y cinco, y cuando nota que el Expedition derrapa un poco en la estela de un camión de doble remolque de Walmart, aminora a setenta. Pasan de las tres de la tarde y la luz empieza a diluirse en este día nevoso cuando Holly habla de nuevo.

—Gracias.

Hodges gira la cabeza un instante para mirarla con expresión interrogativa.

—Por no obligarme a rogarte que me dejaras venir.

—Sólo hago lo que querría tu psicoterapeuta —contesta Hodges—. Ayudarte a pasar página a lo grande.

—¿Es broma? Nunca sé cuando estás bromeando. Tienes un sentido del humor de lo más cáustico, Bill.

—Nada de bromas. Esto es asunto nuestro, Holly. De nadie más.

De la penumbra blanca surge un cartel verde.

—SR-79 —anuncia Holly—. Ésa es nuestra salida.

—Gracias a Dios —dice Hodges—. Detesto viajar por autopista incluso en días soleados.

26

Según el iPad de Holly, el Garage Thurston está a veinticinco kilómetros al este por la carretera estatal, pero tardan media hora en llegar. Pese a que el Expedition responde bien en la cerretera cubierta de nieve, empieza a levantarse el viento —a las ocho será huracanado, pronostica la radio—, y cuando alguna ráfaga arroja cortinas de nieve a través de la carretera, Hodges reduce la marcha a veinticinco kilómetros por hora hasta que recupera la visibilidad.

Cuando tuerce a la altura del enorme letrero amarillo de Shell, suena el teléfono de Holly.

—Atiende la llamada —dice Hodges—. Tardaré lo menos posible.

Al bajar, se cala el sombrero de fieltro para evitar que vuele. Por efecto del viento, el cuello del abrigo se agita y le azota mientras avanza como puede a través de la nieve hacia la oficina del lugar. Le palpita toda la cintura; tiene la sensación de haber ingerido brasas. En los despachadores de gasolina y la zona de estacionamiento contigua no hay ningún vehículo aparte del Expedition. Los jóvenes contratados por el servicio quitanieves se han marchado para dedicar esa larga noche a ganarse un dinero mientras la primera gran tormenta del año brama y ruge.

Por un momento estremecedor, Hodges cree ver detrás del mostrador a Al el Bibliotecario: los mismos Dickies verdes y el mismo cabello de color blanco palomita de maíz esparciéndose alrededor del contorno de una gorra con el emblema de John Deere.

—¿Qué lo ha hecho salir en una tarde de tormenta como ésta? —pregunta el viejo, y acto seguido escruta la penumbra más allá de Hodges—. ¿O ya es de noche?

—Un poco de cada —contesta Hodges. No tiene tiempo para charlar (puede que en la ciudad chicos y chicas estén arrojándose por las ventanas de sus edificios de departamentos y atiborrándose de pastillas), pero así es como se hace el trabajo—. ¿No será usted el señor Thurston?

—En carne y hueso. Como no se ha parado delante de los despachadores, casi estoy por preguntarme si viene a robarme, pero se le ve un poco demasiado próspero para eso. ¿Es de la ciudad?

—Sí —responde Hodges—, y tengo un poco de prisa.

—Como siempre con la gente de la ciudad —Thurston deja el ejemplar de *Field & Stream* que estaba leyendo—. ¿De qué se trata, pues? ¿Necesita indicaciones? Espero que no vaya lejos de aquí, porque el tiempo pinta muy mal.

—Muy lejos no es, creo. Busco un pabellón de caza que se llama Cabezas y Pieles. ¿Le suena?

—Sí, claro —responde Thurston—. A donde van los médicos, muy cerca del Campamento del Oso de Gran Bob. Suelen llenar los tanques de sus Jaguar y sus Porsche aquí, cuando llegan o cuando se van —lo pronuncia «*Porche*», como si hablara de ese espacio donde se sientan los ancianos al atardecer para ver la puesta de sol—. Pero ahora no debe de haber nadie allí. La temporada de caza termina el nueve de diciembre, y hablo de la caza con arco. La caza con arma de fuego termina el último día de noviembre, y todos esos médicos utilizan rifles. Grandes. Me parece que les gusta fingir que están en África.

—¿Hoy no ha parado aquí nadie? ¿Alguien en un coche viejo con la pintura desgastada?

—No.

Sale un joven de la zona destinada a taller mecánico limpiándose las manos con un trapo.

—Yo he visto el coche, abuelo. Un Chevrolet. Estaba fuera, hablando con Spider Willis, cuando ha pasado —dirige la atención hacia Hodges—. Me he fijado sólo porque no hay gran cosa en la dirección en la que iba, y ese coche no es un traganieve como el que tiene usted ahí fuera.

—¿Puede indicarme cómo se llega al pabellón?

—No tiene pérdida —contesta Thurston—. O no la tendría con buen tiempo. Siga adelante en la misma dirección en la que va, unos… —gira hacia el hombre de menor edad—. ¿Cuánto, Duane? ¿Cinco kilómetros?

—Yo diría siete —contesta Duane.

—Bueno, seamos sensatos y dejémoslo en seis —añade Thurston—. Verá dos postes rojos a la izquierda. Son altos, de cerca de dos metros, pero el quitanieves ya ha pasado dos veces, así que tendrá que aguzar la vista, porque no deben de verse apenas. Tendrá que atravesar la nieve acumulada en la orilla, téngalo en cuenta. A menos que haya traído una pala.

—Me parece que con ese coche lo conseguiré —responde Hodges.

—Sí, es muy posible, y el todoterreno no saldrá dañado, porque la nieve aún no ha tenido tiempo de endurecerse. En fin, vaya por ahí y siga unos dos kilómetros, tres quizá, hasta una bifurcación. Un camino lleva al Campamento del Oso de Gran Bob; el otro, a Cabezas y Pieles. No recuerdo cuál es cuál, pero antes había indicadores.

—Todavía están —aclara Duane—. Gran Bob está a la derecha; Cabezas y Pieles, a la izquierda. Bien que lo sé: arreglé el tejado del pabellón de Gran Bob Rowan en octubre del año pasado. El asunto debe de ser muy importante, caballero. Para hacerle salir en un día como éste.

—¿Podré circular con la todoterreno por esa carretera? ¿Tú qué crees?

—De ida, desde luego —contesta Duane—. Los árboles todavía retendrán la mayor parte de la nieve, y la carretera baja hacia al lago. La vuelta puede ser un poco más complicada.

Hodges se saca la cartera del bolsillo de atrás —Dios santo, incluso eso le duele— y extrae su placa de policía con el sello de RETIRADO encima. A éste añade una de sus tarjetas de visita de Finders Keepers, y deja lo uno y lo otro en el mostrador.

—¿Son ustedes capaces de guardar un secreto?

Los dos asienten con un asomo de curiosidad en el rostro.

—Verán, tengo una citación que entregar. Se trata de un caso civil, y el dinero que hay en juego asciende a siete cifras. El hombre al que ha visto pasar, el del Chevrolet con la pintura maltrecha, es médico, se llama Babineau.

—Lo veo cada año por noviembre —dice el Thurston de mayor edad—. Se da unos aires… no sé si me entiende. Como si siempre lo mirase a uno por encima del hombro. Pero él conduce un BMW.

—Hoy va en lo primero a lo que ha podido echarle el guante —dice Hodges—, y si no entrego estos papeles antes de las doce de la noche, ya podemos despedirnos del caso, y una anciana que apenas tiene para vivir no recibirá su paga.

—¿Negligencia? —pregunta Duane.

—No me gusta decirlo, pero por ahí va el asunto.

Cosa que ustedes recordarán, piensa Hodges. Eso, y el nombre de Babineau.

—En la parte de atrás tenemos un par de motonieves —dice el anciano—. Podría dejarle una, si quiere, y la Arctic Cat tiene el parabrisas alto. Pasaría frío igualmente, pero se aseguraría de poder volver.

A Hodges le conmueve el ofrecimiento, viniendo como viene de un absoluto desconocido, pero lo rehúsa con un gesto. Las motonieves son artefactos ruidosos. Sospecha que el hombre que se ha instalado en Cabezas y Pieles —ya sea Brady o Babineau o una extraña mezcla de ambos— sabe que se dirige hacia allí. Lo que Hodges tiene a su favor es que su presa no sabe cuándo.

—De momento mi compañera y yo entraremos —responde—, luego ya nos preocuparemos de cómo salir.

—Sin armar ruido, ¿eh? —dice Duane, y se lleva un dedo a los labios, curvados en una sonrisa.

—De eso se trata, sí. ¿Puedo avisar a alguien para que vaya a buscarnos si nos quedamos atascados?

—Llame aquí mismo —Thurston le entrega una tarjeta de una bandeja de plástico que hay junto a la caja—. Enviaré a Duane o a Spider Willis. Puede que no lleguen hasta entrada la noche, y le costará cuarenta dólares, pero, tratándose de un caso en el que hay millones de por medio, supongo que podrá permitírselo.

—¿Allí hay cobertura telefónica?

—Perfecta incluso con un tiempo pésimo —contesta Duane—. Hay una torre en la orilla sur del lago.

—Bueno es saberlo. Gracias. Gracias a los dos.

Se da media vuelta para marcharse, y el viejo dice:

—Ese sombrero suyo no sirve de nada con esta tormenta. Tenga éste —le tiende un gorro de punto con una enorme borla naranja en lo alto—. Aunque en cuanto a los zapatos que lleva no puedo hacer nada.

Hodges le agradece, toma el gorro, se quita el sombrero y lo deja en el mostrador. Tiene la sensación de que eso le traerá mala suerte; tiene la sensación de que eso es precisamente lo que debe hacer.

—En garantía —dice.

Los dos sonríen, el de menor edad enseñando bastantes más dientes.

—Me parece bien —responde el viejo—, pero ¿está totalmente seguro de que le conviene conducir hasta el lago, señor...? —echa un vistazo a la tarjeta de visita de Finders Keepers—. ¿Señor Hodges? Porque se le ve un poco cansado.

—Tengo catarro —contesta Hodges—. Me ataca todos los inviernos. Gracias, a los dos. Y si por alguna casualidad Babineau llamara aquí...

—Yo no le daría ni la hora —dice Thurston—. Es un estirado.

Hodges se encamina hacia la puerta, y un dolor como no ha sentido hasta ese momento surge de la nada, atravesándolo desde el vientre hasta la mandíbula. Es como verse alcanzado por una flecha al rojo vivo, y se tambalea.

—¿Seguro que se encuentra bien? —pregunta el viejo al tiempo que hace ademán de salir de detrás del mostrador.

—Sí, perfectamente —nada más lejos de la verdad—. Un calambre en la pierna. De conducir. Volveré por mi sombrero.

Con suerte, piensa.

27

—Has estado mucho rato ahí dentro —dice Holly—. Espero que haya sido un cuento creíble.

—Una citación —Hodges no necesita decir más; han utilizado la historia de la citación más de una vez. Todo el mundo quiere ayudar, siempre y cuando no sean ellos quienes la reciben—. ¿Quién llamaba? —pensando que debía de ser Jerome, para ver cómo les va.

—Izzy Jaynes. Ha habido otros dos avisos de suicidio, un intento y uno consumado. El intento ha sido una chica que ha saltado por la ventana de un primer piso. Ha caído en un montón de nieve y sólo se ha roto algún que otro hueso. El otro era un chico que se ha ahorcado en su armario. Ha dejado una nota en la almohada. Sólo una palabra, «Beth», y un corazón roto.

Las ruedas del Expedition giran un poco en vacío cuando Hodges pone la marcha y retrocede hasta la carretera. Tiene que conducir con las luces cortas. Las largas convierten la nieve que cae en un muro blanco resplandeciente.

—Tenemos que encargarnos de esto solos —dice ella—. Si es Brady, nadie lo creerá jamás. Fingirá que es Babineau y saldrá con que se asustó y huyó.

—¿Y no avisó a la policía personalmente al descubrir que Al el Bibliotecario había matado a su mujer? —pregunta Hodges—. No estoy muy seguro de que eso se sostenga.

—Puede que no, pero ¿y si salta a otra persona? Si pudo saltar a Babineau, ¿a quién más podría saltar? Tenemos que ocuparnos nosotros solos, aunque al final nos detengan por asesinato. ¿Crees que esto podría acabar así, Bill? ¿Lo crees, lo crees, lo crees?

—Ya nos preocuparemos de eso luego.

—No estoy segura de ser capaz de disparar contra alguien. Ni siquiera contra Brady Harstfield, si tiene el aspecto de otra persona.

—Ya nos preocuparemos de eso luego —repite él.

—Bien. ¿De dónde has sacado ese gorro?

—Lo he cambiado por mi sombrero.

—La borla es ridícula, pero parece que abriga.

—¿Lo quieres?

—No. Pero ¿Bill...?

—Por Dios, Holly, ¿qué?

—Tienes muy mal aspecto.

—Con halagos no conseguirás nada.

—Recurre al sarcasmo. De acuerdo. ¿Qué tan lejos está el sitio al que vamos?

—Ahí dentro había consenso general en que son seis kilómetros por esta carretera. Luego otro trecho por una carretera rural.

Silencio durante cinco minutos mientras avanzan lentamente a través de la nieve que transporta el viento. Y el grueso de la tormenta aún está por llegar, se recuerda Hodges.

—¿Bill?

—¿Ahora qué?

—No llevas botas, y yo me he quedado sin Nicorette.

—¿Qué te parece si enciendes uno de esos porros? Pero entretanto estate atenta a un par de postes rojos en la izquierda. Deberían aparecer pronto.

Holly no enciende el porro. Se inclina hacia delante y mira a la izquierda. Cuando el Expedition vuelve a sacudirse —la parte trasera se desplaza primero a la izquierda y luego a la derecha—, no parece ni darse cuenta. Al cabo de un minuto señala.

—¿Son ésos?

Lo son. Las máquinas quitanieves, a su paso, los han enterrado casi por completo, dejando a la vista apenas unos veinte centímetros de la punta, pero es imposible pasar por alto o confundir ese rojo vivo. Hodges acaricia el freno, detiene el Expedition y gira para encarar el terraplén de nieve apilada. Dice a Holly lo que a veces decía a su hija cuando la llevaba a las Tazas Giratorias del parque de diversiones de Lakewood:

—Sujétate la dentadura postiza.

Holly, tan literal como siempre, responde:

—No uso.

Sin embargo, apoya una mano en el tablero.

Hodges pisa el acelerador con suavidad y avanza hacia el terraplén de nieve. El impacto que esperaba no se produce;

Thurston tenía razón sobre la nieve: aún no ha tenido tiempo de compactarse y endurecerse. Estalla y salta a los lados y sobre el parabrisas, cegándolo momentáneamente. Hodges activa el limpiaparabrisas a la velocidad máxima, y cuando se despeja el cristal, el Expedition enfila una carretera rural de un solo carril que está cubriéndose rápidamente de nieve. De vez en cuando, blandos cúmulos caen de las ramas que se extienden por encima de la calle. No ve marcas de ningún coche anterior, pero eso no significa nada. A estas alturas, ya habrían desaparecido.

Apaga los faros y avanza a paso de tortuga. La franja blanca que se extiende entre los árboles se ve lo necesario para orientarse. La carretera parece interminable —desciende, tuerce ciento ochenta grados, desciende de nuevo—, pero finalmente llegan al sitio donde se bifurca a derecha e izquierda. Hodges no necesita bajarse para leer los indicadores. A la izquierda, más adelante, a través de la nieve y los árboles, ve un tenue resplandor. Eso es Cabezas y Pieles, y hay alguien. Gira levemente el volante y empieza a rodar despacio por el camino de la derecha.

Ninguno de los dos alza la vista, y por tanto no ven la cámara, pero ésta sí los ve a ellos.

28

Cuando Hodges y Holly irrumpen a través del terraplén de nieve amontonada por la máquina, Brady está sentado ante el televisor, vestido con las botas y el abrigo de invierno de Babineau. No se ha puesto los guantes —quiere tener las manos libres por si ha de utilizar el Scar—, pero mantiene cerca, sobre un muslo, un pasamontañas negro. Cuando llegue el momento, se cubrirá con él la cara y el cabello canoso de Babineau. Sin apartar los ojos del televisor, agita nerviosamente los lápices y bolígrafos que asoman de la calavera de cerámica. Es vital que extreme la atención. Cuando venga Hodges, apagará las luces.

¿Lo acompañará el jardinero negro?, se pregunta Brady. ¡Eso sí sería un placer! Dos por el precio de…

Y ahí está.

Temía no ver el vehículo del Ins. Ret. en medio de la nevada, cada vez más densa, pero no tenía por qué preocuparse. La nieve es blanca; el todoterreno es un macizo rectángulo negro que avanza a través de ella. Brady se inclina hacia delante y entorna los ojos, pero no distingue si dentro hay una sola persona o dos, o media docena de putos ocupantes. Dispone del Scar, y con ese fusil podría eliminar un pelotón entero si hiciera falta, pero eso le aguaría la fiesta. Preferiría a Hodges vivo.

Al menos de entrada.

Sólo queda una pregunta más por responder: ¿Doblará a la izquierda y vendrá directamente, o a la derecha? Brady se jugaría cualquier cosa a que K. William Hodges elige el camino que conduce a Gran Bob, y no se equivoca. Cuando el todoterreno desaparece en medio de la nieve (con un breve destello de las luces de posición en el momento en que rebasa la primera curva), Brady deja la calavera portalápices al lado del control remoto del televisor y toma un objeto que aguardaba en la mesita auxiliar. Un objeto absolutamente legal si se utiliza de la manera correcta… que no era el que le daban Babineau y sus amigos. Tal vez fueran buenos médicos, pero aquí en el bosque a menudo se comportaban como chicos malos. Se pasa ese valioso objeto por encima de la cabeza y se lo deja colgando mediante una goma elástica ante la pechera del abrigo. A continuación se enfunda el pasamontañas, empuña el Scar y sale. El corazón le late rápida e intensamente, y al menos de momento la artritis parece haber desaparecido por completo de los dedos de Babineau.

29

Holly no pregunta a Hodges por qué se ha desviado a la derecha. Es una neurótica, pero no tonta. Avanzan en el todoterreno a paso lento, y Hodges va mirando hacia la izquierda, midiendo la distancia que los separa de las luces situadas a ese lado. Cuando se hallan a la misma altura, detiene el cuatro por cuatro y apaga el motor. Ya es noche cerrada, y cuando gira hacia Holly, ella tiene la impresión fugaz de que su cabeza ha sido sustituida por una calavera.

—Quédate aquí —dice en voz baja—. Mándale un mensaje a Jerome, dile que estamos bien. Voy a cruzar el bosque y atraparlo.

—No quieres decir «con vida», ¿no?

—No si lo veo con uno de esos Zappit —y probablemente aunque no sea así, piensa—. No podemos correr ese riesgo.

—Entonces crees que es él, que es Brady.

—Aunque sea Babineau, está metido en esto. Está hasta el cuello —pero sí, en algún punto ha llegado al convencimiento de que ahora la mente de Brady Hartsfield controla el cuerpo de Babineau. La intuición es demasiado fuerte para negarla, y los hechos han ido confirmándola.

Dios me asista si lo mato y estoy equivocado, piensa. Pero ¿cómo voy a saberlo? ¿Cómo puedo llegar a estar del todo seguro?

Espera las protestas de Holly, que insista en que tiene que acompañarlo, pero ella se limita a decir:

—Si te pasa algo, dudo que sea capaz de salir de aquí conduciendo, Bill.

Le entrega la tarjeta de Thurston.

—Si no vuelvo dentro de diez minutos… no, mejor quince… avisa a este hombre.

—¿Y si oigo disparos?

—Si he disparado yo y estoy bien, tocaré la bocina del Chevrolet de Al el Bibliotecario. Dos pitidos rápidos. Si no oyes eso, sigue adelante en el coche hasta el otro pabellón, el de Gran Bob o como se llame. Entra por la fuerza, busca un sitio donde esconderte y alerta a Thurston.

Hodges se inclina sobre la consola central y, por primera vez desde que la conoce, la besa en los labios. Ella, sobresaltada, no le devuelve el beso, pero tampoco se aparta. Cuando él se retira, Holly baja la vista, confusa, y dice lo primero que le viene a la cabeza:

—¡Bill, llevas *zapatos*! ¡Vas a *congelarte*!

—No hay mucha nieve entre los árboles, sólo cuatro o cinco centímetros —y lo cierto es que en estos momentos el frío en los pies es la menor de sus preocupaciones.

Localiza el interruptor que apaga las luces de cortesía. Cuando sale del Expedition, dejando escapar un gruñido de dolor, Holly oye crecer el murmullo del viento entre los abetos. Si fuera una voz, sería un lamento. A continuación, se cierra la puerta.

Holly se queda donde está, viendo como la silueta negra de Hodges se funde con las siluetas negras de los árboles, y cuando ya no distingue una de otras, baja y sigue sus huellas. Lleva en el bolsillo del abrigo el Victory calibre 38, el arma reglamentaria que portaba el padre de Hodges en sus guardias allá en los años cincuenta, cuando Sugar Heights era aún terreno boscoso.

30

Hodges se abre camino hacia las luces de Cabezas y Pieles, un lento paso tras otro. La nieve le acaricia la cara y le cubre los párpados. La flecha al rojo vivo ha vuelto y ha prendido fuego en su interior. El sudor le resbala por el rostro.

Al menos no me arden los pies, piensa, y es entonces cuando tropieza con un tronco oculto entre la nieve y cae al suelo. Cae de pleno sobre el costado izquierdo y hunde la cara en la manga del abrigo para no gritar. Un líquido caliente se derrama en su entrepierna.

Me oriné en el pantalón, piensa. Me oriné en el pantalón igual que un bebé.

Cuando el dolor remite un poco, encoge las piernas bajo el cuerpo y trata de levantarse. No puede. La mancha de humedad empieza a enfriarse. De hecho, nota que el pene se le contrae para rehuirla. Se agarra de una rama baja y lo intenta de nuevo. La rama se parte. La mira con cara de tonto, sintiéndose como un personaje de dibujos animados —el Coyote, quizá—, y la arroja. En ese momento una mano lo sujeta por la axila.

Tal es su sorpresa que está a punto de gritar. Holly le susurra enseguida al oído:

—Arriba, Bill. Vamos.

Con su ayuda, Hogdes logra por fin ponerse en pie. Las luces ya están cerca, a no más de cuarenta metros a través de la cortina de árboles. Ve como la nieve se escarcha en el cabello de Holly y se posa en sus mejillas. De pronto, sin razón aparente, se acuerda del despacho de un vendedor de libros antiguos que se llamaba Andrew Halliday, y de que él, Holly y Jerome hallaron a Halliday muerto en el suelo. Hodges les había ordenado que se quedaran atrás, pero...

—Holly, si te dijera que volvieras, ¿lo harías?

—No —ella susurra. También él—. Es muy probable que tengas que matarlo, y no puedes llegar hasta allí sin mi ayuda.

—Se supone que eres mi refuerzo, Holly. Mi póliza de seguro —el sudor mana de él como petróleo. Gracias a Dios viste un abrigo largo. No quiere que Holly sepa que se ha orinado encima.

—*Jerome* es tu póliza de seguro —lo corrige ella—. Yo soy tu socia. Por eso me has traído, lo sepas o no. Y es lo que quiero. Es lo que siempre he querido. Ahora vamos. Apóyate en mí. Acabemos con esto.

Avanzan despacio entre los árboles que quedan. A Hodges le cuesta creer que Holly sea capaz de sostener el peso de su cuerpo. Se detienen en el linde del claro que rodea la casa. Hay luz en dos habitaciones. A juzgar por el resplandor atenuado procedente de la más cercana, Hodges deduce que debe de ser la cocina. Una sola lámpara encendida, quizá sobre los fogones. En la otra ventana distingue una claridad vacilante, que proviene posiblemente de una chimenea.

—Ahí es a donde vamos —dice, y señala—, y de aquí en adelante somos soldados en patrulla nocturna. Lo que significa que gateamos.

—¿Podrás?

—Sí —en realidad tal vez sea más fácil que caminar—. ¿Ves el candelabro?

—Sí. Parece de hueso. Uf.

—Eso es el salón, y probablemente está ahí. Si no está, esperaremos hasta que aparezca. Si tiene uno de esos Zappit, mi intención es disparar. Nada de «Manos arriba», nada de «Al suelo y las manos detrás de la espalda». ¿Algún problema con eso?

—Ninguno en absoluto.

Se ponen a gatas. Hodges se guarda la Glock en el bolsillo del abrigo para que no se moje en la nieve.

—Bill —habla en un susurro tan débil que él apenas la oye en medio del viento, cada vez más recio.

Hodges gira para mirarla. Ella le tiende uno de sus guantes.

—Demasiado pequeño —dice él, y se acuerda de una frase de Johnnie Cochran en su defensa de O. J. Simpson: «Si ese guante no le entra, lo tienen que absolver». Es absurdo lo que puede llegar a pasársele a uno por la cabeza en momentos como éste. Pero ¿ha habido en su vida algún otro momento como éste?

—Fuérzalo —musita ella—. Tienes que mantener caliente la mano del arma.

Holly tiene razón, y Hodges consigue calzárselo casi del todo. Es demasiado corto para cubrirle la mano entera, pero le protege los dedos.

Avanzan a gatas, Hodges un poco por delante. Aún le duele horrores, pero ahora que ya no está de pie, la flecha le chamusca las entrañas más que abrasárselas.

Pero tengo que ahorrar energía, piensa. Sólo la necesaria.

Entre el linde del bosque y la ventana tras la que cuelga el candelabro, hay una distancia de doce o quince metros, y hacia la mitad del recorrido ya ha perdido casi toda la sensibilidad en la mano descubierta. Le cuesta creer que haya traído a su mejor amiga a este lugar y en este momento, que estén los dos arras-trándose por la nieve como niños que juegan a la guerra, a kiló-metros de cualquier ayuda posible. Tenía sus razones, y parecían lógicas en el Hillton del aeropuerto. Ahora ya no tanto.

Mira a la izquierda, hacia la forma silenciosa del Malibu de Al el Bibliotecario; mira a la derecha, y ve una pila de leña cu-bierta de nieve. Hace ademán de volver la vista al frente, hacia la ventana del salón, y de pronto mueve de nuevo la cabeza hacia la pila de leña al tiempo que resuenan las alarmas, sólo que un poco demasiado tarde.

Hay huellas en la nieve. El ángulo impedía verlas desde el linde del bosque, pero ahora las distingue con toda claridad. Van desde la parte de atrás de la casa hasta la pila de combustible para la chimenea. Ha salido por la puerta de la cocina, piensa Hodges. Por eso estaba encendida esa luz. Debería haberlo deducido. Lo habría deducido si no estuviese tan enfermo.

Se busca la Glock a tientas, pero el exiguo guante le entorpe-ce el movimiento, y cuando por fin empuña el arma e intenta sa-carla, se le engancha en el bolsillo. Entretanto, una silueta oscura se ha erguido detrás de la pila de leña. La silueta salva los cinco metros que los separan en cuatro grandes zancadas zigzaguean-tes. Tiene la cara de un alienígena en una película de terror, sin facciones salvo por los ojos redondos y protuberantes.

—¡*Cuidado, Holly!*

Ella alza la cabeza en el preciso instante en que la culata del Scar desciende a su encuentro. Se oye un crujido escalofriante, y Holly se desploma de bruces en la nieve con los brazos abier-tos a los costados: una marioneta a la que han cortado los hilos. Hogdes desprende la Glock del bolsillo justo cuando la culata desciende otra vez. Siente y oye que se le fractura la muñeca; ve que la Glock va a parar a la nieve y casi desaparece.

Todavía de rodillas, Hodges alza la vista y ve a un hombre alto —mucho más alto que Brady Hartsfield— de pie ante la figura inerte de Holly. Lleva pasamontañas y gafas de visión nocturna.

Nos ha visto en cuanto hemos salido de entre los árboles, piensa Hodges, desalentado. Incluso es posible que nos haya visto *entre* los árboles mientras me ponía el guante de Holly.

—Hola, inspector Hodges.

Hodges no contesta. Se pregunta si Holly sigue viva, y de ser así, si alguna vez se recuperará del golpe que acaba de recibir. Pero eso es obviamente una estupidez. Brady no va a darle ocasión de recuperarse.

—Ahora entrará usted conmigo —añade Brady—. La duda es si la llevamos a ella o la dejamos aquí fuera para que se convierta en una paleta —y como si le hubiera leído el pensamiento a Hogdes (por lo que éste sabe, es capaz de eso), añade—: Ah, aún está viva, al menos de momento. Veo que su espalda se mueve con la respiración. Aunque después de un golpe así, y con la cara en la nieve, ¿quién sabe cuánto vivirá?

—Yo la llevaré —dice Hodges, y lo hará. Por mucho que le duela.

—Bien.

No se ha parado a pensarlo, y Hodges adivina que es lo que Brady esperaba y lo que Brady quería. Va un paso adelante. Lo ha ido desde el principio. ¿Y quién tiene la culpa de eso?

Yo. Única y exclusivamente yo. Es lo que consigo por jugar una vez más al Llanero Solitario... pero ¿qué otra cosa podía hacer? ¿Quién lo habría creído siquiera?

—Levántela —ordena Brady—. A ver si de verdad puede. Porque, ¿sabe qué?, se le ve un tanto débil.

Hodges desliza los brazos por debajo de Holly. En el bosque ha sido incapaz de ponerse en pie después de caer, pero ahora reúne todas las fuerzas que le quedan y consigue levantar su cuerpo desmadejado de un tirón limpio. Se tambalea, está a punto de venirse abajo, pero recupera el equilibrio. La flecha al rojo ha desaparecido, consumida en el incendio forestal que se ha desencadenado en su interior. No obstante, la abraza contra su pecho.

—Eso ha estado bien —dice Brady, y su admiración parece sincera—. Veamos ahora si llega hasta la casa.

De algún modo Hodges lo logra.

31

En la chimenea, la leña arde y emite un calor aletargante. Sin aliento, con la nieve fundiéndose en el gorro prestado y deslizándose por su rostro en densos goterones, Hodges llega al centro del salón y se arrodilla, sosteniendo el cuello de Holly en la parte interna del codo porque así se lo exige la muñeca rota, que está hinchándosele como una salchicha. Logra evitar que se golpee la cabeza contra el suelo de madera, lo cual es bueno. Esa cabeza ya ha sido maltratada más que suficiente por esta noche.

Brady se ha quitado el abrigo, las gafas de visión nocturna y el pasamontañas. Son la cara de Babineau y el cabello plateado de Babineau (ahora desacostumbradamente revuelto), pero se trata de Brady Hartsfield, con toda certeza. Las últimas dudas de Hodges se han disipado.

—¿Ella va armada?

—No.

El hombre con el aspecto de Felix Babineau sonríe.

—Bueno, Bill, esto es lo que voy a hacer. Le registraré los bolsillos, y si encuentro un arma, mandaré su trasero estrecho a otro estado de un tiro. ¿Trato hecho?

—Es un revólver del 38 —admite Hodges—. Ella es diestra, así que, si lo ha traído, debe de llevarlo en el bolsillo delantero derecho del abrigo.

Al agacharse, Brady mantiene a Hodges encañonado con el Scar, el dedo en el gatillo y la culata contra el lado derecho del torso. Encuentra el revólver, lo examina brevemente y a continuación se lo inserta debajo del cinturón, en la espalda. Hodges, a pesar del dolor y la desesperación, ve ese gesto con cierto humor acre. Brady habrá visto hacer eso a los malos en un centenar de series y películas de acción, pero en realidad sólo aplica para las automáticas, que son planas.

En la vieja alfombra, Holly emite un ronquido gutural. Se le mueve un pie en una sacudida espástica y se queda quieto.

—¿Y tú? —pregunta Brady—. ¿Alguna otra arma? ¿La consabida arma arrojadiza sujeta al tobillo, quizá?

Hodges niega con la cabeza.

—Sólo por cautela, ¿por qué no te remangas las perneras del pantalón para mí?

Hodges obedece, dejando a la vista unos zapatos empapados, calcetines húmedos y nada más.

—Excelente. Ahora quítate el abrigo y échalo en el sofá.

Hodges se baja la cremallera y consigue guardar silencio mientras se lo quita, pero cuando lo lanza siente una cornada desde la ingle hasta el corazón y deja escapar un gemido.

Babineau abre mucho los ojos.

—¿Dolor real o fingido? ¿Es en vivo o una grabación?, como decía aquel anuncio. A juzgar por la alarmante pérdida de peso, juraría que es real. ¿Qué te pasa, inspector Hodges? ¿Qué tienes?

—Cáncer. De páncreas.

—Vaya, qué terrible. De eso no se escapa ni Superman. Pero alegra esa cara, a lo mejor yo puedo acortar tu sufrimiento.

—Haz lo que quieras conmigo —dice Hodges—. Pero a ella déjala.

Brady observa con gran interés a la mujer tendida en el suelo.

—Ésta no será por casualidad la mujer que golpeó lo que antes era mi cabeza, ¿verdad? —la frase se le antoja graciosa y ríe.

—No —el mundo se ha transformado en un zoom de cámara, que acerca y aleja la imagen a cada latido de su afanoso corazón, ayudado por un marcapasos—. La que te golpeó fue Holly Gibney. Ella volvió con sus padres a Ohio. Ésta es Kara Winston, mi ayudante —el nombre se le ocurre de pronto, y habla sin titubeos.

—¿Una ayudante que ha decidido acompañarte en una misión de vida o muerte porque sí? Me cuesta un poco creerlo.

—Le he prometido una bonificación. Necesita el dinero.

—¿Y dónde, si puede saberse, está ese negro?

Hodges se plantea por un instante contarle la verdad a Brady: que Jerome está en la ciudad, que sabe que es muy probable que Brady se haya refugiado en el pabellón de caza, que no tardará en informar a la policía, si no lo ha hecho ya. Pero ¿detendrá algo de todo eso a Brady? Ni mucho menos.

—Jerome está en Arizona, trabajando en construcción. Hábitat para la Humanidad.

—Vaya conciencia social la suya. Tenía la esperanza de que estuviera contigo. ¿Quedó muy malherida su hermana?

—Una pierna rota. Volverá a andar en cuestión de días.

—Qué lástima.

—Fue uno de tus ensayos, ¿no?

—Le llegó uno de los Zappit originales. Eran doce. Como los doce apóstoles, por así decirlo, dispersándose por el mundo para difundir el mensaje. Siéntate en el sillón delante de la tele, inspector Hodges.

—Preferiría no hacerlo. Mis programas favoritos son hasta el lunes.

Brady despliega una sonrisa cortés.

—Siéntate.

Hodges, apoyando la mano ilesa en la mesa contigua al sillón, se dispone a sentarse. Bajar es un martirio, pero cuando por fin lo consigue, sentado se siente un poco mejor. Aunque el televisor está apagado, se queda mirando la pantalla de todos modos.

—¿Dónde está la cámara?

—En el indicador de la bifurcación. Por encima de las flechas. No te sientas mal por no haberla visto. La tapaba la nieve, sólo asomaba el objetivo, y conducías con las luces apagadas.

—¿Queda algo de Babineau dentro de ti?

Se encoge de hombros.

—Retazos. De vez en cuando surge un alarido de la parte que cree que aún está vivo. Pronto acabará.

—Dios santo —murmura Hodges.

Brady hinca una rodilla en el suelo y se apoya el cañón del Scar en el muslo para seguir apuntando a Hodges. Dobla el cuello del abrigo de Holly y examina la etiqueta.

—H. Gibney —lee—. Escrito en tinta indeleble. Muy precavida. No se borra en la lavandería. Me gustan las personas que cuidan de sus cosas.

Hodges cierra los ojos. El dolor es atroz, y daría todo lo que posee por liberarse de él y de lo que va a ocurrir a continuación. Lo daría todo por dormir y dormir y dormir. Pero vuelve a abrirlos y se obliga a mirar a Brady, porque hay que jugar hasta el final. Así son las cosas: se juega hasta el final.

—Tengo mucho que hacer en las próximas cuarenta y ocho o setenta y dos horas, inspector Hodges, pero voy a aplazarlo todo para ocuparme de ti. ¿Te sientes especial por eso? Deberías. Porque tengo una gran deuda contigo por fastidiarme.

—Conviene que recuerdes que *tú* acudiste a *mí* —aduce Hodges—. Fuiste tú quien puso la pelota en juego, con aquella carta llena de estupideces y fanfarronadas. No yo. Tú.

El rostro de Babineau —el rostro bien definido de un actor de reparto de cierta edad— se ensombrece.

—Puede que tengas razón, supongo, pero ya ves quién lleva ahora la ventaja. Ya ves quién *gana*, inspector Hodges.

—Si consideras que empujar al suicidio a una panda de adolescentes estúpidos y confusos es ganar, imagino que sí, que eres el ganador. Personalmente opino que eso es un reto casi tan grande como eliminar al pícher por strikes.

—¡Es *control*! ¡Impongo mi *control*! ¡Intentaste impedírmelo y no pudiste! ¡No pudiste ni de lejos! ¡Y ella tampoco! —asesta un puntapié a Holly en el costado. Su cuerpo inerte rueda parcialmente hacia la chimenea y vuelve a quedar tal como estaba. Tiene el rostro ceniciento y los ojos cerrados, muy hundidos en las cuencas—. ¡En realidad ella me ha hecho mejor! ¡Mejor de lo que era!

—Si es así, ¡*deja de patearla*, por Dios! —exclama Hodges.

Con la ira y la excitación de Brady, el rostro de Babineau se ha sonrojado. Mantiene el fusil de asalto firmemente sujeto. Respira hondo, para serenarse, y respira una vez más. Y sonríe.

—Tienes debilidad por la señorita Gibney, ¿verdad? —le asesta otro puntapié, esta vez en la cadera—. ¿Te la coges? ¿Es eso? Físicamente, no es nada del otro mundo, pero imagino que un hombre de tu edad tiene que conformarse con lo que encuentra. ¿Sabes lo que decíamos? Tápale la cara con una bandera y cógetela por la patria.

Golpea de nuevo a Holly y enseña los dientes a Hodges en lo que acaso crea que es una sonrisa.

—Tú me preguntabas si me acostaba con mi madre, ¿te acuerdas? En todas las visitas a mi habitación, siempre me preguntabas si cogía con la única persona a la que le he importado. Me hablabas de lo ardiente que se veía y de si era una mamá complaciente. Me preguntabas si fingía. Me decías lo mucho que deseabas que estuviera sufriendo. Y yo tenía que quedarme allí sentado y aguantar.

Se dispone a golpear a la pobre Holly otra vez. Para distraerlo, Hodges dice:

—Aquella enfermera… Sadie MacDonald. ¿La empujaste a suicidarse? Fuiste tú, ¿verdad? Fue la primera.

Eso satisface a Brady, que muestra aún más el caro tratamiento dental de Babineau.

—Fue fácil. Siempre lo es, una vez que entras y empiezas a mover los hilos.

—¿Y cómo lo haces, Brady? ¿Cómo entras? ¿Cómo te las arreglaste para conseguir los Zappit de Sunrise Solutions y adaptarlos? Ah, y la página de internet, ¿eso cómo lo hiciste?

Brady ríe.

—Has leído demasiadas de esas novelas de misterio en las que el detective listo mantiene hablando al asesino chiflado hasta que llega la ayuda. O hasta que el asesino baja la guardia, y el detective forcejea con él y le quita el arma. No creo que vaya a llegar ayuda, y a ti no se te ve muy capaz de forcejear ni con un pececillo de colores. Además, ya lo sabes casi todo. No estarías aquí si no lo supieras. Freddi ha soltado la lengua, y diré… sin ánimo de imitar a Snidely Whiplash… que pagará por eso. Tarde o temprano.

—Ella sostiene que no montó la página.

—Para eso no la necesitaba. Lo hice todo yo solo, en la oficina de Babineau, con la computadora de Babineau. Una de las veces que me tomé un descanso de la habitación 217.

—¿Y…?

—Cállate. ¿Ves esa mesa que hay a tu lado, inspector Hodges?

Es de cerezo, como el aparador, y parece cara, pero se advierten tenues redondeles por todas partes, de vasos que se han dejado encima sin posavasos. Puede que los médicos dueños de este pabellón sean meticulosos en los quirófanos, pero aquí son muy descuidados. En la mesa están ahora el control remoto del televisor y una calavera portalápices de cerámica.

—Abre el cajón.

Hodges obedece. Dentro hay un Zappit Commander, encima de una guía de programación televisiva antigua en cuya portada aparece Hugh Laurie.

—Sácalo y enciéndelo.

—No.

—Muy bien. En ese caso me ocuparé de la señorita Gibney —baja el cañón del Scar y lo apunta a la nuca de Holly—. En modo automático, esto le arrancará la cabeza en el acto. ¿Llegará volando hasta la chimenea? Averigüémoslo.

—Bien —dice Hodges—. Bien, de acuerdo. Lo haré.

Toma el Zappit y busca el botón en lo alto de la consola. Aparece la pantalla de bienvenida; el trazo oblicuo de la Z roja abarca toda la imagen. Lo invita a deslizar la pantalla y acceder a los juegos. Lo hace sin que Brady lo inste a ello. El sudor le corre por la cara. Jamás ha sentido tanto calor. La muñeca rota le palpita.

—¿Ves el icono de Pesca en el Hielo?

—Sí.

Nada desea menos que abrir Pesca en el Hielo, pero cuando la alternativa es quedarse ahí sentado, con la muñeca rota y el vientre hinchado y palpitante, viendo como una ráfaga de balas de gran calibre separa la cabeza de Holly de su delgado cuerpo... no tiene alternativa. Además, ha leído que no puede hipnotizarse a una persona contra su voluntad. Cierto es que la consola de Dinah Scott estuvo a punto de aturdirlo, pero por aquel entonces desconocía qué estaba ocurriendo. Ahora lo sabe. Y si Brady cree que está en trance y no lo está, quizá... sólo quizá...

—Seguro que a estas alturas ya conoces la rutina —dice Brady. Le brillan los ojos y tiene en ellos una expresión vivaz, la de un niño a punto de prender fuego a una telaraña para ver qué hace la araña. ¿Correteará de aquí para allá por la seda en llamas, buscando una escapatoria o arderá sin más?—. Pulsa el icono. Los peces se desplazarán, y sonará la música. Toca los peces de color rosa y suma los números. Para ganar el juego, tienes que conseguir ciento veinte puntos en ciento veinte segundos. Si lo logras, dejaré vivir a la señorita Gibney. Si no, veremos qué es capaz de hacer esta excelente arma automática. Una vez Babineau la vio demoler una pila de bloques de hormigón, así que imagina lo que hará con la carne.

—No la dejarás vivir aunque consiga cinco mil —responde Hodges—. Eso no me lo trago.

Babineau abre mucho sus ojos azules con fingida indignación.

—¡Pues deberías! Todo lo que soy se lo debo a esta zorra desmayada que tengo aquí delante. Lo mínimo que puedo hacer es perdonarle la vida. En el supuesto de que no tenga ya una hemorragia cerebral y esté muriéndose, claro. Ahora deja de ganar tiempo. En lugar de eso, procura ganar en el juego. Tus ciento veinte segundos empiezan en cuanto pongas el dedo en el icono.

Hodges no tiene más remedio que pulsarlo. La pantalla se queda en blanco. Se produce un destello azul tan intenso que lo obliga a entornar los ojos, y acto seguido aparecen los peces, nadando de un lado a otro, de arriba abajo, en zigzag, dejando estelas ascendentes de burbujas plateadas. Comienza el tintineo de la música: «Bajo el mar, bajo el mar, bajo el precioso mar...» Pero no es *sólo* música. La acompaña una letra. Y los destellos azules también van acompañados de palabras.

—Han pasado diez segundos —advierte Brady—. Tic tac, tic tac.

Hodges trata de tocar uno de los peces rosa y falla. Él es diestro, y a cada intento la palpitación de la muñeca empeora, pero ese dolor no es nada en comparación con el dolor que ha empezado a abrasarle desde la ingle hasta la garganta. Al tercer intento, alcanza un «pececillo» rosa —así piensa en ellos, como pececillos—, y el pez se convierte en el número cinco. Lo anuncia en voz alta.

—¿Sólo cinco puntos en veinte segundos? —dice Brady—. Más vale que aceleres, inspector.

Hodges aviva el ritmo, desplazando la mirada de izquierda a derecha, de arriba abajo. Ya no necesita entornar los ojos cuando se producen los destellos azules, porque se ha acostumbrado al resplandor. Y le resulta cada vez más fácil. Ahora los peces parecen más grandes y un poco más lentos. La música se asemeja menos a un tintineo. Tiene más cuerpo, por así decirlo. «Qué felices seremos tú y yo, tú y yo.» ¿Es ésa la voz de Brady cantando al son de la música o son imaginaciones suyas? «¿Es en vivo o una grabación?» Ahora no tiene tiempo para pensar en eso. *Tempus* está *fugitando*.

Consigue un pez de siete puntos, luego uno de cuatro y luego —¡premio!— uno se convierte en un doce.

—Ya tengo veintisiete —dice. Pero ¿el cálculo es correcto? Está perdiendo la cuenta.

Brady no se lo dice; Brady se limita a recordarle:

—Te quedan ochenta segundos.

Su voz parece reverberar ahora con un ligero eco, como si llegara a Hodges desde la otra punta de un largo pasillo. Entretanto empieza a suceder algo maravilloso: el dolor del vientre remite.

Uau, piensa. La Asociación Médica Estadounidense debería enterarse de esto.

Alcanza otro pececillo rosa. Se convierte en un dos. Eso ya no está tan bien, pero hay muchos más. Muchos muchos más.

Es en ese momento cuando comienza a sentir algo semejante al delicado roce de unos dedos dentro de la cabeza, y no son imaginaciones suyas. Está siendo invadido. «Fue fácil —ha dicho Brady en relación con la enfermera MacDonald—. Siempre lo es, una vez que entras y empiezas a mover los hilos.»

¿Y cuando Brady acceda a *sus* hilos?

Saltará a mi interior como saltó al interior de Babineau, piensa Hodges, aunque cobra conciencia de eso del mismo modo que oye la voz y la música, como si la idea procediera de la otra punta de un largo pasillo. Al final de ese pasillo se encuentra la habitación 217, y la puerta está abierta.

¿Qué interés podría tener en hacer eso? ¿Por qué iba a querer instalarse en un cuerpo que se ha convertido en una fábrica de cáncer? Porque quiere que yo mate a Holly. Aunque no con el arma, nunca me la confiaría. Utilizará mis manos para estrangularla, con muñeca rota y todo. Luego saldrá de mí para que afronte lo que he hecho.

—Vas mejorando, inspector Hodges, y todavía te queda un minuto. Relájate y sigue pulsando. Es más fácil cuando te relajas.

La voz ya no reverbera en un pasillo; pese a que Brady está ahora justo delante de él, procede de una galaxia muy muy lejana. Brady se inclina e, impaciente, fija la mirada en el rostro de Hodges. Pero hay peces nadando entre ellos. Pececillos de colores rosa, azul y rojo. Porque Hodges ya está en Pesca en el Hielo. Sólo que en realidad es más un acuario, y el pez es él. Pronto será devorado. Devorado vivo.

—¡Vamos, Billy, muchacho, toca esos peces rosa!

No puedo permitirle que entre en mí, piensa Hodges, pero no puedo mantenerlo fuera.

Toca un pez de color rosa, se convierte en un nueve, y ahora no sólo nota el roce de unos dedos, sino otra consciencia que se derrama dentro de su mente. Se propaga como tinta en el agua. Hodges intenta resistirse, a sabiendas de que tiene las de perder. La fuerza de esa personalidad invasora es extraordinaria.

Voy a ahogarme. Voy a ahogarme en Pesca en el Hielo. Ahogarme en Brady Hartsfield.

«Bajo el mar, bajo el mar, bajo el precioso m…»

Cerca se hace añicos un cristal. Y lo sigue un entusiasta coro de niños que exclaman: «¡Eso es un *HOME RUN*!»

El vínculo que une a Hodges y a Hartsfield se ve roto por esa inocente e inesperada sorpresa. Hodges da un respingo en el sillón y alza la vista al tiempo que Brady se aleja hacia el sofá con los ojos y la boca muy abiertos en una expresión de perplejidad. El Victory de calibre 38, insertado bajo la cinturilla del pantalón sólo por el corto cañón (el tambor no le permitía hundirlo más), se le cae del cinto a la alfombra de piel de oso con un ruido sordo.

Hodges no vacila. Lanza el Zappit a la chimenea.

—¡No hagas eso! —brama Brady, volviéndose. Alza el Scar —. ¡Maldición, no hagas e…!

Hodges agarra el objeto más cercano, no el 38, sino el portalápices de cerámica. La muñeca izquierda la tiene ilesa, y la distancia es corta. Lo arroja contra la cara que Brady ha robado, lo arroja con fuerza, y le da de pleno. La calavera de cerámica se rompe en pedazos. Brady prorrumpe en un grito —de dolor, sí, pero sobre todo de sorpresa—, y empieza a manarle sangre de la nariz. Cuando hace ademán de levantar el Scar, Hodges, desde el sillón, le lanza una patada con los dos pies, soportando otra profunda cornada, y lo alcanza en el pecho. Brady da unos pasos atrás, tambaleante, y está a punto de recuperar el equilibrio, pero de pronto tropieza con un cojín y cae de espaldas en la piel de oso.

Hodges intenta abandonar el sillón y sólo consigue volcar la mesa auxiliar. Se arrodilla al tiempo que Brady se incorpora haciendo ya girar el Scar. Se produce una detonación antes de que pueda apuntar con él a Hodges, y Brady vuelve a gritar. Esta vez sólo de dolor. Se mira con incredulidad el hombro, de donde brota sangre a través de un agujero en la camisa.

Holly está incorporándose. Tiene un grotesco moretón por encima del ojo izquierdo, casi en el mismo sitio que Freddi. Ese ojo izquierdo está rojo, inyectado de sangre, pero el otro brilla y muestra una expresión alerta. Sostiene el Victory 38 con las dos manos.

—¡Dispárale otra vez! —brama Hodges—. ¡Dispárale otra vez, Holly!

Cuando Brady se levanta a trompicones —con una mano ahuecada en torno a la herida del hombro, la otra empuñando el Scar y el rostro desencajado en una mueca de incredulidad—, Holly dispara de nuevo. La bala sale muy alta y rebota en la chimenea de piedra por encima del vivo fuego.

—¡Basta! —exclama Brady, agachándose. Al mismo tiempo se esfuerza en levantar el Scar—. ¡Basta, zor…!

Holly dispara por tercera vez. La manga de la camisa de Brady se sacude, y él suelta un alarido. Hodges no está muy seguro de que lo haya alcanzado de pleno, pero al menos lo ha rozado.

Hodges se levanta e intenta correr hacia Brady, quien se esfuerza de nuevo en alzar el fusil automático. Lo único que consigue es avanzar con paso lento.

—¡Estás en medio! —avisa Holly—. ¡Bill, imbécil, estás en medio!

Hodges se arrodilla y agacha la cabeza. Brady gira y echa a correr. Resuena el estallido del 38. Unas astillas saltan desde el marco de la puerta a más de un palmo a la derecha de Brady, que desaparece. La puerta principal se abre. Entra una ráfaga de aire frío, y el fuego inicia un baile agitado.

—¡He fallado! —exclama Holly, angustiada—. ¡Idiota, inútil! ¡Idiota, inútil! —deja caer el Victory y se abofetea.

Hodges le agarra la mano antes de que vuelva a hacerlo y se arrodilla a su lado.

—No, le has dado al menos una vez, puede que dos. Estamos vivos gracias a ti.

Pero ¿durante cuánto tiempo? Brady se ha llevado el maldito fusil automático, quizá tenga un par de cargadores de reserva, y

Hodges sabe que no mentía sobre la capacidad del Scar 17S para demoler bloques de hormigón. Él mismo ha visto un fusil de asalto similar, el HK 416, hacer precisamente eso en un campo de tiro privado en un rincón perdido de Victory County. Fue allí con Pete, y en el camino de regreso comentaron en broma que el HK debería ser el arma reglamentaria de la policía.

—¿Qué hacemos? —pregunta Holly—. ¿Qué hacemos ahora?

Hodges recoge el 38 y hace girar el tambor. Quedan dos balas, y en todo caso el 38 sólo sirve a distancias cortas. Holly sufre como mínimo una conmoción cerebral, y él está casi incapacitado. La triste realidad es ésta: han tenido una oportunidad, y Brady se ha escapado.

La abraza y dice:

—No lo sé.

—Quizá deberíamos escondernos.

—No creo que funcione —responde Hodges, pero no añade por qué y siente alivio al ver que ella no lo pregunta. Es porque aún queda algo de Brady dentro de él. Probablemente no durará mucho, pero al menos de momento, sospecha, ese residuo viene a ser como una baliza de seguimiento.

32

Brady avanza tambaleante a través de la nieve, hundido hasta las pantorrillas. Tiene los ojos abiertos de par en par en una expresión de incredulidad, y el corazón de sesenta y tres años de Babineau late con fuerza en su pecho. Percibe un sabor metálico en la lengua, le arde el hombro, y la idea que le ronda la cabeza en un continuo bucle es: *Esa zorra, esa zorra, esa miserable zorra, la muy arpía; ¿por qué no la he matado cuando tenía ocasión?*

Además, se ha quedado sin Zappit, su querido Zappit Cero, y no ha traído otro. Sin él, no tiene manera de acceder a las mentes de aquéllos con consolas Zappit activas. Jadeante, se planta enfrente de Cabezas y Pieles, desabrigado en medio del viento creciente y la nieve impetuosa. Lleva en el bolsillo las llaves del coche de Chico Z, junto con otro cargador del Scar, pero ¿de qué le sirven las llaves? Esa carcacha de porquería no llegaría ni a la mitad de la primera cuesta sin quedarse atascado.

Tengo que liquidarlos, piensa, y no sólo porque me lo deben. El todoterreno en el que Hodges ha llegado es el único medio para *salir* de aquí, y lo más probable es que o él o la zorra tengan las llaves. Cabe la posibilidad de que las hayan dejado en el vehículo, pero ése es un riesgo que no puedo permitirme.

Además, eso significaría dejarlos con vida.

Sabe lo que debe hacer, y coloca el control de arma en el modo AUTOMÁTICO. Se apoya la culata del Scar en el hombro ileso y empieza a disparar, desplazando el cañón de izquierda a derecha pero concentrándose en el gran salón, donde los ha dejado.

El fuego del arma ilumina la noche, transformando la rápida precipitación de nieve en una sucesión de fotografías con flash. El sonido de las detonaciones superpuestas resulta ensordecedor. Las ventanas estallan hacia dentro. Los tablones salen volando de la fachada como murciélagos. La puerta principal, que ha dejado entreabierta al huir, salta hacia atrás, rebota y se cierra. El rostro de Babineau se contrae en una expresión de odio y regocijo que es enteramente propia de Brady Hartsfield, y no oye el rugido de un motor que se acerca ni el tableteo de unas orugas de acero a sus espaldas.

33

—¡Al suelo! —exclama Hodges—. ¡Al suelo, Holly!

Sin esperar a ver si Holly obedece por iniciativa propia, se abalanza sobre ella y cubre su cuerpo con el suyo. Por encima de ellos, el salón es una tormenta de astillas, cristales rotos y esquirlas de piedra de la chimenea. La cabeza de un alce se desprende de la pared y va a parar al hogar. Tiene un ojo de cristal hecho añicos por el impacto de una bala Winchester y da la impresión de que lo esté guiñando. Holly grita. Media docena de botellas estallan en el aparador en medio de un fuerte olor a bourbon y ginebra. Una bala alcanza un tronco en llamas en la chimenea y lo parte en dos, provocando una lluvia de chispas.

Por favor, que tenga sólo un cargador, piensa Hodges. Y si apunta a baja altura, que me dé a mí y no a Holly. Sólo que una bala Winchester calibre 308 que lo alcance a él los traspasará a los dos, y lo sabe.

Cesa el tiroteo. ¿Está volviendo a cargar o se ha quedado sin munición? «¿Es en vivo o una grabación?»

—Bill, quítate de encima, no puedo respirar.

—Mejor no —dice—. Me…

—¿Qué es eso? ¿Qué es ese ruido? —y acto seguido, contestando a su propia pregunta, exclama—: ¡Viene alguien!

Ahora que se le despejan un poco los oídos, Hodges lo percibe también. En un primer momento piensa que debe de ser el nieto de Thurston, en una de las motonieves que ha mencionado el viejo, a punto de morir asesinado por querer hacer de buen samaritano. Pero quizá no. El sonido que emite el motor que se acerca es demasiado grave para tratarse de una motonieve.

Una intensa luz blanca amarillenta penetra a raudales por las ventanas rotas como los reflectores de un helicóptero policial. Sólo que no es un helicóptero.

34

Brady está insertando el cargador de reserva cuando por fin registra el rugido y el tableteo del vehículo que se acerca. Gira en redondo, y el hombro herido le palpita como una muela cariada, justo cuando una silueta enorme se perfila en la carretera rural. Los reflectores del techo lo deslumbran. Su sombra se alarga de pronto sobre la nieve centellante mientras ese vehículo, sea lo que sea, avanza hacia la casa tiroteada, levantando surtidores de nieve en la estela de sus ruidosas orugas. Y no avanza sólo hacia la casa. Avanza hacia él.

Aprieta el gatillo, y el Scar reanuda su estruendo. Ahora ve que es una especie de máquina quitanieves con una cabina de color naranja vivo en lo alto, por encima de las orugas en rotación. El parabrisas estalla al mismo tiempo que alguien se lanza en busca de resguardo a través de la puerta abierta del lado del conductor.

La monstruosidad sigue avanzando. Brady intenta echar a correr, pero las suelas le patinan. Agitando los brazos, clava la mirada en esos focos que se acercan y cae de espaldas. El invasor de color naranja se cierne sobre él. Ve una cadena de oruga de acero que se le echa encima. Intenta apartarla a empujones, como hacía a veces con objetos de su habitación —las persianas, las sábanas, la puerta del baño—, pero es como tratar de ahuyentar a un león al ataque con un cepillo de dientes. Levanta una mano y toma aire para gritar. Antes de que pueda hacerlo, la oruga izquierda del quitanieves, un Tucker Sno-Cat, le pasa por encima de la cintura y lo destripa.

35

Holly no alberga la menor duda sobre la identidad de su rescatador, y no vacila. Cruza a toda velocidad el recibidor acribillado y, al salir por la puerta, repite su nombre a gritos una y otra vez. Da la impresión de que Jerome, cuando se levanta, ha sido espolvoreado de azúcar. Holly solloza y ríe a la vez que se lanza a sus brazos.

—¿Cómo te has enterado? ¿Cómo has sabido llegar?

—No he sido yo —contesta él—. Ha sido Barbara. Cuando he telefoneado para avisar de que volvía a casa, me ha dicho que tenía que venir por ustedes o Brady los mataría... sólo que ella lo llamaba «la voz». Estaba medio enloquecida.

Hodges avanza despacio hacia ellos con paso vacilante, pero ya está lo bastante cerca para oír eso, y recuerda que Barbara contó a Holly que algo de esa voz del suicidio permanecía dentro de ella. «Como un rastro de baba», dijo. Hodges sabe a qué se refería, porque él también alberga parte de esa repugnante mucosidad-pensamiento en su propia cabeza, al menos por ahora. Quizá la conexión de Barbara bastaba para saber que Brady se hallaba a la espera.

O acaso fuera pura y simple intuición femenina. De hecho, Hodges cree que existe tal cosa. Es de la vieja escuela.

—Jerome —dice con voz ronca, rasposa—. Amigo mío.

Le flaquean las rodillas. Está a punto de desplomarse.

Jerome se zafa del abrazo mortal de Holly y rodea a Hodges con un brazo antes de que caiga.

—¿Estás bien? Quiero decir... ya sé que no estás bien, pero ¿estás herido?

—No —Hodges rodea con su propio brazo a Holly—. Y debería haber supuesto que vendrías. Los dos me ignoran siempre.

—No podía separarme de la banda antes del último concierto juntos, ¿no? —dice Jerome—. Vamos a llevarlo a...

Se oye un sonido animal a su izquierda, un gemido gutural que pugna por convertirse en palabras y no lo consigue.

Hodges se siente extenuado como nunca en su vida, pero se encamina de todos modos hacia ese gemido. Para...

Bueno, para...

¿Cómo le ha dicho a Holly de camino hacia aquí? «Pasar página», ¿no?

El cuerpo que Brady ha secuestrado yace abierto hasta la columna vertebral. Sus tripas están esparcidas en torno a él como las alas de un dragón rojo. Charcos de sangre humeante se filtran en la nieve. Pero tiene los ojos abiertos y alertas, y de repente Hodges siente otra vez esos dedos. En esta ocasión no sólo tantean ociosamente. En esta ocasión, desesperados, escarban para hacerse con el control. Hodges los expulsa con la misma facilidad con que aquel camillero que limpiaba el suelo apartó de su mente la presencia de ese hombre.

Escupe a Brady de sí como una semilla de sandía.

—Ayúdame —susurra Brady—. Tienes que ayudarme.

—Creo que ya no puede ayudarte nadie —contesta Hodges—. Te han atropellado, Brady. Te ha atropellado un vehículo extremadamente pesado. Ahora ya sabes qué se siente. ¿Verdad?

—Duele —murmura Brady.

—Sí —dice Hodges—. Imagino que sí.

—Si no puedes ayudarme, dispárame.

Hodges tiende la mano, y Holly le entrega el Victory 38 como una enfermera que entrega el bisturí a un cirujano. Gira el tambor y deja caer una de las dos balas restantes. A continuación vuelve a insertar el tambor. Aunque el dolor se ha extendido por todo su cuerpo, un dolor de mil demonios, Hodges se arrodilla y coloca el revólver de su padre en la mano de Brady.

—Hazlo tú mismo —dice—. Es lo que siempre has querido.

Jerome permanece atento, preparado por si Brady decidiera utilizar esa última bala contra Hodges y no consigo mismo. Pero no lo hace. Brady intenta apuntarse a la cabeza. No puede. El brazo le tiembla, pero no llega a levantarse. Vuelve a gemir. La sangre brota por encima de su labio inferior y escapa entre los dientes enfundados de Felix Babineau. Casi cabría sentir lástima por él, piensa Hodges, si uno no supiera lo que hizo en el Centro Cívico, lo que intentó en el auditorio Mingo, y que hoy ha puesto en marcha una máquina del suicidio. Esa máquina aflojará el ritmo y se detendrá ahora que su principal agente está acabado, pero antes de eso engullirá aún las vidas de unos cuantos jóvenes tristes. Hodges está casi seguro de eso. Puede que el suicidio no sea indoloro, pero *sí* es contagioso.

Cabría sentir lástima por él si no fuera un monstruo, piensa Hodges.

Holly se arrodilla, levanta la mano de Brady y apoya el cañón del arma en su sien.

—Ahora, señor Hartsfield. El resto tiene que hacerlo usted. Y que Dios se apiade de su alma.

—Espero que no —suelta Jerome. En el resplandor de los reflectores del techo del Sno-Cat, su rostro permanece impávido.

Durante un momento prolongado, los únicos sonidos que se oyen son el retumbo del gran motor del quitanieves y el creciente viento de la tormenta Eugenie.

—Dios mío —exclama Holly—. Ni siquiera tiene el dedo en el gatillo. Uno de ustedes tendrá que ayudarme, no me siento capaz...

De pronto, un tiro.

—El último truco de Brady —dice Jerome—. Dios santo.

36

Hodges se siente incapaz de regresar al Expedition, pero Jerome consigue subirlo a la cabina del quitanieves. Holly se coloca junto a él en el lado exterior. Jerome se sienta al volante y lo pone en marcha. Aunque retrocede y luego rodea en un amplio círculo los restos de Babineau, aconseja a Holly que no mire al menos hasta que superen la primera cuesta.

—Vamos dejando un rastro de sangre.

—Uf.

—Esa es la palabra —responde Jerome—. «Uf» es la palabra.

—Thurston me dijo que tenía motonieves —bromea Hodges—. No mencionó ningún tanque Sherman.

—Es un Tucker Sno-Cat, y tú no ofreciste dejar tu Master-Card en garantía. Además del excelente Jeep Wrangler que me ha permitido llegar perfectamente hasta este rincón perdido en el culo del mundo, dicho sea de paso.

—¿De verdad está muerto? —pregunta Holly. Vuelve su cara pálida hacia Hodges, y el enorme chichón de la frente parece palpitar—. ¿De verdad y para siempre?

—Lo has visto meterse una bala en el cerebro.

—Sí, pero ¿está muerto? ¿De verdad y para siempre?

La respuesta que Hodges se resiste a dar es: «No, todavía no». No hasta que los rastros de baba que ha dejado en la cabeza de sabe Dios cuántas personas se borren gracias a la notable capacidad del cerebro para curarse a sí mismo. Pero dentro de una semana, de un mes cuando mucho, Brady habrá desaparecido.

—Sí —dice—. Y por cierto, Holly, gracias por programar ese tono para los mensajes de texto. Los niños del *home run*.

Holly sonríe.

—¿Qué era? El mensaje, quiero decir.

Hodges, con visible esfuerzo, saca el teléfono del bolsillo del abrigo, lo mira y dice:

—Vaya —comienza a reír—. Lo había olvidado completamente.

—¿Qué es? ¡Enséñamelo enséñamelo enséñamelo!

Ladea el teléfono para que ella lea el mensaje que le ha enviado su hija Alison desde California, donde sin duda luce el sol:

¡FELIZ CUMPLEAÑOS, PAPÁ! ¡SETENTA, Y CADA DÍA MÁS FUERTE! SALGO A TODA PRISA HACIA EL SÚPER, TE LLAMO LUEGO. XXX ALLIE

Por primera vez desde que Jerome volvió de Arizona, asoma la jerga de afrocaribeño.

—¿U'té setenta año', bwana Hodges? ¡Caray! ¡No aparenta má' de sesenta y sinco!

—Basta, Jerome —dice Holly—. Ya sé que a ti te hace gracia, pero hablar así parece propio de una persona ignorante y tonta.

Hodges ríe. Le duele al reírse, pero no puede contenerse. Se aferra a la consciencia durante todo el trayecto de regreso hasta el Garage Thurston; incluso es capaz de dar unas cuantas caladas no muy profundas al porro que Holly enciende y le ofrece. Después la oscuridad empieza a imponerse.

Podría ser esto, piensa.

Feliz cumpleaños, se dice.

Luego se va.

DESPUÉS

Desde luego, Pete Huntley no conoce el Kiner Memorial tan bien como su antiguo compañero, que peregrinó al hospital en numerosas ocasiones para visitar a un paciente de larga duración qua ya ha fallecido. Pete tiene que hacer dos altos —uno en el mostrador principal y otro en Oncología— para localizar la habitación de Hodges. Cuando llega, la encuentra vacía. Atados a una barandilla lateral, hay varios globos, que llevan escritas las palabras FELIZ CUMPLEAÑOS, PAPÁ y flotan cerca del techo.

Una enfermera asoma la cabeza desde el pasillo, lo ve mirar la cama vacía y le dirige una sonrisa.

—En la terraza, al final del pasillo. Han estado celebrando una fiestecita. Creo que aún llega usted a tiempo.

Pete recorre el pasillo. La terraza dispone de un tragaluz y está lleno de plantas, tal vez para levantar el ánimo a los pacientes, tal vez para proporcionarles un poco de oxígeno extra, tal vez por ambas cosas. Cerca de una pared, juega a las cartas un grupo de cuatro hombres. Dos de ellos están calvos, y uno tiene un gotero conectado al brazo. Hodges, sentado justo debajo del tragaluz, reparte porciones de tarta a sus acompañantes: Holly, Jerome y Barbara. Parece que Kermit está dejándose la barba, que le sale blanca como la nieve, y Pete recuerda por un momento una visita al centro comercial con sus hijos para ver a Santa Claus.

—¡Pete! —saluda Hodges, sonriente. Hace ademán de levantarse, y Pete le indica que se quede en la silla—. Siéntate, toma una rebanada de pastel. Lo ha traído Allie de la pastelería Batool. Siempre fue su sitio preferido de niña.

—¿Dónde está? —pregunta Pete, que arrastra una silla para colocarla junto a Holly.

Ésta luce una venda en el lado izquierdo de la frente y Barbara tiene la pierna enyesada. Sólo a Jerome se le ve como un roble, y Pete sabe que el chico se libró por poco de convertirse en carne molida en aquel pabellón de caza.

—Ha vuelto a la Costa esta mañana. Sólo podía permitirse dos días libres. En marzo tendrá tres semanas de vacaciones y dice que volverá. Si la necesito, claro.

—¿Cómo te encuentras?

—No muy mal —contesta Hodges. Desvía la mirada hacia arriba y a la izquierda, pero sólo un segundo—. Hay tres especialistas en cáncer trabajando en mi caso y los resultados de los primeros exámenes parecen alentadores.

—Estupendo —Pete acepta el trozo de tarta que Hodges le acerca—. Demasiado grande.

—Pórtate como un hombre y come —dice Hodges—. Oye, en cuanto a ti y a Izzy…

—Lo hemos arreglado —ataja Pete. Da un bocado—. Vaya, está delicioso. No hay nada como la tarta de zanahoria con baño de queso fundido para animarte el azúcar en sangre.

—O sea, que tu fiesta de jubilación sigue…

—En pie. Oficialmente no llegó a cancelarse. Aún cuento con que pronuncies tú el primer brindis. Y recuerda…

—Ya, ya, tu exmujer y tu chica actual estarán las dos presentes, nada subido de tono. Claro, claro.

—Mientras eso esté claro… —el trozo de tarta demasiado grande es cada vez más pequeño.

Barbara observa fascinada la rapidez con que lo devora.

—¿Estamos en un aprieto? —pregunta Holly—. ¿Lo estamos, Pete, lo estamos?

—No —responde Pete—. Totalmente fuera de peligro. En esencia era eso lo que venía a decirles.

Holly se recuesta con un suspiro de alivio y se aparta de la frente el flequillo, algo canoso ya.

—Seguro que han tomado a Babineau como chivo expiatorio de todo —interviene Jerome.

Pete señala a Jerome con el tenedor de plástico.

—Verdad dices, joven caballero Jedi.

—Quizá les interese saber que el famoso titiritero Frank Oz fue la voz de Yoda —explica Holly. Lanzó una mirada alrededor—. Bueno, a *mí* me parece interesante.

—A mí me parece interesante esta tarta —dice Pete—. ¿Puedo comer un poco más? ¿Sólo un trocito?

Barbara hace los honores, y no es un trocito ni mucho menos, pero Pete no se queja. Da un bocado y pregunta a la chica cómo le va.

—Bien —contesta Jerome, adelantándose a su hermana—. Tiene novio. Un chico que se llama Dereece Neville. Toda una estrella del basquetbol.

—Cállate, Jerome, no es mi novio.

—Pues desde luego viene a verte igual que un novio —afirma Jerome—. O sea, a diario desde que te rompiste la pierna.

—Tenemos mucho de que hablar —replica Barbara, muy digna.

—Volviendo a Babineau —dice Pete—, la administración del hospital ha encontrado unas imágenes de las cámaras de seguridad en las que se le ve acceder por una entrada trasera la noche que su mujer fue asesinada. Se puso el uniforme de un empleado de mantenimiento. Probablemente lo robó de algún casillero. Se marcha, vuelve al cabo de quince o veinte minutos, se pone otra vez la ropa con la que había llegado, y se marcha definitivamente.

—¿No hay más imágenes? —pregunta Hodges—. ¿En el Casco, por ejemplo?

—Sí, algunas, pero ahí no se le ve la cara, porque lleva una gorra de los Groundhogs, ni se le ve entrar en la habitación de

Hartsfield. Un abogado defensor podría sacar partido a eso, pero como Babineau nunca será procesado...

—A nadie le importa un carajo —concluye Hodges.

—Exacto. Tanto la policía estatal como la municipal están encantadas de que cargue con el peso. Izzy está contenta, y yo también. Podría preguntarles... sólo entre nosotros... si fue realmente Babineau quien murió allí en el bosque, pero lo cierto es que no quiero saberlo.

—¿Qué lugar ocupa Al el Bibliotecario en esta historia? —pregunta Hodges.

—Ya ninguno —Pete deja el plato de papel a un lado—. Alvin Brooks se quitó la vida anoche.

—Dios —dice Hodges—. ¿Mientras estaba en la cárcel del condado?

—Sí.

—¿No lo tenían bajo vigilancia por riesgo de suicidio? ¿Después de todo lo que ha pasado?

—Sí, y en principio ningún recluso tiene objetos cortantes o punzantes, pero consiguió un bolígrafo de algún modo. Quizá se lo dio un camillero, pero lo más probable es que fuera otro recluso. Dibujó zetas por todas las paredes, por toda la litera y por todo su cuerpo. Luego sacó la mina metálica del bolígrafo y...

—Pare —dice Barbara. Luce muy pálida bajo el resplandor invernal que los ilumina desde arriba—. Nos hacemos una idea.

—La idea es, por tanto... ¿qué? ¿Que era cómplice de Babineau?

—Que estaba bajo su influencia —contesta Pete—. O que quizá los dos estaban bajo la influencia de otra persona, pero no entremos en eso, ¿de acuerdo? Ahora tenemos que centrarnos en el hecho de que ustedes tres están libres de cargos. Esta vez no habrá ninguna mención ni regalos municipales...

—No pasa nada —dice Jerome—. En todo caso, a Holly y a mí aún nos quedan al menos cuatro años de pases de autobús.

—Tampoco es que tú uses mucho el tuyo ahora que casi nunca estás aquí —comenta Barbara—. Deberías dármelo.

—Es intransferible —responde Jerome con aire de suficiencia—. Será mejor que me lo quede. No me gustaría que te metieras en líos con la justicia. Además, pronto irás a todos lados con Dereece. Pero no vayas a cualquier sitio, no sé si me explico.

—Eso es un poco infantil —Barbara se vuelve hacia Pete—. ¿Cuántos suicidios ha habido en total?

Pete deja escapar un suspiro.

—Catorce en los últimos cinco días. Nueve de ellos tenían Zappit, que ahora están tan muertos como sus propietarios. El mayor tenía veinticuatro años; el menor, trece. Uno era un chico de una familia que, según los vecinos, tenía un comportamiento bastante extraño con respecto a la religión; vamos, de esos que hacen que los fundamentalistas cristianos parezcan liberales. Se llevó consigo a sus padres y su hermano. Una escopeta.

Los cinco guardan un momento de silencio. En la mesa de la izquierda, los jugadores de cartas ríen de algo a carcajadas.

Pete rompe el silencio.

—Y ha habido más de cuarenta intentos.

Jerome deja escapar un silbido.

—Sí, ya lo sé. No sale en los periódicos, y las cadenas de televisión se abstienen de dar la noticia, incluso Asesinato y Caos —así apoda la policía a la WKMM, un canal independiente que ha convertido en artículo de fe el lema: «Si hay sangre, hay noticia»—. Pero naturalmente muchos de esos intentos, quizá la mayoría, acaban comentados en las redes sociales, y eso genera aún más intentos. Detesto esas redes. Pero las aguas volverán a su cauce. Las rachas de suicidios siempre acaban.

—Tarde o temprano —añade Hodges—. Pero con redes sociales o sin ellas, con Brady o sin él, el suicidio es una realidad.

Al decirlo, mira en dirección a los jugadores de cartas, en especial los dos calvos. Uno presenta buen aspecto (como el propio Hodges), pero el otro tiene los ojos hundidos y un aire cadavérico. «Un pie en la tumba y el otro en una cáscara de plátano», habría dicho el padre de Hodges. Y la idea que acude a su mente es demasiado compleja —demasiada rebosante de una horrenda mezcla de ira y aflicción— para expresarla con palabras. Tiene que ver con cómo algunas personas desperdician aquello por lo que otros venderían el alma: un cuerpo sano y sin dolor. ¿Y por qué? Porque están demasiado ciegos, demasiado heridos emocionalmente o demasiado absortos en sí mismos para ver más allá de la curva oscura de la tierra y admirar el próximo amanecer. Que siempre llega, si uno sigue respirando.

—¿Más tarta? —pregunta Barbara.

—No. Tengo que partir. Pero pondré mi firma en tu yeso, si me lo permites.

—Faltaría más —contesta Barbara—. Y escriba algo ingenioso.

—Eso no está al alcance de Pete —dice Hodges.

—Cuidado con esa boca, *Kermit* —Pete hinca una rodilla en el suelo, como un pretendiente a punto de proponer matrimonio, y empieza a escribir con cuidado en el yeso de Barbara. Cuando ha terminado, se yergue y mira a Hodges—. Ahora dime de verdad cómo te encuentras.

—Genial. Me han puesto un parche que controla el dolor mucho mejor que las pastillas y me dan de alta mañana. Muero de ganas de dormir en mi propia cama —hace una pausa y luego añade—: Voy a superarlo.

Pete está esperando el elevador cuando Holly lo alcanza.

—Ha sido muy importante para Bill —dice—. Que vinieras, y que sigas queriendo que haga ese brindis.

—No va tan bien, ¿verdad? —pregunta Pete.

—No —abre los brazos para estrecharla, pero Holly da un paso atrás. Sí le permite que le tome la mano y le dé un breve apretón—. No va tan bien.

—Mierda.

—Sí, mierda. «Mierda» es la palabra. No se lo merece. No se merece esto. Pero como es lo que le ha tocado, necesita tener cerca a sus amigos. Tú estarás ahí, ¿verdad?

—Claro que sí. Y todavía no lo des por acabado, Holly. Mientras hay vida hay esperanza. Ya sé que es una frase hecha, pero... —se encoge de hombros.

—*Yo* tengo esperanza. A mi manera, la esperanza de Holly.

No puede decirse que siga tan rara como siempre, piensa Pete, pero sí es muy peculiar. En realidad, en cierto modo le gusta así.

—Tú asegúrate de que no se sobrepase en el brindis, ¿de acuerdo?

—Cuenta con ello.

—Ah... y ha sobrevivido a Hartsfield. Pase lo que pase, eso no se lo quita nadie.

—Siempre nos quedará París —dice Holly, arrastrando las palabras a lo Bogart.

Sí, es muy peculiar. Única en su especie, en realidad.

—Oye, Gibney, cuídate tú también. Pase lo que pase. A él no le gustaría que te descuidaras.

—Lo sé —responde Holly, y vuelve a la terraza, donde Jerome y ella recogerán los restos de la fiesta de cumpleaños. Se dice que no es forzosamente la última, e intenta convencerse de ello. No lo consigue del todo, pero conserva la esperanza de Holly.

Ocho meses después

Cuando Jerome aparece en Fairlawn, dos días después del funeral y a las diez en punto, como prometió, Holly ya está allí, de rodillas ante la tumba. No está rezando; está plantando un crisantemo. No alza la vista cuando la sombra de Jerome se proyecta sobre ella. Sabe quién es. Ése fue el acuerdo al que llegaron cuando ella le dijo que no sabía si soportaría todo el funeral. «Lo intentaré —dijo—, pero esas cosas no se me dan bien. Quizá tenga que salir a toda prisa.»

—Éstas se plantan en otoño —dice ahora—. No sé mucho de plantas, así que compré una guía práctica. El texto era regular, pero no es difícil seguir las instrucciones.

—Eso está bien —Jerome se sienta con las piernas cruzadas en el extremo, donde empieza la hierba.

Holly retira tierra cuidadosamente con las manos ahuecadas, todavía sin mirarlo.

—Ya te dije que a lo mejor tenía que marcharme a toda prisa. Todos me miraron cuando me fui, pero era incapaz de quedarme. Si me hubiera quedado, habrían querido que me pusiera ante el ataúd y hablara de él. Y no podía. No delante de tanta gente. Seguro que su hija se enfadó.

—No lo creo —contesta Jerome.

—*Detesto* los funerales. Vine a esta ciudad para asistir a uno, ¿lo sabías?

Jerome lo sabe, pero calla. Se limita a dejarla terminar.

—Murió mi tía. Era la madre de Olivia Trelawney. Ahí conocí a Bill. De ése también salí corriendo. Yo estaba sentada en la parte de atrás de la funeraria, fumando, sintiéndome fatal, y allí me encontró él. ¿Entiendes? —por fin alza la vista para mirarlo—. Me *encontró*.

—Lo entiendo, Holly. Te lo aseguro.

—Él me abrió una puerta. Una puerta al mundo. Me ofreció algo importante que hacer.

—También a mí.

Holly se enjuga los ojos casi airadamente.

—Esto es una caca, una caca podrida.

—Ahí te doy la razón, pero él no querría que volvieras atrás. Nada querría menos que eso.

—No lo haré —dice ella—. Ya sabes que me ha dejado la agencia, ¿no? El dinero del seguro y todo lo demás eran para Allie, pero la agencia es mía. No puedo llevarla sola, así que le he preguntado a Pete si le gustaría trabajar para mí. Sólo de medio tiempo.

—¿Y ha dicho…?

—Ha dicho que sí, porque la jubilación ya le aburre. Debería salir bien. Yo rastrearé a los vagos y maleantes con la computadora, y él irá a buscarlos. Entregará las citaciones, si el encargo es ése. Pero ya nunca será como antes. Trabajar para Bill… trabajar *con* Bill… ésos fueron los días más felices de mi vida —se detiene a pensar en aquellas palabras—. Los únicos días felices de mi vida, supongo. Me sentía… no sé…

—¿Valorada? —sugiere Jerome.

—¡Sí! Valorada.

—Así es como debías sentirte —afirma Jerome—, porque eras muy valiosa. Y todavía lo eres.

Holly dirige una última mirada crítica a la planta, se sacude la tierra de las manos y de las rodillas del pantalón, y se sienta junto a él.

—Fue valiente, ¿verdad? Al final, quiero decir.

—Sí.

—Pues sí —Holly esboza una sonrisa—. Eso habría dicho Bill: no sí, sino «pues sí».

—Pues sí —coincide él.

—¿Jerome? ¿Me rodearías con el brazo?

Él la abraza.

—La primera vez que te vi… cuando encontramos el programa furtivo que Brady instaló en la computadora de mi prima Olivia… me diste miedo.

—Lo sé —dice Jerome.

—No porque fueras negro…

—Lo negro es genial —afirma Jerome, sonriente—. Creo que en eso estuvimos de acuerdo desde el primer momento.

—… sino porque eras un desconocido. Eras de *fuera*. Me daban miedo las personas de fuera y las cosas de fuera. Todavía me pasa, pero no tanto como entonces.

—Lo sé.

—Yo lo quería —continúa Holly, sin apartar la vista del crisantemo, de un rojo anaranjado vivo, al pie de la lápida gris, que incluye un sencillo mensaje: KERMIT WILLIAM HODGES y, debajo de la fecha, FIN DE GUARDIA—. Lo quería mucho.

—Pues sí —dice Jerome—. Yo también.

Holly lo mira, y su rostro, con una expresión tímida y esperanzada bajo el flequillo ya algo canoso, es casi el de una niña.

—Siempre serás mi amigo, ¿verdad?

—Siempre —le da un apretón en los hombros, conmovedoramente menudos. Durante los dos últimos meses de vida de Hodges, ha perdido cuatro kilos que no podía permitirse perder. Sabe que su madre y Barbara están impacientes por engordarla—. Siempre, Holly.

—Lo sé —dice ella.

—Y entonces ¿por qué me lo preguntas?

—Porque me gusta oírtelo decir.

Fin de guardia, piensa Jerome. No le gusta cómo suena, pero eso es. Eso es. Y esto es mejor que el funeral. Estar aquí con Holly una soleada mañana de finales del verano es mucho mejor.

—¿Jerome? No fumo.

—Eso está bien.

Se quedan un ratito en silencio, contemplando el crisantemo, que imprime sus colores al pie de la lápida.

—¿Jerome?

—¿Qué, Holly?

—¿Te gustaría venir conmigo al cine?

—Sí —contesta él. Acto seguido se corrige—: Pues sí.

—Dejaremos una butaca vacía en medio. Sólo para poner las palomitas de maíz.

—De acuerdo.

—Porque no me gusta dejarlas en el suelo, donde seguramente habrá cucarachas y quizá incluso ratas.

—A mí tampoco me gusta. ¿Qué película quieres ver?

—Alguna que nos haga reír y reír.

—Por mí bien.

Jerome le sonríe. Holly le devuelve la sonrisa. Se marchan de Fairlawn y, juntos, regresan al mundo.

30 de agosto de 2015

428

NOTA DEL AUTOR

Gracias a Nan Graham, que revisó este libro, y a todos mis otros amigos de Scribner, entre ellos —pero sin excluir a nadie— Carolyn Reidy, Susan Moldow, Roz Lippel y Katie Monaghan. Gracias a Chuck Verrill, mi agente (importante) desde hace muchos años y mi amigo (más importante) desde hace muchos años. Gracias a Chris Lotts, que vende los derechos internacionales de mis libros. Gracias a Mark Levenfus, que supervisa los asuntos comerciales que yo pueda tener y permanece atento a la Haven Foundation, que ayuda a los artistas independientes que pasan una mala racha, y a la King Foundation, que ayuda a colegios, bibliotecas y cuarteles de bomberos de pueblos pequeños. Gracias a Marsha DeFilippo, mi competente ayudante personal, y a Julie Eugley, que se ocupa de todo aquello de lo que Marsha no se ocupa. Sin ellas estaría perdido. Gracias a mi hijo Owen King, que leyó el manuscrito e hizo valiosas sugerencias. Gracias a mi esposa, Tabitha, quien también hizo valiosas sugerencias… incluida la que acabó convirtiéndose en el título idóneo.

Estoy especialmente agradecido con Russ Dorr, que ha abandonado su profesión de paramédico asistente para convertirse en mi gurú en cuestiones de investigación. En este libro se ha esforzado aún más que de costumbre y me ha aleccionado pacientemente sobre cómo se escriben los programas de computadora, cómo pueden reescribirse y cómo pueden propagarse. Sin

Russ, *Fin de guardia* habría sido un libro menor. Debo añadir que en algunos casos he modificado intencionadamente varios protocolos informáticos en interés de la narración. Las personas con conocimientos especializados se darán cuenta, y me parece bien. Pero que nadie culpe a Russ.

Una última cuestión. *Fin de guardia* es ficción, pero el elevado índice de suicidios, tanto en Estados Unidos como en muchos otros países en los que mis libros se leen, es muy real. Si te sientes «hecho una caca» (como diría Holly Gibney), llama a ASULAC (http://www.asulac.org/necesitas-ayuda/, en Latinoamérica). Porque las cosas pueden mejorar, y si dejas que pase un tiempo, por lo general mejoran.

STEPHEN KING